KB119652

선녀명란전

서녀명란전

②

관심즉란 장편소설

위즈덤하우스

知否? 知否? 应是绿肥红瘦

아는가, 아는가,

푸른 잎은 짙어지고

붉은 꽃은 진다는 걸

목차

제2장

화장을 지우듯 매화가 지고
새로 붉게 바른 듯 해당화가 피네

제2장

화장을 지우듯 매화가 지고
새로 붉게 바른 듯 해당화가 피네

제34화

할머니, 오라버니, 제형

전투가 끝난 뒤, 그날 오후 왕 씨는 명란을 데리고 수안당에 진척 상황을 보고하러 갔다.

"그 은행이란 아이는 데려간 뒤 어떻게 되었지?"

노대부인은 검푸른 바탕에 검은색으로 여덟 개의 둥근 꽃문양을 수놓은 대금 배자로 갈아입고 창가의 구들에 기대어 담담한 어조로 물었다.

왕 씨가 미간을 찌푸리며 말했다.

"저는 그 애가 바지런한 걸 보고 여섯째 처소에서 시중들게 보냈는데 그런 뻔뻔스러운 물건일 줄은 몰랐습니다. 그 애는 제가 마을로 보내버렸습니다."

안채에서 편하게 일하던 이등 시녀가 마을로 쫓겨 가는 건 벌이 가볍다 할 수 없었다. 왕 씨는 잠시 말을 멈추고 미간을 펴고는 돌아서 명란의 손을 끌어와 가볍게 토닥였다.

"너도 참 미련하구나. 계집종들이 그리 기어오르면 진즉 나에게 얘기하면 되었을 텐데. 무엇 한다고 이리 참고 있었느냐?"

명란이 얼굴을 붉히며 말했다.

"어머님께서 절 아끼셔서 이리 엄정하게 처리해주신 거지요. 사실 은행 그 아이도 일은 깔끔하게 잘했답니다. 나이가 어려서 철이 없는 면은 있지만요. 구아도 아주 괜찮아요. 근래 제가 제대로 관리하지 못해 처소의 계집종들이 소란을 피웠지만, 그 애들은 그래도 본분을 지키며 제 할 일을 했답니다. 제가 아직 어머님께 감사 인사도 드리지 않았네요."

왕 씨는 그제야 체면이 다시 섰다고 생각하며 옆에 시립한 유곤댁을 향해 미소 지었다. 유곤댁은 속으로 은근히 기뻐했다. 자신의 딸이 일을 그리 잘하지 않는다는 걸 잘 알고 있었지만 그래도 누군가 칭찬하는 건 듣기 좋은 법이었다. 명란이 이렇게 영리하게 구는 걸 보며 상석에 앉아 있던 노대부인은 저도 모르게 명란을 슬쩍 노려보았다. 명란은 조모의 눈짓에 가만히 쓴웃음을 지었다.

노대부인이 시선을 거두며 말했다.

"잘했다. 명란에게 가르침을 주면서 또 그 철없는 것들도 벌벌 떨게 했으니 말이야. 어미가 있어서 나도 안심이야."

노대부인이 팔백 년 만에 해 준 칭찬에 속으로 의기양양해진 왕 씨가 웃으며 말했다.

"어머님, 과찬이세요. 이 며느리 몸 둘 바를 모르겠습니다."

노대부인이 옅게 웃으며 말했다.

"명란이는 어릴 적부터 내 곁에서 지냈기 때문에 여주인으로서의 요령은 제대로 익히지 못했다. 그저 적당히 무마하고 넘어가는 것만 알지. 이렇게 유약하고 무능해서 무슨 일을 하겠느냐?"

그러면서 명란을 매섭게 쏘아보았다. 명란은 조심스럽게 일어나 힘없이 말했다.

"앞으로는 안 그럴게요. 하인들을 잘 다스려서 할머님과 어머님이 너무 마음 쓰시지 않게 하겠습니다."

왕 씨가 웃으며 말했다.

"그러면 되었다. 어머님, 명란이 나이가 어려 제대로 단속할 줄 모르기는 하지만 배우면 할 수 있을 테니 걱정하지 마세요."

약간 화색을 띠며 왕 씨에게 몇 마디 더 칭찬한 노대부인은 다시 얼굴을 굳히고 명란을 꾸짖었다.

"네 어미는 이렇게 큰 집안을 관리해야 하는데 너까지 어미를 힘들게 하다니! 이후에도 처소 사람을 제대로 관리하지 못한다면 너도 함께 혼날 것이다!"

명란은 얼른 대답하며 연신 알겠다고 했다. 왕 씨가 환하게 웃으며 명란을 두둔했다. 왕 씨가 자기 이름을 걸고 보증까지 하자 노대부인은 그제야 표정을 풀었다.

유곤댁은 한쪽에 가만히 서서 속으로 말했다.

'노마님께서도 대단하시지만 여섯째 아가씨도 만만치 않구나.'

그러곤 살짝 고개를 들어 의기양양한 왕 씨를 보다 들고 있던 손수건을 꽉 움켜쥐고는 그냥 입 다물고 있기로 했다. 그날 왕 씨가 제대로 위세를 부리고 간 뒤 처소의 어린 계집종들은 갑자기 혀가 잘리기라도 한 것처럼 조용해졌다.

이튿날, 방씨 어멈이 계척戒尺 [1]을 보내자 여자아이들은 더 배로 부지런히 움직였다. 평소 명란과 잘 떠들고 장난치던 것들은 자주 서운한 얼굴을 하고 다녔지만, 명란은 달래주지 않았다. 그저 써놓은 「모창재 업

---

1) 선생이 학생을 벌할 때 쓰는 목판.

무 행위 규범」을 나눠주고 큰 계집종들이 작은 계집종들에게 전달하게 했다. 어린 계집종들은 매일 짬을 내서 조별 토론 형식으로 규범의 의미를 익혔고, 취미가 보름마다 시범 시행 기간 결산 보고를 주관했다. 그리하여 서로 감독하고 격려하며 아름답고 조화로운 모창재를 만들어 나갔다.

그리고 그날 노대부인에게 한바탕 꾸중을 들은 뒤, 방씨 어멈이 명란을 찾아와 혼자 모창재에서 식사하라는 말을 전했다. 또한, 아침 문안 인사를 제외한 다른 시간에는 처소를 잘 '정리'하라고 했다. 명란은 피로움에 원망을 차곡차곡 쌓으며 보름 넘는 시간을 고생스럽게 보냈다. 그러다 날씨가 쾌청한 어느 날 오전, 명란은 작은 가방을 품에 안고 수안당에 슬그머니 들어갔다. 그리고 정색하는 노대부인에게 필사적으로 아양을 떨었다. 노대부인에게 찰싹 달라붙어 한참을 꼼지락대며 안마하고 차 시중을 드는 등 바쁘게 움직이고 열심히 비위를 맞췄다. 노대부인은 점점 더 버틸 수가 없었다. 애교 부리는 어린 손녀를 품에 안고 밀어내지도 않으면서 그저 표정만 냉담한 척하고 있을 뿐이었다.

명란은 상황이 괜찮게 돌아가는 걸 보고 얼른 '조공품'을 꺼냈다. 곱고 사랑스러운 얼굴로 요망한 웃음을 지으며 공손히 물건을 드렸다.

"……하하, 할머니, 보세요. 이건 손녀가 할머니 드리려고 만든 방한모랍니다. 당목唐木 [2]을 안감으로 하고, 가는 털실로 만든 소군昭君 [3]식 모자예요. 한번 써보세요……."

---

2) 무명실로 짠 넓고 발이 고운 피륙.
3) 왕소군. 중국 한나라 사람으로, 중국 4대 미녀 중 한 명.

노대부인이 보기에 그 방한모는 작고 편해 보였다. 산뜻한 강황색에 가장자리는 손가락 너비만큼 검은색으로 둘려져 있었고, 위에는 만수滿綉 [4)]와 포융鋪絨 [5)] 방식으로 단아하게 수壽 문양이 놓여 있었다. 노대부인은 보고 내심 마음에 들었으나 아무 말도 하지 않았다. 방씨 어멈은 벌써 '어머머!' 하고 외치며 잔뜩 칭찬을 쏟아내는 중이었다.

"역시 명란 아가씨십니다. 이 눈이 녹으면 노마님께서 안팎을 모소毛燒 [6)]한 큰 방한모는 쓰기 싫어하실 걸 알고 이렇게 작고 예쁜 걸 준비하셨네요. 바늘땀 촘촘한 것 좀 보세요. 여기 수놓은 꽃도요. 저 천의각에서 파는 것도 이렇게 잘 만들어지지는 않았겠습니다. 자, 노마님, 한번 써보세요⋯⋯."

그러면서 그 방한모를 받아 직접 노대부인의 머리 위로 가져갔다. 양쪽을 두상에 맞게 천천히 뒤통수 쪽으로 맞추고 뒤에 있는 진주 잠금 고리를 닫으니 딱 맞았다. 노대부인이 손을 뻗어 만지자 털이 보드랍고 도톰한 것이 딱 좋았다. 그리고 안절부절못하는 얼굴로 제 팔을 끌어안은 채 알랑대며 실없이 웃는 명란을 보니 마음이 말랑해졌다. 방씨 어멈은 아직도 칭찬하고 있었다.

"노마님께서 여섯째 아가씨를 괜히 아끼시는 게 아니었네요. 이렇게 딱 맞게 만들다니⋯⋯. 아가씨도 다 크셨습니다. 바느질도 더 잘하시고."

명란이 얼른 겸손하게 굴며 아부했다.

"아니에요, 아니에요. 할머니 두상이 예쁘셔서 그런 거예요."

---

4) 피륙 전체에 남은 공간 없이 수로 가득 채우는 자수 방식.
5) 무늬 없는 바탕에 색실로 문양을 수놓아 바탕이 드러나지 않게 하는 것.
6) 실이나 직물의 잔털을 태워 매끈하게 하는 가공 방법.

노대부인이 더 버티지 못하고 웃음을 터뜨렸다. 어린 명란을 끌어다가 품에 안은 채 세게 팡팡 때리며 입으로 혼을 냈다.

"이 못난 것!"

명란은 곧장 우피당牛皮糖[7]처럼 찰싹 달라붙어 할머니의 목을 끌어안고 한바탕 애교를 부렸다.

방씨 어멈은 그제야 한시름 놓았다. 지난 보름 간 노대부인은 안색이 말이 아니었고, 방씨 어멈까지 덩달아 숨이 막힐 지경이었다. 구들 위에서 노대부인이 명란에게 보름 간 먹는 것과 자는 것은 어땠는지 세세히 묻는 것을 보며 방씨 어멈은 조용히 물러났다. 그리고 서둘러 주방에 명란이 즐기는 음식을 추가하라고 시켰다. 생각해보니 요 며칠 노대부인도 혼자 식사하면서 얼마 먹지 않았다.

수안당은 다시 원래대로 돌아왔고 일상은 제 모습을 되찾았다.

명란은 또 장백 오라버니를 찾아갔다. 장백은 요즘 춘위 준비 때문에 눈코 뜰 새 없이 바빠 저녁 식사 전에만 시간이 났다. 명란은 시간을 재며 일찌감치 가서 장백을 기다렸다. 마당 입구에 들어서자 장백 처소의 큰 계집종 양호가 안으로 안내한 뒤, 차와 간식을 내왔다. 그런데 계집종 몇 명이 들락날락하는데도 아무 소리가 나지 않았다. 명란이 생각해보니 처소로 들어오던 길에서 예쁜 계집종을 한 명도 보지 못했다. 약미나 가아 정도의 미모는 말할 것도 없고 벽사나 녹지 정도의 외모조차 별로 보이지 않았다. 명란은 자신의 큰오라버니가 정말 훌륭한 사람이라며

---

7) 엿의 일종.

다시 한번 감탄했다.

　명란은 몇 년 전 계집종을 뽑던 그때를 아직 기억하고 있었다. 장백은 제일 처음 계집종을 뽑을 때 재능이나 용모를 보지 않고 성실한 사람으로만 몇 명 뽑았다. 왕 씨는 무척 답답해하며 아들이 컸으니 처소에 예쁜 아이들을 두어야 한다고 했다. 그러자 장백은 재능이나 용모가 빼어난 여인은 눈이 높고 야심도 크기 때문에 쉽게 사고를 일으킬 거고, 그럼 공부를 조용히 할 수 없을 테니 절대 안 된다고 했다. 왕 씨는 목에 숨이 턱 막혔다. "아들아, 너에게 '사고'를 치라고 그 아이들이 있는 거란다. 십 대 사내아이가 그렇게 얌전해서 뭐 하려고?"라는 말을 삼키며, 첩 역할도 하는 하녀로서의 '통방'을 에둘러서 설명해주었다.

　장백은 잠시 생각하곤 모친의 제안을 수락했다. 하지만 나중에 유곤 댁에게 나서달라 해서 계집종들에게 몇 마디 일렀다. 왕 씨는 그걸 듣고 얼굴색이 녹차 아이스크림처럼 변했다고 한다.

　성부에서 2대를 이은 두 안주인들은 통방 문제에 있어서 입장이 대동소이했다. 한때 후부의 큰아가씨였던 노대부인은 들어오자마자 성 노대인의 통방을 전부 처분했고, 그 누구도 노대부인에게 감히 뭐라고 하지 못했다. 나중에 왕 씨도 들어와서 그대로 보고 배워 성굉의 통방을 모조리 시집보내버렸고, 노대부인은 그걸 묵인했다. 그래서 장백은 유씨 어멈에게 이렇게 전하라 했다. 성씨 집안의 가풍에서 통방이 이랑이 될지 안 될지는 어쨌든 전부 나중에 들어올 아씨에게 달려 있다고.

　왕 씨는 다시 피를 토했다. '쓸데없는 소리! 아이를 낳아서 이랑으로 올라가는 것이 아니라면 누가 통방으로 늙어 가고 싶겠는가!' 미간을 찌푸리며 눈을 부릅뜬 아들의 모습이 자신의 친정아버지와 무척이나 닮은 걸 보며 왕 씨는 다시 반박하지 못하고 이만 악물었다.

계집종들은 몹시 울적해했다. 그리고 그 뒤로 오랫동안 장백의 시중을 들면서 더 잘 알게 되었다. 이 도련님은 나이는 어려도 성정이 바르고 점잖으며 한 입으로 두말을 하지 않았다. 또한, 규율을 지키지 않고 요망하게 가식적으로 구는 자들을 가장 싫어했다. 명란은 임 이랑이 어린 시절의 장백에게 심리적 트라우마를 남긴 건 아닌가 심각하게 의심했다.

이렇게 되자 가는 허리에 복숭아꽃처럼 고운 얼굴을 하고 도련님의 침상으로 파고들고자 했던 어린 계집종들의 열정도 크게 사그라들었다. 장백의 처소는 평화롭고 고요했다. 주인과 종이 모두 과묵하고 조용하여 처소에는 닭 울음소리, 개 짖는 소리만 들렸다. 단귤이 몇 번 명란을 대신하여 뭘 전하러 간 적이 있는데 처소에 들어가자마자 너무 고요해서 긴장감에 숨도 제대로 내뱉지 못할 정도였다. ──여기까지의 정보는 소도가 제공한 것이며, 심리 상태에 관한 건 명란이 보충하였다.

그리고 더 대단한 건 장백이 처소의 계집종들에게 지어준 이름이었다. 양호羊毫[8], 낭호狼毫[9], 자호紫毫[10], 계호鷄毫[11], 저호猪毫[12], 겸호兼毫[13]……. 그중 왕 씨가 보낸 제일 예쁜 아이는 서수鼠須[14]라고 이름 지었다!

이를 알게 된 뒤 소도는 명란에게 진심으로 말했다.

"아가씨, 감사해요."

---

8) 양털로 만든 붓.
9) 족제비털로 만든 붓.
10) 짙은 자색 토끼털로 만든 붓.
11) 닭털로 만든 붓.
12) 돼지털로 만든 붓.
13) 양털과 족제비털을 섞어 만든 붓.
14) 쥐 수염이라는 뜻.

이런저런 쓸데없는 생각을 하고 있는데 장백이 수업을 마치고 돌아왔다. 장백은 명란이 앉아 있는 걸 보고는 바로 물었다.

"여섯째 왔구나? 저번에 준 『위부인청도첩衛夫人聽濤帖』은 다 필사하였고?"

명란은 웃는 얼굴 그대로 굳어 버렸다.

"어…… 아직 다 못하고 조금 남았어요."

장백은 명란의 바로 앞에 앉아 차도 한 모금 마시지 않고 명란에게 다다다다 설교를 늘어놓았다.

"학문은 근면해야 통달하고 게으르면 뒤떨어지는 법이야. 수안당에서 나왔다고 태만해지면 안 돼. 계집아이라고 해도 글자는 열심히 연습해야 나중에 내보이고 비웃음당하지 않지……."

그리고 공부는 도리를 알기 위해서 하는 거라는 둥, 예의를 모르면 우매한 것과 다름없다는 둥, 끝도 없이 계속 이야기했다.

명란은 아무 말도 하지 않는 게 상책이었다. 이해가 안 갔다. 이 과묵한 오라버니는 보통 하루에 세 마디도 하지 않고, 묵란이나 여란에게 잔소리하는 건 본 적도 없다. 그런데 왜 자신에게 훈계만 시작하면 일장 연설을 하느냐는 말이다. 지난번에는 은행의 일 때문에 꼬박 반 시진 동안 잔소리를 들었다. 말대꾸는 꿈도 꾸지 못했다. 한마디라도 하면 잔소리가 몇 배로 늘어나니 귀를 축 늘어뜨린 채 얌전히 듣고 있는 수밖에 없었다. 옆에 있던 소도는 의리 없이 몰래 웃고 있었다.

드디어 장백의 잔소리가 끝났다. 장백은 차를 몇 모금 마셔 목을 적신 뒤 물었다.

"여섯째는 무슨 일로 온 거지?"

명란은 이제야 이걸 물어보냐며 속으로 빈정대며 입을 삐죽이고는 소도에게 물건을 건네라 했다. 새로 만든 한 쌍의 솜신이었다.

"보세요, 겨우 맞춰서 만들었어요. 밑창은 반 촌ㅜ ¹⁵⁾ 더 두껍게 만들었으니 경성에 비가 와도 걱정 없을 거예요."

양호가 얼른 받아 장백에게 건넸다. 검은색의 혜방鞋幇 ¹⁶⁾이 두툼하면서도 부드러웠다. 위에는 은은하게 푸르고 굳센 소나무와 잣나무가 수놓아져 소박하면서도 우아했다. 장백은 별다른 표정 변화 없이 신발을 받아 들었다.

"고맙다. 애 많이 썼구나."

명란이 뺨을 부풀리며 말했다.

"제가 큰오라버니의 계집종이 다 되었네요. 신발 만드는 게 제일 고생스러워요. 거기다 지난번에 그 부드러운 신발도 만드는데 힘들어 죽는 줄 알았다니까요. 제 손 좀 보세요. 구멍 같은 상처가 몇 개나 났잖아요!"

그러면서 작은 두 손을 장백의 앞으로 쭉 내밀었다. 장백은 보고도 무덤덤한 얼굴을 한 채 별말을 하지 않았다. 하지만 손을 내밀어 이마를 덮고 있는 명란의 부드러운 앞머리를 쓰다듬으며 말했다.

"좋아하는 것이 있으면 종이에 적어서 인편에 보내렴. 나중에 경성에서 가져다줄 테니."

명란은 그제야 활짝 웃으며 낭랑한 목소리로 말했다.

"고마워요, 큰오라버니."

양호는 신발을 들고 이리저리 뒤집어 보더니 칭찬하며 말했다.

---

15) 길이의 단위로, 1촌은 약 3.33cm.
16) 신발 양쪽 볼.

"아가씨는 정말 손재주가 좋으시네요. 저희 도련님도 아가씨가 만드신 신발을 좋아하세요. 신으면 제일 편하다고 항상 말씀하신답니다. 저도 아가씨께 배워서 도련님의 원래 신발 모양을 따라 만드는데 왜 아가씨가 만드신 것보다 못할까요?"

명란이 의기양양하게 머리를 흔들었다.

"그 재주는 마음으로만 깨달을 수 있어. 말로는 전수할 수 없는 거야. 신발이 바로 저기에 있으니까 직접 연구해봐."

사실 신기할 것도 없는 일이었다. 사람마다 자신만의 걸음걸이 습관이 있다. 앞으로 기운 사람도 있고, 뒤로 젖혀진 사람도 있다. 팔자걸음이나 안짱걸음으로 걷는 경우도 있다. 혜방을 보면 발의 모양을 알 수 있고, 밑창으로는 발바닥과 발꿈치의 어느 부분에 힘이 들어가는지 확인할 수 있다. 이런 것들을 살펴 맞춤형으로 각 부분에 다른 경도_{硬度}의 원단을 사용하여 느슨하고 팽팽한 정도를 조절하면 되는 것이었다. 명란이 예전에 법전 조항을 세세히 대조하던 성실함을 바탕으로 겨우 생각해낸 방법이었다.

양호가 웃으며 말했다.

"전 그럼 가서 곰곰이 생각해보겠습니다."

그러고는 신발을 들고 뒤돌아 자리에서 물러났다.

명란은 수안당에 저녁 먹으러 갈 때가 됐다 싶어 일어나서 나가려 했다. 장백은 명란을 보고 잠시 고민하다 이렇게 물었다.

"……여섯째야, 며칠 전 제형 형님이 등주로 돌아와 수업에 나왔지. 그런데 듣자 하니 형님이 사람을 시켜 너에게 뭘 보냈는데 그걸 네가 거절했다지?"

대략 열흘 전, 제형은 부모를 따라 경성에서 등주로 돌아왔다. 그리고 성부에 와서 공부한 첫날, 머슴아이를 시켜 모창재에 선물을 보냈다. 한참 속으로 갈등하던 명란은 달콤한 쥐약을 단호하게 거절했다. 제형은 직접 찾아가 명란의 귀를 잡아당기며 선물을 받으라 강요할 수도 없는 노릇이기에 참느라 괴로워하다 친한 장백을 찾아가 말 좀 잘해달라고 했던 것이다.

명란이 목청을 가다듬고 정색하며 말했다.

"『예기禮記』에서 이르길 남녀칠세부동석이라 하였어요. 우리 자매는 점점 자라고 있습니다. 그러니 응당 의심받을 만한 일은 피해야 하고, 외간 남자가 주는 것을 함부로 받아서는 안 되는 법이지요."

옥玉 인형 같은 어린 동생이 이치를 이야기하는 걸 보며 장백은 입술을 달싹거리다 말했다.

"……그 무석無錫[17]의 대아복大阿福[18]은 남쪽에서 들여온 것인데 그리 귀한 것도 아니야."

명란이 크게 고개를 내저었다.

"두 언니에게 다 없는데 저만 있는 건 당치않은 일이에요."

그리고 이어서 남녀수수불친男女授受不親[19]의 도리를 한바탕 늘어놓았다. 장백은 명란에 대한 제형의 원망과 자신에게 한 부탁을 상기하고 다시 말했다.

"그 대아복은 너와 무척 비슷하게 생겼어."

잠시 멈췄다가 한마디 더 덧붙였다.

---

17) 중국 강소성 남부에 있는 도시.
18) 무석에서 생산하는 통통한 체형의 흙 인형으로 기복의 의미가 담겨 있음.
19) 남녀가 직접 물건을 주고받지 않는다는 의미.

"입가에 보조개도 있고."

명란은 작은 얼굴을 굳혀 정색하며 계속 고개를 저었다.

"오라버니가 제 입장에서 생각해보세요. 나중에 묵란 언니와 여란 언니가 알게 된다면 전 어찌해야 하나요? 오라버니가 함께 공부하시니 그 이치를 그분께 잘 말씀해주세요."

장백은 눈동자를 움직여 명란을 잠시 가만히 바라보았다. 명란의 비취색 눈썹과 붉은 입술, 새하얀 이와 맑은 눈동자를 보는 시선에 아쉬운 기색이 담긴 듯했다. 장백은 잠시 침음하다 천천히 고개를 끄덕였다.

"원약 형님은 어릴 적부터 형제자매가 없었기 때문에 그저 동생에게 잘해줘서 환심을 사려고 한 부분도 있어. ……하지만 지금은 의심을 살 만한 일이 없어야 하는 것도 맞는 말이니, 내가 가서 잘 전하마."

명란은 웃으며 감사 인사를 한 뒤 소도를 데리고 수안당에 저녁을 먹으러 갔다. 장백은 명란의 작은 몸 뒤로 늘어진 가녀리고 고운 그림자를 보다가 문득 명란이 자신과 같은 배에서 나왔으면 좋았을 텐데, 하는 생각을 했다.

제35화

장백의 경사

춘위는 보통 2월 중순에 치르지만, 올해는 황제의 옥체가 미령하여 3월 초로 연기되었다. 장백과 제형은 2월 중순에 출발했다. 장백이 떠난 뒤 왕 씨는 매일 향을 피우고 부처님께 절을 올리거나 도관道觀에서 기도를 드렸다. 저택에서 워낙 연기가 피어오르니 바깥사람들은 성부에 불이라도 난 줄 알고 하마터면 물 뿌리는 사람들을 부를 뻔했다.

명란은 왕 씨를 찾아가 문안 인사를 올릴 때마다 연기 때문에 눈이 시뻘게져서 나왔다. 성굉은 처음에는 '공자는 괴이한 일, 힘쓰는 일, 어지럽히는 일, 귀신에 관한 일을 논하지 않는다[1]'라며 질책하였으나 믿을 만한 정보에 따르면 성굉도 사실 몰래 두 번이나 절했다고 했다.

이 시험은 한 번에 사흘씩 치러지는데 매 시험은 고난을 견디는 것과 같았다. 시험에 합격하려면 허물을 한 겹씩 벗겨내야 했다. 제형은 시험장에서 나오자마자 제국공부의 하인이 들쳐 메고 돌아갔다. 장백은 꿋

---

1) 논어 술이 편의 내용.

꿋이 제 발로 걸어서 마차에 올랐고, 경위 무학武學 2)에서 교육을 담당하고 있는 장오가 데리고 돌아갔다. 그래서 기쁜 소식을 다른 응시자보다 한발 먼저 접할 수 있었다. 바로 장백이 2갑 5등 3)으로 진사에 합격했다는 소식이었다.

왕 씨는 기대 이상의 성과에 크게 기뻐하며 곧장 폭죽을 터뜨리고 돈과 쌀을 희사喜捨하려 했으나 성꿩이 얼른 왕 씨를 말렸다. 제형이 낙방했기 때문이었다.

제 대인은 오히려 괜찮아했다. 그는 장백처럼 이렇게 한번에 붙는 것이 오히려 드문 일이라는 걸 알고 있었다. 대부분의 응시생은 보통 두세 번은 시험을 치른 뒤에야 합격했고, 심지어 십여 년 동안 도전하는 이도 여럿이었다. 하지만 평녕군주의 얼굴은 솥 밑바닥처럼 어두웠다.

제씨 집안은 충분한 인맥을 가지고 있었다. 죽을 땐 죽더라도 이유는 알고 죽어야 했기에 제국공은 이번 과거의 주임 시험관에게 낙방의 이유를 물었다. 그 시험관은 수염을 문지르며 몇 자 적어 보냈는데 대략의 의미는 이러했다. '다른 응시생들은 춘위 시험을 위해 모든 일을 간소화하고 추위 시험 이후에는 폐문독서하였다. 그런데 제씨 집안은 등주가 너무 썰렁할까 염려되었는지 경성으로 돌아가 새해를 보냈고, 제형은 그 전후로 한두 달 간 계속 친척을 만나고 연회에 참석하면서 아주 시끌벅적하게 보냈다. 마지막 보름여를 남기고서야 급하게 공부에 매달렸는데 어찌 시험에 통과할 수 있겠는가?'

---

2) 중국 고대 군사 교육 기관.
3) 2등 그룹의 5등.

평녕군주는 후회가 막심했다. 제 대인은 뭔가 크게 깨달은 듯 무릎을 탁 쳤다. 어쩐지 성부가 새해를 조용히 보낸다 했더니 이래서 그랬구나. 진즉 알았다면 아들도 등주에서 새해를 보내게 했을 텐데. 저도 모르게 성굉이 달리 보였다. 역시 정규 교육을 받은 사람이라 그런지 연륜이 있었다.

다시 며칠이 지나고 한림원翰林院 [4]에서 또 시험이 치러졌다. 장백은 서길사庶吉士 [5]로 선발되어 한림원에서 편수編修 [6]로 부임하게 되었다. 이 소식과 함께 장백의 혼사가 결정되었다는 이야기가 전해졌다. 상대는 강녕江寧 [7] 해씨海氏 집안 가주의 적출 중 둘째 아가씨였다. 해씨 집안은 인품이 고결한 학자 가문으로, 부친과 형제 모두 조정의 관리였다. 이 두 가지 일에 대한 성굉과 왕 씨의 반응은 확연히 달랐다.

"장백이 어렵게 좋은 성적을 냈는데 어째서 지방관이 되지 않고 한림원 그 적막한 곳에서 고생해야 합니까!"

왕 씨가 훌쩍이며 성굉에게 원망을 쏟아냈다.

"아버님 친우분들께서 장백이를 데리고 다니며 명첩名帖 [8]도 건네고, 관계도 다져놓았다 하셨잖습니까? 그런데 어찌하여 낮은 품계의 서길사가 되었단 말입니까?"

"그건 부인의 소견에 불과하오! 당신이 뭘 안다고 그러는 것이오. 한

---

4) 중국 당나라 때 설치된 문한 기관.
5) 한림원 관명으로 진사 중 소양이 뛰어난 사람을 선발하여 임명.
6) 국사 편찬을 담당하는 관직.
7) 현재의 남경시.
8) 이름, 신분 등을 적은 종이.

림원이 얼마나 고결한 곳인데! 장백이는 아직 젊기 때문에 지방관이 되면 오히려 더 안 좋게 빠질 수 있소."

성쾽은 자신이 심혈을 기울인 결과를 두고 가치 없다는 식으로 깎아내리는 왕 씨를 향해 머리끝까지 화가 났다. 반면 왕 씨는 한림원이 뭐가 그리 고결하단 것인지 알 수 없었다. 그저 한림학사가 궁상맞고, 처량하고, 가난하게 산다는 것만 알 뿐이었다. 하지만 왕 씨도 성쾽이 이 부분에서는 자신보다 아는 게 많다는 걸 인정했기에 더 말하지 않았다.

그렇지만 다른 사안에 대해서는 훨씬 애가 달았다.

"알겠습니다. 그건 됐습니다. 우리 같은 부녀자들은 이해 못 하는 일일 테지요. 하지만 장백이는 어쨌든 제 소생입니다. 며느리를 들이는 일 만큼은 제가 나서야 하는 거 아닙니까? 그런데 나리께서는 제게 말씀도 없이 경 세숙께 중신을 부탁하셨지요. 친어미인 저는 며느리가 어느 집 여식인지 이제야 알게 되었습니다. 대체 절 뭘로 여기시는 겁니까?"

왕 씨는 섭섭함이 밀려와 고개를 숙이고 눈물을 닦아냈다.

성쾽은 탁자 옆에 앉아 녹두색 바탕의 분채粉彩 [9] 성요成窯 [10] 찻잔을 들고 차를 한 모금 마신 뒤 코웃음 치며 말했다.

"내가 모르리라 생각하지 마시오. 당신은 큰처형댁 여식을 마음에 두고 있지 않소. 내가 먼저 선수 치지 않았다면 이달에 그 조카를 불러오려 했겠지!"

왕 씨는 저 한마디에 제 속셈이 다 까발려지자 아예 손수건을 구들 위

---

9) 도자기에 연한 빛깔 무늬를 내는 것으로, 중국 청나라 때 발전한 백자 채색 방식.
10) 중국 명나라 때 헌종 때 관요에서 제작한 자기.

로 내던지며 두 눈을 똑바로 뜨고 말했다.

"윤아가 뭐 어때서요? 학식 있고 사리도 밝은 데다 용모도 빼어나고 똑똑한 아이입니다. 또 장백이와 외종 사이니까 서로 사정도 잘 알고 있잖아요. 제 보기엔 이보다 더 좋을 수 없을 것 같습니다!"

"그렇지! 사정을 너무 잘 알고 있지!"

성굉이 찻잔을 탁자 위에 쾅 하고 내려놓으며 경멸의 눈빛을 보냈다.

"다른 건 차치하고 당신의 큰형부는 그렇게 좋은 가문 출신이면서도 지금은 벼슬이 나보다 못하지 않소. 몇 년 전에 부친상을 당했을 때는 첩이 몇 명이나 아이를 낳았지. 어사대御史臺 11)에서 효기孝期 12)에 첩을 들인 걸 확인한 뒤 파직당하여 한거閑居했고. 그런데 그러고도 인맥을 통해 조정으로 돌아갈 생각은 않고 날마다 문객들과 풍월이나 읊고 조정을 평가하기나 했소! 이런 사돈댁을 원하는 것이오?"

왕 씨는 수치와 분노에 휩싸여 참지 못하고 되레 맞받아쳤다.

"강씨 집안이 보잘것없어져 싫다 해도 그 해씨 집안은 아니 됩니다. 그 집안 가규家規에서는 자손이 마흔 살까지 자식이 없어야 축첩을 허락하지 않습니까. 그 집안 며느리가 되는 건 더없이 좋겠지요. 그런데 이런 집안의 여식을 어찌 며느리로 얻어온단 말입니까? 제가 듣기로 해씨 집안 큰딸은 출가 후 툭하면 시어머니의 말을 거역하고, 남편의 축첩을 불허한다고 하더이다. 하필 그 집안은 가세도 대단하지 않습니까. 이런 살아 있는 보살을 집안에 들여서 저에게 어찌 시어머니 노릇을 하라 하시

---

11) 중국 고대 감찰기관.
12) 부모가 돌아가셨을 때 탈상할 때까지 사교와 오락을 끊고 애도를 표하는 기간.

는 겁니까?"

성굉이 호통 치며 말했다.

"쓸데없는 소리! 이러지 않으면 우리가 어찌 해씨 집안과 인척 관계를 맺을 수 있겠소? 당신이 장백이의 처소에 사람을 밀어 넣어 공연히 문제를 일으키지 않고 시어머니 노릇만 잘한다면 아무 일 없을 것이오!"

부부는 한바탕 크게 싸우고 기분이 상한 채 헤어졌다.

상황이 몹시 마음에 들지 않은 왕 씨는 노대부인 앞에 가서 울며 자신이 원하는 대로 할 수 있게 해달라고 했다. 노대부인은 푹신한 평상 위에 반쯤 누운 채 두 눈을 살짝 감고 왕 씨의 하소연을 다 들은 뒤 어깨를 가볍게 토닥이고 한숨을 쉬며 말했다.

"애비가 괜한 소리를 한 건 아니다. 어쨌든 그 강씨 집안이 지금 어찌 되었느냐? 강씨 집안과 우리 집안이 사돈지간이긴 하지만 그래도 장백이의 앞날보다 중요하진 않으니 신중하게 생각하거라."

왕 씨는 노대부인이 보기에는 세상사에 무관심한 것 같아도 사실 속으로는 다 제대로 파악하고 있다는 걸 알았다. 거기다 울었더니 머리가 띵하고 어지러워 그냥 다 터놓고 말하기로 했다.

"……저의 그 큰형부는 변변치 않은 사람이고, 지금 언니에게는 서자와 서녀가 십여 명도 넘게 있습니다. 어느 난잡한 여인들이 여기서 하나 저기서 하나 낳았는지 몰라도 처소마다 미어터지는 상황입니다! 하나하나 다 언니가 보살펴야 하는 데다 장가가는 것들은 예물을 해줘야 하고, 시집가는 것들은 혼수를 해줘야 합니다. 그런데 형부는 또 돈을 벌지 못하고요. 언니가 시집갈 때 가져간 혼수를 얼마나 날렸는지 모르겠습니다. 하지만 언니가 단 하나 마뜩잖아하는 건 가문에서 밥만 축내는 그 사촌들이 언니에게 어리석다고 말하는 겁니다! 강씨 집안이 이미 빈털

터리가 되었다지만 다행히 언니의 큰아들이 열심히 해서 몇 년 전에 예부주사禮部主事 [13]가 되었답니다. 저도 동생으로 어쨌든 조금이라도 도와야 하고요. 더군다나 강씨 집안의 지체가 우리 집안을 수치스럽게 할 정도는 아니지 않습니까."

노대부인은 탁자 위에 놓인 화초 무늬 황금 훈향로의 연기가 사방으로 퍼져 나가는 걸 보다가 가볍게 한숨을 뱉곤 말했다.

"어미는 좋은 마음으로 그러겠지만 내가 달갑지 않을 이야기를 좀 해야겠구나. 자매는 아무리 가까워도 아들만 못한 법이야! 이거 참······. 나도 시어미로서 어미의 마음을 안다. 그 해씨 집안의 위세가 대단하니 나중에 며느리를 제압하지 못할까 우려하는 것 아니냐, 응?"

노대부인의 맑고 예리한 눈빛이 자신을 향하자 왕 씨는 지레 마음이 불편해졌다. 사실 왕 씨는 언니와 그리 살가운 사이가 아니었다. 예전에 규중에 있을 때도 툭하면 싸웠다. 하지만 나중에 성씨 집안과 강씨 집안의 상황이 바뀌고 입장이 반대가 되자 언니는 자주 서신을 보내 신세 한탄을 했다. 그러다 몇 년 전부터는 사돈을 맺는 것이 어떻겠냐는 뜻을 전하기 시작했고, 그러면서 자신을 치켜세우고 비위를 맞추는 모습이 왕 씨는 무척 흡족했던 것이다.

노대부인은 아직 결정하지 못한 듯한 왕 씨의 표정을 보고 어깨를 가볍게 도닥이며 말했다.

"예전에 서씨 집안에서도 족친이 혼담을 제안한 적 있었지만 내가 다 돌려보냈다. 그리고 왕씨 집안과 우리 집안은 왕래가 없었지만 어미 너

---

13) 제도, 의례, 과거 등을 주관하는 기관인 예부의 관직명.

를 며느리로 달라고 청했지. 처음에 성굉의 벼슬길이 순탄했던 것도 사돈어른의 덕이 컸어. 그리고 어미는 아들과 딸을 낳고 집안일을 돌봐주지 않았느냐. 이제 와 말하지만 난 그날의 선택을 한 번도 후회한 적 없다! 세상 어미의 마음은 참으로 딱하지만 결국 다 자식 잘되라고 그러는 것 아니겠냐. 장백이의 앞날과 어미의 만족 중 어느 것이 더 중요하지?"

왕 씨는 그 말에 낯이 붉어졌다. 자신도 며느리로서는 사실 별 자격이 없다는 생각이 들자 부끄러워져 수건을 들고 눈가를 살짝 닦아냈다.

노대부인이 다시 말했다.

"어미는 걱정할 필요 없다. 공 상궁이 예전에 나에게 말하길 해씨 집안의 둘째 여식은 인품이나 덕행이 아주 뛰어나다고 하더구나. 고부간에 화목하게 지낼 수 있을 거야. 그 강씨 집안의 딸은 어미의 생질녀인데 시어머니로서 제대로 위세를 보이고 매섭게 가르칠 수 있겠느냐? 나중에 장백이가 출세를 하면 어미도 고명부인誥命夫人이 될 테니 더 좋지 않겠느냐?"

왕 씨는 그 말에 마음이 움직였다. 곰곰이 생각해보니 맞는 이야기였다. 그러다 단순하고 거친 성굉의 소통 방식이 생각나 억울한 듯 말했다.

"저도 그렇게 사리 분별 못 하는 사람은 아닙니다. 나리가 저와 잘 이야기했다면 제가 어찌 이렇게 어머님 앞에서 추태를 보였겠습니까. ……그런데 윤아는 어찌해야 할까요? 그 애도 열일곱입니다. 그런데 형부는 지금 몸담은 관직이 없어요. 높은 것은 바랄 수 없고 낮은 것은 성에 차지 않는 상황이지요. 이 아이는 이제 더 지체하면 안 되는 시기인데 말입니다."

노대부인이 살짝 미소 지으며 다정하게 왕 씨의 손을 잡아끌었다.

"일가 중에 장오는 어떠냐?"

왕 씨는 그 말을 듣고 깜짝 놀랐다.

"어머님, 그 말씀은……?"

노대부인이 냉정하게 말했다.

"강씨 집안은 세가世家이긴 하나 지금 벼슬을 지내는 사람은 아들 한 명밖에 없다. 가산이 어느 정도인지는 나보다 어미가 더 잘 알겠지. 성유의 집안은 재산이 아주 많다고 할 수는 없지만 그래도 부유한 편이야. 집안에 아들도 둘밖에 없어서 나중에 장오가 분가하여 따로 살림을 차려도 풍족할 거야. 그리고 장오의 인품이 어떤지는 당숙모인 어미가 제일 잘 알 테지. 지난 몇 년간 홀로 경성에 있으면서도 그저 성실하게 나아가며 조금의 잔꾀도 부리지 않았고 말이다. 더구나 친척끼리 사돈을 맺는 것도 좋은 일이 아니냐."

왕 씨가 주저하며 말했다.

"하지만…… 어쨌든 상인 집안인데……."

왕 씨의 그 모습을 보고 노대부인이 입가를 조금 비틀었다. 뭐라고 빈정대고 싶었지만, 다시 참고 직설적으로 말했다.

"장오는 이미 중위위 진무鎭撫 [14]로 천거되어 곧 부임할 거다. 관직에 있고 인품도 갖춘 데다 재산도 넉넉하지. 혼인운이 좋지 않아 줄곧 혼담을 진행하지 못한 것만 아니었다면 형님도 내게 부탁하지 않았을 거야. 하지만 어미가 정 안 되겠다 싶으면 됐다. 내가 따로 다른 집 여식을 알아보면 되니까."

그 말에 조급해진 왕 씨가 얼른 말했다.

---

14) 중국 명나라 때 요충에 설치한 군영인 위의 군관으로 종오품 관직.

"어머님, 서두르지 마세요. 제가 바로 언니에게 서신을 보내겠습니다. 이건 분명 아주 좋은 혼사이니 언니도 이해할 겁니다."

그러고는 다급하게 물러난다 고하고 자리를 떠났다. 왕 씨의 다급한 뒷모습을 보며 노대부인은 느긋이 긴 한숨을 내쉬었다. 갑자기 뒤에서 발이 흔들리는 소리가 들렸다. 노대부인이 고개도 돌리지 않고 말했다.

"요놈, 다 들었으면서 안 나오는 것이냐!"

명란이 눈을 비비는 모습이 보였다. 자느라 붉고 하얘진 작은 얼굴은 귀여웠고, 뺨에는 흐릿하게 베개 자국이 남아 있었다. 명란이 목련꽃 자수가 잔뜩 들어간 분홍색 오자만 걸친 채 쿵당거리며 뒷방에서 나와 노대부인의 품으로 뛰어들었다. 그리고 새끼 다람쥐처럼 흐느적거리며 구들 방향으로 몸을 웅크렸다. 노대부인은 얼른 손을 뻗어 어린 손녀를 품으로 끌어안으면서도 정색을 하고 말했다.

"돌아가서 낮잠을 자라 했거늘 기어코 여기 눌러앉았다가 시끄러워서 깬 것이냐?"

명란은 조모의 목을 끌어안고 애교 섞인 목소리로 말했다.

"할머니, 저에게 새언니가 생기는 건가요?"

"어린 것이 어디서 시치미를 떼! 다 듣지 않았느냐?"

노대부인이 명란의 등을 팡팡 때렸다.

명란이 능글맞게 눈을 깜빡이며 말했다.

"할머니, 그 해씨 집안의 아가씨 말이에요. 사실 할머니께서 직접 선보신 거지요?"

노대부인은 명란을 한번 흘겨보고는 곁눈으로 문과 창문을 한 바퀴 훑었다. 옆에 있던 취병은 그걸 알아보고 얼른 뒤돌아 사방을 살폈다. 노대부인이 명란의 머리를 쓰다듬으며 말했다.

"네 애비가 쓸데없는 일을 했지 뭐냐. 며느리를 구하는 건 본래 어미의 일인데 이 할미를 귀찮게 하더구나. 뭐, 좋다. 장백이는 어쨌든 우리 집 안의 장자 적손이니 소홀히 할 수 없지."

명란이 웃는 얼굴을 들고 순진무구하게 말했다.

"아버지와 어머니는 금실이 좋고 서로 존중하시잖아요. 분명 할머니의 중신 능력에 아주 만족하실 거예요."

노대부인은 정색하고 혼내고 싶었지만 참지 못하고 웃음이 먼저 나와 버렸다. 가볍게 몇 번 손녀를 꼬집고는 고개를 저으며 말했다.

"지금 네 큰오라비는 예전 네 아비보다 훨씬 낫단다. 오품이 된 아비와 충근백부의 자형姊兄이 있고 번듯한 외가까지 있으니 해 씨 같은 고결한 선비 집안도 얕보지 못할 게야."

사실 처음에는 해씨 집안에서도 장백을 좋게 보지 않았다. 성씨 집안의 가세가 약하다고 생각했기 때문이었다. 하지만 노대부인은 자신 있었다. 예전에 왕씨 집안에서도 성굉과의 혼사를 망설였지만, 노대부인이 성굉을 데리고 방문했을 때 왕씨 집안의 노대부인은 옥골선풍에 품위 있고 우아한 성굉을 보고 바로 혼인을 수락했었다. 사위 사랑은 장모라고 하지 않던가.

이런 일을 많이 다뤄 본 노대부인은 이번에도 경耿씨 댁 안주인에게 장백을 데리고 가서 명첩을 건네고 오라 했다. 해 부인은 용모가 뛰어나고 자세가 바른 장백을 보고 속으로 반은 허락한 상태였다. 그 집 아가씨가 발 너머에서 몰래 장백을 봤는지는 모르겠으나 봤다면 아마 반했을 것이다.

물론 이런 것들을 명란은 알지 못했다. 노대부인이 다시 말했다.

"그 해씨 집안 아가씨는 몇 년 전 공 상궁이 나에게 말한 적이 있다. 덕용언공德容言功 [15] 모두 모자라지 않는다고 하더구나. 손해 보는 거라면 그 집안 사내가 모두 축첩하지 않고, 그런 분위기에서 자란 딸도 첩실을 용인하지 않는다는 점이야. 그래서 그 딸이 시집가기가 어려웠던 거란 다. 그런데 네 큰오라비는 이 점에서는 걱정할 게 없어. 지난 몇 년간 다 해 봐야 통방이 한 명밖에 없었잖니. 이름이…… 음…….”

“양호요.”

명란이 말을 받았다.

노대부인이 살짝 비웃으며 말했다.

“그건 그래도 나은 편이지. 나머지 그 이상한 이름들도 네 큰오라비가 붙인 탓에 멀쩡한 아이들이 무슨 돼지, 족제비, 닭, 쥐라고 불리니……. 양 호라는 아이는 용모는 평범하지만 그래도 본분을 지킬 줄 아는 아이이 니, 남기든지 어디로 보내든지 염려할 필요 없을 것이다.”

노대부인이 한 여자아이의 인생을 이렇듯 가볍게 결정짓는 것을 들으 며 명란의 눈빛은 점점 어두워졌다. 양호처럼 주인의 밤시중을 들었어 도 명분이 없는 여자아이는 사실 앞날이 무척 딱했다. 그들 인생에 있어 최고의 결말은 이랑이 되는 것이다. 정실부인이 아이를 낳은 뒤에도 주 인의 총애가 남아 있다면 아이를 낳을 수도 있다. 하지만 주인 부부가 화 목하면 이때부터는 그냥 장식품이 되어 서서히 청춘을 허비하게 된다. 안주인이 용납하지 않는 경우에는 어디로 보내거나 그냥 놓아주기도 하고, 짝을 찾아주는 일도 있었다.

짝을 찾아준들 얼마나 좋은 짝을 찾을 수 있을까? 성부에 있는 하인,

---

15) 봉건 예교에서 여인에게 요구하던 네 가지 덕목. 인품, 용모, 언행, 치가(집안일을 보살펴 처 리하는 것)를 말함.

시정잡배, 산에 사는 나무꾼, 밭 일구는 농부 정도일 것이다. 아내를 얻을 수 있을 정도로 능력이 있는 남자라면 이미 몸을 망친 여인을 원하진 않을 테고 말이다.

그렇다고 마냥 참고 내버려둘 수는 없는 노릇이었다. 명란은 과거 노대부인의 비극에 대해 알고 있었다. 대부분은 노대인의 통방과 이랑이 이간질하고 도발한 결과였다. 이렇게 어릴 적부터 도련님의 시중을 들어온 계집종은 위아래 모두와 잘 알고 또 주인과 정이 깊고 돈독했다. 그래서 안주인이 들어오기 전에 이미 지위가 공고한 경우가 흔하고, 심지어는 새로 온 안주인에게 덫을 놓고 음해하는 경우도 있었다.

명란은 가슴에 손을 얹고 자신에게 물었다.

'그때가 되면 나도 망설임 없이 상대를 처리할 수 있을까?'

제36화

여자는 때가 되면
혼인을 해야 한다

장백 오라버니가 중노년층 여인들에게 상당히 호감형인지 해 부인의 서신이 갈수록 친절해졌다. 처음에는 무척이나 도도하더니 나중에는 말끝마다 '사돈어른'이라고 했고, 장백이 혼자 경성의 성씨 저택에서 머무는 것을 보고는 자신의 집으로 데려가지 못해 안달이었다. 성굉은 자신의 임기가 곧 끝나니, 온 식구가 경성으로 돌아가 살 때를 대비해 하인을 시켜 경성의 저택을 손보게 했다.

또다시 보름여의 시간이 지나고, 드디어 돌아온 장백은 장모의 친절함을 뒤로하자마자 친모의 친절함을 맞이했다. 왕 씨는 아들의 머리를 쓰다듬었다. 열 달을 배 속에 품고, 십여 년을 마음 쓴 것이 전혀 헛되지 않았다고 생각하니, 눈시울에 뜨거운 눈물이 차올랐다.

사실 왕 씨는 아들이 거리를 다니며 뽐낼 수 있도록 좋은 백마 한 필과 진홍색 명주로 엮은 꽃 장식을 마련해두었다. 그런데 장백이 한사코 거부하는 바람에 왕 씨는 우울해졌다. 사실 명란은 왕 씨가 십분 이해됐다. 결혼한 남편은 주인 같고, 배 아파 낳은 아들은 아버지 같다면 누구라도 우울할 것이다.

보상의 의미로 성굉은 상쾌하고 따사로운 날을 골라 성부에서 잔치를 열었다. 마침 쉬는 날이어서 동료와 상관들을 초대해 함께 즐겼다.

봄이 끝나고 여름이 시작될 무렵, 푸른빛과 붉은빛으로 물든 정원과 웅장한 바위가 만들어낸 아름다운 경치는 손님들을 맞이하기에 안성맞춤이었다. 왕 씨는 노래를 부를 광대패를 부르려 했으나, 성굉은 아무래도 너무 유난을 떨지 않는 것이 좋겠다며 주안상만 몇 상 차리게 했다. 그리하여 남자 손님들은 앞에서 주연을 즐겼고, 여자 손님들은 후원에서 따로 잔치를 즐겼다. 등주에는 성씨 집안과 교류하는 집안이 많았다. 일부 가까운 지인은 일찍 도착하기도 했다. 하지만 뜻밖에도 가장 먼저 도착한 손님은 평녕군주였다.

평녕군주가 일찍 온 건 왕 씨에게 인간적인 매력이 넘쳐서가 아니라 등주에는 황제가 친히 봉한 삼품 군주와 엇비슷한 지위를 가진 여인이 별로 없었기 때문이었다. 다른 관리의 안식구들은 아첨만 해대 평녕군주는 질릴 대로 질려 있었다. 왕 씨는 어쨌든 명문 집안 출신이고, 아무래도 경성의 규중 생활을 해보았으니 어울리는 것도 나쁘지 않았다. 중년의 여인들은 보통 황제의 종친과 외척, 호족 집안에 대해 이러쿵저러쿵 이야기를 나누기 시작하면 마른 장작에 불붙듯 열기가 뜨거워졌다. 그에 비해 왕 씨는 좀 제멋대로이기는 하지만, 감히 군주 앞에서 거만하게 굴지는 않았다. 특히 왕 씨가 딸을 내세우지 않게 된 뒤로는 그 어리석고 솔직한 성격이 도리어 에둘러 말하는 군주와 잘 맞기도 했다.

평녕군주는 먼저 왕 씨에게 축하 인사를 건넨 후, 자기 아들의 낙방을 안타까워했다. 이날 왕 씨는 무척이나 기뻤지만, 안타까워하는 군주 앞에서 마냥 기뻐할 수는 없었다. 왕 씨는 머리를 쥐어짜서 간신히 자기 집안의 슬픈 일을 생각해냈다.

"다들 딸은 높은 가문으로 시집보내고, 며느리는 낮은 집안에서 맞는 다는데, 해씨 집안은 가세와 가풍이 대단하지 않습니까. 그런 며느리를 어찌 가르쳐야 할지요."

상대의 고상한 인격을 즐겁게 해주기 위한 왕 씨의 희생은 효과 만점이었다. 군주는 슬픔을 거두고 활짝 웃었다.

"자네도 참! 좋은 가문의 며느리를 들이고 싶어하면서, 마음껏 가르칠 생각까지 하다니. 천하에 그런 호사가 어딨겠는가!"

다른 사람이 이렇게 비꼬았으면 왕 씨는 진즉에 탁자를 엎었을 것이다. 하지만 군주를 마주한 왕 씨는 그저 남몰래 손수건을 비틀 뿐이었다. 그러고는 억지웃음을 지으며 넘어갔다.

얼마 지나지 않아 손님이 점점 많아졌다. 방 곳곳이 진주와 비취, 달랑 거리는 둥근 옥패를 한 사람들로 넘쳐났다. 노대부인은 상석에 앉아 있었고, 새 옷으로 단장한 여란, 묵란, 명란은 쭈뼛거리며 옆에 서서 손님을 맞았다. 수많은 부인들이 아이들을 만지작거리고 쓰다듬었다. 명란은 웃는 척하느라 얼굴에 경련이 일 지경이었고, 연지와 분 향기에 머리가 어질어질할했다. 건너편, 벼슬에서 물러난 여 각로 집안의 여 노대부인 곁에 열대여섯 살쯤 된 여자아이가 서 있었다. 소매가 좁고 허리가 잘록하게 들어간 밝은 자색 비단 저고리와 연꽃색 바탕에 푸른 상강湘江 무늬가 새겨진 장치마를 입고 있었다. 그 아이는 명란이 가식을 떠는 모습을 보고는 몰래 웃으면서 명란을 향해 비웃음 섞인 눈빛을 보냈다. 크게 화난 명란은 남몰래 그 아이에게 이를 드러냈다.

인사를 나눈 후, 노대부인은 여 노대부인을 이끌고 수안당으로 가서 이야기를 나눴다. 왕 씨는 여러 부인들과 다정하게 이야기를 나눈 다음,

자녀의 혼인이라는 어른들의 대화를 나누기 위해 곁에 있던 여자아이들을 나가서 놀라며 내보냈다.

묵란은 수완이 좋아서 친한 친구가 가장 많았다. 문을 나섰다 하면 너덧 명의 아이들에게 둘러싸여 하하 호호 이야기꽃을 피웠다. 신분만 믿고 교만하게 구는 여란은 유 동지同知 [1]와 이 동지 집안의 적녀하고만 가깝게 지냈다. 명란은 노대부인이 막아 손님을 만난 적이 별로 없었다. 게다가 왕 씨 앞에서 얌전한 척을 해야 했기에 아는 여자아이가 몇 없었다. 다만, 여 노대부인이 자주 찾아와 할머니와 함께 참불을 했기에 그 집 손녀인 언연과는 잘 알고 지냈다.

여언연은 늘씬한 체구에 온화한 성품을 가졌다. 한때는 노대부인이 장백의 아내로 삼으려고 했으나, 안타깝게도 호부에서 오품 시랑[2]을 맡고 있는 언연의 부친이 자신의 딸을 같은 품계인 성굉의 며느리로 보내는 것은 낭비라고 여기는 바람에 무산되었다.

여자아이들은 모두 안내를 따라 위유헌에서 차를 마셨다. 계집종들이 여러 색깔의 비단 자수 의자와 찻상을 꺼내고, 정갈한 간식과 찻잔을 올려놓았다. 여란이 웃으며 말했다.

"이건 우리 외숙께서 운남雲南에서 가져오신 백차白茶 [3]야. 한번 마셔봐. 맛이 좋지?"

여란의 말을 들은 여자아이들은 흥미로워하며 찻잔을 들고 몇 모금 가볍게 맛보았다.

---

1) 명청시기의 관직명. 지부의 부직. 정오품.
2) 육부의 차관.
3) 솜털이 덮인 차의 어린 싹을 닦거나 비비지 않고, 그대로 건조시켜 만든 차.

묵란은 눈꼬리를 살짝 올리고, 입을 가린 채 가볍게 웃으며 말했다.

"여란이도 참. 뭐 대단한 거라고 보물처럼 내놓고 자랑을 해? 여기 있는 자매들이 세상 물정도 모르는 줄 아나봐! 이 운남 백차는 물론이고, 서장西藏[4]의 전차磚茶[5]도 지난번에 오吳씨 가문의 동생이 우리더러 맛보라고 가져온 거잖아!"

언짢아진 표정의 여란은 화를 내지 않기 위해 참아야 했다. 두 자매가 잘 맞지 않는 건 규중에서는 그리 비밀도 아니라 주변에 앉은 여자아이들은 아랑곳하지 않고 태연하게 차를 맛보며 담소를 나눴다. 가장 눈치가 빠른 오보주가 웃으며 말했다.

"묵란 언니, 말도 마요. 전에 그 이상한 걸 먹은 언니들이 쓴맛으로 고생해서 정말 엄청나게 후회했어요. 오늘 이 백차는 산뜻하고 부드러워 좋네요."

유 동지 집안의 아가씨도 웃으며 말했다.

"같은 차니 맛도 같겠지. 좋은 걸 맛보라고 내어주다니. 여란이는 손님 대접을 참 잘하는구나."

지부知府의 외동딸인 진신아는 본래 기질이 교만하고 방자한데 의외로 여란과 잘 맞지 않았고, 적녀이면서도 묵란이 치켜세워주는 걸 즐겼다. 진신아는 입을 삐죽이며 찻잔을 내려놓고 말했다.

"난 그저 그런데. 너무 연해서 별맛이 없어. 차라리 우리 아버지께서 여산廬山에서 가져오신 백로가 더 나아."

---

4) 티베트.

5) 찻잎을 쪄서 벽돌 모양으로 굳힌 차.

여란이 입을 삐죽이며 구석에 앉아 있는 명란을 향해 물었다.

"명란아, 넌 어때?"

명란은 사람들이 보지 않는 틈을 타 빠져나가려고 점점 문으로 다가가고 있었는데, 별안간 이름이 불리는 바람에 얼음이 되고 말았다.

"맛이 좀 연하긴 한데, 끝맛이 맑고 향기로워서 풍미가 색다르네요. 여란 언니가 며칠을 숨겨놓고 친자매에게도 아까워서 주지 못하던 차인데, 오늘 언니들 덕분에 저도 맛을 봤어요."

선물보다는 마음이 중요한 법. 주위에 있던 아이들이 모두 감사를 표하자, 여란은 무척 만족했다.

저쪽에 있던 여언연은 통판通判 댁 서녀에게 잡혀 있었는데, 기회를 틈타 일어나더니 명란에게로 다가왔다. 그러고는 가느다란 검지로 명란의 이마를 꾹꾹 누르며 성을 냈다.

"계집애. 오늘 날 보고도 말 한마디 안 하다니. 정말 양심도 없어!"

명란은 얼굴을 찌푸리며 말했다.

"지난달에 날이 풀려서 산수도 제 색을 찾고 물고기도 돌아다니니까 같이 물고기 잡아서 어탕 끓여 먹자고 몇 번을 불렀는데, 사람을 보내서 시간이 없다고만 했잖아. 이유도 없이 말이야. 그래서 알은척하기 싫어."

말이 끝나자마자, 방 안에 있던 여자아이들 대부분이 이상한 표정을 지으며 곁눈질했다. 어리둥절해진 명란이 언연을 봤더니 언연이 왠지 불편해 보였다. 진신아가 고개를 돌리더니 빈정거리며 말했다.

"묵란아, 명란이는 눈치가 좀 없나봐. 언연 언니가 지금 대어를 낚았는데, 너희 집에 와서 조그만 잡어나 낚을 겨를이 있겠어?"

대부분의 아이들이 아무런 말도 없이 키득거리며 웃기 시작했다. 나이가 가장 어리고 순진한 홍청옥이 손뼉을 치며 말했다.

"아, 알아요. 언연 언니가 경성 녕원후 고씨 가문의 둘째 공자님과 혼담이 오가고 있다죠!"

명란은 깜짝 놀랐다.

"정말? 그럼 축하해 줘야겠네."

주변에서 진짜인지 가짜인지 모를 축하가 쏟아졌다. 하지만 명란은 분위기가 왠지 좀 이상한 걸 느꼈다. 마치…… 무슨 문제가 있는 것 같았다. 고개를 돌려 보니, 언연이 부끄러워하며 고개를 들지 못하고 있었다. 명란은 멋쩍게 웃으며 화제를 돌렸다.

"근데 어느 고씨 가문을 말하는 거야? 평녕군주 마마 친정도 고씨 아냐? 설마 친척인가?"

여란이 빠르게 대답했다.

"일가 종친이야! 양양후와 녕원후의 선조가 친형제이신데, 함께 태조를 섬기시며 천하를 평정하셨지. 나중에는 같이 작위를 받으셨고!"

명란은 몹시 기뻐하며 웃었다.

"그럼 정말 잘됐네. 그런 집안이면 분명 좋을 거야."

말이 끝나자마자 묵란이 끼어들었다.

"근데…… 그 고씨 가문의 둘째 공자님 성격이 괴벽스럽다던데."

주위에서 또다시 수군대기 시작했다. 언연은 명란 뒤에 숨어서 몹시 부끄러워하며 한마디도 하지 않았다. 명란은 일부러 큰 소리로 억지웃음을 냈다.

"다들 우리 묵란 언니가 멋대로 하는 말 듣지 말아요. 우리 자매는 철든 후로 경성에 가 본 적도 없는데, 어찌 그걸 알겠어요?"

명란이 묵란에게 매서운 눈빛을 보내자 묵란은 거드름을 피우듯 입을 삐죽였고 더는 말하지 않았다.

언연의 눈빛에는 감동한 기색이 역력했다. 그런데 진신아가 쌀쌀맞게 뜻밖의 말을 꺼냈다.

"다른 속사정은 몰라도 하나는 알아. 내가 어릴 때 경성에 있었는데, 녕원후 나리가 그 공자님을 종인부[6]로 잡아다가 불효죄를 물을 뻔한 적이 있었대."

유씨 아가씨가 놀란 척하며 큰 소리로 숨을 들이마시자 곁에 있던 여자아이들이 숙덕거렸다. 명란은 잠시 멍해 있다가 고개를 돌려 분노와 수치심에 떠는 언연을 보았다. 그리고 주변을 둘러보니, 다들 언연의 불행을 기뻐하거나 멀리 피하려고만 했다. 뜨뜻미지근한 위로의 말 몇 마디를 건네는 게 그나마 제일 친절한 반응이었다. 명란은 화가 치밀어 올랐다. 다들 왜 그러는지 알고 있었다. 바로 질투 때문이었다.

말하자면, 여언연은 모든 아가씨 중에 출신이 가장 화려했다. 부친은 고작 시랑이지만, 조부는 수보[7]로 명성이 자자했고, 선황은 상으로 '극근신면克勤愼勉'이라는 네 글자를 내린 바 있었다. 그래서 바로 후작부 적차자嫡次子와 혼담을 나눌 자격이 있었던 것이다. 사실 화란의 경우, 성씨 집안의 적장녀로서 초라한 백작부의 둘째와 혼인할 때도 노대부인이 큰 힘을 써야 했었다.

언연을 곤경에서 벗어나게 해주고 싶었던 명란은 자신을 가리키며 일부러 정색하고 자조하듯 말했다.

"사내들은 어릴 땐 다 짓궂기 마련이죠! 더군다나 소문은 대부분 믿을

---

6) 왕족을 감독하고, 보첩·봉작·상훌·소송 등을 담당하는 명청 시기의 관아.
7) 재상.

수 없어요. 유 언니는 저를 보기 전에 제가 괴벽스럽고 이상하다는 이야기를 '들으셨죠'. 하지만 절 보세요. 이렇게 예쁘고 착하잖아요."

유씨 아가씨는 난처해하며 웃었고, 다른 아이들은 모두 빵 터지고 말았다. 명란이 뻔뻔한 얼굴로 눈을 찡긋거리며 웃었다.

"제 말이 틀렸어요? 설마 저 안 예뻐요? 안 착해요?"

여란은 명란을 가리켰다.

"너, 너, 너……!"

웃다가 탁자 위로 쓰러진 여란은 배를 움켜잡고는 말을 잇지 못했다.

방 안의 작은 비웃음 소리가 큰 웃음소리로 바뀌었다. 명란은 금방이라도 터질 것 같던 여언연의 얼굴이 살짝 가라앉은 것을 보았다. 안쓰러운 마음에 아예 더 장난을 치자 싶어 농담을 했다.

"언니들 너무 그러지 마세요. 언연 언니도 그냥 혼담을 나눈 것뿐이잖아요. 저도 우리 집 어항에 있는 소홍이와 소백이를 누군가와 맺어주고 싶은걸요!"

모두들 배꼽이 빠져라 더 크게 웃었고, 방 안이 온통 웃음바다를 이뤘다. 명란은 진지한 얼굴로 말했다.

"소홍이랑 소백이는 나랑 꽤 오랜 시간을 함께했는데, 이 정도면 걔네들 나이도 적지 않으니 제가 주인으로서 혼인이라는 인륜지대사를 살펴줘야죠!"

여자아이들은 웃다가 쓰러질 지경이었다. 한 아이의 어깨에 기댄 채 얼굴이 터질 듯이 웃던 오보주가 눈물을 닦으면서 말했다.

"그래서 맺어줬어?"

명란은 고개를 저었다.

"상당히 어렵네요."

진신아는 웃느라 배가 아픈 지경이라 어렵사리 몇 글자를 겨우 쥐어 짜내며 말했다.

"……뭐가 어려워?"

명란은 신중한 얼굴로 머리를 흔들며 말했다.

"혼인이란 부모의 명이요, 중매인의 말이라고 들었단 말이에요. 그런데 저는…… 걔네들 부모와 중매인을 어디서 찾죠?"

진신아가 박장대소를 했다.

"차라리 네가 걔네들 부모를 해. 내가 중매인 할게. 이렇게 혼인하면 되겠다!"

여자아이들은 웃겨서 죽을 지경이었다. 여란은 웃으면서 다가가 명란을 힘껏 붙잡았다.

"계집애, 네 넘치는 웃음보따리 때문에 모두 웃느라 힘들어졌잖아. 널 대체 어떻게 혼내지?"

여란이 그러는 걸 본 여자아이들이 하나씩 다가와 명란을 둘러싸더니 마구 꼬집고 간지럽히기 시작했다. 명란은 힘껏 발버둥쳤지만 작은 몸집으로는 역부족인지라 계속 꼬집히며 이리저리 뛰어다녔다.

더 신이 난 여자아이들은 방 안을 빙빙 돌며 장난을 쳤다. 모든 사람의 시선이 자신에게 옮겨진 것을 본 명란은 안도의 한숨을 내쉬며 이미 문 앞까지 간 언연에게 눈짓했다. 언연은 고개를 끄덕였고, 다른 아이들이 보지 못한 틈을 타 먼저 빠져나갔다. 명란은 가까스로 여자아이들에게서 벗어났다. 옷이 완전히 흐트러져 있어서 마침 잘됐다 싶어 옷차림을 정돈하고 와야겠다는 핑계를 대며 빠져나왔다. 등 뒤로 아직도 웃고 있는 여란의 목소리가 들렸다.

"우리 동생 귀엽죠? 우리 아버지와 오라버니들도 몹시 귀여워한다니까요……."

그러고는 차가운 웃음이 섞인 묵란의 목소리가 들렸다.

"계집애 입심이 대단하다니까!"

다른 여자아이들 목소리도 들렸다.

"명란이는 참 좋은 아이 같아요. 재밌고 정이 많잖아요."

또 다른 아이의 목소리도 희미하게 들렸다.

"……사람이 참 좋아요. ……명랑하고 재밌어요……."

명란은 그들을 아랑곳하지 않고, 단귤의 시중을 받으며 한달음에 모창재로 갔다. 방에 들어가니 역시나 언연이 먼저 와 있었다. 명란은 언연을 보자마자 눈썹을 치켜세우고는 손가락질하며 욕했다.

"나더러 양심이 없다니! 언니 동생 사이에 낚시하자고 불러도 안 오고, 혼담이 오가는 것도 난 몰랐어. 그런데 언니가 비웃음당하니까 나한테 가림막 역할까지 시켜? 지금 내 꼴 좀 봐. 어떻게 갚을 거야?"

구겨진 치맛자락을 잡고서 말하는 명란은 분개한 모습이 역력했다. 언연은 명란의 곁으로 다가가 두 손을 모으고 연신 절했다.

"착하디착한 동생아, 다 내 잘못이야. 내가 널 속일 생각이었다면 내 얼굴에 커다란 종기가 날걸. 오늘 온 것도 너랑 그 이야기를 하려고 했던 거야. 동생아, 방금 정말 네 덕이 컸어. 아니었다면 걔네들이 날 얼마나 놀렸을지 몰라."

이야기하는 사이 취미가 담록색 바탕에 금실 자수가 놓인 편금 배자(偏襟褙子)[8]와 녹색 바탕에 꽃이 수놓인 치마를 가지고 나왔다. 명란은 검은

---

8) 옷깃을 한쪽으로 여며 옆에서 단추를 채우는 배자.

색 배나무로 만든 네 폭짜리 비단 자수 병풍 뒤로 가서 옷을 갈아입고 나왔다. 그런 다음 정색하며 말했다.

"말해봐. 대체 어떻게 된 거야? 나한테 사실대로 털어놔."

언연은 얼굴을 구기며 말했다.

"그냥 그렇게 된 거지. 우리 아버지 윗사람이 보증한 중매인이⋯⋯."

언연은 말을 하려다 멈췄다.

취미와 단귤은 눈치가 좋아서 주인이 속 이야기를 시작하는 걸 보더니 소도가 차와 주전부리를 내오길 기다렸다가 함께 물러갔다. 명란은 문을 한번 보고는 언연의 곁으로 가 앉은 후 조용히 말했다.

"언연 언니, 언니한테 뭐라는 게 아니야. 지금 정혼도 아니고 그냥 혼담이 오간 것뿐인데 어쩌다 성 내에 이야기가 다 퍼진 거야? 이 혼사가 안 이뤄지면 언니는 어떡해?"

감동한 언연은 명란의 손을 잡으며 말했다.

"동생아, 우리 할머님이 괜히 너보고 착하고 정이 많다 칭찬한 게 아니구나. 평소에 나하고 친하게 지낸 언니 동생은 많지만, 너처럼 날 생각해주는 말을 한 사람은 처음이야! 우리 어머니께서 형제자매 하나 안 남기고 일찍 돌아가신 게 원망스러울 뿐이구나⋯⋯. 다들 의붓어머니가 생기면 아버지도 의붓아버지가 된다더니, 우리 아버지는 재혼하시더니 의붓어머니와 의붓어머니가 낳은 동생들만 데리고 부임지로 가시고 나 혼자만 남겨두시더라. 조부모님이 날 가엾게 여기셨기에 망정이지 아니었으면⋯⋯."

언연은 울컥하여 말을 멈췄다. 눈에 눈물이 고였다.

명란은 우울한 표정으로 고개를 숙인 채 가만히 언연의 옷자락을 쓸었다. 언연은 코를 훌쩍이고는 말을 이었다.

"사실 이번 혼사는 조부모님의 뜻이 아니었어. 의붓어머니가 녕원후의 어느 친척과 왕래하더니 아버지께 중매에 응하라고 재촉하신 거야. 다행히 할아버님께서 좀 더 알아보고 생각해보자고 하셔서 아직 결정되진 않았지만, 그 여자가…… 그 여자가…… 여기저기 떠들고 다녀서 다들 알게 되어버렸어."

언연은 더는 말을 잇지 못하고 나직하게 울기만 했다. 명란은 가슴이 아팠지만, 뭐라 다독일 말이 떠오르지도 않아 언연의 손등을 가만히 어루만지며 눈물을 닦으라고 새 손수건을 건네주었다. 언연은 눈물을 닦고 숨을 들이마셨다. 그러고는 꾸벅 고개를 숙여 절하더니 얼굴을 활짝 펴며 말했다.

"나 좀 봐. 너희 경삿날에 이런 모습이라니. 동생한테 우스운 꼴을 보였네! 생각해보면 아버지도 딸인 나를 이상한 곳에 보내실 리 없잖아. 처녀라면 결국 언젠가는 시집을 가야 하니 할아버님께 괜히 이리저리 조사하고 다니지 마시라 해야겠어. 어쨌든 시집만 가면 되는 거니까."

"안 돼!"

쭉 조용히 듣고 있던 명란이 이 말을 듣고는 깜짝 놀라 낮게 소리쳤다.

"아무렇게나 시집가면 안 돼. 여인은 평생 단 한 번, 단 한 사람에게 시집가. 지금 잘 생각하지 않으면 나중엔 후회해도 소용없어. 할아버님께 조사해달라고 해. 아주 잘 살펴봐달라고 말이야. 나쁜 놈한테는 절대 시집가지 마!"

언연이 눈물을 그치고 웃으며 말했다.

"이 계집애, 어찌 입만 열면 시집, 시집이야. 알고 보니 너도 시집갈 생각은 있었구나."

이 정도 놀림으로 명란이 꼼짝할 리 없었다. 명란은 표정 하나 바꾸지 않고 진지하게 말했다.

"언연 언니, 언니가 할아버님과 아버지가 부딪치는 거 원치 않는 거 알아. 하지만 언니도 생각해야지! 그 의붓어머니를 만나 뵙진 않았지만 어울리기 힘든 사람이라고 들었어. 좀 나쁘게 말해서, 언니가 자기 생각대로 시집가면 분명 언니 시댁 세력을 믿고 우쭐거리겠지. 하지만 언니가 서러움이라도 당했을 때 언니를 위해 나서줄 것 같아?"

언연은 심란한 마음에 안색이 창백해졌다. 명란은 일어나 방 가운데로 나가서 손뼉을 치고는 위엄 있게 말했다.

"언연 언니, 앞으로는 그 버릇 좀 고쳐! 언닌 친어머니는 없지만 어찌됐든 적출이고, 조부모님도 건재하시잖아. 난? 그냥 서녀에 겨우 할머님밖에 없어! 내가 언니보다 나은 점은 하나도 없지만 누가 날 억지로 이상한 놈한테 시집보낸다면 죽을 각오를 하고 끝까지 싸울 거야."

언연은 멍하니 명란을 보았다. 여리고 사랑스러운 얼굴은 평온했으나 그 안에서 의연하고 과감한 모습이 느껴졌다. 갑자기 용기가 솟아난 언연은 명란에게 다가가 친근하게 손을 잡고 작은 목소리로 말했다.

"명란아, 안심해. 꼭 나 자신을 아낄 거야! 이렇게 진심으로 나를 대해주다니, 죽어도 네 마음 잊지 않을게."

언연의 말에 쑥스러워진 명란은 눈을 들어 언연을 보았다. 차분한 표정에 안심이 되어 말했다.

"죽어도는 무슨 죽어도야. 이상한 소리 마! 앞으로 그런 수다쟁이들하고 적당히 어울려. 우리 할머님께서 날 그 애들과 별로 못 어울리게 하시면서 '흉금을 털어놓는 친구는 몇이면 족하다'라고 늘 말씀하셨어. 오늘에서야 할머님께서 얼마나 뛰어난 혜안을 가지셨는지 알겠네!"

언연이 웃었다.

"네 할머님께서 품고 계신 생각은 그것뿐만이 아니야. 우리 할머님께서 나한테 슬쩍 말씀하신 적 있어. 네 할머님께서는 네 혼사까지 진작 생각해놓으셨다고. 안타깝지만 두 어르신이 조개처럼 입을 꼭 다무셔서 아무리 애써도 열 수가 없더라."

명란은 너무 궁금했지만 살짝 달아오른 얼굴로 이렇게 말했다.

"내가 몇 살인데. 언니 걱정이나 해!"

사실 노대부인의 의중은 명란도 금방 알아차렸다. 등주 안에 혼기가 찬 남자아이는 뻔하다보니 그동안 왕래한 사람은 다 알게 되었다. 비슷한 나이의 언니가 둘 있고, 왕 씨와 임 이랑은 만만한 사람이 아니라서 좋은 상대가 있어도 명란의 차례까지 가지 않는 데다 아예 명란이 얼굴을 못 내밀게 하고 다른 길을 찾게 한다는 사실을.

다만 노대부인이 평소에 명란에게 가리는 것 없이 다 이야기하면서도 혼사와 관련된 일만은 단 한마디도 하지 않으니 명란도 괜히 조바심내며 묻기가 어려웠던 것뿐이다. 이구구, 기다리자. 노대부인의 손녀사위 보는 안목이 며느리 고르는 안목보다 높길 바랄 뿐.

아미타불!

제37화

다투지 않는 마음

노대부인이 처음으로 선 중매는 행운이 따랐다. 강 부인이 직접 가서 장오를 본 것이다.

강 부인은 자존심만 앞세우고 여색을 탐하는 무능한 서생에게 평생 시달렸기 때문에 장오를 보자마자 마음이 흡족했다. 장오는 손발이 크고 위풍당당하며 사람들을 후하고 성의 있게 대했다. 생김새가 출중하다고 할 수는 없었지만 듬직하고 밝았다. 막 늦봄이라 강씨 가문에서는 혼담을 수락했다. 남녀 모두 나이가 어리지 않은 관계로 양가는 최대한 빨리 혼례를 치르기로 합의했다.

이쪽은 일이 순조로운 반면 여씨 집안은 비참했다. 여 각로는 사직한 지 한참 되었으나 경성에 아직 인맥이 있었다. 평녕군주가 아무리 좋은 말을 해도, 조금 알아보니 상황이 그리 좋지 않았다. 묵란의 그 불길한 말이 정말로 맞아떨어졌다. 그 녕원후의 둘째 아들은 그야말로 '망나니'였다.

어려서부터 제멋대로 굴었고, 걸핏하면 시장에서 말을 타고 싸움을 하면서 말썽을 일으켰다. 또 공후백부의 한량들과 종종 어울렸다. 조금

커서는 저속한 부랑자들과 어울렸고, 유흥에 빠져 어린 사내까지 건드린 데다가 빚도 잔뜩 졌다.

고顧가에서 어렵사리 혼처를 찾았지만 그 둘째 아들이 싫다며 혼담을 물리라 했다. 넝원후 내외가 허락하지 않자 그가 직접 그 집을 찾아갔다. 그 집에서 큰 잔치가 열리던 날, 사람들이 보는 앞에서 그 집 딸을 제대로 비아냥거린 것이다. 그 집은 죽고 싶을 만큼 치욕스러워했고 혼담은 당연히 물 건너갔다. 이 사건 이후로 경성의 어느 정도 지체 있는 가문에서는 그에게 딸을 시집보내려고 하지 않았다. 일이 이리되자 고가는 급한 마음에 경성 밖에서까지 며느릿감을 찾게 된 것이었다.

명란은 얼굴을 찌푸리고 창밖을 쳐다봤다. 언연은 하소연할 사람이 없자 사나흘이 멀다 하고 명란을 집으로 초대하여 여 각로가 알아본 소식과 자신의 심경을 이야기했다. 그 소식들은 하나같이 막장드라마 수준이었다. 최근에는 그 망나니에게 남색을 즐기는 버릇까지 있다는 소식이 들려왔다. 경성에서 남색을 밝히기로 유명한 부잣집 자제들과 남창이 있는 유곽에도 들락거린다는 것이다!

세상에나. 현실주의자인 명란은 망나니는 망나니일 뿐, 말 못 할 사정이 있거나 개과천선하는 탕자가 드물다는 것을 똑똑히 알고 있었다. 그리고 비뚤어진 사내가 정신 차리는 것 역시 쉽지 않다는 것도 알고 있었다. 일본의 저명한 작가 미시마 유키오의 아내가 얼마나 비참한 인생을 보냈는지 유명하지 않은가. 그녀 역시 미시마를 올바르게 만들겠다는 꿈을 품고 시집갔을 것이다. 그런데 결과는? 아들도 둘이나 낳았는데 미시마는 그 비뚤어진 기개로 전 세계에 이름을 떨쳤다.

전생에 본 몇 안 되는 BL 소설에서 두 남자 주인공의 사랑은 가슴 시리게 아름다웠다. 그리고 그 안에서 여주인공은 대부분 희생양이었다.

여자들은 남성 동성애 소설을 실제 상황으로서 좋아하는 것이 아니다. 그런 소설을 즐겨 읽는 여자 중에 몇 명이나 게이와 결혼하길 원할까?

명란은 원치 않았다. 언연도 분명 그런 취향이 아니었다.

이날 명란은 또 초대를 받아 여부에 가서 밤을 지새우느라 눈이 빨개진 언연을 껴안고 한참을 울었다. 최근 여 각로와 여 대인은 서신으로 심하게 다투었다. 여 각로는 파혼을 원했고, 여 대인은 한사코 거부하며 딸의 혼사는 부모가 결정한다고 맞받아쳤다. 여 각로가 상관할 일이 아니라는 뜻이었다! 그러자 여 각로는 옳거니, 자식의 혼사는 부모가 주관하는 법이라며 낙관을 찍지 않은 휴서休書[1]를 보냈다. 며느리가 불효하니 아들에게 부인을 쫓아내라는 뜻이었다!

언연의 계모는 울면서 아이들을 데리고 친정으로 돌아갔고, 여 노대부인은 부군과 아들을 화해시키려고 애원했다. 이 갈등의 불씨인 언연은 힘겨워하며 솔직한 심정을 토로했다.

"……명란, 나는 집안을 발칵 뒤집어놓은 불효녀야. 그냥 시집이나 갈까봐!"

명란은 필사적으로 언연에게 용기를 불어넣었다.

"끝까지 버티면 이기는 거야. 언니에게 잘못이 있다면 계모의 꼬드김에 넘어갔다는 것뿐이지. 멀쩡한 꽃을 진흙 구덩이에 처박으려고 하다니. 신분 상승을 원하면 자신의 친딸을 보내면 되잖아? 언니보다 두 살 어리니 충분히 시집갈 수 있는데도 언니 등만 떠밀고 있잖아. 이게 언니 신세 망치겠다는 뜻이 아니고 뭐야?!"

---

1) 이혼 서류.

언연은 며칠을 우느라 바싹 여위어 몹시 허약한 상태였다.

"할아버님은 연세가 많으셔서 이런 난리를 견디지 못하셔. 이번에 병석에 누우신 지도 한참 되었는데 만에 하나……."

명란이 한숨을 쉬며 말했다.

"휴, 그게 뭐 대수야? 언니 아버님이 나라를 팔아먹은 것도 아니고 분에 넘치는 가문과 사돈을 맺고 싶은 욕심에 잠시 눈이 멀었을 뿐이잖아. 살면서 누구나 실수를 해. 난 할머님이 부처님께 바친 과일을 훔쳐 먹다가 손바닥을 맞은 적도 있다고. 이 고비만 넘기면 돼. 혈연으로 맺어진 부자가 설마 원수가 되겠어? 언니도 그래. 지금은 난처한 상황이긴 하지만 좋은 사람에게 시집가서 서로 위하며 잘 살다가 아들딸 낳고, 한 재산 모아서 친정에 온다면 그때도 언니 아버님이 모른 척하시겠어?"

언연이 눈물을 머금고 피식 웃었다. 명란의 말처럼 되길 간절히 바라는 언연의 눈빛이 흔들거렸다.

"정말로 그렇게 될까?"

명란은 언연의 어깨를 힘차게 토닥거리며 말했다.

"걱정 마! 언니 할아버님께서 수보이실 때 그 큰 파도도 다 헤쳐 오셨잖아. 이런 도랑에 빠지실 리 있겠어? 헤헤, 언니 아버님이 도랑이라는 뜻은 아니야! 언니도 기운 내서 할아버님 잘 돌봐드려. 이렇게 울상 짓지 말고 웃어야 해. 이게 뭐 큰일이야. 혼담을 확정한 것도 폐물을 보낸 것도 아니니까 파혼이라고 할 수도 없어."

사실 명란이 보기에 이 일은 충분히 돌이킬 수 있었다. 여 각로가 그렇게 노여워하니 경성의 여 대인도 감히 부친의 뜻을 거스르지 못할 것이고, 휴서가 있는 한 여 부인도 경거망동하지 못할 것이다. 그렇지 않았다면 혼사부터 확정 지었을 테고, 그렇게 되면 파혼하기 골치 아파졌겠지!

명란이 상세히 분석을 해주자 언연은 그제야 마음을 좀 놓았다.

이 소동 속에서 언연에게 명란은 어둠 속의 등불 같았다. 방황하고 흔들릴 때마다 명란을 붙잡고 우스갯소리라도 하며 마음을 달래면 초조하던 마음이 잠시나마 안정되었다. 명란은 절친한 벗으로서 의리를 다 했다. 그렇게 자주 방문을 했더니 여 각로 내외뿐만 아니라 여란의 둘째 숙부 내외까지 명란의 품성이 어질다고 입이 마르게 칭찬했다.

고진감래라서 그런 것인지는 몰라도 며칠 지나니 상황이 호전되기 시작했다. 고씨 가문의 둘째 공자가 직접 여 대인을 찾아오는 성의를 보이며 그 자리에서 혼담을 청했다고 했다. 후부 나리도 사돈 맺기를 청하는 정중한 서신을 써 보냈다. 여 각로와 여 노대부인은 그 서신을 보고 마음이 흔들렸다. 어쨌든 고관대작의 자제이니, 본인만 마음을 고쳐먹는다면 나쁜 혼처는 아닐 수도 있었다.

성품이 온화한 언연은 조부모의 말을 듣고 마음이 움직였다. 그러나 명란은 입을 삐죽이며 아무 말도 하지 않았다. 사람은 고쳐 쓰는 게 아니라고 했다. 법원에서 방청하며 기록하던 일을 하던 명란은 술주정뱅이 고룡古龍 작가[2]의 말을 철칙으로 믿었다. '여자는 남자를 위해 바뀔 수 있다. 하지만 남자는 여자 때문에 바뀌지 않는다. 다만 얼마나 오래 바뀐 척하느냐일 뿐이다.'

성굉은 장백의 혼사를 이듬해 초로 정하고 그때가 되면 경성에서 혼례를 치르기로 했다. 연말에 임기가 끝나기 때문에 늦여름부터 성부의 사람들은 가산과 시종을 점검하기 시작했다. 전답 중에 팔 것은 팔고, 현

---

2) 김용, 양우생과 함께 중국 무협 소설의 3대 거장.

지에서 사들인 하인과 잡부 중 내보낼 자는 내보냈다. 명란도 모창재의 몸종들과 하나씩 면담을 하며 자신을 따라 경성으로 갈 것인지 물었다.

가생자[3]는 물론이고 밖에서 사 온 소도와 약미, 그리고 나머지 세 아이는 성부에서 하인을 관대하게 대해주고, 명란의 성품이 좋아서 다들 떠나고 싶어 하지 않았다. 몸종 십여 명에게 물어보니 두 아이만 부모를 따라 남고 싶어했다.

그 후 명란은 자신의 재산을 점검했다. 사실 명란이 따로 챙겨 둔 재산은 그리 많지 않았다. 평소에 노대부인이 용돈을 많이 주었지만, 몸종과 어멈들을 부리는 데 많이 나갔다. 고작 은자 십여 냥 아닌가. 당시 물가에 따라 세밀히 따져보니 예닐곱 식구의 농가에서 삼 년을 지낼 수 있는 돈이라 꽤 많아 보였지만, 관료 집안에서 이 돈으로 할 수 있는 일은 얼마 없었다. 하지만 몇 년간 패물은 적잖이 모았다. 장백이 보낸 서화와 서책은 제법 값이 나갔다. 명란은 아예 물품 책자를 만들어 자신의 물건을 분류하여 기록하고 하나씩 맞춰본 다음에 책자에 기입했다.

작년에 모창재로 이사하기 전, 노대부인은 금릉의 옛집에서 패물함 한 벌을 보내 주었다. 아홉 개 함이 한 벌인데, 가장 큰 함의 높이가 한 척尺이나 됐다. 아홉 개 층으로 된 함에는 수납 칸 마흔아홉 개와 숨겨진 수납 칸 열아홉 개가 있었다. 가장 작은 함은 손바닥만 했는데, 열어 보면 작은 칸 아홉 개로 나누어져 있었다. 함들은 서로 포갤 수 있었고, 수납 칸은 분리가 가능했다. 고급 흑단에 해당화를 양각하고 금현색 자개를 박아 넣었으며, 서로 마주 보고 누운 크기가 다른 물고기 두 마리 모양의

---

3) 가내 노비의 자식.

큰 자물쇠 아홉 개와 정교한 물고기 모양의 작은 자물쇠 열여덟 개가 달려 있었다.

패물함은 연식이 좀 되어 보였지만 흑단에서는 여전히 윤기가 자르르 흘렀다. 백동과 황동도 곱게 다듬어져서 새것처럼 반질거리며 빛에서 눈부시게 반짝거렸다. 섬세하고 고풍스러워서 명란은 입을 다물지 못할 정도였다. 당시 공방이 전성기였을 때 최고의 장인 몇 명이 밤낮으로 한 달 동안 작업하여 만든 고급 패물함으로, 노대부인이 시집올 때 가져온 혼수 중 하나였다!

이 물건이 모창재에 들어왔을 때 여란은 침착했다. 왕 씨도 고급 혼수를 많이 보았기에 시샘하는 말 몇 마디에 명란을 며칠 고깝게 쳐다봤을 뿐이었다. 그러나 묵란은 그 자리에서 명란을 잡아먹을 듯이 눈을 부라리더니 임 이랑에게 가서 한바탕 통곡했다. 임 이랑은 성굉에게 가서 눈물 바람을 보였다.

성굉은 난감해하며 양손을 펼쳐 보였다. 노대부인이 자신의 혼수를 누구에게 준다고 한들 그가 뭘 어쩌겠나? 노대부인은 성씨 집안에 시집온 후 자식을 낳지 못했다. 따라서 심하게 말하면 노대부인 사후에 용의후부에서 남은 혼수를 돌려 달라 요구하면 그도 할 말이 없었다.

몹시 괴로워하던 임 이랑은 넘어졌지만 다시 일어나기 위해 수안당에 문안을 올리러 갔다. 하지만 방씨 어멈에게 문밖에서 거절당했다. 임 이랑이 문가에서 울며 애걸하자 사람들이 구경하러 몰려들었다. 노대부인은 곧바로 끙끙대며 드러누웠고, 의원은 맥을 짚어본 후 기분이 울적하여 맥이 막혔다는 말만 남겼다.

쉽게 말하자면 노대부인 기분이 언짢다는 것이었다! 성굉은 급히 임 이랑을 끌어냈다.

처음에 명란은 자신이 임 이랑을 건드린 것 같아서 마음이 찜찜했다. 그런데 노대부인은 전혀 대수롭지 않게 여겼다.

"이번이 처음도 아니고, 나에게 뭘 얻어가려고 할 때마다 와서 소란을 피우는구나!"

명란은 궁금해하며 무슨 일이 있었는지 물었다.

노대부인도 숨기지 않고 가감 없이 말했다.

"……그해 임 이랑의 속내가 드러나고, 네 어미가 그 아이를 내쫓으려고 했는데 네 아비가 허락하지 않았다. 어미가 임 이랑이 올린 차를 받지 않자, 그 아이는 내게 와서 울며 애원했지. 바닥에 몇 시진 동안 꿇어앉아 일어나지 않았어. 자신의 어리석은 마음을 허락해달라며 온종일 울었단다. 내가 허락하지 않으면 머리를 박고 죽겠다고 했어. 그 아이에게 시달리다 지쳐 버린 나는 사람들을 물리고 '어째서 성굉의 첩이 되려고 하느냐'며 딱 한 마디만 물었다. 그러자 네 아비의 재능과 인품을 흠모해서 그렇다고 딱 잘라 말하더구나! 흥, 어릴 때 가난으로 고생을 많이 해서 부귀영화를 원한다고 했으면 차라리 덜 미웠을 것이다. 그런데 하필이면 진심을 들먹이며 날 기만했어! 임 이랑은 내 예전의 명성을 듣고 사사건건 진심을 들먹였던 것이야! 그 아이가 진심이 뭔지 알까? 진심이란…… 진심이란……."

"진심이란 부귀해도 타락하지 않고, 빈천해도 마음을 바꾸지 않으며, 힘 앞에서도 굴하지 않는 것이죠![4]"

명란이 말을 받았다.

---

[4] 부귀불능음富貴不能淫, 빈천불능이貧賤不能移, 위무불능굴威武不能屈.

"하하, 맹자님의 말씀을 그리 인용하는 것이냐? 그럼 선생에게 회초리 맞을라!"

노대부인은 속으로 대견해하면서도, 일부러 명란의 손바닥을 정말 때리기라도 할 듯 노려봤다.

"그래서 그다음엔 어떻게 되었나요?"

명란이 눈을 반짝이며 물었다.

"나는 그 모습에 속이 뒤틀려서 네 아비를 오라고 하여 그 자리에서 말했다. 둘을 허락해줄 수 있지만 다시는 임 이랑을 내 눈에 띄게 하지 말라고 말이다. 그 아이가 내 조건을 받아들이면 곧바로 첩으로 맞아들이겠지만 내 앞에는 나타나지 말라고 했지! 임 이랑은 처음에 울먹이며 난감한 척했어. 그렇게 며칠 가식적으로 굴다가 결국 못이기는 체하며 받아들였지. 그래서 이 할미가 애미를 설득해 임 이랑을 집으로 들였다."

명란이 잠자코 있자 노대부인은 한숨을 쉬었다가 말을 이었다.

"임 이랑의 말에는 진심이 전혀 없었다. 집안에 들어온 후 몇 년 동안 내 앞에 와서 사죄하며 울기도 하고 애걸하기도 했지. 꿇어앉아 머리를 찧으며 마치 재산 따윈 필요 없다는 듯 자신의 진심을 이해하고 악의 없는 잘못을 용서해 달라고 했어⋯⋯. 나는 곧바로 네 아비를 찾아서 임 이랑이 다시 한번 날 귀찮게 하면 나가서 혼자 살겠다고 했다. 그제야 네 아비가 임 이랑이 내게 오는 것을 엄금했지."

명란은 한참을 듣다가 한숨을 길게 내쉬었다. 아주 오래전 명란은 노대부인의 고인 물처럼 평온해 보이는 표면 아래 조용히 들끓고 있는 감정을 느꼈었다. 노대부인은 사랑도 증오도 치열하게 하는 고고한 여인이었다. 이런 성격은 타인에게 쉽게 상처를 주었고, 자기 자신은 더 쉽게 상처를 받았다.

묵란이 노대부인의 환심을 사려고 했을 때 명란은 할머니의 괴팍한 성격을 조금씩 알게 되었다. 노대부인은 달라고 하지 않는 사람에게는 꼭 주고 싶어했고, 꿍꿍이가 있어서 자신을 이용하려 드는 사람에게는 절대로 주지 않았다. 이런 성격을 떠올리며 명란은 속으로 가슴을 쓸어내렸다.

그때 명란은 산사태를 당해 젊고 전도유망한 삶을 마쳤다. 환생한 후의 취업 상황 역시 매우 열악해 철저한 비관주의자가 되었다. 수안당에 들어간 그 날부터 명란은 어떤 것도 달라는 말을 하지 않았고, 노대부인에 관해서도 가장 비관적인 관점에서 모든 상황을 예측했다. 수안당이 왕여 부인 처소처럼 간식이 풍족하지 않은 것을 보고 자기 용돈을 아껴 간식을 사와 노대부인과 함께 먹었다. 그런 명란의 모습에 노대부인은 웃어야 할지, 울어야 할지 난감하기까지 했다.

임 이랑과 묵란은 부족한 것이 하나도 없었다. 수완도 있었고, 계략도 있었고, 진취적인 마음까지 갖고 있었다. 하지만 노대부인이 남들과 '다 투지 않는 마음'을 중시한다는 사실은 알지 못했다.

제38화

아직 멀었다

과년한 처녀 총각을 둔 집안의 가장은 혼사를 준비하는 데 무한한 잠재력을 발휘하는 법이다. 성유와 강씨 집안에서는 모든 준비를 서둘러 마치고 새색시가 연말에 조상의 사당에 향을 피우기 딱 좋게 가을이 한창인 9월 말로 날을 잡았다. 성굉은 소식을 접하고 당일 오전에 등청을 미루고 자녀들을 불러 모아 이를 발표했다.

명란은 억지로 하품을 참으며 단귤에게 끌려 방으로 들어갔다. 성굉과 왕 씨는 이미 당상의 상석 좌우에 놓인 높은 오동나무 의자에 앉아 있었고, 아래에는 나이순으로 오라버니와 언니들이 두 줄로 도열해 있었다. 왼쪽 가장 끝에 서 있던 장동이 자신을 향해 조용히 별일 아니라는 눈빛을 보냈다. 명란은 안심하고 가벼운 발걸음으로 여란의 옆에 가서 얌전히 섰다.

성굉이 뜨거운 차를 한 모금 마셨다. 왕 씨는 성굉이 찻잔을 내려놓는 것을 보고 입을 뗐다.

"다들 앉거라. 아버지께서 하실 말씀이 있다."

명란은 자리에 앉은 후 눈을 들었다. 성굉은 기분 좋은 얼굴로 말을 꺼냈다.

"너희 큰당숙 댁에서 곧 혼례가 치러진다. 말하자면 인척간에 또 사돈을 맺는 경사다."

그는 턱수염을 쓰다듬으며 웃었다.

누구도 감히 성굉에게 묻지 못하고 모두 명란을 쳐다봤다. 명란은 이에 호응하여 웃으며 입을 열었다.

"장오 오라버니와 윤아 언니지요. 큰당숙모님이 언니를 보신 후 무척 마음에 들어하시며 정숙하고 단아하다고 말씀하셨어요. 큰할머님께서 서신을 보내셔서 우리 할머님이 좋은 혼처를 알아봐 주신 덕분이라고 하셨죠. 아버님, 큰당숙께서 중매 선물은 안 보내셨어요?"

성굉이 명란을 가리키며 크게 웃었다.

"이 녀석! 다 컸는데도 아직 개구쟁이로구나."

왕 씨가 자랑스러워하며 말했다.

"윤아의 인품이나 집안은 흠잡을 데가 없지요. 아주버님 댁에서 이런 며느리를 보는 것도 복이고요. 이 혼담이 성사되다니 인연이네요!"

묵란이 빙그레 웃었다.

"인연은 인연이지요. 하지만 자세히 따지면 큰당숙 댁에 그런 복이 있을 수 있는 것도 다 아버님 덕이에요."

묵란의 말은 은근했다. 강씨 집안 같은 곳에서 적녀를 상인 가문인 성유 집안에 시집보내는 까닭은 성굉의 면을 고려했기 때문이다. 묵란은 성굉의 간지러운 부분을 제대로 긁어주었다. 성굉은 아무 말도 하지 않았지만 더욱 환한 표정으로 묵란을 향해 고개를 끄덕였다. 눈빛에는 흡족해하는 기색이 역력했다.

명란은 고개를 숙여 소매 안으로 주먹을 움켜쥐고 있는 여란을 보며 조용히 한숨을 쉬었다. 과거의 묵란이 겉모습만 붙여우였다면 지금의 묵란은 속까지도 완벽한 붙여우였다. 여란과 명란 앞에서 무슨 짓을 해도 성굉만 있으면 온화하고 부드러운 딸이 되어 어른들에게는 공손하고 여동생들에게는 살갑게 굴었던 것이다.

성굉이 웃으며 말했다.

"큰할머님께서 이번 혼사에 너희 할머님이 꼭 축하주를 드셔야 한다고 하시며, 안 가신다고 하면 직접 모시러 오겠다고 서신을 보내셨구나. 어제 할머님과 의논한 결과, 할머님은 월말에 유양으로 가시기로 하셨다. 나는 10월 말에 지주 임기가 끝나니 공무가 바빠 못 간다. 장백은 곧 경성으로 가서 저택을 정리해야 하고, 장풍은 추위秋闈를 준비해야 하는구나. 장동은 아직 너무 어려. 명란이는 할머님을 모셔야 하니 꼭 가야 하고, 묵란이와 여란이도 가겠느냐?"

여란은 고개를 돌려 명란을 힐끔 봤다. 사실 명란도 뜻밖이었다. 여태까지 잔치를 본체만체하는 노대부인의 성정으로 이번에도 분명 가지 않을 것으로 생각했던 것이다. 그런 노대부인을 위해 핑곗거리를 생각하고 있던 참이었는데 이렇게 금방 승낙하셨다니 의외였다.

묵란은 명란을 흘겨보더니 웃으며 대답했다.

"정말 기쁜 일이니 꼭 가고 싶어요. 다만 곧 경성으로 이사를 가야 하니, 어머님이 너무 힘드시잖아요. 짐을 정리하고 꾸리는 일도 있고, 여란이와 장풍 오라버니도 도와야 하니 전 안 갈래요. 명란아, 네가 장오 오라버니께 축하 인사 좀 전해줘."

명란이 웃으며 승낙했다.

화려한 경성에 비해 유양은 한참 떨어지는 곳이다. 게다가 경성에는 제형이 있다! 여란도 이를 알아차리고 차갑게 말했다.

"누가 언니 도움 필요하대? 가기 싫으면 안 가면 되지 날 걸고넘어지지 마."

왕 씨가 미간을 찡그리며 성굉을 바라봤다. 예상대로 성굉이 낮은 목소리로 호통쳤다.

"무슨 말을 그리 하는 게냐? 넌 어려서부터 덤벙거려서 네 언니가 좋은 마음으로 도와주겠다는데 이리 분별이 없어서 어찌하겠느냐? 저렇게 버릇이 없으면 망신만 당할 테니 가지 말거라."

여란은 얼굴이 벌게졌지만 감히 말대답하지 못했다. 왕 씨는 또 호통이 나올까봐 급히 말렸다.

"애가 철이 없어서 그럽니다. 그리고 자매끼리 말다툼은 흔한 일이지요. 하실 말씀 있으시면 어서 하십시오. 등청하셔야 하는데 시간이 많이 늦었습니다."

성굉은 왕 씨를 한번 노려보더니 고개를 돌리고 부드럽게 말했다.

"명란아, 이번에 너 혼자서 할머님을 모시고 유양에 가게 되었구나. 할머님 연세가 많으시니 네가 잘 돌봐드려야 한다."

고대에 와서 멀리 나가본 적이 없었으니 놀러 가는 건 명란이 바라는 바였다. 하지만 마차를 타야 한다는 생각에 울상이 되었다.

"아버님, 말씀을 거꾸로 하셨어요. 전 마차만 봐도 울렁거려서 할머님께 폐만 끼치지 않으면 다행이에요. 차라리 걸어서 갈까요?"

성굉은 명란의 걱정스러워하는 얼굴을 재미있어 하면서 엄한 표정으로 말했다.

"그 짧은 다리로는 부러져라 뛰어가도 조카가 태어난 다음에야 도착할 것이다!"

실내 분위기가 부드러워지면서 모두 웃기 시작했다. 명란은 더욱 걱정스러웠다.

"차라리 저도 가지 말까요?"

성굉은 명란의 하얗고 어여쁜 얼굴을 보고 흡족해하며 말했다.

"가거라! 이번 기회에 집안 친척들도 뵙고 조묘에 향도 올려야지. 네 오라버니와 언니들이 보낼 축하 선물들도 네가 챙겨서 가거라."

말을 마치고 성굉이 일어나자 양쪽에 앉아 있던 아이들도 따라 일어났다. 왕 씨가 일어나 성굉의 구름과 학, 꽃이 수놓아진 비단 인끈을 정리해주었다. 성굉은 명란 곁을 지나면서 한 번 더 당부했다.

"명란아, 서둘러 짐을 꾸리거라. 할머님 걱정시키면 안 된다. 그리고 밖에 나가서는 법도를 지키며 예의 바르게 행동해야 하느니라. 돌아오면 경성은 새해맞이가 한창이겠구나. 그때는 이 아비가 네게 등 구경을 시켜주마."

명란은 곧바로 고개를 끄덕였다. 성굉은 웃으며 명란의 머리를 쓰다듬고는 몸을 돌려 장백에게 손짓한 후 성큼성큼 문밖으로 나갔다. 장백이 뒤를 따랐고, 장풍은 상실감이 느껴지는 심란한 얼굴로 부자의 뒷모습을 바라봤다.

"아버지께서 왜 큰오라버니를 부르셨는지 모르겠네?"

묵란이 장풍의 마음을 읽고 대수롭지 않은 척하며 물었다.

여란은 신경도 쓰지 않고 묵란을 흘기며 말했다.

"알고 싶으면 아버지께 가서 물어보면 되잖아."

그러고는 손수건을 흔들며 왕 씨를 따라 밖으로 나갔다. 이런 분위기 속에 남겨지는 것이 가장 두려운 명란은 부랴부랴 문밖으로 내뺐다.

방에 들어서자마자 여란은 왕 씨에게 호되게 혼이 났다.

"넌 나이를 어디로 먹는 게야. 묵란이 그 계집애처럼 영리하게 굴지 못

하겠거든 명란이처럼 똑똑하게 환심을 살 줄이라도 알아야지. 요 몇 년 동안 네 아버지가 명란이를 얼마나 예뻐했니. 내 앞에서도 그 아이가 착하고 따뜻하고 마음씨가 곱다며 많이 칭찬하셨다. 또 걸핏하면 명란이가 생활하는 데 부족함이 없게 잘 챙기라고 잔소리하셨어."

여란이 차갑게 콧방귀를 뀌었다.

"신발과 두루주머니 몇 개 만들어서 잘 보인 것뿐이잖아요."

왕 씨는 더욱 노여워했다.

"신발이야 별거 아니지만 그게 다 효심이야. 나도 그 아이가 보낸 신발을 신으면서 애 많이 썼겠구나 하는 생각이 들더구나. 그런데 넌 왜 안 하는 게냐? 그저 묵란이 고것이랑 싸우면서 말썽 부릴 줄이나 알지. 네 아버지가 이번에 명란이에게 조묘 사당에 향을 올리라고 하셨잖니. 그건 본가의 당숙과 친척들에게 알리고 그 아이를 내 밑으로 넣겠다는 뜻이야!"

여란이 대경실색했다.

"정말이요? 그럼 묵란 언니는요? 예전에 조묘에 갔었잖아요. 설마 묵란 언니도……?"

"모르겠다. 상황 보면서 생각하자."

왕 씨는 지친 듯 방구들에 주저앉았다.

이쪽에서 왕씨 모녀가 골치 아파하고 있을 때, 저쪽에서는 성굉이 화원을 따라 걸으며 장백에게 이렇게 말하고 있었다.

"축하 선물들은 래복에게 점검하라고 일렀다. 떠나기 전 네 어미가 다시 한번 살펴볼 것이야. 내가 류 동지에게 서신을 보냈다. 별일 없다면 이번에 대리시[1] 임기를 마치고 호부[2] 시랑으로 전임될 것이다. 너도 장오에게 서신을 써서 류 대인의 기호와 인품, 집안 사정 등을 알려주거라. 장오가 미리 준비해서 경성에 돌아와 류 대인을 찾아뵐 수 있도록 도와주어야지."

장백이 고개를 끄덕이다가 뜬금없이 말했다.

"큰당숙께서는 정말 능력이 대단하십니다."

장백의 짧은 한마디에 성쿵이 휙 고개를 돌려 아들을 봤다. 대견하다는 눈빛이 서려 있었다.

"그렇게 생각하다니 장하구나. 아무리 친척이라고 해도 내가 존경해야 상대도 나를 존경한다. 네 큰당숙은 네 증조부와 가장 닮았어. 맨손으로 그리 큰 가업을 일구셨지. 두 아들 중 장자는 가업을 잇고, 차자는 벼슬길에 들었으니 큰당숙 댁은 앞으로 번창할 게다. 장백아, 이 아비는 너와 장풍이가 관직에서 서로 돕고 지내기를 바랄 뿐이다. 장동이는 공부와는 거리가 멀어 보이지만 영리하고 생각이 깊으니, 좀 더 크면 상업을 통해 가산을 키우게 할 생각이다. 그럼 너희 삼 형제는 부와 명예를 모두 누릴 것이야!"

장백은 그저 아버지의 자부심 넘치는 옆얼굴을 본 채로 가볍게 헛기침을 했다.

"할머님께서 이번에 유양에 가셔서 작은할아버님과 마주치실까 걱정입니다. 큰할머님도…… 대단하시고요."

---

1) 죄인의 체포, 수사, 재판, 형벌을 관장하는 기관.
2) 호적 등을 담당하는 관청.

성굉은 진지한 얼굴을 한 큰아들을 약간 원망스러운 시선으로 쳐다봤다. 장풍이 있었다면 자신의 말에 맞장구치며 적극적인 반응을 보이고 어쩌면 손뼉까지 쳤을지도 모른다. 하지만 장백은 재미라고는 눈곱만큼도 없어서 이렇게 흥을 깨기 일쑤였다. 그러나 이런 진중한 면 때문에 성굉은 장백을 가장 신뢰했다. 성굉은 장백의 말에 한숨을 내쉬었다.

"작은할아버님 댁은 근래 갈수록 가세가 기울어서 날마다 네 큰당숙을 찾아가 돈을 내놓으라고 하신다. 게다가 장송 내외에게 자식이 없으니 집안 어르신들을 부추겨서 자신의 손자를 입적시키려고까지 했어. 이번에 장오가 혼례를 올리니 분명 와서 말썽을 부릴 게야. 큰할머님은 가족들의 체면을 생각해서 너무 심하게 굴 수는 없을 것이다. 지위가 높고 꼬장꼬장하신 네 할머님만이 작은할아버님을 누를 수 있어!"

성굉은 말을 하며 연신 씁쓸하게 웃었다. 장백은 눈썹을 찡긋하며 더는 대꾸하지 않았다.

• • •

명란은 일찍부터 짐을 싸 놓고 평소에 친하게 지내던 벗들에게 작별 인사를 하려고 했다. 다른 사람들에게야 서신을 전하면 그만이었다. 하지만 홍청옥은 자신보다 두 살 어리고 제일 짓궂은 데다 확실한 낚시 친구이기에 특별히 사정을 설명하는 서신을 썼다. 그리고 언연에게는 직접 작별 인사를 하고자 노대부인에게 허락을 구했다. 노대부인은 명란이 멀미하는 것을 감안해 방씨 어멈을 시켜 자신이 쓰는 휘장이 달린 검정 사인교를 준비하게 했다.

여부余府 근처에 이르자 뭔가 이상한 낌새가 느껴졌다. 명란은 가마

휘장을 슬며시 들췄다. 여부의 대문은 굳게 잠겨 있고, 수많은 사람이 문가를 에워싸고 손가락질을 하고 있었다. 명란은 '저런, 아주 몹쓸 사내구면……. 처자식을 버리고……. 가문 믿고 사람을 하찮게 여기다니.' 하는 말들이 들리자 밖에 시립해 있던 최씨 어멈에게 뒷문으로 돌아가자고 말했다.

여부에서 문을 지키는 어멈은 성씨 집안의 가마를 익히 잘 알고 있었다. 그러나 오늘은 난감해하며 명란을 들여보내도 되는지 망설였다. 문가에 묶여 있는데 언연 처소의 유모가 급히 와서 명란을 데리고 가며 떨리는 음성으로 말했다.

"……명란 아가씨는 우리 아가씨와 친자매보다 더 가깝게 지내시니 솔직히 말씀드릴게요. 오늘 아침 어떤 정체 모를 여자가 아들과 딸을 데리고 와서 저희 집 대문에 대고 뜬금없이 절을 올리지 뭡니까. 아가씨와 각로 나리 내외를 뵈어야 한다며, 그리 못 하면 문에 머리를 찧고 죽겠다고 하면서요! ……아이고, 이를 어쩌면 좋습니까? 우리 아가씨는 어째서 이리 팔자가 드센지……."

명란은 두서없는 말에 잠시 생각해 보다 뭔가를 깨닫고 망설이듯 물었다.

"그 여자…… 혹시 녕원후 둘째 공자님의……?"

유모는 속이 상해 눈물을 떨굴 뻔하다가 손수건으로 가렸다.

"생 날벼락이지요! ……그게 우리 아가씨와 무슨 상관이랍니까? 그 여자는 계속 우리 아가씨에게 차를 올리겠다고 떼를 썼습니다. 자신과 아이들을 불쌍히 여겨 첩실 자리라도 내려주지 않으면 계속 무릎 꿇고 있겠다고 하더군요. 그 두 아이의 울음소리를 온 집안사람들이 다 들었어요. 나리께서는 분을 이기지 못하고 피를 토하며 혼절하셨고, 마님도 쓰러지셨습니다. 하필 둘째 나리 식구도 전부 제남으로 가고 안 계셔서, 이, 이 일을 처리할 사람이 없네요! 우리 아가씨는 마음이 약하셔서 울기만 하시고 아무 방도가 없어요……. 어휴……. 부처님, 이게 다 무슨 업이랍니까?"

명란은 다급한 마음에 급히 후원으로 향했다. 반월문을 지나니 몸종과 어멈들이 소곤대며 웃고 있는 것이 보였다. 명란이 유모에게 말했다.

"둘째 마님을 모시는 관사 어멈을 불러오게. 저리 모여서 무얼 하는 것인가?!"

유모는 멈칫하더니 정신을 차리고 급히 떠났다. 명란은 여 각로의 저택을 잘 알고 있어서 소도와 단귤을 데리고 안으로 곧장 들어갔다. 정원으로 들어서니 정중앙에 흰옷을 입은 여인이 무릎을 꿇은 채 아들과 딸을 끌어안고 있는 것이 보였다. 세 모자는 계속 울먹이고 있었다. 명란은 발걸음을 늦추고 그 여인의 곁을 지나 방으로 곧장 들어갔다.

안으로 들어서자 여 노대부인은 숨을 가냘프게 쉬며 푹신한 평상에 누워 있었다. 그 옆에서 창백한 얼굴로 멍하니 앉아 있던 언연이 명란을 보고는 바로 다가와서 명란의 손을 꼭 잡더니 웅얼거리듯 말했다.

"못난 꼴을 보이는구나……."

그러고는 간신히 기운을 차리고 바깥에 있는 여인을 향해 소리쳤다.

"어서 일어나요. 난 당신에게 차 못 받아요! 어서 가요!"

여인이 고개를 들었다. 여인의 얼굴은 곱고, 또 가련해 보였다. 이마를 땅에 받듯 절을 하다 생긴 핏자국도 보였다. 여인의 눈은 눈물로 붉어져 있었다.

"앞으로 아가씨께서는 제 형님이 되십니다. 아가씨께서 절 받아주지 않으시면 이 세상에 저와 제 자식들은 갈 곳이 없습니다. 저를 인정해주지 않으신다면 저희 셋은 차라리 이곳에서 죽는 게 낫습니다! 정녕 저희 가 죽는 꼴을 두고 보시렵니까?!"

원래 쉽게 당황하고 마음도 여린 언연은 여인의 말에 더욱 말문이 막혔다. 언연은 명란이 보고 있다는 생각에 더 몸 둘 바를 몰라 힘없이 말했다.

"일단 일어나요. 당신을 죽게 두지 않을 거예요……."

명란은 언연의 말에 눈을 치켜떴다. 여 각로는 자신에게 엄격하여 평생 첩을 들이지 않았다. 여 노대부인은 지금까지 평탄하게 살아왔고, 자식 내외도 감히 자신을 거스르지 않았다. 언연은 이런 조부모의 보살핌 속에서 자랐다. 그러니 여 노대부인과 언연은 이런 광경을 한 번도 맞닥뜨린 적이 없을 것이다. 충격에 대한 내성이 당연히 약할 수밖에 없었다. 왕 씨나 여란 혹은 묵란이 이 자리에 있었다면, 하하…….

명란은 갑자기 그 세 사람의 왕성한 전투력이 그리웠다. 명란은 이를 악물고 힘겹게 숨을 내쉬고 있는 여 노대부인의 귓가에 속삭였다.

"제가 주제넘은 짓 좀 할게요. 용서해주세요."

여 노대부인이 눈을 가늘게 뜨고 명란을 봤다. 여 노대부인은 명란의 뜻을 알아차렸지만 기력이 나지 않아 그저 힘겹게 숨을 쉬며 말했다.

"넌 내 손녀나 마찬가지야. 가…… 가서 물러빠진 언연이 대신 좀 나서거라!"

명란은 문 앞에 서서 계단 밑에 있는 여인을 보며 카랑카랑한 목소리로 말했다.

"꿇어앉은 그쪽은 누구죠? 우리 언니에게 차를 올리고 싶거든 이름을 밝혀요!"

그 여인이 슬쩍 고개를 들어서 살펴보니 주위의 하인들이 명란에게 몹시 공손했다. 그 모습에 명란을 여씨 집안 둘째의 딸이라 판단하여 울음을 멈추고 대답했다.

"저, 저는 만랑이라고 합니다. 여긴 박복한 제 아이들이고요!"

명란은 부드럽게 웃었다.

"첩을 들이는 일은 안주인이 차 한 잔 받아 마셔 준다고 될 일이 아니지요. 화는 내부에서 일어난다는 말이 있어요. 평범한 집안에서 첩을 들이려고 해도 먼저 상대의 내력을 묻는 법, 녕원후 같은 명문 귀족 집안에서는 더 말할 것도 없지요. 우리 언니가 당신의 내력조차 모른 채 이 차를 받는다면 여씨 집안은 체통도 없다며 비웃음을 사지 않을까요?!"

분명한 목소리와 조리 있는 말에 사람들이 모두 옳거니 하며 고개를 끄덕였다. 순간 멍해진 만랑은 의외라는 듯한 표정으로 명란을 바라봤다. 이때 몸종이 푹신한 의자를 내오자 명란은 우아하게 앉은 후 미소를 띤 채 물었다.

"이제 내가 할머님과 언니를 대신해서 몇 가지 묻겠어요. 제대로 답을 하면 언니가 당신의 차를 받을 거예요. 대답은 꿇어앉아서 할 건가요, 일어서서 할 건가요?"

명란의 기세에 주변의 하인들은 쑥덕이는 것을 멈추고 재밌거리를 보듯 세 사람을 쳐다봤다. 만랑은 이를 악물고 일어나서 조용히 말했다.

"마음껏 물어보십시오."

몸종 하나가 다반을 들고 오자, 명란은 느긋하게 찻잔을 들어 한 모금 마시더니 부드럽게 물었다.

"당신은 고씨 집안의 사람인가요?"

만랑이 고개를 떨구고 침울하게 대답했다.

"……아닙니다."

명란은 속으로 쾌재를 부르며 다시 물었다.

"아, 그러면 외부 사람이라는 건데, 부모님과 형제자매가 어떻게 되나요? 무슨 일을 하죠?"

창백한 얼굴의 만랑은 순간 새파랗게 질려서 입술을 떨며 더듬더듬 대답했다.

"……부, 부모님은 안 계시고 오라버니가 하나 있습니다. 오라버니는 작은 돈벌이를 하고 있어요……."

"무슨 돈벌이요?"

명란이 바로 캐묻자 주위의 하인들이 다들 눈을 크게 뜨고 만랑의 대답을 기다렸다.

"……조운漕運3) 부두에 있습니다."

만랑이 기어들어 가는 목소리로 답했다.

명란이 부두에서 짐을 나르는 것은 정당한 일이라고 말하려던 차에 갑자기 여 노대부인 곁의 하녀가 몸을 낮추고 다가와 한마디 건넸다. 명란이 얼굴을 찡그리며 물었다.

"그럼 육희반4)과 무슨 관계인가요?"

만랑은 모기만 한 목소리로 대답했다.

"제 오라비가 원래 거기서 잡일을 했었습니다."

명란은 순간 고 공자 같은 귀족 가문의 자제가 아는 외간 여자는 기녀 아니면 광대라는 사실을 깨닫고 난감해졌다.

---

3) 조세로 거둔 곡물을 수로를 통해 운송함.
4) 극단의 이름.

"이거 곤란하게 됐군요! 저희 언니가 결정할 수 있는 일이 아닌 듯한데 고씨 댁에 직접 가보는 게 어떨까요?"

만랑은 털썩 무릎을 꿇고 하염없이 눈물을 흘리며 연신 땅에 머리를 찧었다.

"고씨 집안에서는 제 출신이 천하여 첩으로 들이지 않으려 합니다. 다른 방도가 없어서…… 제발 절 가엾이 여겨주세요. 아이들이 컸으니 입적만이라도 시켜주십시오!"

명란은 아무것도 모르는 네다섯 살 정도의 두 아이를 보고 딱한 마음에 슬쩍 떠봤다.

"고씨 집안에서 당신은 몰라도 이 아이들은 받아주겠지요! 다만 당신이 딱하게 될 것 같군요."

만랑은 매우 놀라서 외쳤다.

"설마 저와 아이들을 떼어 놓으려는 말씀입니까? 용모는 선녀처럼 고우시지만 마음은 정말 독하십니다! 아이들과 떨어진다면, 전, 죽는 게 낫습니다……."

그러면서 땅에 머리를 세게 찧자 주변의 하인들이 황급히 말렸다.

명란은 속으로 차갑게 웃더니 점차 딱딱한 말투로 말했다.

"고씨 집안에서 받아주지 않을 걸 알고 우리 언니를 찾아와 불효한 며느리로 만들려고 하다니 아주 고단수네요. 아직 시집도 안 갔는데 어르신들을 거역하게 할 셈이군요!"

만랑의 눈에 번득이는 빛이 스쳤다. 하지만 곧 고개를 떨구고 처량하게 말했다.

"아가씨, 절 불쌍하게 여기시고 은혜를 베풀어주십시오! 사람 목숨 하나 살리는 게 칠층 불탑 쌓는 것보다 낫다고 하잖습니까. 저희 셋의 목숨이 아가씨 손에 달려 있습니다! 앞으로 아가씨의 언니이신 형님과 함께 한 지아비를 모시고, 또 형님을 공경하고 순종하며 살 것입니다. 제 아이들은 형님의 아이들입니다……."

만랑이 말을 마치기도 전에 안에서 언연의 울음소리가 들려왔다. 여노대부인은 온 힘을 다해 숨을 몰아쉬며 말했다.

"어서 쫓아내거라! 어서! 파혼할 것이야! 파혼!"

목소리가 작아 밖까지 들리지 않았지만, 문 앞에 있던 명란만은 들을 수 있었다. 명란은 바로 일어나 외쳤다.

"그 입 다물라!"

날카롭고 높은 소리에 정원에 있던 모든 사람이 흠칫 놀랐다. 명란은 순식간에 계단을 내려가 만랑을 내려다보며 차갑게 말했다.

"한 지아비를 모셔? 아직 중매도 없고, 정혼도 안 했는데 우리 언니가 고씨 집안과 무슨 상관이란 말이냐? 한 번만 더 헛소리하면 뺨을 때려 줄 것이다!"

만랑은 얼어버렸다. 꽃처럼 어여쁜 소녀가 화를 내니 이토록 살벌할 줄은 생각지도 못했다. 조금 전까지 부드럽고 온화했던 명란이 순식간에 낯을 바꾸고 딴사람이 되자 만랑은 겁이 나기 시작했다. 하지만 주위 사람들을 보고는 다시 용기를 내어 외쳤다.

"제가 죽기를 바라시니 다 함께 죽겠습니다!"

만랑은 아이들을 안고 벽으로 돌진했다. 머리를 찧으려 했지만 주위의 하인들에 의해 저지당하자 곧 통곡하기 시작했다. 아이들도 깜짝 놀라서 계속 날카롭게 울어댔다. 순간 뜰 안은 만랑과 아이들이 서로를 부르며 목놓아 우는 소리로 가득 찼다.

이때 유모가 관사 어멈을 데리고 나타났다. 관사 어멈은 이 광경을 보더니 곧바로 하인들을 물러가게 한 뒤 건장한 어멈 둘에게 만랑을 좌우로 부축하도록 지시했다. 만랑은 당황하여 울음을 그쳤다.

명란은 가볍게 손을 저으며 싸늘한 눈빛으로 만랑을 보더니 또랑또랑한 목소리로 천천히 말했다.

"출신이 미천한 것은 큰 흠이 아니다. 분수에 맞게 평민에게 시집가면 한평생 평탄하게 살 수 있었어. 그런데 고씨 집안 같은 명망 있는 귀족 집안이 너 같은 출신을 받아들일 수 없음을 뻔히 알면서 왜 외첩[5]이 된 것이냐? 외첩이 되었으면서 어찌 여기에 와서 죽겠다 울며불며 소란을 피우는 것이야! 원치 않았는데 강요 때문에 어쩔 수 없이 그런 처지가 됐다는 것이냐? 넌 고씨 집안에서 용납하지 않을 자신을 첩으로 받아들이라며 언니가 불효를 저지르게 하려 했어. 또 여부余府를 시끄럽게 만들고 구설수에 빠뜨리며 언니를 불의한 사람으로 만들었지. 그리고 형님이니 첩이니 하며 곧은 인품을 가진 언니의 명예를 더럽혔다! 일면식도 없으면서 뜬금없이 찾아와 우리 언니를 불효와 불의로 몰아가고 명예까지 더럽히다니, 네 뺨을 때려도 부족할 것이야!"

명란이 이치에 맞게 일갈하자 조금 전까지 은근히 만랑을 동정하던 하인들마저 멸시하는 기색을 보였다. 상황이 역전되자 만랑이 항변을 하려고 입을 열었다. 하지만 명란이 선수 쳐서 말을 이었다.

"이제 두 가지 길이 있다. 하나, 제 발로 나가서 여부 사람들이 데려다 주는 대로 경성으로 가는 것. 둘, 손발이 묶이고 입을 틀어막힌 채 뒷문으로 들려 나가 경성에 가는 마차나 배에 던져지는 것. 자, 둘 중에 알아

---

5) 집 밖에 두고 있는 첩.

서 고르거라!"

눈치 빠른 관사 어멈이 명란의 말을 듣자마자 밧줄을 가져오라고 외쳤다.

만랑의 아름다운 얼굴이 붉으락푸르락해졌다. 만랑은 입술을 깨문 채 연약하고 애처롭게 명란을 바라보다가 또 말을 꺼내려 했다.

"아가씨, 저는……"

명란이 다시 말을 자르며 멸시하는 눈초리로 차갑게 몰아붙였다.

"어느 쪽인지 선택해! 어멈, 밧줄은 준비됐지?"

명란이 묻자 관사 어멈은 곧바로 대답했다.

"진즉에 준비되었지요! 분부만 내려주십시오!"

옆에 있던 몸집 좋은 어멈들도 명이 떨어지면 즉시 움직일 기세로 대기하고 있었다.

만랑이 명란을 빤히 쳐다봤다. 명란은 조금도 물러서지 않고 같이 쏘아봤다. 오랫동안 왕씨 모녀와 임 이랑 모녀의 대결을 봐왔기 때문에 이 정도로는 눈 하나 깜빡이지 않았다.

두 사람은 서로를 한참 노려봤다. 곧 맥이 빠진 만랑이 두 아이를 잡고 일어나 하인들에게 끌려 나갔다.

제39화

잘못된 만남,
명란과 홍문

명란은 마차 가장자리에 기대어 배 속에 남은 위액까지 모두 게워낸 후, 몸을 돌려 푹신하고 부드러운 깔개 위에 누웠다. 노대부인은 명란의 조그만 얼굴을 안타까운 듯 쓰다듬었다. 영원히 빠지지 않을 것 같던 명란의 젖살은 며칠 사이 신속하게 홀쭉해지고 있었다. 노대부인은 하얗고 통통한 어린 손녀가 언젠간 호리호리해질 거라 줄곧 믿어 의심치 않았지만, 안타깝게도 그 과정은 전혀 예측하지 못했다.

어린 명란은 천지가 뒤집힐 것처럼 멀미를 했다. 사물이 겹쳐 보인다고 하고, 방씨 어멈을 할머님이라 부르고, 마차를 모는 장씨에게 '어멈, 어쩌다 수염이 다 났어요?'라며 횡설수설까지 하니, 노대부인은 마음이 아파 가는 길 내내 명란을 안거나 자신의 무릎을 베고 자게 했다.

그날 여부에서 한바탕 소란이 벌어진 후, 명란은 돌아오자마자 노대부인에게 외출 금지령을 받았다. 거기다 불경을 베껴 쓰라는 벌까지 추가되었다. 노대부인이 명란에게 물었다.

"네가 무슨 잘못을 했는지 아느냐?"

명란은 아주 얌전하게 고개를 끄덕였다.

"네, 너무 주제넘었어요."

불경을 베끼는 건 출발할 때까지 계속되었고 명란은 그 후로 줄곧 언연을 볼 수 없었다. 여부는 바람 한 점 통하지 않을 정도로 굳게 닫혀 아무 소식도 흘러나오지 않았다. 바깥에는 그저 언연이 '심각한 병'에 걸려 고씨 집안과의 혼사가 잠시 늦춰졌다고만 알려졌다.

명란은 노대부인의 얼굴이 어둡게 가라앉은 것을 보고 감히 변명도 못 하고 있었다. 그런데 길을 나서자마자 지독한 멀미가 찾아왔고, 노대부인이 그런 자신을 보고 마음 아파하며 태도가 많이 누그러지자 비로소 더듬더듬 자신을 위한 변호를 시작했다.

"……할머니, 이 손녀가 어딜 그렇게 바보 같은 행동을 했는지요?"

당시 요의의 최고 상사였던 열혈 어르신은 사람을 어두운 감옥으로 보냈던 다년간의 경험을 통해 다음과 같은 심오한 결론을 내렸다. 바로 아주 안전해 보이는 일도 사실은 아주 위험하고, 아주 위험해 보이는 일도 사실은 아주 안전하다는 것.

먼저, 명란은 자신의 이름을 알리지 않았다. 여부의 어멈들이 나가서 떠들어대지만 않는다면 만랑은 자신에게 험한 소리를 퍼부은 사람이 누군지 알 길이 없었다. 게다가 이번 일은 여부 입장에도 체면이 떨어지는 일이었다. 아랫것들에게 단단히 입조심을 시켰을 테니 명란의 활약은 물론이요, 만랑이 무슨 행동을 했는지도 절대 새어나가지 않을 게 확실했다. 게다가 여 각로는 등주에서 여생을 보낼 계획 아닌가. 경성에 도착하거나 성깽을 따라 외지로 나간다면 더욱 아무 상관없게 될 터였다.

노대부인은 표정 하나 변하지 않고 말했다.

"넌 왜 거기서 쓸데없이 나선 것이냐? 어쨌거나 그건 여씨 집안 내부

일이잖니."

핵심을 찌르는 말이었다. 명란은 수척하고 여린 얼굴로 침묵에 빠졌다가, 한참 후 다시 애어른 같은 모습으로 한숨을 내쉬었다.

"여자의 몸으로 태어났으니 한평생 말과 행동을 조심해야 하고, 다른 사람에게 구실을 조금도 남겨서는 안 되겠지만……. 이렇게 살면 무슨 재미가 있겠어요? 말이며 행동거지 하나하나 규율을 따져야 하고, 아침에 일어나 잠자리에 들 때까지 시시각각 이해관계를 고려해야 하는데, 전 정말 이렇게 살고 싶지 않아요. 이건 그저 나무토막처럼 하루하루를 견디는 거잖아요. 전 가끔…… 가끔 한 번씩은 제가 하고 싶은 걸 하고 말하고 싶은 걸 말하고 싶어요……. 할머니, 명란이가 잘못했어요."

할머니의 품에 머리를 묻은 명란은 기분이 울적해졌다. 이렇게 털어놓은 건 잠깐의 후련함을 위해서라기보다는 같은 처지를 한탄하는 동병상련에 가까웠다. 조부가 여전히 건재한 언연마저도 그 아비가 부귀영화를 위해 딸의 행복은 신경도 안 쓰는데, 명란 자신이야 오죽할까. 만약 나중에 아버님이 딸의 혼사를 희생해 이익을 얻으려 한다면, 노대부인은 과연 직접 나서줄 수 있을까? 이 세상에서 여자의 운명은 참으로 부평초와 다름없었다. 하지만 의식주 걱정 없는 영화로운 삶을 위해 자신의 모든 성격과 원칙을 희생하면서까지 비위를 맞추고 위선적인 악독함마저 참아야 하는 걸까?

노대부인도 아무 말 없이 깃털처럼 보드라운, 살짝 흐트러진 명란의 머리카락만 어루만졌다. 사실 여 노대부인은 나중에 직접 성부로 찾아와 고맙다며 인사까지 했다. 다급한 상황에서 명란이 제때 도와줬다며, 명란이 감정에 솔직하고 의협심이 넘친다고 칭찬을 늘어놓았고 언연에게 이런 친구가 있는 것도 복이라고도 덧붙였다. 성 노대부인도 이번 일이 그다지 문제라고 여기진 않았으나 다만 명란의 성격을 좀 눌러 줄 요량이었다. 너무 예리하면 나중에 스스로 상처 내기 십상이기 때문이다.

명란이 이미 잘못을 인정하고 벌을 받은 데다, 태도도 얌전하게 바뀌었으니 노대부인은 소식 봉쇄 정책을 해제하기로 했다.

언연의 혼사는 우여곡절이 많았다. 폐병을 앓고 있던 여 각로는 그날의 소동 이후 진한 가래가 섞인 피를 토했는데, 그것이 오히려 전화위복이 되었는지 막혔던 경락이 뚫렸다. 여 각로는 몸이 회복되자 다시 신속하게 일에 매진하더니 미처 손쓸 새도 없이 번개같이 또 혼사를 정했다. 이번 상대는 옛 친구의 집안으로, 화란과 비교하면 좋은 편이었지만 고정엽과 비교하면 못하다고 할 수 있었다.

언연의 예비 신랑은 저 멀리 운남 대리에 있는 명문 단씨 집안의 몇 번째 적손이었다. 언연보다 나이가 훨씬 많긴 하지만 인품이 아주 좋다는데, 이제까지 마음에 드는 혼담이 오가지 않았던 건 다리에 문제가 있어서(어렸을 때 넘어져서 다리가 부러짐) 벼슬길에 나설 수 없기 때문이라고 한다.

이번에 여 각로는 단단히 결심했는지 아주 단호하고 정확하고도 빠르게 일을 진행했다. 아들에게는 혼수 준비용 은자를 보내라고 시키면서, 조금이라도 투덜거리면 바로 가문에서 내칠 것이라 엄포를 놓았다. 명란이 출발하던 그 날, 여씨 집안은 단씨 집안에서 온 예물을 받았다.

"······나쁘진 않네요."

명란은 좋은 쪽으로 생각하려고 노력했다.

"벼슬길에 오르지 못한다 해도 의술을 행하거나 장사를 하며 부를 쌓을 수 있겠죠. 많은 일을 할 수 있을 거예요. 가장 중요한 건 언연 언니에게 잘 대해주느냐이니까요."

언연이 마침내 함정에서 벗어났다는 생각에 명란은 다시금 기분이 좋아져 손뼉을 치며 말했다.

"이젠 녕원후에서 부랴부랴 신부를 찾겠네요. 경성의 중매쟁이는 장사가 잘되겠어요."

"찾을 필요 없다."

노대부인이 무겁게 말했다.

"여 대인이 언연의 동생을 대신 보내기로 했단다. 계례가 끝나면 바로 시집가게 될 거야."

명란은 한 방 맞은 기분이었다. 분노가 치밀어 올라 지금이라도 당장 주먹을 꽉 쥐고 한바탕 달리고 오거나, 하늘에 대고 신랄하게 욕을 퍼붓고 싶었다. 하지만 얼마 후, 다시 어지럽고 속이 메스꺼워져서 고개를 돌린 채 빈 요강을 부여잡고 계속해서 토를 해야 했다.

마차는 계속 남쪽으로 달렸다. 8월 말 북방의 공기는 따스하고 상쾌했다. 명란의 멀미는 어찌나 질긴지 가는 길 내내 따라다녔다. 명란의 갑갑함을 해소해주기 위해, 아니 어쩌면 밖으로 나오니 다들 마음이 느긋해져서인지, 방씨 어멈은 명란에게 옛이야기를 들려주기 시작했다.

"애기씨, 노마님이 벌을 내렸다고 야속해하지 마세요. 다 애기씨 잘되라고 그러시는 게지요. 여인이 한평생 잘 살기란 쉽지 않답니다."

노대부인이 다른 마차에서 쉴 때 방씨 어멈은 마차에 앉아 명란을 돌봤다. 명란에게 담요를 고르게 깔아주고 푹신한 베개를 두드리며 쉴 새 없이 이야기를 늘어놓았다.

방씨 어멈은 논리력이 약해도 수십 년간 보고 들어온 수많은 사건 사례가 있어 이야기에 힘이 실렸다. 그녀의 경험에 따르면 여자의 일생이란 첫째는 운명, 둘째는 운, 셋째는 수완에 달린 것이며, 그중에 두 가지만 갖춰도 일생을 순조롭게 살 수 있다고 한다.

여 노대부인을 예로 들자면, 그녀는 일찍이 산동지역 대학자의 집에서 태어나 온후한 부모님과 엄격한 집안 규율 밑에서 자라났으니 좋은 운명을 타고난 셈이다. 나중에 아버지가 아끼던 제자 여 각로에게 시집을 가게 되었는데, 여 각로는 빈한하던 시절 은사의 총애를 받아 그 영애와 혼인까지 한 것에 무척 감격해하며 여 노대부인과 평생을 은애하며 지냈다. 훗날 벼슬길이 순탄해 높은 관직에 오른 후에도 변함없이 부부 간의 정을 지키며 함께 늙어갔으니, 여 노대부인은 운도 지극히 좋은 셈이다.

이렇다보니, 여 노대부인은 싸움 실력이 빵점이라도 전혀 상관이 없었다. 한마디로, 여 노대부인은 평생 큰 어려움 없이 살아온, 딱히 계략이나 수완 따위를 쓸 필요 없었던 온실 속의 화초 같은 행운아였다. 음, 어쩌면 바로 이런 이유로 여 노대부인은 언연의 계모를 휘어잡지 못했고, 때로 여 각로가 직접 며느리를 훈계해야만 했다.

"휴……. 수완이 없으면 또 뭐 어떻겠어요? 어차피 좋은 집안에서 태어난 것과 시집 잘 가는 게 훨씬 나은걸요!"

방씨 어멈은 깊이 탄식했다.

명란은 이야기에 푹 빠져들었다. 책보다 훨씬 재미있었다.

"보아하니 어디서 태어나느냐가 가장 중요한가봐요. 일단 부모가 좋으면 절반은 성공이니까요."

진심에서 우러나오는 말이었다. 여 노대부인의 부모는 사위를 고르는 안목도 확실히 훌륭했다. 그런데 방씨 어멈은 의외로 찬성하지 않았다.

"딱히 또 그런 건 아닙니다. 언연 애기씨는 태어난 지 얼마 되지 않아 어머니를 잃었고, 아버지는 모진 분이셨죠. 하지만 여 각로와 여 노대부인이 든든히 지켜주셨으니 수완만 있었다면 앞으로 가업을 일으킬 수도 있었을 텐데, 안타깝게도…… 언연 애기씨는 여 노대부인을 닮으셨지요!"

"그런가요?"

명란은 근거 없는 이론을 거부하고 사실을 기반으로 설명해달라 요구했다.

방씨 어멈은 흔쾌히 자신을 예로 들어 설명하며 살짝 득의양양했다.

그녀는 지독히 가난한 농촌 가정에서 태어났다. 아버지는 중병으로 누워 있었고, 일곱 살 이전에는 밥을 배불리 먹어본 적이 없었다. 그녀의 어머니는 하는 수 없이 그녀를 인신매매상에게 팔아넘겼고, 그녀는 다시 용의후부에 팔려왔다. 운명만 따져 보면 확실히 그저 그렇다고 할 수 있었다.

그러나 근면하고 성실한 그녀는 곧 후부 아가씨의 계집종으로 뽑혔다. 그 후에는 배움을 게을리하지 않고 글쓰기, 계산하기, 수놓기, 집안일 등을 하나하나 통달했으며, 주인을 모시는 것에 전심전력을 다한 결과 결국엔 영예롭게도 아가씨 곁의 일등 계집종이 되었다.

그리고 시집간 아가씨를 따라 성부에 들어온 후에는 노대부인의 뜻에 따라 한 관사에게 시집을 갔고, 후에 부부가 나란히 자유로운 몸으로 풀려나 생계를 도모할 수 있게 되었다. 자손은 번성했고, 가정 형편도 넉넉해졌다. 한 아들은 수재에 합격해 글방을 열었고, 한 아들은 점포 여러 개를 열었으며, 다른 한 아들은 밭을 사들여 작은 지주가 되었다.

"어멈은 운이 아주 좋네요! 역시 착한 사람은 복을 받나봐요."

명란은 어멈의 얘기를 들을수록 정신이 맑아지는 것 같았다.

방씨 어멈은 웃으며 손을 내저었다.

"착하기만 해서는 쓸모가 없어요. 처음에 제가 팔려나갈 거라는 사실을 알았을 때, 전 밤낮으로 일해서 번 돈을 그 인신매매상에게 주면서 제발 좋은 주인댁으로 보내 달라고 간절히 애원했답니다. 운이 좋았던지, 관대한 인신매매상을 만나 노대부인과 인연을 맺을 수 있게 되었지요. 후부에 들어와서는 고생스럽더라도 남보다 많이 일해서 후부 나리의 마님 눈에 들게 되었지요. 나중엔 또 제가 남편보고 나가서 돈벌이하라고 재촉해서 자손들이 좋은 세월을 보낼 수 있게 되었고요. 지금 노마님의 시중을 드는 것도 그저 하루하루 마님과 말동무나 하며 소일거리를 하는 것인데, 이 늙은 몸 움직이기 힘든 날이 오면 저도 고향으로 돌아가 손자나 볼 생각입니다!"

방씨 어멈은 중년에 남편을 잃은 후, 아들딸 모두 혼인을 해 가정을 이룬 데다 노대부인이 홀로 외로이 지내는 것이 마음에 걸려 주인과 종의 의리를 다하고 싶다며 성부에 들어와 심부름꾼 노릇을 하고 있었다. 무척이나 효성스러운 어멈의 자식과 손자들은 명절 때마다 찾아와 고향으로 돌아가 한가롭게 지내시라 권하지만, 어멈은 내켜 하지 않았다.

명란은 혀를 내둘렀다. 방씨 어멈이야말로 노력으로 성공을 이룩한 살아 있는 본보기가 아닌가! 방씨 어멈을 바라보는 눈빛에 숭배의 감정이 더 늘어났다. 그녀는 불행하게 태어났어도 운과 수완으로 성공한 인생을 만들었던 것이다.

방씨 어멈은 사실 말이 많은 편이 아니라서 평소에는 할 말만 딱 하곤 했는데, 이렇게 며칠 연속으로 수다를 떠는 건 자신에게 들려주고 싶은 이야기가 있어서라는 걸 명란은 알았다. 명란은 타고난 운명이 좋지 않았다. 아버지의 사랑을 받지 못했고, 생모는 일찍 세상을 떠난 데다 자신은 서녀였다. 운은 나쁘지 않아서 할머니의 귀여움을 받고 있다지만, 이

것만으로는 부족했다. 스스로 더 노력해야 했다.

청중의 열화와 같은 호응에 방씨 어멈은 신이 나서 자신이 알고 있는 옛 일화들을 마치 연재하듯이 매일 명란에게 들려주었고, 그럴 때마다 마차 밖에 있는 단귤에게 아무도 들이지 말라고 문단속을 시켰다. 방씨 어멈은 어떤 부분은 자세하게 이야기하며 가끔 자신의 의견을 피력하기도 했지만, 어떤 부분은 에둘러 넘어가는 바람에 명란이 알아서 파악해야 했다.

그러나 명란이 끈질기게 캐묻자, 방씨 어멈은 결국 한숨을 내쉬었다.

"……다들 우리 노마님이 대단하다고들 말하지요. 남편이 축첩하지 못하게 막고, 종일 때리느니 죽이느니 하면서 소란을 피운다고요. 하지만…… 휴, 애기씨 아버님은 아주 멀쩡하지 않습니까? 노마님이 바로 여기서 손해를 보셨어요. 괜히 명성만 사납지, 사실 마음씨는 누구보다도 부드러우신걸요! 노마님은 공명정대한 분이십니다. 큰어르신한테만 고집을 부렸지, 소인배나 천한 것들의 비열한 수단에는 신경도 쓰지 않으셨는데 그 바람에 오라버니가 일찍 돌아가셨으니…… 마음이 찢어지셨지요."

옛이야기를 하고 있자니 방씨 어멈은 한숨을 내쉬며 눈물까지 그렁그렁해졌다. 그녀는 다시 명란을 붙잡고 말했다.

"애기씨 여부에서 나선 일로 노마님이 화를 내신 건 노파심 때문입니다. 무릇 계집애라면 사납더라도 속으로 사나워야지, 겉으로 사나우면 손해나 보고 남에게 헐뜯기기 마련입니다. 게다가 실제로는 아무런 힘도 못 쓰고 말이죠. 진짜로 무서운 사람일수록 얼굴엔 드러나지 않는 법이지요!"

"알아요, 제가 정말 잘못했다는 거."

명란은 기어가는 목소리로 말했다. 이번에 그녀는 진심으로 잘못을 뉘우쳤다.

명란이 노부인의 깊은 마음을 깨닫자 방씨 어멈은 다시 신이 나서 명란에게 어떤 모범 사례를 이야기해주었다.

"그 아가씨는 말이죠, 아…… 이제는 노부인이 되셨겠네요. 집안도 외모도 출중하지 않았는데, 애기씨 할아버님보다 능력도 없고 굳이 말하자면 여자도 밝히는 사람한테 시집을 가셨어요. 하지만 그분은 오랜 세월 기를 쓰고 남편을 단속해서 서자 하나도 보지 않았지요! 듣자 하니 그 집 나리는 이제 나이가 많아 몇 있던 첩들도 사라진 지 오래라더군요. 오히려 지금은 노부부 사이가 아주 좋대요."

명란은 이야기의 주인공이 누구일까 무척이나 궁금했다. 뒤에서 계속 입에 올린 이유 때문인지는 모르겠으나, 며칠 지나지 않아 명란은 방씨 어멈이 열렬히 추앙하던 그 모범 사례의 주인공을 만날 수 있었다.

마차가 나루터에 도착했다. 여기서 다시 배를 타고 남쪽으로 가야 하는데, 마침 하부賀府 사람들도 금릉으로 가는 배를 타려고 기다리고 있었다. 하 노대부인은 주렴을 걷고 밖을 내다보았다가 성부의 마차 표식을 보고는 곧장 사람을 보내어 알아보게 했다. 두 노부인은 서로를 보자마자 누가 먼저라 할 것도 없이 서로를 부둥켜안았다. 거의 반평생 얼굴도 못 보고 떨어져 지낸 두 노부인은 눈물이 그렁그렁한 채 이야기를 나누기 시작했다.

하 노대부인은 아직 머리카락이 새카맣고 살집이 넉넉하고 혈색도 좋았다. 얼굴에 자글자글한 주름은 대부분 웃어서 생긴 주름이었고, 싱글벙글 웃으며 사람을 대하는 명랑하고 열성적인 성격이었다. 그녀는 예쁘고 귀여운 명란을 보자 품에 안고 뽀뽀를 몇 번 퍼붓더니, 처음 만난

기념이라며 묵직한 두루주머니를 선물로 건넸다. 안에는 커다란 금덩이와 새하얀 백옥으로 만든 평안구 한 쌍이 들어 있었다.

명란은 어안이 벙벙했다. 명란이 생각한 하 노대부인은 홍루몽에 나오는 가보옥의 어머니처럼 화려한 모습일 거로 생각했는데, 이렇게 쾌활하고 낙천적인 시골 노부인 같을 줄은 생각도 못 했던 것이다. 게다가 성 노대부인보다 두 살 적다고 들었는데 지금 보니 열 몇 살은 더 어려 보였다.

"어멈, 잘못 안 거 아니에요? 전혀 안 그렇게 생겼잖아요."

아무도 없을 때 명란은 두루주머니를 쥔 채 방씨 어멈에게 귓속말로 속삭였다. 방씨 어멈은 웃음 가득한 얼굴로 조그맣게 대답했다.

"만약 겉으로만 좋은 모습인 척하고 속으로는 악독하고 비열하다면 평생 속이 문드러지고 피곤하게 살았겠지요. 저 노마님을 잘 보세요. 저분이야말로 진정한 능력자시라니까요. 하루하루 즐겁게 살면서 화를 속에 담아 두지 않으니, 아무도 저분을 이길 수가 없답니다!"

하 노대부인은 말에 재치가 있어서 성 노대부인의 웃음소리가 끊이지 않았다. 결국 두 집안은 한 배를 타고 같이 가기로 했다.

"언니, 왜 그 말씀을 안 하시나 한참 기다렸답니다! 이번에 급하게 움직이느라 배를 미리 구하지 못했지 뭡니까."

하 노대부인은 자신의 가슴을 토닥이며 다행이라는 시늉을 했다. 그러곤 몸을 돌려 분부했다.

"어서 가서 도련님을 불러오너라. 배를 구했으니까! 역시나 이 할미가 재주가 좋아서, 배를 가진 늙은 언니를 단번에 채 왔다고 전해야 한다!"

주변에 있던 모두가 웃음을 터뜨렸다. 성 노대부인이 손뼉을 치며 웃으며 농을 던졌다.

"할머니가 됐는데도 어쩜 아직도 이리 점잖지 못하니. 우리 손녀를 너처럼 장난꾸러기로 물들이기만 해 봐라!"

명란은 마지막으로 한 차례 더 토하고 났더니 서서히 정신이 들어 노대부인 곁에 얌전히 앉아 이야기를 듣고 있었다. 그러다 노대부인이 흔치 않게 즐거워하는 모습을 보곤 끼어들어 맞장구를 쳤다.

"저희 할머님은 혼자서 두 명은 거뜬히 상대하실 수 있으세요."

하 노대부인은 웃느라 거의 뒤로 넘어갈 지경이었다. 그녀는 명란을 안고 다시 뽀뽀를 쪽쪽 한 다음 성 노대부인에게 투덜거렸다.

"언니 손녀야말로 내 친손녀 같습니다. 내 그 망할 손자는 언니의 점잖은 척하는 모습을 빼다 박았지 뭡니까!"

한창 말하는 중에 하씨 집안의 어멈 하나가 들어와 공손하게 고했다.

"일곱째 도련님이 오셨습니다."

하 노대부인이 다급하게 외쳤다.

"얼른 들어와서 인사 올리라고 해라!"

주렴이 걷히고, 키가 크고 호리호리한 소년이 천천히 걸어 들어오더니 머리를 숙여 절을 했다. 성 노대부인은 얼른 하인에게 소년을 일으키게 했다. 소년이 고개를 들자 명란은 비로소 그의 모습을 자세히 볼 수 있었다.

열네다섯 살쯤 되어 보이는 소년이었다. 하얗고 깨끗한 얼굴, 긴 눈썹과 예쁜 눈, 제형처럼 뛰어나게 아름답진 않았지만 진한 학자 냄새를 풍겼고 몸가짐이 단정하고 진중해 보였다. 하씨 집안은 하나같이 부귀한 기운이 흘렀는데, 그는 보드라운 비단으로 만든 수수한 도포 차림이었고, 허리에 매단 청옥패를 제외하면 몸에는 아무런 장신구가 없었다.

"이쪽은 성씨 집안의 명란이란다."

하 노대부인이 적극적으로 서로를 소개했다.

"이쪽은 내 손자, 홍문이고, 너보다 쓸데없이 세 살 더 많단다."

하홍문은 성 노대부인의 곁에 옥으로 만든 인형처럼 오밀조밀하게 생긴 예쁜 여자아이가 앉아 있는 걸 보았다. 눈가에는 웃음이 담겨 있고 천진난만하고 귀여웠지만, 어쩐지 체력이 약하고 병약해 보였다.

"명란아, 매실을 너무 많이 먹으면 안 돼. 비장과 위를 상하게 할 수 있거든."

명란은 별안간 이름이 불려서 잠시 어리둥절했다. 명란은 자신이 손에 받쳐 든 매실 상자를 보고, 고개를 돌려 노대부인을 보았다가 다시 그 소년을 향해 시선을 돌렸다. 문득 약초의 맑은 향기가 어렴풋이 맡아졌다.

"이건 오라버니한테 주려던 거예요. 피로 회복에 도움이 된대서……. 음, 뭐 그렇다면 오라버니는 먹지 마세요."

제40화

기분 좋은 가을바람

몇 개월 후 경성으로 돌아와 성굉 일가와 한자리에 모였을 때 누군가 명란에게 하홍문이 어떤 사람이냐고 물었다.

명란은 한참 생각하다 좋은 사람이라고 대답했다.

하씨 집안은 명문가다. 하씨 집안의 선대 어르신은 백석담 서원을 열어 학문을 닦는 자들의 선두에 서서 고결한 선비들을 수십 년 동안 이끌었다. 그 후대는 선대의 명성을 따라가지 못했으나 부와 지위를 모두 갖추고 있다. 하 노대부인이 출가한 곳은 하씨 가문의 서출 집안이었다. 하홍문은 하 노대부인의 셋째 아들이 요절하기 전 유일하게 남긴 손자로 노대부인의 보살핌 속에서 자랐다.

하홍문은 어려서부터 의술을 익혔다. 배가 출발한 지 얼마 되지 않아 아픈 명란을 위해 비위를 달래는 약차를 달여주었는데, 맛은 썼지만 효과가 좋았던지라 명란은 한 제만 마시고도 크게 호전됨을 느꼈다. 명란은 자체 면역력을 높이는 것이 최고라는 신조를 가지고 있어서 더는 마실 마음이 없었지만, 상대의 호의를 거절하기도 뭐해서 몰래 버리는 방법을 선택했다.

하루는 병문안 차 온 하홍문이 물었다.

"방금 보내 준 약차는 마셨어?"

명란은 정색하며 답했다.

"방금 마셨는걸요."

하필 그때 소도가 잔을 들고 들어왔다.

"아가씨, 안심하세요. 아무도 못 봤……."

소도는 하홍문을 발견하고 말을 딱 멈췄다.

명란은 하홍문의 시선을 따라갔다. 그의 시선이 닿은 연꽃무늬 백색 자기잔에는 익숙한 향의 초록빛 약즙이 몇 방울 남아 있었다. 하홍문은 조용히 고개를 돌려 명란을 봤다. 명란은 찔리는 마음을 최대한 다스리며 침착하게 말했다.

"소도야, 잔 하나 씻는 데 왜 이리 오래 걸린 게야?"

소도가 멍청히 서 있다가 어렵게 말을 뱉었다.

"잔…… 씻기가 어렵네요."

두피가 뻐근해진 명란은 차마 하홍문을 보지 못하고 몸을 틀며 억지 웃음 소리를 냈다.

"호호, 어렵지, 어렵고말고."

하홍문은 아무 일 없었다는 듯 슬쩍 웃으며 말했다.

"배에서는 육지보다 여러모로 불편한 법이지."

명란 애기씨 옆에서 시중 들던 단귤은 낯짝이 그리 두껍지 않은지라 그냥 고개를 돌려 버렸다.

이튿날, 하홍문은 약차 두 대접을 가져왔다. 명란은 하홍문 앞에서 용감히 대접을 들어 입도 안 떼고 꿀꺽꿀꺽 마신 후, 싹 비운 대접 바닥을 하홍문에게 보여주었다.

하홍문은 미소 띤 얼굴로 고개를 끄덕였다. 모양새가 꼭 베껴 쓰기 벌칙을 완수한 초등학생을 칭찬하는 담임선생님 같았다.

엄밀히 말해서 하홍문은 명란이 접한 첫 외간 남자였다. 그들의 할머니는 오랜만에 지기를 만난 터라 선실에 틀어박혀 수십 년간 못 나눈 이야기를 하고 있었고, 명란과 하홍문은 행랑어멈과 몸종들이 지켜보는 가운데 몇 차례 만나게 되었다.

고대 젊은 남녀가 처음으로 만나면 으레 이런 화제로 대화를 시작하기 마련이다.

"넌 어떤 서책들을 읽었어?"

명란에게는 익숙한 말이었다. 고등학교 교과서에 있던 《임대옥진가부林黛玉进贾府》부분은 선생님이 달달 외우라고 했던 단락이 아닌가. 명란은 가 부인의 전형적인 대답을 떠올리며 소매로 얼굴을 가리고 겸손하게 말했다.

"그저 몇 자 아는 정도라 눈뜬장님만 겨우 면한 것을요."

답을 하고 나니 스스로 꽤나 대갓집 규수 티가 나는 느낌이었다.

하홍문은 눈썹을 올리더니 가타부타 말없이 오른쪽으로 눈을 돌려 서안에 쌓인 글씨 연습용 선지를 뚫어지게 쳐다보았다. 얼룩덜룩한 먹 흔적이 적잖이 써 봤다는 것을 분명히 보여주고 있었다. 민망해진 명란이 덧붙였다.

"막 《여칙女則》과 《효경孝經》만 읽었을 뿐이에요."

여전히 입을 열지 않은 하홍문이 이번에는 눈을 왼쪽으로 돌려 서가에 어지럽게 쌓인 낡은 책을 쳐다보았다. 앞장이 활짝 열린 채인 그 책들은 의학, 점술, 점성, 관상, 천문, 지리 등등 명란이 장백과 장동에게 사정해서 구한 심심풀이 책이었다.

또다시 거짓말이 들통나자 명란은 마른 웃음을 터뜨렸다.

"하하……. 저건 저희 오라버니가 사촌오라버니에게 가져다달라고 한 거예요."

하홍문은 충분히 이해한다는 듯 웃으며 말했다.

"형님들께선 정말 다양한 분야를 섭렵하셨구나."

명란은 입꼬리를 떨며 하홍문을 따라 억지웃음을 지었다. 맙소사, 정서正書[1]만 보는 장백 오라버니, 장부만 보는 장송 오라버니, 글자만 보면 현기증을 일으키는 장오 오라버니, 명란을 용서하세요!

하홍문의 너그러움을 볼 수 있는 것이 바로 이 대목이다. 그 자리에서 명란의 거짓말을 꿰뚫어 본다 해도 순진한 척 진지하게 고개를 끄덕이며 명란의 터무니없는 변명을 완전히 믿는 모양새를 보이는 것이다. 상대가 그렇게 예의를 지켜주니 명란도 그 이상 위장하기 어려워 그를 진실하게 대하게 되었다.

금릉에 가까워질 즈음, 날이 점차 따뜻해졌다. 지난번에 북쪽에 있는 등주로 올라갈 때는 시공간을 넘어온 지 얼마 되지 않아 몸이 허약한 데다 인생의 밑바닥을 기고 있었기 때문에 경치를 즐길 심적 여유가 없었다. 하지만 지금은 또 다른 기분으로 갈수록 포근하고 아름다워지는 연안의 경치만 보고 있었다. 명란은 창턱에 앉아 연안의 풍경과 화물을 실어 나르느라 바쁘게 오가는 조운선을 보았다. 하홍문은 남북을 오가며 이미 여러 차례 봤던 터라 빙긋 웃으며 명란에게 설명해주었다.

"흰 새다. 큰 부리 새네……. 와, 마대자루 수송선!"

---

1) 경서와 사서.

명란이 멍하게 손가락으로 가리키며 상당히 덜 떨어지는 말을 했다.

그러면 하홍문이 웃으며 설명해 줬다.

"저건 갯가마우지야. 최고의 낚시꾼이지……. 그건 강갈매기고……. 아니, 저건 곡물 수송선이야……."

명랑하고 활기 넘치는 명란과 내성적이고 점잖은 하홍문은 몹시 사이좋게 지냈다.

"……어머니는 내가 과거를 보고 관직에 나가길 바라셨지만, 유감스럽게도 난 그다지 노력하지 않았어. 약초나 침 만지작거리는 것만 좋아했지."

하홍문이 얼굴을 붉히며 말했다.

"오라버니는 자신에 대한 평가가 박해요. 성현의 글을 읽어봐야 위로는 황제를 보필해 조정을 살피고, 아래로는 가문과 자손을 이롭게 하는 게 다죠. 의술을 행하면 백성을 이롭게 하면서 가문을 빛낼 수 있어요. 오라버니 할머니의 아버지께서는 의원으로서 뛰어난 의술과 덕성을 가지고 계셔서 어려서는 직접 역병 지역에 가서 생명을 구했고, 장성하셔서는 태의원령을 지내며 의전령醫典令를 펴내셨잖아요. 세인들이 얼마나 우러러봤다고요!"

명란은 정말 진지했다. 의사는 숭고한 직업이다. 잘하면 높은 수입도건질 수 있지 않은가.

하홍문은 부드럽게 웃으며 맞은편에 앉은 소녀를 가만히 바라보았다.

"아버지는 일찍 돌아가시고, 어머니는 병으로 쇠약해진 상태였어. 어머니 뜻대로 학업에 정진하지 못했으니 진짜 불효라고 생각해."

하홍문의 번민이 얇은 막처럼 가을 풍경으로 번져나갔다.

명란은 하얗고 여린 두 손을 펼쳤다. 여기저기 바늘에 찔린 상처가 보였다.

"전 원래 자수를 좋아하지 않아요. 할머님께서 스승을 여럿 모셔서 절 가르치셨지만 지금도 제가 수놓은 나비는 파리 수준이랍니다. 아무리 생각해도 불효다 싶네요."

하홍문이 옅게 웃었다.

"명란아 넌 아직 어리니까 천천히 연습하면 잘하게 될 거야. 내 이종사촌 여동생 금아의 특기가 자수인데 매일 연습한 덕에 그렇게 됐거든."

명란은 자기 손가락을 만지며 무심코 물었다.

"아? 그분도 금릉에 있어요?"

하홍문의 안색이 어두워졌다.

"아니…… 몇 해 전에 금아의 부친이 '소량산小梁山 광산 사건'으로 벌을 받고, 온 가족이 양주涼州로 유배됐어."

명란은 입을 다물었다. 몇 년 전 소량산 광갱이 무너져 광부 백여 명이 죽은 사건이 있었다. 그런데 광산 주인이 현지 관원과 결탁해 조정에서 내린 위로금을 가로챈 것도 모자라 남편과 아버지를 잃은 미망인과 아이를 가두고 죄를 묻는 바람에 자칫 잘못하면 백성의 분노를 사서 민란이 일어날 뻔했었다.

당시 황제의 화는 극에 달했다. 사실 황제 역시 그것이 황위 쟁탈로 인해 번진 일이란 걸 알고 있었다. 하지만 주모자였던 관리 몇을 처벌하는 것으로 마무리할 수밖에 없었고, 공범들은 시끄럽게 죄를 물었으나 가벼운 벌로 끝냈기에 연루된 관원 수는 많지 않았다. 그런데 이종사촌 집안이 그 소수의 희생양 중 하나라니…….

"……그렇군요. 하지만 유배되신 걸 보니 무거운 죄는 아니었겠죠. 중죄는 모두 참수를 당했으니까요. 또 대대적인 사면이 있지 않겠어요. 이

종사촌분도 돌아올 수 있을 거예요."

명란이 할 수 있는 위로는 이게 고작이었다. 새 황제가 등극하면 대사면이 있기 마련이고, 용서받지 못할 중죄가 아닌 이상 유배자는 모두 사면될 수 있다. 그리고 연로한 황제의 날이 얼마 남지 않았다는 건 천하가 다 아는 사실이었다.

명란의 위로에 크게 감격한 하홍문이 한참 후에 입을 열었다.

"당시 이모부님도 벌을 받아 마땅한 잘못이 있었으니 누명이라고 할 수는 없어. 하지만 사면받을 수 있다면 좋은 일이겠지."

잠시 멈칫했던 그가 다시 말을 이었다.

"내 방에 직접 만든 조개 연고가 있는데 너한테 줄게. 겨울에 자수를 하면 손가락이 둔할 텐데 그걸 바르면 혈액 순환에 도움이 될 거야."

상냥한 말을 건네는 소년의 온화한 눈빛이 서늘한 기운이 시작되는 늦가을의 마지막 금빛 햇살처럼 서서히 명란의 얼굴로 올라왔다. 명란의 얼굴이 살짝 달아올랐다.

또다시 이어진 닷새, 엿새가량의 뱃길 끝에 드디어 육지에 닿았다. 선착장에는 적잖은 수의 관사와 머슴 차림의 사람들이 이쪽으로 목을 쭉 뺀 채 나란히 서 있었다. 절반은 명란 일행을 유양으로 모셔가려고 온 성유 집안의 사람이고, 슬픈 기색이 역력해 보이는 나머지 절반은 하 노대부인을 위중한 부친이 있는 금릉 친정으로 모셔가려고 나온 사람들이었다.

하 노대부인은 성 노대부인의 손을 잡고 한참 이야기를 나눴다. 하홍문은 명란을 마주하고 간곡히 당부했다.

"명란, 몸 잘 챙겨. 마차와 배를 타고 먼 길 오느라 많이 지쳤을 거야. 제일 병 나기 쉬울 때니까 도착해서 우선 며칠 푹 쉰 다음에 놀아야 해."

명란은 힘껏 고개를 끄덕였다.

성유와 그 장자인 장송이 친히 마중 나와 있었다. 명란이 처음 본 장송은 조금 까무잡잡한 얼굴에 짙은 눈썹과 큰 눈, 우렁찬 목소리를 가진 호탕한 기질의 사내로, 장오와 상당히 비슷해 보였다. 장송은 명란을 보자마자 빙긋 웃으며 말했다.

"네가 내 육촌동생 명란이구나. 아버지가 품란이 앞에서 곧잘 네 이야기를 하셔서 품란이가 널 만나고 싶다고 몇 해 전부터 야단이었단다."

"명란이는 유양이 처음이지. 여긴 정말 좋은 곳이야. 우리 가문의 고택과 종묘 모두 여기 있지. 마차를 타고 한 시진만 가면 금릉인데 나중에 너와 품란이를 데리고 가주마."

"금릉은 고관대작이 너무 많아. 우리 같은 장사꾼은 그런 판에 끼는 거 아니다. 그보다 집에 박혀 있는 게 낫지. 넓고 경치도 좋거든. 명란이는 낚시 좋아하지? 나중에 낚시 도구를 마련해주마. 몇십 리 너머에 있는 양어장에 가면 낚싯대로 찌르기만 해도 줄줄이 낚인단다!"

"가을 산이 제일 볼 만하지. 입동 전에 단풍으로 물든 산에 꼭 가 봐야 한다니까. 경성하고는 또 달라. 그리 고고한 분위기는 없지만 자연의 맛이 있거든."

· · ·

맑고 따뜻한 날이었다. 상쾌한 가을바람 덕에 가마 안에 있어도 답답하지 않았다. 성유가 노대부인과 대화를 나누고, 장송이 말을 탄 채 가마 옆에 붙어서 지루함을 덜어주니 명란은 소풍 가는 어린이가 된 느낌이었다.

성씨 집안은 성盛씨이긴 하나 사실 성盛하기는커녕 변변찮은 집안이었다. 부를 쌓고 집안이 일어나기 시작한 것은 선대 어르신 때부터다. 선대 어르신이 조정 교체기를 기회로 삼아 높은 벼슬아치들에게 찰싹 달라붙어 정경유착 노선을 걸으면서 성씨 집안이 비로소 번창하기 시작한 것이다. 그러면서 조묘祖廟를 수리하고, 종사宗祠를 짓고, 고향인 유양에 큼지막한 저택도 지었다.

보통 상인 집안 출신은 교양·문화 노선을 중시한다. 선대 어르신 역시 집안을 일으킨 후 처음으로 한 일이 거금을 들여 몰락한 문신 가문의 아가씨를 아내로 맞아 슬하에 아들 셋을 낳은 것이었다.

그중 장자가 가업을 이어받았으나 향락과 여색을 밝히고 무희 출신의 첩실에게 홀려 정실을 내팽개치는 사달을 내었다. 듣자 하니 돌아가실 때 가산을 거의 탕진했다고 한다. 둘째가 바로 명란의 할아버지인데, 멋스러운 풍채의 호방하고 소탈한 탐화랑이셨다. 그런데 성격이 강한 후부의 따님을 만나 원수나 다름없는 부부 생활을 했고, 서른이 되기도 전에 호된 풍한으로 세상을 떠나셨다. 셋째가 제일 가관인데 음주와 계집질, 도박을 일삼으며 지금까지 살아 계신다.

명란은 깊은 한숨을 내쉬었다. 유전자 개량에 실패해서 다 끝났네.

심부름꾼 아이가 먼저 저택으로 달려가 소식을 전했기에 명란 일행이 도착하자마자 저택의 대문이 활짝 열렸다. 노대부인과 명란이 가마에서 내리자 문 앞에 나란히 서 있던 화려한 옷차림의 여자 권솔 중 제일 앞에 있던 동그란 얼굴의 중년 부인이 걸어 나와 노대부인에게 고개를 숙여 절하고는 웃으며 말했다.

"숙모님, 드디어 오셨군요. 저희 어머니께서 숙모님 기다리시느라 목이 다 빠질 지경입니다. 몇 년간 숙모님을 뵙지 못했는데 강건하신 모습을 보니 이 조카며느리, 기쁘기 그지없습니다!"

그러다 노대부인의 뒤에 서 있는 앙증맞고 생기 넘치는 여자아이를 보고는 넌지시 물었다.

"이 아이가 우리 조카아이입니까?"

노대부인이 허허하고 웃었다.

"이 원숭이 녀석이 바로 명란일세. 어릴 적부터 내 곁에서 자랐지. 품란이의 동무가 되어줄 수 있을 게야."

그러고는 명란이에게 눈짓했다.

명란은 즉시 걸음을 옮겨 온순하고 공손한 자세로 옆에 서서는 깜찍하게 인사했다.

"백모님께 인사드리옵니다. 강녕하신지요."

이 씨는 눈을 가늘게 접어 웃으며 말을 이었다.

"그래, 그래. 착한 아이구나."

그러고는 명란의 얼굴을 꼼꼼히 쓰다듬으며 감탄의 눈빛을 보냈다.

"정말 곱게 생겼구나. 행동거지도 단정하고. 여기 오래 묵으면서 야생 원숭이 같은 품란 언니를 좀 가르쳐다오. 아주 고삐 풀린 망아지가 따로 없단다."

그러고는 옆에 있던 젊은 여인을 가리키며 말했다.

"이쪽은 네 육촌올케언니란다. 여기 머무르면서 필요한 게 있거든 괘 넘치 말고 올케언니에게 말하려무나."

명란은 다시 몸을 단정히 하고 예를 갖춰 인사했다.

"올케언니, 안녕하시어요."

문 씨는 즉시 명란을 잡아 일으키며 부드럽게 말했다.

"명란 아가씨, 그만 됐어요. 이따 큰할머님을 뵌 다음에 아가씨를 위해 준비한 방을 보여 줄게요. 마음에 안 차면 바로 바꿔요, 우리. 여긴 아가씨 집이기도 하니까 어려워 말고 편하게 지내면 좋겠어요."

이 씨는 친근해 보이면서도 위엄이 있는, 복스러운 인상이었다. 이 씨는 말을 하면서 노대부인 일행을 안으로 인도하여 중문과 차방, 문간방을 지나 회랑을 따라 안채로 들어간 다음 가림벽을 돌아 대대부인이 머무는 본채로 들어갔다. 본채로 들어서자마자 중앙에 앉아 있는 백발의 노부인이 보였다. 쇠약하고 여윈 모습이었지만 두 눈만은 형형하게 빛나고 있었다. 노부인은 노대부인을 보자마자 바로 일어나 두 팔을 벌리며 부축하려고 나섰다.

노대부인은 급히 걸음을 옮기며 외쳤다.

"형님."

대대부인이 열렬히 화답했다.

"동서, 이게 몇 년 만인가. 몸도 안 좋은데 여기저기 부임 다니는 꿩이를 따라다니느라 얼마나 힘든가. 나까지 자네를 고생시킬 순 없으니, 그저 살아생전에 자네 얼굴 한 번 더 볼 수 있으면 좋겠다 싶었는데 오늘 그 원을 이뤘으니 실로 부처님의 가호일세."

약간 울먹이는 목소리였다. 노대부인은 크게 감동하여 다정한 말 몇 마디를 건네고는 명란에게 큰절을 하라 시켰다. 대대부인은 명란을 끌어당겨 자세히 살피고는 연신 고개를 끄덕였다.

"곱게 생겼구나. 기품 있고 복 있는 얼굴이야."

오늘로 두 번째 듣는 외모 칭찬이었다. 명란은 제 얼굴을 만지지 않으려고 애써야 했다. 고작 열두 살짜리 꼬마가 예뻐야 얼마나 예쁘겠는가. 친척 간의 입에 발린 소리일 것이다. 만나자마자 '자네 아이, 어쩜 생긴 것이 꼭 호박 같구먼.'이라고 할 순 없지 않은가.

늘 솔직하고 시원시원하던 장오가 오늘은 약간 쭈뼛거리고 있었다. 명란이 도착해서 그에게 "장오 오라버니, 축하해요."라고 한마디 한 후부터 장오는 푹 익은 바울처럼 노대부인의 질문에 몇 마디 수줍게 대답하고는 발개진 얼굴로 고개를 숙인 채 한쪽에 정자세로 서서 새신랑 같은 점잖은 분위기를 내고 있었다.

이 씨는 노대부인과 대대부인이 대화하는 것을 지켜보다 명란을 잡아당겼다. 그러고는 옆에 있는 명란 또래의 여자아이를 가리키며 말했다.

"네 육촌언니인 품란이란다. 그러고보니 둘은 동갑이구나."

명란은 눈을 들어 그 아이를 보았다. 동그랗고 큰 눈이 이 씨 부인과 똑 닮아 있었고, 총기 있는 꼿꼿한 눈썹에 얼굴 전체에서는 생기가 넘쳐흘렀다. 그쪽도 마찬가지로 명란을 보고 있었다. 명란은 눈을 마주치고는 살짝 웃으며 호의를 비쳤다.

"품란 언니, 안녕."

품란이 눈을 빛내며 답했다.

"명란이도 안녕."

품란은 두 할머니를 시중 들러 간 자기 어머니를 힐끗 보더니 명란을 향해 왼눈을 크게 찡긋했다. 깜짝 놀란 명란은 빠르게 좌우를 훑다가 장난기가 발동해 품란을 향해 윙크 답례를 해주었다. 그러고는 냉큼 입꼬리를 내리며 고분고분 순둥이 가면을 썼다.

품란은 눈을 크게 떴다. 큰 눈에는 웃음기가 가득했다.

제41화

사촌오라버니,
사촌오라버니, 사촌오라버니

그날 오후, 이미 출가한 당고모 성운과 육촌언니 숙란도 노대부인에게
인사하러 친정으로 왔다. 이 씨는 급히 계집종을 시켜 품란의 방에서 놀
고 있는 품란과 명란을 불러오게 했다.

품란의 언니 숙란은 일찍 시집갔고, 큰오라버니 장송도 일찍 장가갔
고, 작은오라버니 장오는 경성에 가 있는 터라 품란에게는 평소 놀이 상
대가 없었다. 그래서 할 수 없이 구연환[1] 같은 것을 열심히 파고들었다.
하지만 명란이 이걸 언제 해봤겠는가. 명란이 아예 하수임을 인정하고
칭찬해주니 품란은 한껏 으쓱해져서 계집종에게 의복을 단장시키며 구
연환 푸는 비결을 재잘재잘 풀어놓았다.

단귤이 나전함에서 홍옥과 금사로 만든 커다란 봉황새 모양의 주채珠

---

1) 민간 놀이의 하나로 아홉 개의 고리를 푸는 놀이.

釵 [2]를 꺼내왔다. 명란은 이를 악물고 장식해주는 대로 가만히 있었지만 목이 세 치는 줄어든 기분이었다. 품란의 계집종도 보석을 박은 꽃과 나비 모양의 주잠珠簪 [3]을 제 애기씨 머리에 꽂았다. 품란이 뿌루퉁한 얼굴로 확 밀어내며 소리쳤다.

"나 이딴 거 안 해. 지난번에 오후 반나절 동안 하고 있었다가 그다음 사흘은 목 아파 죽는 줄 알았다고!"

계집종이 살살 달랬다.

"우리 애기씨, 가만히 달고 계세요. 당고모님과 숙란 아가씨만 오셨다면 저도 억지로 달아드리지 않죠. 하지만 혜란 아가씨하고 둘째 작은당숙모도 오셨는걸요. 명란 애기씨도 하고 계시잖아요. 딱 봐도 이거보다 더 무거워 보이네요."

품란은 눈을 들어 살살 흔들리는 명란의 주채를 보더니 마음이 좀 누그러졌는지 입을 삐죽이며 꼼으라고 했다.

두 사람은 느린 걸음으로 본채를 향해 갔다. 회랑을 따라 걷다가 모퉁이를 도니 문 앞에 있던 계집종 하나가 발을 들어 올리며 말했다.

"둘째 애기씨와 명란 애기씨 오셨습니다."

명란이 품란을 따라 안으로 들어가니 노대부인과 대대부인이 정중앙에, 이 씨가 한쪽 의자에 앉아 있었고, 문 씨가 다과를 챙기는 가운데 호화롭게 치장한 여인 몇과 웃으며 담소를 나누고 있었다.

그중 한 마흔은 되어 보이는 부인이 노대부인 곁에 바짝 붙어 귀에 대

---

2) 진주 장식이 있는 두 다리 뒤꽂이.
3) 진주 장식이 있는 한 다리 뒤꽂이.

고 우스갯소리를 하고 있었는데, 약간 까무잡잡한 피부에 생기발랄한 눈을 가지고 있어 전혀 그 나이로 보이지 않았다. 그 부인은 품란을 따라 처음 보는 여자아이가 들어온 걸 보고, 바로 다가가 위아래로 자세히 훑어보았다. 얼어붙은 눈처럼 하얗고 투명한 피부와 맑은 눈, 붉은 입술 옆에 있는 듯 없는 듯 자리 잡은 쌀알 같은 보조개를 보고 갑자기 눈을 빛내더니 고개를 돌려 웃으며 말했다.

"작은어머니, 이 아이가 바로 우리 조카 명란이지요? 어쩜, 생긴 것 좀 보라지. 그림보다 훨씬 곱습니다. 다들 조카가 당고모를 닮았다고 하더니 정말 저랑 판박이가 따로 없는걸요!"

대대부인이 그 부인을 가리키며 웃었다.

"이런, 창피도 모르는 것. 지금 명란이를 칭찬하는 게냐, 자화자찬하는 게냐? 너 같은 바탕으로는 아이를 열 번 낳아도 이렇게 고운 아이는 못 얻는다!"

부인이 의외로 애교 부리듯 발을 동동 굴렀다.

"어머니! 이건 어머니 체면을 세워드리는 거예요. 제가 어머니를 닮았으니 자화자찬은 곧 어머니까지 함께 추켜세워드리는 거 아니겠어요? 그런데 오히려 훼방을 놓으시다니요!"

대대부인은 어쩔 수 없다는 듯 고개를 흔들었다. 노대부인 역시 그 광경이 우스워 고개를 끄덕이며 말했다.

"역시 운이가 효녀로다!"

이 말에 방에 있던 사람 모두가 크게 웃음을 터뜨렸다. 계집종도 입을 틀어막고 몰래 웃었다.

대대부인은 그 부인을 가리키며 명란에게 말했다.

"네 당고모시다."

그리고 아랫자리에 앉은 가는 눈썹에 작은 눈을 가진 부인을 가리키며 말했다.

"이쪽은 네 작은할아버님 댁의 작은당숙모 되는 분이시다."

그런 다음 한쪽에 서 있는 젊은 부인과 고개를 숙이고 있는 여자아이를 가리키며 말했다.

"이쪽은 너한테 육촌언니 되는 우리 숙란이, 이쪽은 작은할아버님 댁 손녀인 육촌언니, 혜란이란다."

명란은 즉시 공손하게 다가가 한 명 한 명 호명하며 사뿐히 절했다. 방 안에 있던 사람들은 명란이 빈틈없이 예를 갖춰 인사하는 모습을 지켜 봤다. 어깨에서 허리, 무릎, 발까지 이어지는 부드럽고 기민한 움직임, 온몸에 흐르는 기품, 이어서 대대부인이 명란을 잡아당겨 이야기하는 모습을 보고, 사람들은 명란이 대범하고, 때와 장소에 맞춰 행동할 줄 알며, 공손하면서도 다정하다고 생각해 큰 호감을 느꼈다.

성운이 그 누구보다 거리낌 없이 다가와 명란을 잡고는 이야기하기 시작했다. 이곳에 쉽게 적응할 수 있게 도와줄 만한 종류로 어떤 음식을 좋아하는지 묻고, 품에서 금실로 가두리가 장식된 묵직한 진홍색 두루 주머니를 꺼내 명란에게 주면서 말했다.

"우리 명란이 정말 곱게 생겼구나. 나중에 이 당고모가 네 의복용으로 최고급 운금云錦[4]을 보내주마!"

천성이 너그러운 품란은 명란이 귀여움받는 것을 보고도 전혀 화나지 않았지만 괜히 툴툴거리는 척 말했다.

------

4) 구름 도안의 고급 비단.

"고모는 정말 편애가 심해요. 나보다 좋은 동생을 만나니 이제 나 따위는 아예 잊으셨군요."

성운은 웃으면서 품란의 이마에 힘껏 알밤을 먹였다.

"요 양심도 없는 꼬맹이, 고모한테서 그렇게 가져가더니 아직도 부족한 것이냐!"

방 안에 있던 모든 이가 서로 대화하는데 유독 작은댁 마님에게 신경 쓰는 사람은 아무도 없었다. 작은댁 마님은 외떨어진 분위기에서 차를 마시다가 갑자기 대화에 끼어들었다.

"품란이는 행복한 줄 알아라. 다 같은 조카지만 반쯤 망한 꼴의 혜란 언니 같은 사람도 있잖니."

명란은 고개를 숙여 몰래 혜란을 봤다. 새빨개진 얼굴로 아무 말 없이 고개를 떨구고 있었다. 그리고 이어서 작은댁 마님을 봤다. 언뜻 보기에 의복이 화사한 것 같으나 자세히 보니 한쪽 소맷단에 닳아서 기운 흔적이 보였다.

성운은 그런 작은댁 마님을 아랑곳하지 않고 그저 가볍게 한마디 던졌다.

"올케언니에게도 언젠가 우리 오누이의 은혜가 닿겠지요. 명란이는 당연히 다르지 않겠습니까."

무시당한 작은댁 마님은 고개를 돌려 혜란에게 눈을 부라리며 빈정거렸다.

"이 쓸모없는 것. 네가 네 육촌동생처럼 귀염받는 재주라도 있었다면 네 당고모한테 크고 작은 선물들을 받지 않았겠느냐! 은자 반 푼도 못 건지다니 오늘 보니 십 년 넘게 당고모라고 부른 것도 다 헛것이구나!"

성운이 바로 반박했다.

"올케 말이 무슨 말인지 모르겠군요. 그 댁의 아이가 날 당고모라고 부를 땐 나한테서 얼마짜리 물건을 받아 낼 수 있을까 계산하며 부른다는 겁니까?"

작은댁 마님은 눈을 치켜세우며 날카롭게 소리쳤다.

"어머나, 어찌 감히요! 세상 사람들이 성씨 집안 첫째 댁, 둘째 댁이 금은보화를 산처럼 쌓아놓고 살면서 사촌 형제가 곤궁해져 거지꼴을 못 면하게 됐는데도 살피지 않는다고 말하긴 하더이다. 매일 아무 관계도 없는 자들에게 죽과 쌀을 베푸는 것도 호인好人이라는 평판을 노리는 거고, 애초에 척하는 거지 뭡니까!"

품란은 제 아버지를 모욕하는 말을 듣자마자 외쳤다.

"며칠 전 우리 아버지가 마차에 쌀과 땔감을 실어 작은당숙모 댁에 몇 대나 보내드렸고, 은자는 매월 드리고 있잖아요. 이것도 모두 척하는 건가요?"

대부인 이 씨가 가라앉은 목소리로 말했다.

"품란아, 예에 어긋나는 짓 그만해라! 어서 물러가지 못할까!"

순간 방 안에 살벌한 분위기가 흘렀다.

명란은 속으로 혀를 내두르며 제 얼굴에 드러난 놀라움을 들킬까봐 냉큼 고개를 숙였다. 과거에 세 자매끼리 말다툼하거나 왕 씨와 임 이랑이 알게 모르게 알력 싸움을 한 적은 있지만, 지금처럼 대놓고 가시를 세운 적은 없었기 때문이다. 슬쩍 옆 사람들을 보니 노대부인을 포함한 모두가 평소와 같은 얼굴을 하고 있었다.

대대부인이 콧방귀를 뀌며 말했다.

"질부, 오늘 둘째 큰어머께 인사드리러 왔는가, 아니면 트집을 잡아 소동을 부리러 왔는가. 손윗사람 앞에서 이렇게 큰소리를 내다니 손아랫사람들이 우습게 볼까봐 겁나지도 않는가."

작은댁 마님은 얼굴이 벌게지더니 입도 벙긋 못하고 자리에 앉아 벌컥벌컥 차를 마시고 주전부리를 씹었다.

명란이 고개를 돌리니 품란이 의기양양한 얼굴로 도발하듯 혜란을 쳐다보고 있었다. 하지만 숙란이 연민의 마음에 혜란을 끌고 나가며 어색했던 방 안의 공기를 풀어주었다. 이때 계집종이 들어와 아뢰었다.

"작은마님댁 외숙모님께서 오셨습니다."

이 씨가 급히 대답했다.

"어서 모셔라."

계집종이 발을 걷으니 머리 전체에 주취珠翠[5]를 꽂은 풍만한 몸집의 부인이 들어왔다. 그 부인은 대대부인과 노대부인을 보고 공손하게 인사한 후 웃으며 말했다.

"제가 폐를 끼치는군요. 어르신께서 탓하지 않으시길 바랍니다. 우리 시누이가 다정하고 인자하시다고 늘 말하는 첫째 작은어머니께서 오셨다기에 오늘 염치없이 인사드리러 찾아뵈었습니다."

노대부인이 웃었다.

"외숙모께서 지나치게 예를 차리십니다. 모두 한식구인데 어찌 남처럼 말씀하십니까. 나이가 들면 북적거리는 게 좋은 법이지요. 여러분이 와 주시니 기쁠 따름입니다. ……명란아, 와서 인사드리거라."

명란이 앞으로 나와 공손히 인사한 후 뭐라고 불러야 할지 몰라 망설이던 차에 그 부인이 얼른 일러주었다.

---

5) 진주와 비취로 만든 머리장식.

"품란이처럼 외숙모라고 부르면 된단다."

명란은 눈을 들어 노대부인을 봤고, 노대부인이 살짝 고개를 끄덕이는 것을 확인한 후 얌전히 인사했다.

"외숙모님, 안녕하시어요."

외숙모 주 씨의 눈이 가늘어졌다.

"정말 참한 규수구나. 노대부인은 참 복이 많으십니다."

그렇게 말하면서 곁에 있던 계집종 손에서 연꽃색 두루주머니를 받아 명란의 손에 쥐여주었다. 명란이 고개를 내리니 진주와 보옥으로 수놓아 장식한 두루주머니가 보였다. 심히 화려하고 눈부신 것이 안에 든 물건이 뭔지는 모르지만 그냥 두루주머니만으로도 상당히 값어치 있는 듯 보였다.

모두 자리에 앉아 이야기를 나누는데 외숙모 주 씨 역시 작은댁 마님을 외면한 채 노대부인 등과 함께 금릉에서 경성, 집안 부녀자의 일부터 자녀의 일까지 다양한 이야기를 나누었다. 명란은 규중 여인 간의 한담과 아첨을 우습게 생각한 적이 한 번도 없다. 이번에도 가만히 듣다가 오래전에 이 노대인[6]이 성 노대인과 함께 집안을 일으켰다는 것을 알게 되었다. 초기에는 성씨 집안만 못하였으나 아들을 잘 낳아(외래 유전자를 도입하지 않고 아쉬운 대로 지방에서 아내를 얻음) 3대에 걸친 근면 성실한 경영으로 가업이 번성하여 유양에서 둘째가라면 서러운 내로라 하는 집안이 되었다고 한다.

그사이 작은댁 마님도 대화에 끼려고 수차례 시도했지만 번번이 실패

---

6) 성유의 부인 이 씨의 할아버지.

했다. 대대부인이 이야기를 하다가 갑자기 성운에게 물었다.

"태생泰生은? 오늘은 널 따라서 오지 않았더냐?"

성운이 웃었다.

"장오가 모처럼 경성에서 돌아왔잖아요. 그 바보 녀석, 끝도 없이 이야기를 풀어놓고 있어요. 아, 외숙모님, 오늘 혼자 오셨습니까?"

주 씨가 웃으며 말했다.

"욱이와 도가 함께 왔습니다. 모두 밖에 있지요."

대대부인이 웃으며 말했다.

"모두 일가친척 아닙니까. 어서 들어오라고 하세요."

그렇게 말하면서 대대부인은 바로 계집종에게 들이라고 시켰다. 곧 발이 들리고, 비슷한 연치의 소년 셋이 들어와 노대부인 앞에 나란히 서서 절을 하였다. 대대부인이 그중 웃는 상의 훤칠하게 생긴 소년을 가리키며 웃는 얼굴로 말했다.

"이 아이는 외숙모 댁의 둘째 자제, 욱이라네."

그다음으로 수줍어하는 왼쪽 소년을 가리키며 말했다.

"이 아이는 셋째 자제, 도라고 하네."

마지막으로 약간 까무잡잡한 피부의 건장한 소년을 가리켰다.

"이 아이는 운이 녀석의 작은아들, 태생일세."

세 소년은 각자 특유의 스타일을 가지고 있었다. 방 안은 순식간에 활기찬 기운으로 가득 찼다. 명란을 제외하고 나머지는 다들 아는 사이였기 때문에 명란은 한 명 한 명에게 다가가 호칭을 부르며 인사해야만 했다. 호칭은 품란이 부르는 대로 모조리 '사촌오라버니'였다.

주 씨가 웃으며 명란에게 말했다.

"지금은 일 때문에 출타하고 없지만 큰오라버니도 있단다. 올케도 아주 좋은 사람이니까 나중에 우리 집에 놀러 오렴."

노대부인이 칭찬의 말을 했다.

"자제분들이 이렇게 훤칠하고 의젓하니 외숙모는 정말 복이 많으시군요. 정말 훌륭한 재목들입니다."

이에 주 씨가 웃으며 말했다.

"이 두 말썽꾼이 얼마나 시끄러운지 아십니까. 노대부인께서 괜한 칭찬을 하십니다."

노대부인은 이씨 집안의 두 소년을 끌어당겨 글 읽기와 학문의 성과를 자세히 물었다. 둘째는 벌써 수재秀才가 되었고, 셋째도 늠생廩生이라는 것을 알고 더 기뻐하며 말했다.[7]

"훌륭하구나. 더 나아가기 위해 힘써 공부하는 것이 도리지."

주 씨가 웃었다.

"이 아이들이 뭐 대단하겠습니까. 노대부인의 장손은 수재秀才, 거인擧人, 진사進士를 모두 한 번에 통과했고, 지금은 서길사로 지명되어 한림원에서 봉직하고 있다 들었습니다. 이야말로 문곡성文曲星[8]이 속세에 내려와 된 운명이 아니겠습니까."

노대부인은 대대부인을 향해 눈을 크게 떴다.

"필시 형님이 여기저기 떠들고 다니신 게로군요. 칭찬으로 아이를 망치지 마십시오."

---

7) 과거 시험 중 원시에 합격하면 수재秀才, 그중 성적 최우수자는 늠생廩生이라 하여 관아에서 주는 녹미와 녹봉을 받음. 향시(추위秋闈)에 합격하면 거인擧人, 회시(춘위春闈)에 합격하면 공사貢士, 전시(황제 앞에서 치르는 마지막 과거 시험)에 합격하면 진사進士라고 함.
8) 천문학에서 큰 인물이 날 것을 알리는 별.

대대부인이 웃으며 말했다.

"잘한 것이 있으면 응당 칭찬해야지. 곧 이 두 아이가 과거를 치르러 경성에 간다고 하니 자네가 잠시 돌봐주게."

노대부인이 말했다.

"더 말할 것이 있겠습니까. 성유 안사람의 조카면 우리 가족 아이나 다름없는 것을요. 외숙모, 아이들이 경성에 오면 우리 집에 묵게 하세요. 과거를 준비하는 아이가 둘 있으니 함께하면 딱 맞겠습니다."

이 말을 기다리고 있던 주 씨는 연신 웃으며 답했다.

"정말 감사드립니다, 노대부인. 욱아, 도야. 어서 감사의 절 올리지 못할까."

이욱과 이도가 바로 절을 올렸고, 주 씨도 연신 감사 인사를 했다.

품란이 명란의 귓가로 다가가 조용히 물었다.

"그냥 친척 집에서 묵는 거잖아. 왜 저렇게까지 인사를 하는 거지?"

명란은 쓰게 웃었다. 그렇다고 사실대로 말할 엄두도 나지 않아 이렇게만 답했다.

"우리 집에 책이 많거든."

사실 과거에 응시하려면 머리 박고 열심히 공부하는 것 외에도 엄청난 전후반 작업이 필요하다. 여기에는 요령이 있다. 주부主副 과거 시험관이 선호하는 문장 스타일과 정치적 견해부터 서체 취향까지 알아야 하는 것은 물론, 조정의 형세도 꿰고 있어야 한다. 금기 화제와 파벌 투쟁에 연루되어서도 안 된다. 마지막으로 스승에게 인사드리고 친구를 사귀러 다니며 고결한 생활에서 목적성 있는 사교 활동을 시작해야 하는 것이다.

답안지에서 이름을 가리긴 하나 사실상 주 시험관이 될 만한 사람이면 문장과 필체, 필치를 통해 익숙한 응시생 정도는 짐작해낼 수 있기 마련이다. 이건 커닝도 아니고, 완전히 터무니없는 소리만 아니면 상대적으로 살짝 높은 점수를 얻을 수 있는 것이다. 성씨 집안 같은 관료 집안이 그런 자들을 소개해주면 이욱과 이도는 적은 노력으로 큰 성과를 얻을 수 있게 되다.

명란이 생각하기에…… 시험 합격 욕심이 없는 응시생이 좋은 응시생이라고 할 수는 없지만, 그래도 연줄이 먹히지 않는 시험장이 좋은 시험장 같았다.

이때 품란이 호태생에게 다가가 말을 걸었다. 낄낄 웃는 소리가 커지자 성운이 쳐다보고는 눈썹을 찌푸렸다. 성운은 노대부인에게 친근하게 달라붙어서는 웃으며 말했다.

"우리 태생이는 공부할 재목이 아니라 안 예쁘시죠."

노대부인은 장난기 많은 이 조카를 무척 좋아하는 모양인지 농담조로 꾸짖었다.

"이 원숭이 녀석, 네가 어릴 때 내가 몇 번이나 글공부를 시켰는데 늘 하다 말다 하니 삼자경三字經도 다 외지 못했지. 그래놓고 나불거릴 낯짝이 있느냐?! 태생이는 널 따라가는 게야! 태생아, 이리 오너라."

노대부인은 태생의 손을 잡고 웃으며 말했다.

"착하지. 사내대장부는 무엇을 하든 잘하면 되는 것이야. 네 외숙이 늘 네 칭찬을 하더구나. 성실하고, 인정 많고, 성심성의를 다해 일을 처리하니 가업에 큰 도움이 된다고 말이야. 내가 그 이야기를 듣고 네 어미 대신 얼마나 기뻤는지 모른다!"

수더분하게 웃고만 있는 태생을 보고 품란이 다가가 웃었다.

"사촌오라버니, 명란이의 첫 방문인데 뭐라도 좀 가져왔겠죠?"

태생이 온순하게 대답했다.

"너희 맛보라고 바다 건너온 서양과자를 좀 챙겨 왔어."

가만히 있지 못하는 작은댁 마님은 한참 참다가 결국 입을 열었다.

"나도 평생 서양과자는 못 먹어 봤다. 듣기로는 더없이 달고 맛있다던데 외당숙도 맛보시게 가져다 드릴 테니 나도 좀 주렴. 사촌 조카님은 누구처럼 외당숙 집안을 업신여기면 안 된다!"

이에 혜란도 웃으며 말했다.

"어머니도 참. 인정 많은 태생 오라버니가 왜 한쪽만 우대하고 우리 집안은 무시하겠어요?"

친근한 어조로 말한 혜란이 초롱초롱한 눈으로 태생을 바라보자 태생은 얼굴을 붉히며 고개를 숙였다. 죽어도 입은 열지 않을 모양이었다.

방 안에 있던 다른 사람들은 못 들은 체하고 가만히 있는데 유독 품란만은 화가 나서 튀어갈 기세였다. 명란은 조용히 한숨을 내쉬고 막을 방법을 생각했다. 처음에는 품란의 소매를 붙잡을까 했으나 이 육촌언니와 자신의 힘을 비교해 보고는 전략을 바꿨다.

명란은 사뿐히 몸을 돌려 티 나지 않게 품란의 앞을 막았다. 시간이 짧아 적당한 변명을 생각해 내지 못했지만 이미 화살은 당겨진 상황. 이에 명란은 제 생각에 꽤 그럴싸한 말을 꺼냈다.

"품란 언니, 이제 나한테 구연환 푸는 방법 같은 거 말하지 마. 계속 머리에 맴돌고 속에 걸린 것처럼 너무 괴롭다고."

예상대로 품란이 걸음을 멈추고 놀랍다는 듯 고개를 돌렸다.

"아까 내가 다 설명해줬잖아? 얼마나 됐다고 그새 또 모르겠다고?"

품란의 목소리가 살짝 컸던지라 옆에 서 있던 소년들이 명란과 품란을 돌아봤다. 가장 나이 어린 이도가 은근히 '바보냐' 하는 기색을 드러냈다. 얼굴이 달아오르며 난처함을 느낀 명란은 속으로 품란 계집애를 마구 욕했다.

이욱이 가볍게 웃음을 터트리더니 명란을 흘끗 보고 말했다.

"구연환처럼 심오한 놀이는 품란이처럼 총명한 인재나 단번에 배우지 우리처럼 아둔한 사람은 몇 번은 들어야 아는 게 당연한 거야."

호태생이 가장 솔직하게 맞장구쳤다.

"맞아, 맞아. 나도 늘 배워도 모르겠던걸."

품란은 그들의 말을 듣고 의기양양해졌다.

"사촌오라버니 말이 맞아."

그러고는 명란을 보며 참을성 있게 구연환 푸는 비결을 되풀이하기 시작했다.

명란은 너무 서글펐다. 심오는 무슨 얼어 죽을! 뭐, 어쨌든 목적은 달성했으니까.

명란은 빙그레 웃으며 들었다. 계속해서 고개를 끄덕이며 호응도 해 줬다. 그러다 무심코 고개를 돌렸을 때 상석에 앉은 노대부인이 연신 미소 지으며 여자 권솔과 함께 이야기하는 모습을 보았다. 명란은 약간 멍해졌다. 할머니의 저 미소, 왠지 익숙한데……. 아, 그래. 어릴 적에 귀 뚫기 전 우리 할머니가 삶은 달걀로 나를 어를 때, 그때 그 미소야.

제42화

육촌언니, 육촌언니,
육촌언니, 육촌언니, 육촌언니

유양 성씨 집안의 분위기는 화기애애했다. 손윗사람부터 손아랫사람까지 다들 성격이 비슷하고, 잘 이야기하고 잘 웃고, 사람을 대함에 있어 스스럼없고 친절했다. 명란은 수년 간 복역한 노동 교화범이 갑자기 가석방되어 세상 밖으로 나온 것처럼 온몸의 긴장이 싹 풀렸다.

명란과 품란은 정말 쿵짝이 잘 맞았다. 거의 척하면 척이랄까. 행동파 왈패와 잔꾀 전문 공범, 거기에 사촌동생한테 부림당하는 데 익숙한 착한 남자 태생이 뭉치니 요 며칠 성씨 집안은 조용한 날이 없었다. 명란이 낚시를 하면, 품란이 흙 지렁이를 잡고, 태생은 한쪽에서 물고기 바구니를 든 채 엄마처럼 '안 미끄러지게 조심해'나 '더 앞으로 가면 안 돼' 따위의 잔소리를 해댔다. 품란이 참새를 잡으면, 명란은 키를 들고 곡식을 뿌리고, 태생은 벽 뒤에 쭈그리고 앉아 막대기에 걸어 둔 줄을 잡아당겼다. 대략 이런 식이었다.

집안을 살피고 혼사를 준비해야 하는 이 씨는 어쩔 수 없이 며느리 문 씨를 시켜 품란과 명란을 잡아 오게 했지만, 문 씨는 본래부터 작은시누

이의 상대가 못 되고, 명란은 관여하기 어려우니 어쩌겠는가. 그저 보고
도 못 본 척 넘어갈 수밖에 없었다.

"그냥 내버려두어라. 아이들인데 놀고 싶으면 더 놀게 놔둬. 목석같은
인간이 되는 것보다 활기 있는 게 좋지."

대대부인은 웃으며 둘을 구원해주었다. 노대부인은 곤란해하는 이 씨
를 보고 명란을 훈계하려고 했으나 며칠 노는 새 혈색이 좋아지고 집에
있을 때보다 더 생기 있는 명란을 보자니 마음이 짠해졌다. 그래서 결국
한숨 쉬며 이렇게 말했다.

"질부라고 어찌 아이를 귀애하지 않겠나. 다만 여자아이라…… 지금
단속하지 않으면 나중에 아이들이 고생할까 그러는 거겠지. 질부도 일
단 관대히 보아 넘기게. 장오의 혼사가 지나가면 그때 두 원숭이를 잘 손
봐주면 되지 않겠나."

옆에는 이 씨에게 잡혀 한소리 들은 품란과 명란이 있었다. 원래는 풀
이 죽어서 고개를 푹 숙이고 서 있었지만, 오고 가는 이야기에 표정이 확
좋아졌다. 이에 이 씨가 자기 딸에게 눈을 부릅떴다.

노대부인과 방씨 어멈은 모두 연로했기에 노대부인은 이미 등주에 있
을 때부터 명란에게 방씨 어멈의 관사 일을 돕게 했었다. 그런데 이번 장
거리 이동의 영향으로 두 사람 모두 지친 탓에 행장 정리와 친척들에게
줄 편지의 정서正書[1]를 명란에게 맡겼다.

명란이 며칠 놀지도 못하고 붙들려 일하게 되자 몹시 우울해진 품란
은 명란 옆에 붙어 입을 비죽이며 투덜댔다. 하지만 어린 계집종이든 늙

---

1) 초안 잡은 글을 정식으로 베껴 씀.

은 어멈이든 모두 공손한 태도로 상황을 보고하고, 명란이 두말없이 엄히 명하고, 그럼 또 어멈들은 토 하나 달지 않고 움직이는 것을 보고, 품란은 깊이 탄복했다.

"나도 올케언니를 도와서 집안일을 돌본 적이 있는데 하인들이 잔꾀를 부리기 일쑤라 매번 고생했어. 어머니는 날 위해 나서 주기는커녕 꾸지람만 하시고. 넌…… 무슨 비결이라도 있는 거야?"

품란이 꽤 겸손하게 물었다.

명란이라고 고생을 안 해 봤겠는가. 명란은 요 며칠 품란과 놀면서 어느 정도 성격을 파악했던지라 이렇게 말했다.

"그럼 언니가 어떻게 했을지 내가 맞춰볼까? 일을 처리할 때 관사 어멈한테 원래 어떻게 했느냐고 먼저 물은 적 있어?"

"아니."

품란이 바로 부정했다.

"어머니와 올케언니한테 먼저 전후 사정을 정확히 물었는데 아랫것들한테 물어서 뭐 해?"

명란이 또 물었다.

"어멈이나 유모를 통하지 않고 바로 주위에 있던 하인들한테 시켰던 거지?"

품란은 고개를 끄덕였다.

"어멈들은 할머니나 어머니 앞에서 위신 좀 있다고 날 안중에도 안 둬. 게다가 한 번에 끝낼 수 있는 일을 왜 이 사람 저 사람 거쳐가며 번거롭게 처리해?"

명란의 얼굴에 '역시나' 하는 고수다운 표정이 드러났다. 이유를 알고 싶어 근질근질해진 품란이 왜 그러냐 캐물으니 명란이 웃으며 답했다.

"하인들의 노비문서가 다 주인 손에 있는데 무슨 배짱으로 주인댁 아가씨한테 도전하겠어? 그냥 '소규조수蕭規曹隨²⁾'하면 큰 문제없어. 앞으로 일을 할 땐 먼저 관사 어멈을 불러서 예전에 어떻게 했는지 자세히 물어봐. 그대로 해도 되는 것은 그대로 하고, 도무지 마음에 안 들어서 방법을 고치고 싶으면 혼자서 결정하지 말고, 어멈 앞에서 그 생각을 비추지도 마. 일단 당숙모님이나 올케언니한테 적절할지 물은 다음에 고쳐도 늦지 않아."

품란은 조그만 얼굴을 찌푸리며 투덜댔다.

"어머니는 늘 내 잘못을 찾으려고 야단이셔. 난 어머니한텐 묻기 싫단 말이야!"

명란은 품란의 얼굴을 힘껏 붙잡고 구겨진 얼굴을 펴주었다. 그리고 진지한 얼굴로 말했다.

"부府의 일 처리에는 다 관례란 게 있기 마련이야. 언니의 방법이 좋다는 걸 어떻게 확신해? 당숙모님은 이미 많은 일을 해보신 분이니까 언니 방법이 좋을지 안 좋을지 듣기만 해도 아실 거고, 어찌 됐든 언니가 실수하는 거보다는 낫잖아. 이게 그 첫 번째 이유야. 두 번째로 어떤 일이 어떤 사람 손을 거치면 그 사람에게는 책임과 권한이 생겨. 언니가 나서자마자 그 사람의 이익을 빼앗아버리면 과연 그 사람이 좋아할까? 자연히 알게 모르게 언니 발목을 잡을 거야. 만약 큰할머님과 당숙모님께 미리 말씀드린다면, 아무리 위신 있다는 어멈이나 유모라도 감히 귀한 아가씨에 대해 뭐라 할 수 있을까?"

---

2) 예부터 내려오는 제도를 그대로 따름.

품란에게서 아직 망설이는 기색이 보이자 명란은 마지막 한마디를 던졌다.

"집안을 관리하는 건 원래 어려운 일이야. '집안 관리 3년이면 개, 고양이도 피한다'는 말 안 들어봤어? 혹시 겁나면 아예 끼어들지 말고, 하고 싶다면 번거로움이나 어려움을 두려워하면 안 돼. 게다가 언닌 지금 뒤를 받쳐 줄 아버지, 어머니, 할머니가 있는 애기씨잖아. 며느리들은 시어머니, 동서, 시누이를 상대해야 하니까 정말 어렵다고!"

명란은 말을 일부 아꼈다. 사실 서녀인 명란은 품란보다 더 어려웠다. 여란과 묵란은 호락호락한 상대가 아니었고, 왕 씨라고 해서 명란을 지지해주는 것도 아니니 말이다.

명란이 보기에 일을 많이 하면 실수도 많고, 적게 하면 실수도 적은 법이니 실수를 안 하고 싶다면 아무것도 안 하는 수밖에 없다.

고용인은 적게 일하고 돈 많이 받는 것을 원하고, 고용주는 직원들에게 일 많이 시키고 돈 적게 주는 것을 원한다. 이런 모순은 예나 지금이나 같다. 아무리 잘해주는 마님이라도 남의 기득권을 위협하면 안 좋은 꼴을 면하기 힘들다.

은자 십만 냥을 만 냥으로 여기는 집안이 하인의 일을 좀 더 수월하게 해주고, 월급은 배로 올려주고, 공휴일 일당은 두 배로 주고, 연말에 보너스 주고, 추가로 매년 3회 이국 유람을 보내 주면, 마님이 너무 무능한 미련퉁이거나 쉽게 사기당하는 바보가 아닌 이상 기본적으로 '자비롭고 인자하다'고 칭송받는다. 하지만 만 냥을 십만 냥으로 여기는 집안에서 오늘은 시아주버니가 팔백 냥에 첩을 들이고, 내일은 시누이들이 오백 냥에 시문 모임을 열고, 모레는 시할머니가 절에 향 값 천 냥을 기부하고, 그러면서 집안에 수많은 어멈과 계집종을 부리고, 남자는 돈을 벌어오지 않는다면, 칠선녀七仙女 정도는 내려와야 집안을 돌볼 수 있을 것이다. 신선은 돌멩이를 은표銀票로 바꿀 수 있다지 않은가.

정상적인 방법은 이렇다. 합리적인 규모의 돈을 사용하여 합리적인 규모로 집안을 운영하고, 사치와 낭비, 쓸데없는 겉치레는 하지 말아야 한다. 그렇다고 너무 모질게 굴거나 어멈에게 너무 세세하게 따져서도 안 된다. 풀어줄 때는 풀어주고, 손가락 사이로 조금 빠져나가게 둬도 무방하다. 이런 토대 위에 집안 규칙을 엄격히 하고, 하인의 행위를 규범화하고, 예를 지키도록 가르쳐 가풍을 바로 세우면 그걸로 운수 대길이라고 할 수 있다.

사실 품란은 똑똑한 아이였다. 하지만 이 씨는 명란만큼 귀에 쏙쏙 들어오게 가르치지 못했고, 올케인 문 씨는 아무래도 한 다리 건너 있으니 세세히 말하지 못했을 뿐이다. 품란은 곰곰이 생각해보니 상당히 일리 있다고 느꼈고, 돌아가서 바로 어머니를 따라다니며 집안일을 처리하는 광경을 지켜봤다. 어머니는 사람들을 지휘해 혼수를 받고, 어멈에게 상을 내리고, 신방을 꾸미고, 연회를 준비하고, 매일 십수 명의 어멈에게 둘러싸여 질문 공세를 받으며 마차 바퀴처럼 바쁘게 움직이고 있었다. 이 모습을 본 품란은 불현듯 어머니가 고생한다는 걸 깨닫고, 명란을 따라 매일 서체 연습과 자수 연습을 하며 며칠이나 온순하게 지냈다.

이 씨는 딸이 성질을 죽이는 것을 보고 크게 안도했다. 이 씨는 얼마 전 명란이 하인을 통솔하여 신속하고 깔끔하게 옷궤를 점검하고 물건을 정리하는 것을 봤다. 주판을 사용하지 않고 수를 세는 것도 봤다. 손가락을 꼽고 종이에 획 몇 개를 그으며 정확하게 수를 파악하고 있었다. 열 몇 살도 안 된 아이가 이 정도라니! 이 씨는 깜짝 놀랐다. 그리고 시선을 돌려 명란의 뒤를 졸졸 따라다니며 "아직 안 끝났어? 우리 놀러 가자."라고 계속 앙앙대는 딸을 보고 있자니 자기도 모르게 은근히 걱정되던 차였다.

그래도 요즘 품란이 약간 철든 것을 보고 크게 안심했던 이 씨는 품란이 풀 죽어 있는 모습을 보자니 마음이 아파 딸의 머리카락을 쓰다듬으며 말했다.

"네 육촌동생 명란이는 평소에 집에서 엄격한 규율과 법도 속에서 살고 있어. 지금 우리 집에 와 있으니 네가 엉뚱한 짓만 않으면 명란이를 데리고 정원을 돌아다니는 것은 괜찮단다."

신부를 맞는 날이 왔다. 성씨 저택의 사람은 모두 새 옷으로 단장했고, 어멈들까지도 새로 지은 장오長襖³⁾와 비갑比甲을 입었다. 품란은 명란을 끌고 여기저기 돌아다니며 구경했다. 풍악 소리가 떠들썩하게 울려 퍼지는 가운데 진홍색 혼례복을 입고 백마에 올라탄 채 혼례 가마를 맞이해 들어오는 장오 오라버니가 보였다.

"둘째 오라버니도 참 못났다니까. 웃는 것 좀 봐……. 입이 아주 귀까지 찢어졌네!"

품란이 명란을 잡고 속삭이는 말에 명란도 고개를 끄덕였다. 오늘 장오의 웃는 모습은 확실히 좀 바보 같았다. 하지만 오늘은 그렇더라도 용서받을 만하다.

대대부인이 축첩을 허락하지 않기에 사춘기 소년 시절에 실수할 것을 미연에 방지하고자 이 집안 남자들은 비교적 일찍 혼인했다. 장오 역시 열다섯 살 때부터 혼담이 시작됐지만 가시밭길의 연속이었다. 마부, 취

---

3) 긴 저고리.

부炊夫, 차부車夫 등이 너도나도 찾아와 귀찮게 굴었고, 대대부인과 이 씨의 눈이 너무 높아서 떨어지는 가문의 며느리를 들이려 하지 않았기 때문이다. 그래서 족히 스물한 살이 되어서야 겨우 부인을 맞았으니 얼마나 기쁘겠는가!

명란은 태생의 아버지도 만날 수 있었다. 당고모부의 성함은 호이우胡二牛였다. 이우二牛가 있으니 당연히 손위로 대우大牛도 있을 거라 생각했지만 그건 아니었다. 듣자 하니 호씨 집안의 노마님이 출산 전날 밤 소 두 마리를 선물 받는 꿈을 꾸고는 아들의 이름을 바로 이우라고 지었다고 한다. 이우 당고모부는 좋은 사람이라 계속 손위처남인 성유의 뒤를 쫓아다니며 바삐 움직였다.

하지만 명란은 육촌언니 숙란의 남편, 손지고 그 자식만은 마음에 들지 않았다. 생긴 건 꽤 준수했지만 눈이 이마에 달린 것처럼 태도가 오만하기 짝이 없었다. 나중에서야 알았지만 이 육촌형부는 유양에서 유명한 신동이었다고 한다. 열두 살에 수재秀才로 합격했다나. 음…… 하지만 아직도 수재에 머물러 있다. 그는 노대부인의 출신과 아들과 손자 모두 나라의 정식 교육을 받고 관료를 하고 있다는 사실을 알고 나서는 즉각 거만한 태도를 거두고 공손하게 행동했다.

결혼 안 한 처녀가 공개적으로 얼굴을 내놓고 다니기는 어려운지라 혼례당 가서 혼례 구경도 못 하고, 외부 손님들 사이를 돌아다닐 수도 없었다. 품란은 구경하러 가겠다며 몇 번이나 포위망을 뚫고 나가려고 했지만, 명란이 아예 싹을 잘라버리고 후원으로 끌고 가 새로 심은 꽃나무를 구경했다. 이 씨는 품란의 성격을 잘 알고 있었기에 바쁜 와중에도 사람을 보내 후당으로 가서 할머니를 모시고 여자 손님들과 이야기를 나누라고 시켰다.

"둘째 작은할아버님 댁 언니들도 왔어?"

품란이 물었다. 심부름 온 계집종이 웃으며 답했다.

"모두 오셨습니다. 이웃 현에 살고 계신 수란 아가씨와 월란 아가씨도 오셨어요."

품란의 안색이 바로 어두워졌다. 그러더니 한마디로 거절했다.

"그럼 나 안 가!"

계집종이 난처해하며 말했다.

"애기씨, 그건 안 되셔요. 마님이 분부하셨는걸요……."

명란은 계집종이 마음이 급해져 땀까지 흘리는 것을 보고 일렀다.

"먼저 가 있어. 나와 너희 애기씨도 곧 갈 거야."

계집종은 명란 애기씨가 여기 온 지 얼마 되진 않았지만 자기 애기씨와 마음이 잘 맞고, 잘 타이를 수도 있다는 것을 알기 때문에 연신 감사 인사를 하고는 안심하며 돌아갔다.

품란이 명란에게 눈을 부릅떴다.

"네가 왜 장담하고 그래? 난 안 가."

명란이 쌀쌀맞은 투로 말했다.

"난 상관없어. 하지만 당숙모님은 언니가 마음이 놓이지 않아서 언니 잡으러 세 번, 네 번 계속 사람을 보내실걸. 결국 알아서 잘하느냐, 혼나고 하느냐의 차이일 뿐이야."

품란은 자기 어머니가 얼마나 지독한지 생각해 내고는 절로 의기소침해졌다.

"나 정말 둘째 작은할아버지 댁 언니들은 보기 싫어! 수란 언니는 그나마 괜찮지만, 혜란 언니는 그때 너도 봤잖아. 또 서출인 월란 언니는, 아, 더 말할 것도 없다고."

명란은 품란을 천천히 정당 쪽으로 끌고 가면서 품란의 주의력을 돌릴 겸 질문을 던졌다.

"대체 무슨 철천지한이 있길래 그렇게 기억하고 있는 거야?"

품란은 아무런 자각 없이 명란을 따라 앞으로 걸으면서 분개하듯 말했다.

"너희 가족은 늘 외지에 있어서 둘째 작은할아버지 댁 심술쟁이들을 몰라! 어릴 때 둘째 작은당숙모가 집안 형편이 어렵다는 핑계에, 또 여자아이는 귀하게 키워야 한다면서 세 딸을 억지로 우리 집에 보냈어. 나랑 큰언니가 셋 때문에 얼마나 고생했는데! 수란 언니는 그렇다고 쳐. 하지만 월란 언니는······. 흥, 명절 때 물건을 나눌 때마다 한바탕 소란을 일으켰어. 내 옷을 뺏어가거나 큰언니 장신구를 훔치고, 내가 일러바치기라도 하면 여기저기 가서 천연덕스럽게 울면서 우리가 자길 괴롭힌다고 하는 거야!"

"물건도 훔쳤어?"

명란은 정말 생각지도 못한 일이었다.

품란은 지난 일을 떠올리니 속에서 불이 올라왔다.

"훔쳐? 그건 탈취였어! 큰언니 방에 사람만 없으면 혼자 들어가서 물건을 뒤지고, 좋은 거 가져가서 자기가 하고는 다시 돌려주지도 않았거든! 큰언니가 순해서 한 번도 뭐라고 안 하니까 갈수록 제멋대로 굴더니 감히 어머니 방까지 들어가서 뒤지는 거야. 그것도 몇 번이나. 어머니도 처음엔 참았지······. 어차피 장신구 몇 개고, 원래 여자는 크면 치장하는 거 좋아하는 법이라며 그냥 두라고 하셨어. 나중에 땅문서 몇 개가 사라지고, 그중에 이 종택의 집문서까지 끼어 있다는 걸 깨닫고, 그때야 화를 내셨지."

"그다음은 어떻게 됐어? 집문서는 돌려받았어?"

명란이 재밌다는 듯이 캐물었다.

이 질문에 품란은 흥분해서 의기양양하게 말했다.

"그때가 월란 언니가 시집가기 두 달 전이었어. 언니는 이미 정혼자도 정해졌겠다, 친정 가문에서 자기를 어떻게 하진 못할 거라 생각했지. 그런데 우리 어머니가 먼저 둘째 작은할아버지 댁에 가서 공손하게 언니를 데려오더니 사돈댁에 사람을 보내서 월란 언니가 풍한에 걸렸으니 혼삿날을 반년 미루자고 전하고는, 월란 언니를 가둬버렸지 뭐야. 그 집 식구들이 와서 뭐라 난리를 쳐도 절대 물러서지 않았어. 하지만 그 집 식구들도 너무 시끄럽게 굴 엄두는 못 냈지. 그랬다가 파혼당할까봐 무서우니까, 하하. 월란 언니는 꼬박 수십 일은 갇혀 있다가 집문서를 토해내고 나서야 풀려났어. 알고보니까 둘째 작은당숙한테까지 말 안 하고 시댁까지 가져가려고 자기 배두렁이 ⁴⁾ 안에 감춰뒀었지 뭐야!"

품란은 희색만면한 얼굴로 말했지만 명란은 입을 쩍 벌리고 속으로 엄지척을 하고 있었다. 역시 진짜 능력자는 쉽게 자신을 드러내지 않는구나. 동그란 얼굴에 온화한 분위기의 당숙모님이 그토록 독하게 굴 줄이야!

품란은 이야기에 재미가 들렸는지 다음 이야기를 이어갔다.

"그리고 혜란 언니, 나랑 어릴 적에 얼마나 치고받고 싸웠는지 몰라. 자, 봐, 이 흉터! 바로 오 년 전에 언니가 날 돌 위로 밀쳐서 넘어지는 바람에 생긴 거야. 다행히 내가 팔로 버텼기에 망정이지 안 그랬으면 내 얼

---

4) 가슴과 배만 겨우 가린 마름모형 윗옷.

굴이 어떻게 됐을지 몰라!"

품란이 팔을 걷어 올리고 명란의 얼굴 앞에 들이밀며 말했다. 명란이
보니 정말로 지네처럼 비틀린 모양의 커다란 복숭아색 흉터가 있었다.

"그 일이 있은 다음에 바로 집으로 되돌려 보내졌지."

품란이 분개하며 말했다.

"흥! 다 배은망덕한 사람들이야!"

혜란과 품란은 꼭 세 살 차이가 난다. 그런데 이렇게 악랄한 짓을 했다
고? 대여섯 치는 돼 보이는 긴 흉터를 보니 당시 여덟아홉 살이었을 품
란이 얼마나 아팠을지 상상이 갔다. 명란은 품란의 소매를 내려주며 위
로하듯 말했다.

"큰할머님이 수란 언니는 그래도 좋은 아이라고, 남편 내조, 자녀 교육
잘하고 부부간에 화목하다고 자주 말씀하시던데 당숙모님의 훈육이 헛
되지만은 않았었나봐!"

품란은 이제야 겨우 웃음을 보였다.

"다 우리 어머니가 좋은 일 하신 거 아니겠어! 그해에 수란 언니가 밤
마다 울면서 우리 집에 찾아와서는 이마에 피가 날 정도로 고두叩頭하면
서 둘째 작은당숙이 자기를 악덕 부자의 후처로 보내지 않게 해달라고
애원했었어. 우리 어머니가 힘들게 언니를 지켜내고, 또 지금 형부와 혼
인하도록 주도하셨지. 게다가 형부가 수재秀才에 합격한 다음 거인擧人
에 합격하지 못하고 있었는데, 역시 우리 아버지가 인맥을 통해서 형부
를 가까운 현見의 교유教諭 5)로 만들어주셨고."

5) 문묘 제사와 생원 교육을 책임지는 관리.

129

명란은 연신 고개를 끄덕였다.

"당숙과 당숙모님은 정말 좋은 분이시구나. 조카를 위해 직접 나서주시다니. 어? 맞다, 그럼 당숙은 왜 손 형부에게는 교유 자리를 알아봐주시지 않는 거야?"

품란은 냉정하게 콧방귀를 꼈다.

"그 형부는 어릴 때 길거리 점쟁이한테 재상이 될 운명이라는 소리를 듣고는 양방진사兩榜進士[6]가 되기로 마음먹었던 사람이야. 어찌 뜻을 낮춰서 소박한 8, 9품짜리 하급관리를 하겠어? 이미 우리 아버지 호의를 몇 번이나 거절했다고. 흥, 재능이나 학식은 없으면서 패기만 넘치는 짓은 안 하는 게 좋을 텐데!"

품란이 불평하는 것을 보면서 명란은 저도 모르게 씩 웃었다. 품란이 현대에 태어났다면 인터넷 토론방에 '끝내주는 우리 육촌언니, 육촌형부, 당숙, 당숙모 전격 폭로' 글을 올려서 욕을 얼마나 시원하게 풀어놓겠는가. 분명 화제가 될 것이다!

품란의 이야기가 끝날 때쯤 둘은 이미 정방 입구에 도착해 있었다. 바로 앞에 계집종 하나가 목을 빼고 기다리고 있다가 멀리서 걸어오는 둘을 보고는 기뻐서 어쩔 줄 몰라 하며 급히 맞으러 다가왔다.

"우리 애기씨들, 드디어 오셨군요. 안에서 작은마님이 왔느냐고 몇 번이나 물으셨습니다. 안 오셨으면 또 사람을 보내셨을 것입니다."

"왜 이렇게 말이 많아? 이리 왔지 않아."

묵은 원한을 한바탕 쏟아내고 나서 기분이 많이 좋아진 품란은 명란

---

6) 거인, 진사 시험에 합격한 자.

을 잡아끌고 안으로 들어갔다. 문 옆에서 시중들던 계집종이 발을 들어 올리자 낯선 노부인의 목소리가 들려왔다.

"……그 집안 명란이를 우리 조카와 정혼시키면 되겠습니다!"

품란은 깜짝 놀라 반사적으로 명란을 돌아봤다. 놀랍게도 명란은 안심하는 눈치였다. 명란은 배시시 웃으며 말했다.

"지난번에 당숙모님이 언니한테 베껴 쓰기 벌을 내렸을 때 언니가 뭐라고 했더라? 아, 고개를 내밀어도 한칼, 움츠려도 한칼이라고 했지. 좋아, 우리 들어가자!"

제43화

행복은 역시 비교에서 온다

품란이 성큼 앞장서서 들어가고, 명란 역시 품란을 뒤따라 안으로 들어갔다. 방 안은 큰마님, 작은마님, 며느리, 나이 찬 처녀 등 여자 손님들로 가득했고, 모두 서거나 앉아서 활기차게 이야기를 나누고 있었다. 방 전체가 화려한 색과 빛으로 번쩍이는 것 같았다. 가장자리에 앉아 있던 작은댁 마님이 명란이 들어오는 것을 보자마자 무릎을 치며 웃었다.

"어머, 호랑이도 제 말 하면 온다더니, 마침 주인공이 왔습니다!"

명란은 못 들은 척 품란을 따라 앞으로 걸어가 어른들께 인사드린 후 상석에 앉아 있는 노대부인 곁에 얌전히 섰다. 육촌언니 숙란의 옆에 앉아 있는 노부인은 숙란 언니의 시어머니였는데, 수가 놓인 검붉은 비단 배자褙子를 입고, 머리에는 보옥이 달린 큰 비녀 대여섯 개와 융으로 만든 장미꽃을 너저분하게 꽂고 있었다. 목이며 팔에도 무언가를 잔뜩 걸고 있었다. 온몸에 금은보화를 두르고 있으니 번쩍번쩍해서 눈이 어지러울 지경이었다.

명란이 들어오자 한참을 위아래로 살피던 손지고의 어머니, 손모孫母는 주름투성이 얼굴에 웃음꽃을 터뜨리며 말했다.

"며칠 전 사돈의 둘째 작은댁 마님에게서 이 아이 이야기를 들었을 때 호감이 갔었는데, 오늘 보니 과연 명문가 아가씨다운 몸가짐이군요. 허허, 정말 고운 아가씨입니다!"

그러면서 상석에 앉은 노대부인과 대대부인을 보며 웃었다.

"우리 조카와 이 아이는 나이도 맞고 서로 어울리니 이 좋은 날 우리 겹사돈을 맺어보지요. 어떻습니까, 사돈?"

말을 마친 손모가 대답을 기다리듯 똑바로 쳐다봤다. 이에 방 안에 있던 사람 모두 말을 멈추고 고개를 들어 이쪽을 바라봤다.

명란은 속으로 코웃음을 쳤다. 보통 혼사는 거절당할까봐 이렇게 직접 거론하지 않는다. 그런데 현縣의 알만 한 집안 여인들 절반은 모인 자리에서 노골적으로 혼담을 꺼내다니 손 수재秀才의 어머니도 참 낯짝이 두꺼웠다. 대체 어떻게 거절하라는 건가.

그래, 해보시지. 사실 명란은 손모가 시장에서 달걀 고르듯 자신을 훑어보는 모습이 마음에 들지 않았다.

노대부인은 찻잔을 든 채 찻잔 뚜껑으로 찻잎을 밀어낼 뿐, 한마디도 하지 않았다. 대대부인이 눈썹을 찌푸리며 적당히 넘어갈 말을 꺼내려 할 때 성운이 선수를 쳤다.

"어마, 사부인은 정말 농담을 잘하시는군요. 조카분은 벌써 스물이 돼가는데 우리 조카 아이는 이제 몇 살입니까? 이런 것도 나이가 맞다고 하는 건가요? 아휴, 그건 아니지요."

손모의 얼굴에 불쾌한 기색이 어렸다.

"몇 살 많은 게 어떻다고요? 일단 방에 들여보내면 되는 거지요. 시집 가면 남편 시중은 잘 들 수 있을 겁니다."

부인들의 표정은 각양각색이었다. 재미있어하는 사람도, 어처구니없어하는 사람도, 고개를 흔드는 사람도 있었다. 하지만 대부분은 경멸스럽다는 눈을 보이며 고개를 숙여 옆 사람과 수군대기 시작했다. 명란은 수재秀才의 어머니에게 감탄해 마지않았다. 며느리 된다 말도 안 나왔는데 방 안에 있는 사람들 사이에서는 이미 공론화되고 있으니 말이다. 손모는 무슨 속셈이 있어 뭔가 구실을 찾으려는 것이 아니라 정말 괜찮다고 생각하는 거였다. 무식하면 용감하다고 하지 않던가.

안 된다고 명확히 말할 수도 없는 노릇이었다. 그랬다가는 '시기'라는 오명을 쓸 것이다. 성운은 눈을 한번 돌리더니 웃으며 말했다.

"사부인께서 조카며느리를 고르시니 저도 조카사위를 골라봐야겠습니다. 우리 성씨 집안도 어느 정도 체면이 있습니다. 저희 사촌오라버니께서는 낮지 않은 품계의 관직에 계시고, 우리 당질은 더 말할 것도 없이 황제께서 직접 임명하신 한림원 나리가 아닙니까! 사부인, 사부인의 조카님이 처를 얻는 데 내세울 만한 게 무엇인지요? 공명功名이 있습니까, 아니면 전답이나 점포가 있습니까? 시집을 가는 것도 결국 먹고 살기 위해서인데 사부인께서 어디 말씀을 해주시지요."

성운이 빠르고 낭랑하게 말했다. 게다가 성운이 시원시원한 성격이라는 건 이곳에서 유명하다. 농담 반 진담 반인 이 말에 방 안에 있던 사람들이 모두 웃기 시작했다. 손모의 조카가 일찍이 부모를 여의고 고모 댁에 빌붙어 살면서 평소 빈둥빈둥 노는 데다 가진 거라고는 손모 비위를 맞출 줄 아는 입뿐이란 걸 다들 알고 있기 때문이다.

손모는 아들이 수재로 합격한 후부터 자기 집안을 학자 집안이라 여겼다. 평범한 집안은 눈에 차지 않아 조카에게 어떻게든 좋은 혼처를 찾아주려고 이곳에 사는 알 만한 집안은 다 귀찮게 해봤지만 성씨 집안은 그 체면을 봐서 여태 무례하게 군 적은 없었다. 손모가 여러 차례 완곡한 거절을 당하고 살짝 낙심해 있는데, 며칠 전 성씨 집안 둘째 작은댁 마님이 명란에 관해 이야기하는 걸 듣고 다시 마음이 동한 참이었다. 명란이 관료 집안 출신이긴 하나 서출이다. 그러니 자신이 혼담을 꺼낸다면 나름 체면을 세워주는 셈이라고 여겼다. 그런데 두 노마님은 대꾸도 없이 자신을 거들떠보지도 않고, 성운은 매서운 혀로 아픈 곳을 찌르는 소리만 하니 손모는 낯빛이 어두워졌다.

"내 조카가 공명이나 재물은 없으나 정실 소생입니다!"

품란의 자그만 얼굴이 벌겋게 달아올랐다. 두 눈은 불을 뿜을 것만 같았다. 품란은 무의식적으로 소매 아래로 명란의 손을 꽉 잡았다. 거의 피가 날 만큼 힘이 들어가 있었다. 명란은 고개를 내려 다른 손을 들어 품란을 가볍게 토닥였다. ……이 씨 역시 서출이었다.

성유가 아내를 맞을 때 성유의 부친은 가산을 거의 탕진한 상태였다. 다행히 인품이 너그럽고 관대한 이 씨의 조부가 성유의 조부와 함께 집안을 일으켰던 정을 생각해 자발적으로 손녀를 시집보냈다. 하지만 아들 내외가 달가워하지 않아 도중에 서녀로 바꿔치기를 하였는데, 30년의 세월이 흐르고 보니 그 집안에서 가장 혼인을 잘한 것은 이 씨였다. 남편이 오로지 이 씨만 바라보고 재물까지 잘 모으니 말이다. 당시 바꿔치기 된 정실 소생 아가씨는 변변찮은 곳에 시집을 가서 얼마나 후회했는지 모른다.

사람의 일을 들추더라도 아픈 곳은 들추지 않는 법이다. 그동안 성씨 집안도 입신출세하여 이미 이 씨의 출신을 거론하는 사람은 없었던 터에 손모의 이번 발언은 너무 과했다. 방 안에 순간 정적이 흘렀다. 모두가 눈을 들어 성씨 집안사람들과 옆에서 고개를 숙인 채 차를 마시는 주씨를 보았다. 시종일관 입을 열지 않던 이 씨가 차가운 눈으로 손모를 똑바로 바라보며 차분히 말했다.

"장유유서라 했습니다. 명란이 위로 언니가 더 있지요. 연치로 따지면 둘째 작은당숙 댁 혜란이가 사돈댁 조카와 더 어울리는군요."

방금까지 고소해 하고 있던 작은댁 마님은 갑자기 불똥이 자신에게 튀자 황급히 손사래를 쳤다.

"안 돼요, 안 됩니다. 이게 어떻게 되겠습니까?! 우리 집에 놀고먹는 그런 가난뱅……!"

작은댁 마님이 돌연 입을 다물었다. 손모가 노기충천한 눈으로 자신을 똑바로 바라보는 걸 알아차렸기 때문이다. 사람들의 눈이 많지 않았다면 손모는 왕년에 밭 갈던 솜씨로 주먹을 날렸을 것이다.

하지만 방에 있던 사람들은 작은댁 마님의 말뜻을 알기에 각자 입을 가리고 낮게 웃었다. 조롱의 눈빛이 손모와 작은댁 마님에게 쏟아졌고, 두 사람의 얼굴이 붉게 물들었다.

기분이 확 좋아진 품란은 그제야 명란의 손을 놓았다. 명란도 분이 좀 풀리는 느낌이었다. 명란은 품란을 끌고 슬며시 뒷걸음질 쳐 사람들 틈을 벗어나 격자무늬 문 뒤로 가서 한숨을 돌렸다.

이때 작은댁 마님 옆에 앉아 있던 미모의 젊은 부인이 입을 가리며 가볍게 웃음을 터뜨렸다.

"어머니도 그리 다급히 밀어내지 마세요. 손 형부는 공명이 있는 분이세요. 어쩌면 동생이 사부인 어른 눈에 안 찰 수도 있는 걸요!"

손모는 표정을 조금 누그러뜨리고는 콧방귀를 뀌며 차갑게 말했다.

"그도 그렇습니다. 작은댁 마님께서 괜한 걱정을 하시네요오!"

손모가 일부러 끝말을 늘여 뺐다. 작은댁 마님은 분에 겨워 온몸을 떨었다. 뒤에 서 있던 혜란은 난감하기 그지없어 입술을 깨문 채 고개를 숙이고는 손수건을 단단히 쥐고 비틀며 독기 어린 눈으로 미모의 부인을 노려봤다. 하지만 그 부인은 아랑곳하지 않았고, 아예 눈길도 주지 않았다. 이 광경에 사람들이 수군대며 슬그머니 웃었다.

조금 전에 방 안에 사람이 너무 많아서 명란은 누가 누군지 일일이 기억하기가 힘들었다. 그래서 품란이 바로 설명해주었다.

"둘째 작은당숙모 옆에 앉아 있는 진분홍 색 옷을 입은 사람이 바로 월란 언니야. 그 옆에 앉은 착한 언니가 수란 언니고."

아, 적모와 적녀, 그리고 서녀라. 과연…… 적의 적은 친구라는 말은 월란에게는 통하지 않는 것 같다고 명란은 생각했다.

주위 여인들이 시시덕거리며 손가락으로 가리키는 것이 마치 저를 가리키는 것 같았던 혜란은 창피함에 얼굴을 붉히고 발을 동동 구르다가 곧 몸을 돌려 나가버렸다. 수란은 예에 어긋나는 행동을 하는 동생을 보고 대신 사과한 후 뒤쫓아나갔다. 월란은 더는 작은댁 마님과 못 앉아 있겠는지 일어나서 품란과 명란의 곁으로 왔다. 그러고는 친한 척 명란의 옷과 귀밑머리를 쓰다듬더니 웃으며 말했다.

"참 참한 동생이구나. 보자마자 마음에 들었어."

등주에 있을 때도 부녀자 모임에 참석했었지만 이렇게 다가와서 집적거리는 것은 처음 본 명란은 몸을 옆으로 틀어 월란의 손길을 피했다. 품란은 차가운 눈을 한 채 한마디도 하지 않았다. 월란은 두 육촌동생이 자신을 거들떠보지 않는데도 불편해하지 않고 자기 하고 싶은 대로 이야기를 늘어놨다. 품란은 그런 월란이 짜증나서 입을 삐죽이다가 그냥 다과를 가지러 가버렸다.

말을 하면서도 월란의 시선은 명란의 두 쪽 찐 머리에 걸린 꽃 모양 장신구에 꽂혀 있었다. 진주와 금사로 얽어 만든 꽃잎 모양의 장신구는 정교하고 아름다웠다. 특히 진주는 한 알 한 알 매끄럽고 투명하게 빛나는 것이 귀물貴物로 보였다. 속으로 너무 부러웠던 월란은 손을 올려 장신구를 쓰다듬으며 말했다.

"이 언니는 이렇게 큰 진주는 처음 봤단다! 작은당숙이 관직에 계시니 동생은 지겹도록 부귀를 누렸을 테지. 이건 차라리 언니한테 며칠 빌려주렴. 시댁 식구 앞에서 멋져 보일 수 있게 말이야! 우리 성씨 집안의 면도 좀 세울 수 있을 거야."

명란은 깜짝 놀라 눈을 동그랗게 떴다. 그러니까 지금…… 나한테 구걸하는 건가?

명란은 문득 묵란이 그리워졌다. 묵란이라면 잔꾀를 부린다 해도 어느 정도 품위 있게 하지 처음 본 육촌동생에게 끈덕지게 달라붙어 생떼 쓰듯 물건을 구걸하는 짓은 안 할 것이다.

월란은 명란의 대답을 기다리지도 않고 재빨리 명란의 머리에서 장신구를 빼냈다. 손에 들고 자세히 살피며 만져 보더니 심히 만족스러웠는지 명란을 보며 미소 지었다.

"고마워, 동생. 나중에 돌려줄게."

그러면서 바로 자기 머리에 꽂는 모습에 명란은 어안이 벙벙해졌다.

이때 품란이 다과를 들고 돌아왔다. 마침 월란의 마지막 말을 들은 품란은 분노가 치솟아 성큼성큼 월란의 뒤로 다가와 장신구를 휙 낚아챘다. 그리고 명란의 손에 다시 쥐여주며 차갑게 웃었다.

"월란 언니, 이게 빌리는 건가요, 뺏는 건가요? 명란이는 대답도 안 했어요. 그런데 손부터 대다니! 다들 형부가 부자라고 하던데 언닌 동생들물건만 보면 눈이 벌게지는군요?! 세상에 이런 언니가 어디 있어요?"

월란은 손에 쥔 물건을 뺏기자 순식간에 눈썹을 치켜세우며 욕했다.

"내가 명란이하고 이야기하는 건데 네가 웬 참견이야? 흥, 매정한 것 같으니라고. 그러다 시집 못 갈 줄 알아!"

그러고는 또 명란 쪽으로 고개를 돌려 웃으며 말했다.

"동생은 몰라. 이런 시골에 사는 부자는 돈이 있어도 이런 귀한 물건을 못 산단다. 겨우 며칠 빌려주는 건데 설마 그렇게 인색하진 않겠지!"

품란이 막 맞받아치려고 할 때 명란이 품란을 잡으며 눈빛으로 품란을 안심시켰다. 그런 다음 월란을 향해 씩 웃고는 정색하며 말했다.

"미안하지만, 나 인색해요. 안 빌려줄래요."

말을 마친 명란은 품란을 끌고 상석 쪽으로 갔다. 월란은 말문이 막혀서 입을 벌린 채 그 자리에 서 있었다. 품란이 장신구를 다시 명란의 머리에 달아주며, 제 할머니 곁에서 웃으며 이야기하는 것이 보였다.

월란은 쫓아가서 다시 달란 말은 못 하고 제자리에서 발만 동동 굴렀다. 월란은 습관적으로 다른 사람의 물건을 탐냈다. 원래는 저 꽃 모양 장신구를 뽑은 다음 냉큼 자리로 돌아가 앉으려고 했다. 아까 한마디도 안 하는 명란의 모습을 보고 온순한 아이겠거니 생각했다. 수줍음 타는 어린 꼬마가 말을 퍼뜨리지는 않을 것이고, 조금 있다가 얼른 집으로 돌아가면 나중에 또 얼굴 볼 일은 없을 테니 이 일은 조용히 무마되리라 여긴 것이다. 설마 이럴 거라고는…….

월란은 씩씩거리며 작은댁 마님 곁으로 돌아갔고, 그제야 야외극이 곧 시작한다는 것을 알게 되었다. 방 안에 있던 여자 손님 대부분이 대부인 이 씨를 따라 나갔고, 월란도 급히 작은댁 마님과 함께 나갔다. 노대부인과 대대부인, 성운 역시 나서려고 했지만 손모가 잡고 늘어졌다. 이에 외숙모 주 씨도 나가지 않고 옆에서 들었고, 품란과 명란은 맞은편 의자에 앉아 자기들끼리 이야기하기 시작했다.

손모는 그 자리에서 쉴 새 없이 아들 자랑을 늘어놓았다. 칭찬의 끝이 보이지 않을 지경이었다.

"……현령 나리가 한사코 우리 지고를 술자리에 초대하더니 편액으로 쓰게 글자를 써달라고 했지 뭡니까. 아유, 지고 녀석도 차마 거절 못하고 응했지요. 지고의 글자를 얻으시다니 현령 나리는 참으로 복 받으신 거죠……."

품란은 참다못해 명란의 귀에 대고 속삭였다.

"사실 형부가 술에 취해서 현령 나리한테 억지로 글자를 안겨준 거야. 그때 술자리도 우리 아버지가 나리하고 할 이야기가 있어서 마련한 건데, 형부가 굳이 찾아와서는 술을 들이붓고 한참 허튼소리를 지껄이는 통에 우리 아버지가 현령 나리한테 엄청나게 사죄해야 했다고!"

명란은 어이가 없었다. 손모, 대단한데. CNN에 지원해도 되겠어.

한참 자기 이야기에 빠져 있던 손모는 그제야 노대부인이 생각났나 보다.

"듣자 하니 사돈 어르신 댁의 손자도 글공부를 한다지요. 몇 살에 수재에 합격했습니까?"

이건 손모가 가장 좋아하는 화제였다. 손모는 이것을 아무리 이야기해도 질려하지 않았다. 그래서 상대가 장원 급제한 사람이라 해도 수재로 합격했을 때 나이가 자기 아들보다 많으면 반나절은 으스대며 수다를 떨고는 했다.

노대부인은 가볍게 웃었다.

"열다섯 때입니다."

손모는 완전히 의기양양해졌다.

"아, 그럼 우리 지고보다 빠르진 않군요. 그래도 어린 나이에 훌륭한 편입니다."

노대부인은 덤덤하고 겸손하게 말을 이었다.

"훌륭하다고 말하긴 어렵습니다. 하지만 그해에 등주에서 열하나, 열둘의 어린 수재가 여럿 나왔지요."

손모가 억지 미소를 지으며 헛웃음을 터뜨렸다.

"별것이겠습니까. 아마 그해 시제가 유난히 쉬웠나 봅니다. 수재라고 다 재능이 있는 건 아니지요."

이 말은 옆에 있던 외숙모 주 씨의 심기를 건드렸다. 주 씨는 참지 못하고 비꼬듯 말했다.

"그러고보니 그 댁 아드님이 열두 살에 수재로 합격한 다음 거인 시험을 몇 번 치르셨지요? 어찌 아직 합격 소식이 없습니까?"

손모는 화를 억누르며 말했다.

"수십 년 치르는 사람도 있는데 몇 년이 대수겠습니까?"

주 씨가 입을 가리고 가볍게 웃으며 대꾸했다.

"그 말씀도 맞습니다. 수십 년 치르는 일도 있지요."

손모는 격분했다. 거기에 더해 자기편을 들어주지 않는 성씨 집안사람들을 보고 속에서 불이 올라왔지만 마땅히 풀 곳이 없었던지라 괜히 옆에 있던 며느리 숙란을 꾸짖었다.

"네 시어미한테 차도 안 채워주고 뭐 하느냐. 눈치 없는 것 같으니. 너를 어디다 써먹누."

사람들 앞에서 꾸지람을 들은 숙란은 귀까지 벌게져서 고개를 숙인 채 계집종을 불렀다. 품란은 제 언니가 구박당하는 것을 보고 마음이 아팠지만 그렇다고 끼어들 수도 없어 애꿎은 주먹만 꽉 쥐었다. 명란은 급히 품란의 귀에 대고 조그맣게 속삭였다.

"경솔하게 행동하지 말고 진정해, 진정. 언니 할머님께서 분별 있게 처리하실 거야."

노대부인은 별다른 내색 없이 떠다니는 찻잔 속 찻잎만 계속 보고 있었다. 대대부인은 점점 노기가 올라왔으나 아무 기색도 비치지 않고 조용히 듣고만 있었다.

손모는 자리에서 떠나는 숙란을 노골적으로 처다보며 입을 삐죽거리고는 고개를 돌려 말했다.

"사돈 어르신, 제 자랑이 아니라 우리 지고 같은 인품과 용모를 가진 사람은 눈에 불을 켜고 찾아도 찾기 힘듭니다. 사돈댁 따님이 우리 집 문을 넘을 수 있었던 건 정말 조상님이 쌓은 은덕 덕분이었지요! 그런데 시집온 지 몇 년인데 아직 손자 하나 보여주지 못하고 있습니다. 다른 집 안이었다면 진즉에 휴서休書를 쓰고 내보냈을 겁니다."

성운은 입을 다물고 있다가 결국 참지 못하고 두둔하러 나섰다.

"시집가서 십 년 만에 겨우 딸 하나 낳는 사람도 있습니다. 사오 년 사이에 우리 조카가 조카사위에게 벌써 아이 몇을 안겨주었는데요!"

주 씨도 거들었다.

"맞는 말씀이십니다. 대를 이을 아들도 조상과 하늘의 가호로 어련히 생길 것입니다. 첩도 수없이 거느리고 있으면서 뭘 더 어쩌시고 싶으신 겁니까?"

손모가 쌀쌀맞게 웃으며 말했다.

"우리 며느리가 정말 현명하다면 응당 사람을 들여야지 밖에 두고 남들 웃음거리가 되게 하면 안 되지요."

대대부인이 가라앉은 목소리로 말했다.

"더러운 출신의 여인을 어찌 집에 들인단 말이오?! 손주 사위 역시 글공부를 하는 사람인데 사부인이 그런 말씀을 입 밖에 내시다니 조상을 욕되게 할까 두렵지도 않소!"

손모도 기분이 상해서 소리쳤다.

"댁의 따님이 능력 없는 것을, 아니 남자가 첩 들이는 것까지 막겠다는 겁니까? 우리 집안 손을 끊기게 할 작정입니까?"

참을 만큼 참은 품란은 더 듣지 못하고 뛰쳐나가 버렸다. 명란이 황급히 쫓아갔지만, 기분이 나빠진 체력 좋은 품란이 단숨에 팔백 미터는 뛰어가는 바람에 명란은 창자가 끊어질 것 같은 순간에야 겨우 버드나무 아래에서 품란을 따라잡을 수 있었다. 명란은 품란의 팔을 죽어라 안고는 계속 숨을 가쁘게 몰아쉬었다.

품란은 나무에 발길질하며 분개한 듯 말했다.

"빌어먹을! 우리 언니처럼 좋은 사람이 왜 이런 일을 당하는 거야! 왜? 도대체 왜?"

명란은 가슴을 쓸어내리며 힘겹게 숨을 돌렸다. 그리고 품란의 발길질에 힘이 빠지길 기다렸다가 품란을 눈에 띄지 않는, 잘 다듬어진 가산假山 1)으로 천천히 데려와 깨끗한 돌 위에 같이 앉았다. 이런 일에 대해 뭐라 다독여 줘야 할지 명란도 알 수 없었다. 만약 지금도 현대에서 서기원을 하고 있다면, 분명 호기롭게 "이혼하세요!"라고 소리쳤을 것이다. 하지만 여긴, 후……. 한참 조용히 앉아 있는데 갑자기 가산 뒤쪽에서 다급한 발소리와 말소리가 들려왔다.

"……혜란아, 가지 마. 언니 말 끝까지 들어!"

---

1) 정원에 돌을 쌓아서 만든 자그마한 석산.

"난 가서 극이나 볼래. 언니, 그만해. 나 듣기 싫어."

수란과 혜란이었다! 품란과 명란은 재빨리 마주 보았다.

엿듣기 경험자로서 명란의 첫 번째 생각은 품란의 입을 막아야 한다는 것이었다. 그런데 품란이 명란보다 앞서 한 손으로 명란의 입을 막고는 꼼짝도 안 하고 집중하듯 귀를 기울이는 것이 아닌가. 물 흐르듯 익숙한 이 움직임이라니, 명란은 설마 얘도 나랑 같은 취미인가 하는 의문이 들었다.

가산 너머에서 수란이 말했다.

"우리 같은 여인한테 혼사는 환생만큼 중요한 일이야. 그러니까 제발 어리석게 굴지 마! 그 댁 도령이라면 나도 들어봤어. 부자이긴 하지만 여색을 밝힌대. 열 살 조금 넘은 나이에 벌써 첩이 넘친다고."

"그럼 어떡해? 당고모는 내가 도적이라도 되는 양 경계하고, 난 태생 오라버니의 얼굴도 보기 힘들어. 이제 나이도 됐으니 다른 살길을 찾는 수밖에 없잖아."

혜란이 원성을 토했다.

"태생이? 이런, 그건 생각도 마. 네가 모르는 일이 있어. 예전에 당고모가 당고모부한테 시집갈 때 우리 할아버님이 첫째 큰할아버님께 당고모를 다른 집안과 정혼시키라고 부추긴 것도 모자라 하마터면 당고모부를 때려죽일 뻔했어. 나중에 둘째 큰할머님께서 나서서 두 분을 맺어주셨다고 하더라. 당고모가 마음속에 원한을 담아두지 않았다 해도 우리 식구들을 좋게 보지 않을 거야."

수란이 우울하게 말했다.

품란과 명란은 서로 눈을 마주치며 생각했다. 이런 일이 있었다고? 품란의 눈은 흥분으로 가득 찼고, 명란 역시 속으로 재미있는 가십에 흥분했다.

'당고모부와 당고모는 연애결혼이었구나.'

통통 소리가 들리는 것이 발을 구르고 있는 듯했다. 가산 너머로 혜란의 목소리가 다시 들려왔다.

"……언니, 오늘 그 사람들 차려입은 거 봐 봐. 품란이, 명란이 두 계집애 입은 거랑 머리에 꽂은 거 보라고. 아무거나 하나 잡아도 그 값어치가 내가 가진 거 전부랑 맞먹을걸! 난 고생스럽게 살고 싶지 않아. 시집간다면 꼭 부잣집으로 갈 거야!"

"바보같이 굴지 마. 돈 있는 집안에 시집간다고 좋은 게 아니야. 네 형부도 집안은 궁핍하지만 진심으로 나를 대해주고, 시어머니께서도 자상하고 따뜻한 분이셔. 난 지금 네 형부, 그리고 아들, 딸과 함께 매일 산해진미를 즐기는 생활보다 더 만족하며 살고 있어! 월란 언니가 부잣집에 시집가긴 했지. 하지만 남편을 봐. 매일 기생집에 드나드는 건 차치하고라도, 걸핏하면 언니를 때리는 천하의 무뢰한이야. 아들, 딸 있는 첩실은 언니를 아예 안중에 두지도 않아. 너 이렇게 살고 싶어? 차라리 첫째 큰당숙모에게 말씀드려. 큰당숙모가 널 위해 나서주실 거야."

수란이 노파심에서 거듭 충고했다.

혜란이 조소하듯 말했다.

"그건 언니 팔자랑 운이 좋아서지. 언니하고 숙란 언니가 동시에 정혼했지만 숙란 언니는 어떤데? 똑같이 빈한한 집안의 수재라도 형부만큼 심성이 좋진 않잖아! 부인이 해 온 혼수나 갉아 먹고, 종일 호통치며 위세나 떨고. 하필 쓸모없는 숙란 언니를 만나서! 흥, 됐어. 역시 돈 있는 쪽이 더 나아……."

혜란의 말이 끝나자 곧 요란한 발소리가 났다. 아마 수란을 뿌리치고 떠나나보다. 수란이 급히 뒤쫓아 갔고, 두 사람의 소리는 점차 멀어졌다.

품란은 서서히 명란의 입을 풀어주더니 웃지도 울지도 못하는 얼굴로 천천히 입을 열었다.

"명란아, 나 갑자기 화가 안 나. 그러고 보면, 뭐가 어찌 됐든, 우리 언니는 손찌검당한 적은 없거든."

제44화

그녀는 장차 누구와
혼인할 것인가?

다른 곳은 어떤지 모르겠으나 유양의 풍습상 고추 없는 사람은 신혼부부를 놀리러 신방에 들어가지 못한다. 그 풍습이 아니고라도 그날 받아들인 정보량이 너무 많아 피곤했던 품란과 명란은 금방 씻고 잠자리에 들었다.

새 올케인 강 씨는 윤아라는 한국적인 이름을 가지고 있었다. 이튿날 아침 일찍 두 시할머니와 시어머니에게 차를 올릴 때 명란이 옆에서 자세히 관찰해 보니 과연 부드럽고 상냥하고, 수줍지만 애교 있는 호감형 인물이었다. 눈을 돌려 옆에 있는 장오를 보니 실없이 웃는 게 딱 호박 같았다. 아무래도 어젯밤 궁합이 좋았나보다.

성유와 이 씨는 새 며느리에게 흡족해하며 두꺼운 붉은 봉투와 봉황 문양이 있는 최고급 비취 팔찌를 주었다. 강윤아는 발그레한 얼굴로 시

부모님이 주신 것을 받아 들었다. 머리에 쓴 오봉조양주채五鳳朝陽珠釵[1]
가 흔들렸다. 이 씨는 큰며느리를 생각해 아이에 대한 말은 아끼고, 그저
온화한 얼굴로 동서 간에 화목하게 지내라고 당부했다.

　문안을 올린 후 품란이 명란에게 슬쩍 말하기를 강윤아가 해 온 혼수
보다 숙란이 손 수재에게 시집갈 때 가져간 혼수가 더 많단다. 명란은 사
심 없이 말하는 품란을 흘끗 봤다. 강씨 집안이 정말 기울긴 했나보다.
어쩐지 부모 모두 명문 집안 정실 소생인 윤아가 눈을 낮춰 여기로 시집
왔더라니.

　하지만 인생지사 새옹지마라 했다. 큰올케인 문 씨가 몇 년간 아이 소
식이 없어도 시부모와 남편이 여전히 감싸 주는 모습을 보니 윤아도 복
은 있는 것 같았다.

　여기까지 생각한 명란은 자기도 모르게 한숨을 내쉬었다. 하나님, 왜
명란이 아는 고대의 몇 안 되는 좋은 남자는 다 삼대 이내의 방계친족밖
에 없나이까! 장차 어떤 인물이 명란의 반려가 될지는 모르지만, 만약
손 형부 같은 사람을 만난다면 남자와 바람피우든, 여자와 바람피우든
둘 중 하나를 선택할 수밖에 없을 것이다.

　며칠간 강윤아의 모습을 보니 노대부인의 이번 중매는 성공적인 것
같았다. 강윤아는 겸손하고 예의 바르며, 형님에게 공손하고, 시누이에
게 상냥했다. 지나치게 조심하고, 쉽게 부끄러워하는 경향은 있지만 경
망스러운 장오와 맺어졌으니 그도 괜찮을 듯했다.

　윤아는 노대부인을 특히 공손히 모셨다. 한번은 식사 자리에서 노대

---

1) 다섯 마리 봉황을 상징하는 긴 장식 다섯 개가 달린 머리 장신구.

부인이 지마채[2]로 만든 나물 반찬을 좋아하는 것을 알고 노대부인의 그릇에 계속 올려주었다. 함께 식사하러 온 성운이 이 모습을 보고 놀리듯 말했다.

"신방에 들어가면 중매인은 담장 밖으로 던져버린다는 말도 있는데, 우리 조카며느리는 중매인을 잊지 않았구나! 근본을 잊지 않다니 역시 착한 아이야."

윤아는 창피함에 귀까지 화끈거렸다. 쥐구멍에라도 들어가고 싶은 심정이었다. 대대부인은 성운을 세게 때렸지만 본인도 결국 참지 못하고 웃음을 터뜨렸다. 옆방에서 식사한 품란은 자신이 현장에 없어서 한마디 거들지 못했다고 한스러워했다. 품란은 이 수줍음 많은 새 올케 놀리기를 유난히 좋아했다. 명란이 그때그때 팔을 걷어붙이고 품란이 괴롭히지 못하게 막아야 할 정도였다.

하지만 장오가 따라다니며 훈계를 하니 품란도 쉽게 성공하지 못했고, 이 때문에 오누이는 늘 티격태격했다.

이 씨는 화목한 집안 분위기에 안도했다. 하지만 장녀 숙란을 생각하면 우울해지는 마음을 막을 수 없었다. 그럴 때면 그저 속으로 연신 아미타불을 외며 아들딸 모두가 원만하고 화목하게 살기를 기도하곤 했다.

혼인 후 일곱째 되는 날, 성씨 집안사람 모두가 조상님께 인사를 드리러 사당으로 나섰다. 먼저 남자가 제사 고기를 잘라 단에 올린 후 여자 권솔들을 들여보내 절하게 하였다. 주요 목적은 윤아를 성씨 집안의 돌아가신 조상과 살아계신 친지들에게 보이기 위함이었다. 족보에 올리

---

2) 참깨 향이 나는 채소.

면 윤아는 이제 성씨 집안사람이 되는 셈이었다.

성씨 집안이 입신양명한 지 얼마 되지 않아 고증 가능한 조상이 많지는 않았다. 명란은 얼떨떨한 상태로 어른들을 따라 절을 했다. 향불을 피우고 머리를 조아리기를 반복하니 어지럽고 멍멍했다. 그런데 방금 강윤아의 이름을 족보에 올린 후의 일이 문득 떠올랐다. 대대부인과 노대부인, 그리고 문중 장로인 노부인들이 몇 마디 나누더니 문중 수장인 성유가 몇 글자를 더 적어 넣었었다. 뭘 적은 걸까?

돌아가는 마차 안에서 궁금증을 억누르지 못한 명란이 노대부인에게 물었다. 그런데 노대부인이 아무렇지 않게 역대급 폭탄을 던졌다.

"널 네 어미 이름 아래로 넣었다. 이제 넌 여란이와 같아."

명란은 눈을 휘둥그레 떴다. 그리고 한참 후에야 더듬더듬 물었다.

"왜, 왜요……? 마님, 아, 어머니는 아시나요?"

노대부인은 명란을 흘끗 보고는 표정 변화 없이 말했다.

"내가 미리 알렸다."

명란은 뇌가 곤죽이 되어 멍하니 앉아 있었다. 할머니의 일 처리는 깔끔했다. 사전에 아무 정보도 흘리지 않았고, 일을 마무리한 후 가볍게 한 말씀하신 게 다였다. 명란은 하고 싶은 말이 배 속에 가득했지만 어디서부터 말해야 할지 갈피를 잡을 수 없었다. 결국 할머니의 팔을 감싸 앞뒤로 흔들며 할머니의 품에 머리에 묻고는 작게 말했다.

"할머님, 감사합니다. 제가 수고스럽게 해드렸네요."

노대부인은 눈을 반쯤 감은 채 한 마디 뱉었다.

"……쓸데없는 소리."

석청색 융으로 짠 마차 지붕이 살짝 흔들렸다. 명란은 조용히 고개를 들고 지붕을 바라봤다. 명란은 정실의 이름 아래에 올라간 자녀만이 적출로 인정받는다는 것을 알고 있었다. 사실 듣기 좋은 이름일 뿐이다. 친구와 친척 중에 명란이 서출인 것을 모르는 사람이 어디 있는가. 하지만 이로써 명란이 혼인할 때 조금 더 당당할 수 있게 되었다.

명란은 속으로 쾌재를 불렀다. 앞으로는 여란이 자신에게 '첩의 자식'이라고 욕하고 싶어도 못하게 된 것이다……. 명란은 화들짝 놀라 할머니의 소매를 당기며 조심스레 물었다.

"그럼 묵란 언니는요? 묵란 언니도 어머니 아래로 들어갔나요?"

노대부인은 눈을 감은 채 담담히 말했다.

"너는 여란이와 다투지 않을 테지만 묵란이는…… 묵란이 운을 보자꾸나."

명란은 알 듯 모를 듯하여 고민하기 시작했다. 보아하니 왕 씨 이름 아래로 들어간 것이 진짜 여란과 동등해졌다는 뜻은 아닌 듯했다. 명란은 여전히 여란보다 한 레벨 아래에 있는 것이다. 만에 하나 명란과 여란 사이에 이익이 충돌한다면, 그땐…….

명란은 쓰게 웃었다. 알고 보니 짝퉁 업그레이드였구나. 뭐, 그래도 괜찮다. 안 한 것보단 낫지 않은가.

또 보름이 지나고, 장오가 경성으로 돌아가 중위위中威衛 진무鎭撫를 맡을 때가 되었다. 이 씨는 아들을 보내기 아쉬웠으나 여러 사람이 필사적으로 잡으려 했던 자리이고, 성굉이 여기저기 부탁한 덕에 얻게 된 것을 알고 있기에 아쉬움을 눌렀다. 강윤아만 안절부절못했다. 혹시라도 시어머니가 자신은 남으라고 할까봐 겁났기 때문이다. 경성은 번화하고 유혹이 많은 곳이다. 장오 혼자서 어떻게 스스로를 지킨단 말인가?

다시 만날 때 첩이 얼마나 생겨 있을지 모를 일이다. 자기 어머니가 당했던 설움이 생각나서 윤아는 속으로 문득문득 오한을 느꼈다. 윤아는 더 공손하고 세심하게 시부모를 섬기고, 이른 아침부터 밤늦게까지 부지런히 움직이고, 매사에 겸손하게 행동하는 수밖에 없었다. 그랬더니 위아래를 막론하고 성부의 모든 사람에게 더 사랑받게 되었다.

하루는 노대부인에게 문안을 간 이 씨가 자기도 모르게 한숨을 내쉬며 장오의 일을 꺼냈다.

"장오가 곧 길을 나서야 합니다. 어미로서 막을 수도 어렵고요. 그 가여운 것이 어린 나이에 부모 곁을 떠나 있었는데, 경성에 돌아가시면 숙모님이 가끔 살펴 주십시오."

옆에 시립해 있던 윤아의 이마에 땀이 송골송골 맺혔다. 이 씨가 고개를 돌려 윤아를 보고는 천천히 말했다.

"며늘아기는 시집온 지 며칠 되지 않아 그다지 안심되지 않는구나. 너는 내 곁에 남겨두고 더 가르치고 싶은데, 윤아야, 어떻게 생각하느냐?"

윤아는 가슴이 시리고, 눈시울이 뜨거워졌지만 간신히 억지로 웃으며 답했다.

"어머니께서 가르쳐주신다니 저는 기쁠 따름인걸요."

명란은 본래 할머니에게 기대 졸고 있었다. 그런데 이때 살짝 정신을 차렸다가 자기도 모르게 말참견을 하였다.

"당숙모님, 올케언니도 오라버니를 따라 경성에 가게 해주세요."

이 씨가 일부러 물었다.

"어이 그러느냐?"

명란은 멋쩍어하며 답했다.

"그건, 제가 새언니랑 떨어지기 아쉬워서요."

너무 덜떨어진 이유라 아무도 믿지 않을 것 같아 명란은 작은 목소리로 한마디 덧붙였다.

"그게…… 사실 장오 오라버니가 훨씬 아쉬워해요."

윤아의 얼굴이 홍당무가 되었다. 윤아는 명란이 그저 아이다운 순진한 마음에 그런 말을 한 것뿐이란 걸 알면서도 감격하여 눈으로 몰래 고마움을 전했다.

또 며칠이 지나고, 큰며느리 문 씨가 의원에게 회임 진단을 받았다. 성유와 이 씨는 몹시 기뻐하며 윤아가 복을 가져왔다고 말했다. 문 씨도 그말을 믿으며 동서에게 고마워했고, 두 사람은 손을 잡은 채 잠시 이야기를 나누었다.

사실 이 씨가 그리 매정한 시어머니는 아니었다. 다만 명문 관료 집안출신인 윤아가 시부모의 견제가 없으면 총애에 기대어 응석받이가 될수 있고, 또 경성에는 왕 씨라는 버팀목이 있으니 자기 아들을 홀대할수도 있어 걱정했던 것이다. 하지만 지금 생각해 보니 됐다 싶었다. 나중에아니다 싶으면 며느리를 다시 불러들이면 그만인 것이다.

윤아는 너무 기뻐 눈물이 흐를 뻔했다. 하지만 감히 감정을 드러내지는 못하고, 앞으로 경성에서 사람과의 왕래는 어떻게 하고, 남편은 어떻게 보살펴야 하는지 이 씨의 당부를 양전히 듣고만 있었다. 그리고 며칠후 장오의 식구는 경성으로 출발했다.

성부는 점차 조용해졌다. 가을바람이 멎고, 따사로운 햇살이 비치는어느 날, 노대부인이 아침 식사 후 갑자기 명란에게 말했다.

"명란아, 할미랑 같이 성城으로 마실 가자꾸나."

명란은 그때 탁자 앞에 서서 옷감을 재단하고 있었다. 단귤은 옆에서자로 치수를 재고, 취미는 도안을 뒤적이고, 소도는 차 난로를 보고 있던차였다. 요 며칠 품란이 큰당숙모에게 잡혀 장부를 보느라 한가해진 명란이 큰올케 문 씨에게 어린아이 배두렁이를 만들어줄 생각이었기 때문이다. 명란은 할머니의 말에 고개를 들고는 아직 어리둥절한 상태로 물었다.

"성이요? 우리가 지금 성안에 있는 거 아닌가요?"

유양은 행정 구역상 현성見城 아닌가? 설마 시골이었던가.

노대부인은 웃으며 성을 냈다.

"맹꽁이 녀석, 금릉에 가면 무얼 두고 성이라고 하는지 알게 될 것이다. 우리 집에 가자꾸나. 몇 년간 가 보지 못했어. 이참에 못 쓰는 낡은 물건들을 정리할 생각이다. 다 좀먹기 전에 말이야."

예전에 노대인이 세 아들에게 재산을 나눠줄 때 각각 집을 한 채씩 주었다. 그런데 둘째 아들이 상인에서 학자로 성공적인 변신을 했기 때문에 후부의 따님을 아내로 맞기 전에 둘째 아들의 집을 금릉에 마련해주었던 것이다.

노대부인과 명란은 같은 마차에 타고, 계집종과 어멈 절반을 이끌고 나섰다. 그런데 성유가 보살핌에 부족함이 있을까 걱정하며 건장한 하인과 어멈 일고여덟 명을 더 딸려 보냈다. 모든 채비가 끝나고, 일행은 천천히 금릉으로 향했다. 금릉 성문을 통과한 순간, 바깥에서 예사롭지 않은 떠들썩한 소리가 들렸다. 하지만 대갓집 규수가 마차의 발을 들어 올리고 밖을 내다볼 수는 없는 노릇이었다. 그래서 명란은 무림 고수처럼 마차에 앉아 바람 소리를 통해 소리를 변별해 보려 노력했다. 바깥의 외침 소리로 봤을 때 거리 곳곳에 뭔가 있는 게 틀림없었다.

노대부인은 명란이 다람쥐 같은 모습으로 발을 열고 싶어 근질거리는데도 꾹 참으면서 조그만 얼굴을 마차 벽에 바짝 대고 있는 모습을 보면서 속으로 은근히 재미있다고 생각했다. 하지만 일부러 지적하지 않고, 명란이 계속 참게 내버려두었다.

성씨 저택에 도착하자 단귤이 명란을 부축해 마차에서 내리는 걸 도왔고, 이어서 명란이 몸을 돌려 할머니를 부축했다. 저택 문 앞에는 십여 명의 노복이 맞으러 나와 있었다. 제일 앞에 수장으로 보이는 관사가 앞으로 나와 꿇어앉으며 큰 소리로 인사를 올렸다.

"소인들, 돌아오신 노대부인과 여섯째 애기씨를 뵙습니다."

곧이어 뒤에 한 줄로 서 있던 어멈과 잡부들이 동그랗게 에워싸며 무릎을 꿇고 머리를 조아렸다. 인사 소리마저 질서정연했다.

노대부인은 만족한 듯 고개를 끄덕이고는 손을 저어 모두 일어나게 했다. 그런 다음 명란의 부축을 받으며 다 같이 줄줄이 저택으로 들어갔다. 노대부인은 몹시 감격한 눈치였다. 관사는 그것을 보고, 가는 길 내내 더듬더듬 끊임없이 말을 쏟아 냈다.

"오랫동안 주인마님을 못 뵀는데 오늘 이렇게 뵈니 이 늙은이 기쁘기 그지없습니다. 이 저택은 쭉 비어 있어서 볼품이 없습니다만, 가마를 타고 저택을 한 바퀴 둘러보시겠습니까? 아이고, 이분이 여섯째 애기씨군요! 이 늙은이는 처음 뵙는데 정말 진주, 옥, 돌나무 같으시고, 정말 기품 있으십니다!"

노대부인도 미소 지으며 말했다.

"머무르는 사람이 없으니 썰렁한 건 어쩔 수 없지. 돌아볼 필요 없네. 난 자네를 믿고 있으니 말이야. 자네 손자도 장백이 곁에서 일 잘하고 있다네."

관사 할아범은 주인의 입에서 손자의 칭찬이 나오자 환하게 웃었다. 노대부인은 즐거운 마음으로 정당에 도착해 상석에 앉았다. 관사가 저택의 하인들을 한 명씩 앞으로 불러 노대부인에게 머리를 조아려 절하게 했다. 명란은 아부 멘트 한 트럭은 들어 귀가 먹먹해질 지경이었고,

누가 누구인지 기억할 수도 없었다. 그렇게 한참 정신없는 시간을 보내고 나서야 겨우 조용해졌다.

노대부인은 명란을 데리고 내당으로 들어갔다. 초간梢間 몇 칸을 돌고, 또 고방庫房 3)을 돌아 마침내 한적하고 썰렁한 방에 도착했다. 노대부인은 미리 와서 기다리고 있던 방씨 어멈에게 가볍게 물었다.

"물건은 다 내놓았느냐?"

방씨 어멈은 몸을 굽혀 그렇다고 대답한 뒤 취미, 단귤 등 계집종과 어멈들을 데리고 방에서 나갔다. 방 안에는 할머니와 손녀만 남게 되었다.

명란은 이런 일련의 움직임에 어리둥절해졌다. 할머니의 비밀스러운 태도를 보니 일러둘 것이 있는 것 같았다. 명란이 고개를 돌리니 노대부인은 이미 오래된 나무 의자에 앉아 있었다. 노대부인은 바닥에 가지런히 놓여 있는 일고여덟 개의 상자를 가리키며 명란에게 말했다.

"이것들은 네 할미가 가져왔던 혼수다."

말할 때 입꼬리가 살짝 올라가는 걸 보니 약간 조소하는 기색이 느껴졌다. 그리고 짧게 덧붙여 말했다.

"딱 이것들만 남았구나."

명란은 우두커니 상자들을 보고 있다가 열어 보라는 노대부인의 눈짓에 가까이 다가가 이미 잠금쇠가 풀린 상자들을 하나씩 열었다. 상자를 열자 곰팡내가 진동해서 명란은 한바탕 기침을 해야 했다. 최소한 삼십 년은 열지 않은 게 틀림없었다!

세균이나 곰팡이가 얼마나 있을지 모르겠지만 어쨌든 마지못해 눈을

---

3) 세간을 넣어 두는 창고방.

뜨고 안을 들여다보았다. 까만 표면에 먼지가 가득 쌓여 있었고, 어떤 상자 위에는 거미줄까지 쳐 있었다. 그 사이로 자기, 청동, 골동품류의 물건들이 어렴풋이 보였다. 마지막 작은 상자 두 개는 더 단단히 싸여 있었다. 무거운 홍목紅木 상자 안에 철 상자가 하나 더 있는 것 같았다.

노대부인의 눈빛이 깊어졌다. 여러 옛일이 떠오른 모양이었다. 노대부인이 조용히 말했다.

"원래 비단, 우단⁴⁾, 가죽 같은 고급 옷감들이 수십 상자 있었단다. 내가 다 불태웠지. 내가 마련한 은전도 있단다. 사람들과 만나고 일 처리를 하려면 은자가 필요한 법이거든. 네 아비한테 빈손으로 관직에 나가라 할 수 없지 않으냐. 후부에서 가져온 것 중에 딱 이것들만 남았구나……. 너한테 주마."

막 기침이 잦아든 명란은 하마터면 다시 사레가 들릴 뻔했다. 명란은 급히 답했다.

"할머님의 물건은 당연히 오라버니에게 돌아가야죠. 하하, 저한테는 은자만 좀 주셔도 돼요."

농담하지 마라. 명란이 이걸 짊어지고 시집갔다간 왕 씨에게 목 졸려 죽거나 장백 오라버니에게 미운털이 박힐 것이다.

노대부인은 명란의 말을 듣지 못한 듯, 하고 싶은 말을 이어나갔다.

"너희 자매는 너희 아비가 챙겨 줄 혼수를 제하고, 내가 관례에 따라 각각 은자 천 냥을 챙겨 줄 것이다. 오라비들은 정실과 소실의 구분이 있으니, 네 큰오라비의 정실에게는 천오백 냥, 소실 둘에게는 각각 팔백 냥

---

4) 벨벳.

을 챙겨주면 될 일이다. 그러면 성씨 집안에서 평생을 살면서 네 할아버지에게 받은 그나마 남은 정은 깨끗이 청산하는 셈이지. 이제 이 상자들은 성씨 집안과 아무 관계도 없느니라."

무미건조한 말이었지만, 마치 훗날의 일을 당부하는 것 같아 명란은 마음이 아팠다. 여언연이 가져간 혼수를 다 합쳐도 고작 천오백 냥 정도였다. 이마저도 여 각로가 멀리 시집가는 손녀가 가여워 보태준 덕이었다. 물론, 이것은 한편으로 여 각로의 청렴함과 여 대인의 인색함을 보여주기도 한다.

명란은 할머니에게 다가가 소매를 당기며 조용히 설득했다.

"할머님, 오라버니에게 주세요. 오라버니야말로 우리 집안의 적손 장자잖아요."

노대부인은 한참 후 시선을 돌려 명란을 보았다. 사람을 오싹하게 만드는 기괴한 눈빛이었다. 노대부인이 천천히 입을 열었다.

"이 상자들이 천만금의 가치는 아니라 해도 평생을 걱정 없이 살게 해줄 것이다. 정말 원하지 않느냐?"

명란은 한숨을 쉬며 그냥 속 시원히 말해 버리기로 했다.

"솔직히 말씀드릴게요. 좋은 물건을 싫어하는 사람은 없지요. 하지만 자기 머리에 맞는 모자를 쓰고, 자기 분수만큼 가져야 하는 법이란 것을 저는 알아요. 제 것이 될 것은 결국 제 것이 될 것이고, 제 것이 아닌 것은 뺏어서 손에 쥔다 해도 무용할 것입니다. 이 귀한 물건들은 큰언니와 형부 집에 가져다뒤도 충분히 호화로운 것들인데 제가 어찌 받을 수 있겠어요? 그리고……."

명란은 흥미로워하는 할머니의 눈빛을 받으며 계속 이야기하기가 어려워서 머쓱하게 말을 마무리 지었다.

"어쨌든 제 나이는 아직 어리고, 운이 따르면 어련히 잘 지낼 것이니 이 청동이나 골동품들은 넣어두세요."

고대에서 돈은 결코 만능이 아니다. 만약 그에 상응하는 능력과 가세가 없다면 돈 가진 상인은 관료나 세도가에게 협박당하고 갈취당하기 쉽다. 성유가 점점 가산을 늘리면서도 별다른 풍파를 겪지 않는 것은 관직에 있는 사촌동생이 있기 때문이다. 그러니 유양에 칠품 현령이 몇 번 바뀌어도 성씨 집안과 사이좋게 지내는 것이다. 재물은 이미 충분한 이씨 집안이 아들을 죽어라 공부시켜 관료로 만들려는 것도 같은 이치다. 만약 이 상자에 있는 물건들을 탐내다 왕 씨와 장백의 미움을 사게 되면, 그거야말로 정말 득보다 실이 많은 격이다.

노대부인은 재밌다는 듯 명란을 봤다.

"누가 일고여덟 상자 전부를 네게 준다더냐?"

명란은 멈칫했다가 멋쩍게 웃었다.

노대부인은 마지막 상자 두 개를 가리키며 말했다.

"네게 주겠다는 건 저것이다. 내가 썼던 옥기玉器와 장신구들이지. 누구에게 얼마나 큰 모자를 씌워줄지 할미는 알고 있다. 네게 법도에 어긋나는 상황이 발생하게 하진 않을 것이야."

이어 부드러운 목소리로 말했다.

"네가 재물을 욕심내지 않을 수 있다니 이 할미는 기쁘구나. 이 물건들을 네게 줘도 아깝지 않겠다. 다른 상자들도 네 큰오라비에게 주는 것은 아니란다. 나중에 할미에게 다 쓸 데가 있으니 말이야. 너도 오늘 더 넓은 세상을 봤구나. 전대 왕조의 골동품을 봤으니 말이야."

명란은 노대부인의 기분을 맞춰 주고자 몸을 비틀어 노대부인에게 기대며 조그맣게 말했다.

"제가 본들 어찌 알겠어요. 할머님이 알려주세요."

노대부인은 명란을 슬쩍 노려보더니 어쩔 수 없다는 듯 손녀를 이끌고 상자 앞으로 가서 하나하나 그 내력과 이름을 말해주었다. 명란은 주의 깊게 듣다가 불쑥 한마디 던졌다.

"아니면 이 두 상자도 할머님께서 가지고 계셔요."

이번엔 노대부인이 진짜 놀라서 손녀를 가만히 쳐다보았다. 명란은 한동안 망설이다 말을 이었다.

"아버지와 어머니는 지극히 효를 다할 오라버니와 언니들이 있잖아요! 할머님도 사사로이 은자를 좀 가지고 계셔야지요. 수중에 재물이 있어야 마음이 불안하지 않으니까요……."

사실 명란이 하고 싶은 말은 '천만금의 은자도 수중의 한두 푼 은자만 못하다. 하물며 할머니 당신은 친어머니도 아니지 않으냐.'였다. 이건 다년간 민사법정에서 서기원을 역임한 사람으로서 건네는 진심 어린 충고였다.

마음이 움직인 노대부인은 부드럽게 말했다.

"착한 아이구나. 안심하렴. 할미의 관은 두껍단다."

저택에 남겨 둔 어멈 중 많은 수가 노대부인이 시집올 때 데려온 몸종들이었다. 노대부인은 그들과 이야기를 나누려다 명란이 답답해할까 봐 정원을 돌아보라며 내보냈다. 명란은 입을 삐죽였다.

"전 정원 구경 안 좋아해요."

명란은 거리에 나가 보고 싶었다.

노대부인은 엄한 표정으로 명란에게 주판을 쥐여주었다.

"그럼 이걸 연습하거라. 주판도 못 다루면 나중에 시집가서 집안 말아먹는다."

명란은 원망의 눈으로 할머니를 보고는 속으로 저울질하다가 괴로워하며 말했다.

"그냥 정원 구경하러 갈게요."

전 초등학교, 중학교, 고등학교 때 수학 올림피아드 반에 들어갔던 몸이에요. 암산은 기본이라고요!

명란은 무료하게 호수 절반만 한 연못을 한 바퀴 돌다가 누렇게 시든 버드나무 아래로 가서 하얀 돌 위에 앉았다. 그러고는 두 손으로 얼굴을 받치고 연못을 바라보며 멍을 때렸다. 산동과는 사뭇 다른 금릉의 연못, 잔잔한 물결이 이는 맑은 물에 잔뜩 찌푸린 명란의 얼굴이 비쳤다. 명란은 갑자기 치기가 올라와 돌멩이 한 움큼을 쥐고, 아무렇게나 연못 안에 던지기 시작했다.

혼수까지 준비한 걸 보니 명란의 혼사에 노대부인이 생각해 둔 바가 있는 게 분명한데 노대부인은 굳이 못 묻게 했다. 아무리 명란을 귀여워한들, 아무리 명란의 말에 기분이 말랑말랑해졌다 한들, 노대부인은 명란이 혼담에 참여하는 걸 한사코 반대하고 있었다.

듣기로는 노대부인의 혼사는 노대부인 자신의 뜻이었다고 한다. 잠화연簪花筵 [5]에서 새로 배출된 탐화랑을 훔쳐보고, 탐화랑이 읊는 시 몇 수를 듣고는 순식간에 반해서 자신을 아끼는 부모님을 거역하고 성씨 집안에 시집갔다는 것이다. 몇 년의 신혼 생활 후 애정은 식고, 부부간 반목하게 됐지만 말이다.

---

5) 머리에 쓴 의관에 황제가 내린 꽃을 꽂고 참석하는 연회.

그러고 보면 화본話本 6)에 나오는 이야기와 비슷했다. 예술은 삶에서 비롯된다는 말은 확실히 근거 있는 이야기다.

명란은 속상한 마음에 계속 돌을 던졌다. 명란은 정말이지 미래의 남편이 누군지 꼭 알고 싶었다.

"명란아."

소년의 깨끗하고 맑은 목소리가 들렸다.

명란은 멍하게 고개를 들고 이리저리 주위를 둘러봤다. 그러다 연못 가에서 명란 쪽으로 걸어오고 있는 준수한 용모의 소년을 발견했다. 어리벙벙한 명란의 모습을 보고, 하홍문이 걸어오면서 물었다.

"나 못 알아보겠어?"

명란이 환하게 웃으며 일어나서는 가슴에 두 손을 모아 가볍게 몸을 숙이며 활기차게 인사했다.

"홍문 오라버니, 인사 올립니다!"

하홍문은 명란에게서 세 걸음을 남기고 멈춰 서서 공수拱手하며 허리를 굽혀 인사했다.

"오늘 할머님과 함께 갑자기 찾아오게 됐어. 결례를 용서해줘."

명란은 하홍문이 입은 상복을 보고 웃음을 거뒀다.

"오라버니의 외증조부님 출상이 있었지요. 저와 할머님도 가고 싶었지만⋯⋯."

하홍문이 얼른 손을 저으며 다정하게 말했다.

"원래 혼례 때문에 온 거였잖아. 당숙 댁에 묵기도 했고. 경조사가 겹

---

6) 중국 고대의 통속 소설.

치면 늘 어렵지. 오지 않는 게 맞아."

명란은 낮은 목소리로 말했다.

"오라버니의 할머님도 분명 상심이 크시겠죠."

하홍문이 다가와 명란을 보며 상냥하게 말했다.

"할머님은 활달하셔. 사람이 나고 죽는 것은 하늘의 뜻이라고 늘 말씀
하셨지. 외증조부는 장수하셨고, 주무시다 돌아가셨으니 호상인 셈이
고 말이야. 죽음이 두려울 게 어디 있어?"

명란은 잠시 멍해졌다가 이내 고개를 끄덕이며 말했다.

"극히 지당하신 말씀이죠. 저도 죽는 건 두렵지 않아요. 즐겁게 살지
못할까 두려울 뿐이죠."

하홍문은 명란의 말에 공감하며 웃었다.

"나도 죽음은 두렵지 않아. 오래 못 살까 두려울 뿐이지."

명란이 그제야 웃음을 터뜨렸다. 하홍문은 웃는 명란을 보고서야 이
질문을 던졌다.

"방금 왜 얼굴을 찌푸리고 있었어? 육촌오라버니의 혼례에서 받은 붉
은 봉투가 너무 적었어?"

명란은 고개를 젓고 찡그린 얼굴로 답했다.

"저 주판 다룰 줄 몰라서 할머님은 저보고 집안을 말아먹을 거라고 하
셨어요."

물론 눈 가리고 입 가리고 아무것도 모르는 상태에서 결혼하게 될까
걱정한다는 말을 할 수 없어 아무렇게나 내뱉은 말이었다.

하홍문은 실소했다.

"그게 뭐라고. 나 어릴 적엔 인삼 연고를 가져다 금붕어 먹이로 주면서
얼마나 낭비했는지 몰라. 금붕어도 눈이 뒤집혀 죽어버렸어. 아버지가

뒤를 쫓아다니면서 집안 망칠 녀석이라고 야단치셨지."

돌아가신 아버지가 생각나서 홍문의 얼굴이 일순 어두워졌다.

명란이 고개를 획획 저었다.

"아저씨께서 엉뚱하게 야단치셨군요. 그게 어떻게 집안 망칠 녀석이에요. 그냥 돌팔이 의사죠! 우리의 잘못은 절대 같이 두고 논할 수 없으니 저까지 끌어들이지 말아주세요."

하홍문은 피식하더니 연신 고개를 내젓는 명란을 손가락으로 가리키며 자기도 모르게 빙그레 웃었다. 다정하고 차분한 소년의 밝고 따사로운 미소, 아름다운 연못과 정원, 가을바람이 일깨운 풀잎 향기 속에서 명란은 문득 답답했던 마음이 풀리는 걸 느꼈다.

제45화

아마추어 엿듣기 선수의
직업적 소양

유양의 성씨 저택으로 돌아오니 이미 해 질 무렵이었다. 하홍문이 명란에게 약초 향이 나는 귤껍질 한 꾸러미를 주고 갔는데, 명란이 맛보니 달고 상큼하여 돌아가자마자 절반을 덜어 품란에게 주러 갔다. 그런데 품란이 방 안에 없는 것이 아닌가. 계집종이 우물거리며 말하기를 큰아가씨가 친정으로 돌아오셨단다. 명란은 즉시 뭔가 잘못됐음을 느끼고 다급히 숙란의 원래 처소로 갔다.

내간內間[1]으로 들어가니 눈물 자국 범벅의 숙란이 보였다. 숙란은 어두운 안색으로 노인처럼 평상에 기대어 넋을 놓고 있었다. 품란은 주먹을 쥔 채 성난 걸음으로 방 안을 왔다 갔다 하고 있었다. 명란이 급히 무슨 일이냐고 물으니 품란이 이를 바드득 갈며 사건의 전말을 이야기해 주었다.

---

1) 손님을 맞을 수 있는 일종의 응접실.

알고보니 손지고의 외첩[2]이 회임을 했는데, 손씨 모자가 뜻밖의 희소
식에 뛸 듯이 기뻐하며 외첩을 집에 들이려 하자 천성이 유약한 숙란과
달리 결단력 있던 어멈이 사태가 심상치 않다고 느끼고 즉각 숙란을 친
정으로 모셔왔던 것이다.

오후에는 손지고의 모친이 무서운 기세로 찾아와 숙란에게 외첩을 집
으로 들이라 오만하게 요구했다. 하지만 대대부인이 한 걸음도 물러서
지 않고 아이만 데려오라고 단호히 말했고, 이에 손모가 코웃음을 치며
팔을 휘젓고는 가버렸다고 한다.

품란은 너무 분한 나머지 밖으로 뛰쳐나가 시든 버드나무에 대고 반
시진 동안 온갖 욕설을 퍼부었다. 명란도 옆에 있었지만 뭐라 타이를 말
이 없어 조용히 곁을 지키고만 있었다. 품란과 명란은 하늘이 점점 어두
워지자 의기소침한 상태로 방에 돌아왔다. 방문 앞에 도착하니 구슬픈
울음소리와 이 씨가 힘없이 달래는 소리가 들려왔다.

"……혼인한 후에 시어머니께서 상공相公[3]의 공부를 방해하지 말라
하셨어요. 한 달에…… 사흘, 닷새도 안 됐어요…… 내가 부족한 탓이라
고, 그래서 첩을 들였는데…… 또 다들 별 재미가 없다며…… 어쩌면 좋
아요!"

명란은 숙란의 하소연을 띄엄띄엄 들을 수 있었다. 품란은 순진해서
잘 알아듣지 못했지만 명란은 모두 이해했다.

숙란은 평범한 외모에 온순하고 나약한 사람이다. 자칭 재능 있는 고

---

2) 집 밖에 두고 있는 첩.
3) 지체 높은 집안에서 아내가 남편을 높여 부르는 말.

아한 선비라는 손지고가 부인과의 밤일은 영 마음에 차지 않다가 예쁘고, 운우지정도 알고, 재주까지 살짝 갖춘 '외곽' 여인을 어렵사리 만났으니 자연히 홀딱 빠진 것이다.

명란은 가벼운 탄식을 내뱉었다. 이 세계는 남자에게 늘 관대한 편이라 숙란이 이번에 피해를 볼까 걱정되었다.

예상대로 그 후 며칠간 여러 방문객이 와서 성부를 난장판으로 휘저어 놓고 갔다. 인정에 호소하러 온 손씨 집안사람도 있었고, 구경하러 온 작은할아버지 댁 여인들도 있었고, 중재하러 온 시골에서 명망 있다는 어르신들도 있었다. 하지만 뭘 어찌 말해도 큰 틀의 의견은 같았다. 즉, 숙란이 넓은 마음으로 그 여자를 집으로 받아들이면 그만이고, 아들을 낳더라도 숙란의 이름 아래로 두면 된다는 것이다.

성씨 집안은 물러서지 않았다. 시간이 지나고, 바깥에 유언비어가 빠르게 나돌았다. 사람들은 잇따라 성씨 집안 딸이 시샘하네, 포용력이 없네 하며 이러쿵저러쿵 떠들기 시작했다. 손지고는 한 번도 부인을 데리러 오지 않았고, 아예 무희 첩을 집으로 들여서 안팎으로 정식 부인처럼 떠받들었다. 이 씨도 점점 참기 힘들어졌다. 오직 대대부인만이 바위처럼 계속 침묵을 지키며 누가 뭐라고 떠들든 입을 다문 채 아무 말도 하지 않았다.

보름 후 대대부인이 갑자기 입을 열었다. 그 무희를 만나 보겠다는 것이었다. 손모는 성씨 집안이 고집을 꺾은 거라 여기고, 이튿날 희희낙락거리며 무희를 데려왔다. 그런데 대대부인이 말 한마디 없이 무희를 위아래로 한참 살펴보더니 몇 마디 묻고는 돌아서서 방으로 들어가 버리는 것이 아닌가. 손모는 정신을 차리기도 전에 문밖으로 내보내졌다.

어느 날, 품란은 정신을 딴 데 판 채 명란이 배두렁이 위에 밑그림을 본뜨는 걸 바라보고 있었다. 그러면서도 자꾸만 바깥을 내다보더니 갑자기 계집종이 잰걸음으로 들어와 품란의 귀에 대고 뭐라 속삭이자 용수철처럼 튀어 올라 명란을 잡고 날듯이 뛰어나갔다. 명란은 하마터면 넘어질 뻔했다. 자수틀이 바닥에 떨어졌지만 주울 틈도 없이 영문도 모르고 뒤따라 뛰었다.

둘은 비틀거리며 쭉 달렸다. 꽃밭을 가로지르고, 나무 사이를 지났다. 그런데 길이 갈수록 좁아지는 기분이었다. 나중에는 제대로 된 길이 아니라 질퍽질퍽 발이 빠지는 진흙땅을 밟으며 점점 외진 곳으로 갔다. 건물 몇 개를 돌아 도착한 곳은 어두컴컴한 초가집이었다.

명란은 그제야 품란의 손을 뿌리치고 숨을 헐떡이며 말했다.

"나 이제 더는 못 가. 대체 뭐 하려는 거야?"

품란의 새빨간 얼굴에 흥분의 빛이 스쳤다.

"그날 숙란 언니 시어머니가 다녀간 후부터 우리 할머니가 불당에 들어가서 며칠째 안 나오고 계셔. 네 할머니하고만 몇 마디 했지 우리 어머니까지 안 만나려고 하셨단 말이야. 내가 사람을 시켜서 계속 지켜보고 있었는데 오늘 갑자기 어머니를 부르셨다는 거야. 내 예상이 맞다면 두 분은 언니 일을 의논하실걸."

명란은 고개를 끄덕였다. 이 육촌언니가 나름 논리적인 분석 능력이 있다고 생각하며 물었다.

"그게 어떻다고?"

품란은 괴성을 지르고는 무섭게 명란의 옷소매를 틀어쥐며 말했다.

"우리 언니 생사가 걸린 큰일인데 '그게 어떻다고?' 콱 때려준다! 난 두 분이 무슨 이야기를 하는지 들으러 갈 거야. 너 갈 거야, 말 거야?"

명란은 깜짝 놀라서 눈알이 튀어나올 것 같았다. 대갓집 규수가 누군가의 사사로운 일을 묻는 것도 안 될 일이다. 그런데 엿듣겠다니. 그래, 명란도 몇 번 엿듣긴 했지만 그건 다 하늘이 들으라고 명란의 귀에 대 준 것이나 다름없는 상황이었다!

명란이 벌벌 떨며 말했다.

"이, 이건 아니잖아? 어떻게 엿들을 수가 있어!"

너무 떳떳한 품란의 표정을 보며 급히 한마디 덧붙였다.

"게다가 어떻게 듣는단 말이야! 언니 할머님이 창문을 활짝 열어놓고 큰 소리로 떠들기라도 하신대?"

품란이 손을 흔들었다.

"걱정하지 마. 여기 개구멍이 있거든. 어릴 때 벌로 불당에 갇혔을 때 늘 거기로 빠져나왔어. 가려져서 잘 안 보여. 할머니가 불당 안에서 대화하시니 다행이야, 아니면 정말 별수가 없거든. 난 널 친자매처럼 여겨. 사이좋은 자매는 행복도, 고난도 함께 나누는 거야. 전에 몇 번 네가 나랑 같이 벌을 받으면서 의리를 지켰잖아. 그래서 나도 재밌는 일에 널 잊지 않고 끼워주는 거야!"

명란은 휘청였다. 아니, 거의 쓰러질 뻔했다. 잘못 생각한 거 아니야? 개구멍으로 들어가서 엿듣는 게 무슨 행복 나눔이냐고!

품란은 명란이 부들부들 떨며 항의 표시하는 것을 무시하고, 재빨리 제멋대로 자란 잡초와 넝쿨을 헤쳤다. 그랬더니 한 척보다 살짝 큰 구멍이 나타났다. 품란은 명란에게 눈빛으로 위협하며, 명란을 끌고 개구멍으로 들어갔다. 우거지상을 한 명란은 품란이 들어가길 기다렸다가 소매를 걷고 치마를 묶은 다음, 개 걸음으로 앞으로 이동했다. 얼마 후 앞서가던 품란이 몸을 일으키더니 명란을 개구멍에서 끌어냈다. 명란이 고개를 돌려 보니 방금 지나온 개구멍이 원래는 큰 물항아리와 잡초에 가려져 있었다는 걸 알 수 있었다.

품란은 힘겹게 물항아리를 제자리로 옮겼다.

"내가 며칠간 이 항아리에 물 긷지 말라고 특별히 말해뒀지."

두 아이는 도둑처럼 수상하게 두리번거리며 뜰을 가로지른 후 신중하고도 잽싸게 안채로 들어갔다. 품란은 익숙하게 좁은 문으로 들어갔다. 안은 완전히 캄캄했다. 품란이 쪼그려 앉았다. 명란도 서툴게 품란을 따라 개 걸음으로 몇 걸음 이동한 후 장롱 같은 곳으로 기어들어 갔다.

품란이 명란의 귀에 대고 모기만 한 소리로 말했다.

"여긴 불단 뒤쪽 칸막이 공간이야. 안심해. 이 방은 크니까."

명란은 오늘 자신이 너무 당돌하게 행동하는 것 같아 점점 간이 떨려와서 손을 뻗어 품란을 잡았다. 둘은 엎드린 채 잠시 기다렸다. 그때 갑자기 발이 올라가는 소리가 들리더니 곧이어 이 씨가 주위를 물리는 소리가 들렸다. 두 사람은 불단에서 먼 곳에 앉은 것 같았다.

이 씨가 조용히 말했다.

"어머님, 어, 어머님께서…… 절 부르신 건 설마……?"

대대부인이 말했다.

"며칠간 충분히 생각하고 결심했다. 숙란을 화이和離[4]시키자."

명란은 화들짝 놀랐다. 품란의 호흡도 매우 거칠어졌다. 이 씨가 가볍게 흐느끼며 말했다.

"어머님, 다시 생각해주세요. 숙란의 나이, 아직 어립니다. 이제……
남은 반평생은 어찌 산단 말입니까!"

---

4) 합의 이혼.

한참 후에야 대대부인의 메마르고 흔들림 없는 음성이 들렸다.

"나라고 왜 이걸 원하겠느냐? 며칠간 주야로 생각해보았으나 정말 방법이 없어서 그러느니라. 숙란이가 아직 어릴 때 서둘러 끝을 맺자꾸나. 어쩌면 나중에 더 좋은 날이 있을지도 모르지 않느냐."

이 씨가 살짝 흐느끼자 대대부인이 말했다.

"여인이 평생 기댈 곳은 아버지와 형제, 남편, 그리고 아들, 이렇게 세 곳이다. 그 손씨 모자의 작태를 너도 봤을 것이다. 그런 시어머니, 그런 사내 아래서 숙란이 평생 어떻게 견디겠느냐? 숙란이에게 적손이라도 있으면 괜찮겠지. 아들에게 기대서 어떻게든 견뎌낼 수 있을 거야. 그런데 지금은 옆에 기댈 사람 하나 없다. 나와 너, 그리고 제 아비가 눈을 감고 나면, 제 오라버니 부부는 아무래도 벽이 있을 것인데 그 아이는 앞으로 남은 날을 어떻게 산단 말이냐?!"

이 씨는 참지 못하고 결국 울음을 터뜨렸다.

"가여운 내 새끼. 다 제 탓입니다. 그때 잠시 눈이 멀어서 손 씨, 그 죽일 놈이 눈에 들어왔습니다! 집안 형편이 곤궁하니 우리가 그들 모자를 대우해주는 만큼 숙란이에게 잘해 줄 거라 여겼건만 설마, 설마…… 개돼지만도 못한 것들이었을 줄이야!"

대대부인이 탄식하며 말했다.

"본래 나도 차마 마음을 먹지 못하고, 기다려보려 했다. 그런데 너도 봤지 않느냐. 숙란이가 친정에 온 지 벌써 수일이 지났건만 그놈은 숙란이를 보러 단 한 번도 오지 않았어! 그 정도로 매정하니 나도 포기하였다. 지금 우리가 있어도 이렇게 숙란이를 업신여기는데, 나중에 진짜 변변찮은 관직이라도 하나 얻으면 더할 것이다! 그만 됐다. 너도 생각 똑바로 하고, 다시는 그놈한테 기대지 말거라!"

품란이 명란의 손목을 꽉 잡았다. 너무 아팠던 명란은 품란의 심정을 충분히 이해하면서도 가차 없이 손목을 빼냈다.

이 씨가 슬퍼하며 말했다.

"그 짐승이 아쉬워서가 아닙니다. 집안 평판에 해가 될까 두려울 따름이지요. 혹시 창피를 주겠다 작정하여 그 집에서 좋게 끝내지 않고 휴처休妻[5]하겠다 고집하면 어떡합니까?"

대대부인은 차게 웃고는 가라앉은 목소리로 말했다.

"손 씨 놈은 몇 년간 사람들이 떠받들어주는 데 익숙해져서 세상이 얼마나 무서운지 이미 잊었다. 자기 얼굴을 보고 떠받들어 준다 여기겠지만, 흥, 자기 주제를 모르는 게지. 칠 할은 재물 보고 하는 아첨, 삼 할은 희롱인지도 모르고. 지금 우리 집안이 저를 무서워할까보냐? 우리에겐 사사로이 나가자면 사람이 있고, 공개적으로 나가자면 재물이 있다, 이 일을 관아로 끌고 간다 한들 우리가 아는 관원이 없다더냐? 그놈이 숙란이와 원만하게 화이한다면 혼수 절반과 집을 남겨주고, 아니라면, 흥, 손 씨 집안을 원래 상태로 돌아가게 해줄 것이다!"

이 씨는 아직 망설이는지 이 말을 듣고도 한동안 아무 말도 하지 않았다. 대대부인이 말을 이었다.

"본래 어떤 첩이 아이를 낳건 숙란이 이름 아래로 끌어오면 된다고 생각했다. 허나 그 천한 것을 너도 봤지 않느냐. 사람을 호리는 생김새에, 똑똑한 말재간에, 간사하게 사는 데 이력이 난 것이었어. 쉬운 상대로 보이더냐? 나중에 그것이 아들을 낳으면 숙란이를 뼈째 집어삼키고 말 것

---

5) 소박을 내려 내쫓는 것.

이다!"

이 씨는 여전히 말이 없었지만 흐느끼는 소리가 점차 잦아들고 있었다. 명란은 이 씨가 동요했다고 느꼈다.

대대부인은 긴 한숨을 쉬고 슬픈 목소리로 말했다.

"며늘아, 넌 내가 겪었던 그 생활을 몰라서 그렇다. 온 집안사람이 그 천한 것에게 틀어 잡혀 살았다. 하늘에 빌고, 땅에 빌어도 아무도 도와주지 않았어. 내 딸이 아팠지. 고작 풍한이었어. 탕약 한 제면 살릴 수 있는 걸 고통스러워하며 죽어가야 했다! 난 그때야 마음을 모질게 먹고, 네 남편과 운이를 데리고 시골로 몸을 피했지. 다행히 네 숙모가 네 시아버지가 휴서를 쓰지 못하게 막아줬단다. 우리 세 모자는 시골에서 안 해본 고생이 없다. 어렵게 겨우 버텨냈는데……."

대대부인은 목이 멘 것 같았다. 대대부인의 초췌한 얼굴 주름 하나하나에 고통과 슬픔이 감춰져 있다고 생각하니 명란도 가슴이 시려왔다. 옆에 있던 품란은 이를 앙다물고 있었다.

이 씨가 조용히 말했다.

"어머님의 말씀, 저도 돌이켜 생각해봤습니다. 숙란이는 제 살붙이이고, 그 애가 고통받는 걸 보면 저도 가슴이 에이는 것 같아요. 하지만 …… 하지만…… 전 품란이의 혼사를 그르칠까 저어됩니다. 품란이도 다 컸는데, 혹시 이것 때문에 마다하면 품란이는 어찌합니까?"

명란은 문득 옆에서 바람이 이는 것을 느꼈다. 품란은 더는 참지 못하고 명란을 안쪽 구석으로 가볍게 밀어내고는 칸막이 공간에서 후다닥 튀어 나갔다. 그리고 한 손으로 발을 들어 올리며 큰 소리로 말했다.

"난 겁 안 나. 언니 화이시켜! 평생 시집 못 가는 한이 있더라도 난 언니를 손씨 집안에서 고생하게 둘 순 없어!"

얼굴을 바닥에 댄 채 개 자세로 엎드려 있던 명란은 머리카락이 한 올 한 올 곤두서는 걸 느꼈다. 너무 놀라 혼이 날아가고, 손발도 차가워졌다. 속으로 바보 같은 품란을 수백 번 욕했다. 이러다 잡히면…… 음, 자신을 어찌하진 않겠지? 명란은 억지로 놀란 가슴을 진정시키며, 꼼짝하지 않고 계속 개 자세로 엎드려 있었다.

다행히 명란은 나무로 된 칸막이 공간 안쪽 구석에 웅크리고 있었고, 거기다 발과 장식 술이 이중으로 가려주고 있었다. 대대부인과 이 씨는 안쪽에 사람이 하나 더 있다는 것은 눈치채지도 못하고, 그저 갑자기 튀어나온 품란 때문에 깜짝 놀랄 뿐이었다. 이 씨는 너무 화가 난 나머지 품란에게 버럭 소리를 지르며 욕을 퍼부었고, 품란도 지지 않고 말대꾸를 했다. 물론 품란은 안에 한 명이 더 있다는 사실을 말하지 않을 것이고, 이 씨와 대대부인도 청중이 둘이었다는 건 생각지도 못할 것이다.

다음 순간, 품란이 뺨을 맞은 소리가 들렸다. 하지만 품란은 굽히지 않았다. 울지도 않고 털썩 바닥에 꿇어앉아 큰 소리로 자기 생각을 밝혔다.

"사람의 운명은 하늘이 정한다 했어요. 만약 제게 복이 있다면 언니를 화이시켜도 염려할 필요 없겠죠. 만약 언니가 계속 고통스럽게 살게 둔다면 전 신선이 된다 해도 행복하지 않을 거예요!"

말을 마친 품란은 연신 머리를 바닥에 찧으며 이 씨에게 간청했다.

명란은 너무 경황이 없었던 나머지 정확히 듣진 못했으나 마지막에는 모녀가 서로 끌어안고 통곡하는 것 같았다.

명란이 마음을 진정시켰을 때 이 씨는 이미 품란을 데리고 떠난 상태였다. 아마 손씨 집안과 한바탕하기로 결심한 듯했다. 안에 엎드려 있자니 등이 식은땀으로 흠뻑 젖었다. 바깥이 너무 조용해서 감히 소리를 낼 수도 없었다. 명란은 오늘은 대대부인이 불경을 외고 싶어하지 않기를,

자신이 빠져나갈 수 있도록 서둘러 돌아가 쉬기를 수없이 기도했다.

　그런데 차 한 잔 마실 시간만큼 엎드려 있어도 대대부인은 떠날 뜻이 없는지 염주 돌리는 소리만 들렸다. 명란은 다리가 저렸다. 땀은 식고, 문득문득 오한이 느껴졌지만 그저 조용히 비명을 지를 수밖에 없었다. 그때, 성운이 왔다.

　모녀 둘 다 시원시원한 성격이라 간단히 인사말을 나눈 뒤 바로 본론으로 들어갔다. 성운이 물었다.

　"어머니와 올케는 결정했어요?"

　대대부인은 말이 없었다. 명란은 대대부인이 고개를 끄덕였을 거라고 추측했다. 곧 성운의 말이 들렸다.

　"애초에 올케가 잘못 생각했어요. 늘 사촌오라버니한테 기대는 게 싫었던 거죠. 그래 봐야 사촌올케가 싫은 내색 몇 번 보인 것뿐이잖아요! 그건 또 뭐 어떻다고. 어차피 사촌올케는 자기 시어머니한테도 불손하게 구는걸요. 하물며 우리 같은 장사꾼한테야. 그리고 첫째 작은어머니와 사촌오라버니는 늘 두말없이 도와주는 좋은 분들이잖아요. 우리 두 집 식구가 왕래하는 게 나쁠 게 어디 있어요? 그런데 올케는 자기 가족 중에서 굳이 관리 나리 한 명이 났으면 해서 손씨 집안이 이렇게 굴도록 방치한 거라고요! ……알았어요, 알았어. 말 안 할게요. 어머니, 언제 시작할 생각이세요?"

　대대부인이 한숨을 쉬며 말했다.

　"다 준비됐다. 이삼 일이면 돼. 일이 끝나면 숙란이를 네 집으로 보낼 테니 네가 숙란이한테 이치를 좀 일러줘라. 여인이 나약하고 변변찮으면 어딜 가도 괄시당한다고! 네가 봐서 괜찮다 싶으면 창향蒼鄕에 있는 계아에게 보내는 것도 괜찮을 게다. 계아의 시어머니는 내 옛 친구이고,

더할 나위 없이 좋은 사람이니 분명 눈치를 주진 않을 게야. 숙란이가 시골에서 기분 전환하는 것도 좋을 테고."

성운은 거의 콧노래를 불렀다.

"숙란이가 어릴 때는 괜찮았어요. 우리 계아와 같이 산에 오르고, 소몰이도 하고. 배짱도 좋고, 성격도 시원시원했었죠. 나중에 올케가 무슨 대갓집 규수를 보고 배우라면서 억지로 단속하는 바람에 이렇게 변한 거예요. 이번에 마침 잘됐지요. 쓸데없는 거 배웠다는 게 증명됐잖아요! 우리 계아를 좀 보세요. 사돈도, 사위도 너그러운 사람들이고, 시아버지, 시누이 모두 다정해서 하루하루가 얼마나 행복한지 모른답니다!"

성운의 말에 의기양양한 기색이 넘쳐흘렀다. 대대부인은 픽 웃으며 말했다.

"그건 계아의 배가 애쓴 덕이지. 네 사위가 9대 독자고 집안에 손도 적은데, 계아가 시집간 지 사 년 만에 사내아이 셋을 낳은 데다 지금 배에도 하나 더 있으니 그 집에서 어찌 계아를 보살처럼 받들지 않겠느냐. 그래도 불손하게 굴지 말라고 일러둬라. 나중에 고생하지 않도록 미리 조심하라고 말이야!"

성운은 어머니가 웃는 걸 보고 장녀에 대한 우스갯소리 몇 마디를 더 던졌다. 그러다 갑자기 물었다.

"어머니도 참…… 아, 맞다. 이 일, 첫째 작은어머니께도 알리셨어요?"

대대부인이 말했다.

"당연한 소리! 이번엔 꼭 네 첫째 작은어머니가 있어야 한다. 둘째 작은집 사람들이 멋대로 굴어도 뭐든 참고 양보했는데 우리가 애 좀 먹이면 안 된단 말이냐? 그 짐승이 외첩을 들일 때부터 생각했던 일이다. 이번에 네 첫째 작은어머니가 네 사촌오라버니의 편지를 가져와 현령께

드렸다. 더구나 금릉은 첫째 작은어머니의 본가라서 옛 친구가 널렸으니, 어디 그 짐승이 소란을 피울 수 있는지 보자꾸나!"

성운이 적대적인 목소리로 말했다.

"흥, 손씨 그 망할 것들, 숙란이가 빠져나오면 계속 잘난 척할 수 있을지 보자고요. 아, 말이 나왔으니 말인데 첫째 작은어머니는 정말 좋으신 분이에요."

대대부인은 '그렇지'라고 말한 것 같았다.

"친척이면 응당 이래야지. 우린 스스로 일어설 수 있고 살 밑천도 있다. 네 첫째 작은어머니 댁 신분에 맞게 격식도 차릴 수 있고 말이야. 친척 간에 왕래하고, 서로 돕고 사는 건데 네 올케는 그걸 이해하지 못해. 그리고 너, 내 앞에서 모른 척하지 말아라! 내가 모를 거로 생각하나 본데, 네 첫째 작은어머니가 이번에 온 것이 비단 명란이를 호적에 넣기 위해서만은 아니겠지⋯⋯. 네 꿍꿍이셈에 올케가 화를 내지 않도록 조심하거라!"

맑은 자기 소리가 울렸다. 성운이 천천히 차를 따르는 것 같았다.

"어머니 생각을 압니다. 서둘러 장오를 혼인시키고 멀리 경성으로 보내고 나면 품란이 하나만 남죠. 품란이 올해 겨우 열두셋이니 혼담을 꺼내기엔 아직 이르고, 이 기회에 서둘러 숙란이를 화이시킨 다음 몇 년 기다렸다가 사람들이 모두 그 일을 잊을 때쯤엔 품란이 혼담에도 지장이 없다는 거 아니셔요. 사실 지장이 있다 해도 상관없으시겠죠. 아직 우리 태생이가 있지 않습니까!"

대대부인은 노한 듯 큰 소리로 말했다.

"누구 앞이라고 그런 투로 말하는 게야! 품란이를 네 아들 태생이와 혼인시키면 친지끼리 더 가까워질 텐데 좋지 않을 게 무에야? 설마 품란이가 눈에 안 찬다는 게냐?"

성운은 낭랑하게 웃었다.

"어머, 어머니, 반대로 말씀하신 거죠? 제가 눈에 안 차는 게 아니라 어머니 며느리가 우리 태생이를 눈에 안 차 할 것입니다!"

대대부인은 입을 다물었다. 성운은 뜨거운 차를 후후 부는 듯했다.

"솔직히 말하자면, 품란이 같은 왈가닥에 버릇없는 녀석을 며느리로 삼는 게 그리 좋지만은 않습니다. 하지만 내 조카이다 보니 설령 평소에 태생이에게 큰소리를 친다고 할지라도 품란이를 우리 식구로 들여 잘 대해주고 싶어요. 하지만 올케의 눈이 높지 않습니까! 어머니 사위가 농가 출신인 게 마음에 안 든 거지요. 이씨 집안의 욱이를 잡고 싶지만 또 이씨 집안에서는 품란이를 마뜩잖아 하고요. 다시 눈을 돌려 우리 태생이도 괜찮겠다고 생각했겠죠. 흥, 올케도 참 얄미워요. 우리 태생이가 아무리 부족하다 해도 재물이면 재물, 인품이면 인품 모두 갖췄는데 말이에요. 근 몇 년간 품란이 때문에 내가 얼마나 많은 혼처를 마다했는데! 올케는 대체 우리 태생이를 뭐로 보는 거죠? 좋으면 좋고, 싫으면 싫은 거지 올케가 고르게 돼야 하나요? 이번엔 저도 올케 마음대로 하게 두지 않겠어요!"

성운은 화가 난 듯 찻잔을 탁자 위에 세게 내려놓았다.

방 안에는 한동안 정적이 감돌았다. 대대부인이 조용히 말을 꺼냈다.

"그래서 네 첫째 작은어머니에게 서신을 썼구나. 태생이를 정성껏 칭찬한 서신 말이다."

성운은 깔끔하게 인정했다.

"맞아요! 사촌오라버니에게 딸이 몇 있잖아요. 사촌 올케 왕 씨의 귀한 따님은 감히 생각도 안 해요. 하지만 첫째 작은어머니 곁에서 자란 그 아이는 생각해 봐도 괜찮겠지요."

안에서 듣고 있던 명란은 겁에 질려서 다시 품란에게 욕을 퍼붓지 않을 수 없었다.

'대체 왜 흥분해버린 거야! 대체 왜 앞부분만 들은 거야! 네 평생의 행복이 달린 뒷부분은 못 들었지? 쌤통이다! 돌아가서 말하나봐라!'

저쪽에서 대대부인이 서늘한 목소리로 말했다.

"이제 네 올케가 초조해져서 늘 너한테 웃는 낯으로 대하니까 속이 시원하냐?"

성운은 호호 웃었다.

"네, 애초에 첫째 작은어머니를 오시게 한 건 올케의 콧대를 좀 꺾으려는 거였어요. 그런데 나중에…… 호호, 어머니, 솔직히 말씀드릴게요. 저 정말 마음이 동했어요. 그 아이 정말 흠잡을 데가 없더군요. 몸을 이상하게 꼬면서 대갓집 규수인 체하지도 않고, 솔직하고 대범하던걸요. 아, 온몸에 흐르는 그 단정한 기품이라니. 어머니, 그 아이가 식사할 때, 걸을 때, 인사할 때 모습을 보셨나요? 과연 궁에서 온 유모가 가르친 티가 나더라고요. 몸짓 하나하나가 어여쁘고 체통에도 맞고, 다정하고 상냥하고, 여인의 일이나 집안일도 다 처리할 수 있고……. 어머니, 그런 얼굴 하지 마시고 태생이가 외손자가 아닌 친손자라고 생각해보세요. 어머니께 손자며느리를 고르게 한다면 어머닌 누굴 고르시겠어요?"

명란은 이렇게까지 자신을 칭찬하는 말을 들으니 은근히 우쭐해졌다. 뭐, 태생도 좋은 남자이긴 하다. 하지만, 하지만…… 흑흑, 왜, 왜 또 삼대 이내의 방계친족인 거야? 품란은 정말 태생에게 시집가고 싶은 건가? 유전적으로 위험하다고.

대대부인은 다시 할 말을 잃은 것 같았다. 얼마의 시간이 흐른 후, 낮은 탄식이 들렸다.

"하지만 품란이는 어떡하느냐?"

성운은 노골적으로 즐거워하며 웃었다.

"어머니, 마음에 담지 마세요. 이 일이 어떻게 될지 아직 모르는걸요.
전 명란이가 마음에 들지만, 첫째 작은어머니도 태생이를 마음에 들어
야 이루어질 일이에요. 아? 어머니, 눈치채셨나요? 이씨 집안 외숙모님
도 명란이한테 마음이 좀 있는 것 같던데요?"

대대부인이 언짢은 기색으로 말했다.

"너 같은 원숭이 녀석도 알아보는데 다른 사람이라고 못 알아보려고?
그 댁뿐만이 아니다. 네 작은어머니가 금릉에서 옛 벗을 만났는데 그 댁
에도 손자가 있다더라. 네 작은어머니가 그 아이의 인품을 퍽 마음에 들
어한다더구나."

성운은 화내지 않았다.

"맞아요! 그러니까 앞으로의 일은 일단 두고 보자고 말씀드리는 거예
요. 우리 태생이가 복이 있어서 작은어머니 마음에 들 수 있다면 좋은 일
이고, 작은어머니께 다른 뜻이 있다고 해도 상관없어요. 또 품란이가 있
지 않습니까? 하하⋯⋯ 이런 게 인생사 돌고 돈다는 거 아니겠어요!"

대대부인이 꾸짖듯 말했다.

"이번엔 태생이를 두고 저울질한다고 화 안 내느냐?

성운은 여유롭게 말했다.

"경우가 다르지요. 작은어머니께서 제게 베푼 은덕이 있으니 우리 태
생이를 삶아 먹지 않는 이상 다 괜찮습니다!"

제46화
고대 이혼 현장 실황 기록

성씨 모녀는 족히 반나절은 이야기를 나누었다. 명란은 들어야 할 것, 듣지 말아야 할 것 전부를 들어버렸다. 성운이 피곤해진 대대부인을 부축하며 쉬러 가고 나서야, 명란은 가까스로 뻣뻣하게 굳은 다리를 끌며 나올 수 있었다. 두 다리는 쑤시듯 저렸고, 허리는 시리고 등은 굽어 마치 노파라도 된 것 같았다. 그런 상태로 남의 눈에 띄지 않게끔 조심히 나와야만 했다.

명란은 자기가 참으로 장하단 생각이 들었다. 이런 상황에서도 물 항아리를 제자리에 돌려놓고, 개구멍으로 빠져나온 후 잡초를 다시 흩트려 놓는 것까지 잊지 않았으니 말이다.

온몸이 진흙투성이가 되었으니 낭패가 이만저만이 아니었다. 명란은 감히 자기 방에 돌아갈 엄두를 내지 못하고, 살그머니 품란이 있는 곳으로 갔다. 전우를 버리고 도망간 그 배신자는 안절부절못하며 자신을 기다리고 있었다. 품란은 명란을 보자마자 명란의 비위를 맞추려는 듯 만면에 미소를 지었고, 준비해둔 옷을 내어주며 명란에게 세수하고 갈아입으라 했다.

명란은 올라가면서 품란을 마구 괴롭혔고, 조금 분이 풀린 뒤에야 세수를 하고 머리를 정돈했다. 속바지를 벗자마자 두 여자아이는 그만 깜짝 놀라고 말았다. 명란의 팔꿈치와 무릎이 온통 새빨갛게 부어 있었고, 희고 보드라운 피부 위에 불당의 바닥 전돌 무늬가 도장처럼 잔뜩 찍혀 있었기 때문이다.

품란은 가지고 있던 연고를 가져와 명란에게 발라 준 후 한참을 문질러 주었고, 한기가 가시게끔 생강탕을 마시게 했다. 이렇게 처치를 했음에도 불구하고, 이튿날이 되자 상처 부위는 얼룩덜룩한 보라색으로 변했다. 명란은 화가 잔뜩 나서 품란의 뺨을 양쪽으로 여러 번 잡아당겼다. 품란은 큰소리로 아야, 아야 하고 외쳤으나, 고분고분 벌을 받아들였다. 품란은 삽살개처럼 말을 잘 들으며 며칠 동안 열심히 명란에게 죄를 빌었다.

명란 무릎의 보랏빛 얼룩이 사라질 무렵, 대대부인이 손씨, 성씨 양쪽 집안의 어른들과 평소 친분이 있던 덕망 있는 어르신들을 불러 모았고, 마지막으로 손씨 모자를 자리에 들게 했다. 모두 한자리에 모여 이번 일을 이야기하기 위함이었다. 이렇게 판이 벌어졌는데 품란이 어찌 가만히 앉아만 있을 수 있겠는가. 품란은 이 씨 앞에서 한참 애원했으나, 이 씨로서는 당연히 딸아이가 어른들 싸움을 보게 허락할 리가 없었다. 그런데 대대부인이 이런 말씀을 하는 게 아닌가.

"품란이도 어린애가 아니다. 이 아이도 세상사가 호락호락하지 않다는 걸 알게 해야지. 마냥 온실 속 화초처럼 풍파 하나 안 겪을 수는 없는 법이야."

대대부인의 생존 철학은 며느리와 달랐다. 대대부인은 잡초가 관상용 난초보다 훨씬 낫다고 생각하는 사람이었다. 이 씨는 감히 시어머니를 거역할 수 없어서 품란을 한번 흘겨보고 마음대로 하라 내버려두었다. 품란은 곧바로 명란에게 가서 "같이 가자, 같이 가자."를 외쳐댔다. 명란도 가고 싶은 마음이 간절했지만, 그래도 먼저 노대부인에게 물어보았다. 웬걸, 노대부인도 명란을 말리지 않았으니, 두 여자아이는 들뜬 모습으로 정당正堂 옆방으로 슬쩍 들어갔다.

"어디 그 자식 곱게 죽게 하나봐라!"

품란은 몹시 흥분한 기색이었다.

옆방에 당도했더니, 숙란이 이미 거기에 단정히 앉아 있었다. 파리하게 야윈 모습이 마치 과부 같았다.

"노마님께서 우리 아가씨도 오라 하셨습니다."

숙란의 몸종이 조용히 말했다. 명란과 품란은 서로 얼굴을 마주 보았다. 아마도 이번에 대대부인은 독한 처방을 놓아 단번에 숙란의 미련을 끊어내려는 것이리라.

손씨 모자는 성씨 집안의 하인이 공손히 모시러 온 걸 보고, 성씨 집안이 타협하겠다고 생각하고는 거들먹거리며 문지방을 넘었다. 그런데 들어오고 봤더니, 방 안에 앉아 있는 사람들이 그 지방의 덕망 높은 이들 아니면 양가의 어르신들이 아닌가. 고개를 돌려 보니, 뜻밖에도 이 지방의 통판 나리도 계신 데다 옆에는 녹사錄事 [1]도 두 명 있었다. 손지고는 차츰 불안해지기 시작했다. 오직 손지고의 모친만이 아무 기색도 못 느낀 채, 득의양양하게 맨 앞자리 의자를 골라 자리에 앉았다.

모두 한차례 인사를 나눈 뒤, 호 당고모부와 장송이 차를 마시자고 청

---

1) 관청의 기록원.

하여 통판 나리와 녹사를 밖으로 데리고 나갔다. 품란은 문틈으로 유심히 보더니, 고개를 돌려 조용히 말했다.

"둘째 작은할아버지 댁에서 안 온 게 다행이야……. 왔으면 아마 한껏 비웃었을걸."

성유는 차를 한 모금 마시고는 방 안에 모인 사람들을 둘러본 다음 읍하여 예를 표한 뒤 말했다.

"오늘 어르신들을 모신 것은 제 여식과 사위 일을 의논하기 위해서입니다. 집안 사정이 원만하지 못해 부끄럽습니다."

이 형세를 보고 손지고는 속으로 성씨 집안이 세력이 큰 것을 믿고 자신을 위협하려는 모양이니, 그렇다면 먼저 선수를 쳐야겠단 생각이 들었다. 손지고가 냉랭한 목소리로 말했다.

"장인어른, 옛말에 무릇 불효에는 여러 가지가 있는데 그중 후사가 없는 것이 가장 큰 불효라 했습니다. 소생이 성씨 집안의 자손과 맺어지고, 지금 스물다섯이 되도록 자식이 없으니 참으로 불효막심한 일입니다. 지금 제 첩실이 회임을 했으니, 그야말로 손씨 집안의 경사입니다. 안사람이 좋은 마음으로 돌봐야 마땅한 것을 이 정도로 투기할 줄 어찌 알았겠습니까. 장인어른께서는 사리에 밝은 분이시니 제 안사람에게 한두 마디 훈계하셔야 할 것입니다."

성유는 원래 무던한 사람이었으나, 손지고가 이처럼 시비를 전도하는 것을 듣자 그만 화가 치밀었다. 붉으락푸르락해진 남편의 얼굴을 보고, 이 씨가 천천히 일어나 말했다.

"이것은 집안의 일이니, 바깥어른이 말하기에는 적절치 않겠지요. 그러니 안주인인 제가 말하겠습니다."

그러고는 몸을 돌려 손지고를 향해 물었다.

"사위에게 묻겠네. 내 딸이 시집간 지 삼 년인데, 그동안 자넬 위해 몇 명의 첩을 들였나?"

손지고는 기가 막혀 흥 하고는 아무 말도 하지 않았다. 이 씨가 계속 말을 이었다.

"내 딸이 시집가고 반년도 안 되어 사위를 위해 통방 세 명을 두었네. 일 년 뒤에는 바깥에서 두 명을 더 사들여 왔고, 그 이듬해에는 양갓집 처자를 데려와 첩으로 삼았지. 결혼 삼 년째에는 또 통방 네댓을 두었고. 지금 자네 나이 스물다섯인데, 내실에 있는 여인들이 열두셋은 되네."

이 씨가 마치 손금 보듯 샅샅이 자신의 속사정을 폭로하는 것을 들으며 손지고는 얼굴이 빨개졌다. 자리하고 있던 연로한 어르신들이 그를 힐끔거렸고, 평소 손지고와 사이가 좋지 않았던 친척 어르신 한 분은 이렇게 빈정거렸다.

"어쩐지 큰조카님이 계속 과거에 떨어진다 했더니. 그렇게 바쁘셔서 그랬구먼."

부끄러움과 분노로 대꾸를 못 하는 손지고의 난처한 꼴을 보고, 손지고의 모친이 황급히 입을 열었다.

"남자가 처첩을 여럿 거느리는 것은 흔한 일이지요. 게다가 제 아들은 대를 잇고자 그랬던 것인데 사돈께서는 무슨 의도로 그런 말씀을 하십니까?"

성운이 흥 하고 차갑게 콧방귀를 끼며 말했다.

"대를 잇기 위함인지 여색을 탐해서인지는 하늘만이 아시겠지요!"

손지고는 대로했고, 하마터면 탁자를 치고 일어설 뻔했다.

손씨 가문의 수장은 상황이 심상치 않은 것을 보고 황급히 일어나 수습하러 나섰다.

"이보시게, 일단 화를 푸시게나. 부부싸움은 칼로 물 베기라고 하지 않나. 좋은 말로 하면 될 것을, 한식구끼리 싸울 필요가 있겠는가?"

곤경에서 벗어날 기회를 놓칠세라, 손 씨의 모친이 재빨리 입을 놀려 말했다.

"그렇지요. 첩이 있네 없네 하는 문제를 질질 끌 필요도 없고, 며느리가 무능한 것을 더 따지지도 않겠습니다. 이미 집안에 아이를 품은 사람이 있으니 며느리가 그 사람을 받아들이면 됩니다. 아들이든 딸이든 귀한 자식이 태어나는 것인데, 이건 며느리에게도 복이지요."

이 씨가 위엄 있는 어조로 말했다.

"오늘 하려던 이야기가 그것입니다. 한 가지만 여쭙지요. 만약 우리 아이가 절대 그 여자를 받아들이지 않겠다고 하면 어쩌실 겁니까?"

손지고가 벌떡 일어나 거만한 얼굴로 말했다.

"어질지 못한 사람을 곁에 둬서 무슨 소용이 있겠습니까? 휴서 한 통 써서 소박을 내리지요!"

참다못한 성유가 결국 냉소를 지으며 말했다.

"좋구나, 좋아! 성현의 서책을 읽는 훌륭한 사위로구나!"

명란은 연민의 마음으로 숙란을 돌아보았다. 숙란의 눈빛은 공허했다. 숙란은 휘청거리며 쓰러지려는 몸을 계집종에게 기대어 가까스로 버티고 있었다. 품란은 몇 번이고 이를 악물다가 명란의 귀에 속삭였다.

"내가 만약 남자였다면 나가서 저놈을 흠씬 두들겨 패주었을 거야!"

명란은 품란의 위세당당한 모습을 보고 속으로 생각했다.

'품란아, 네가 여자이긴 하다만 네 형부는 널 절대 못 이길걸.'

손지고는 성씨 집안사람들이 아무 말 안 하는 모습을 보고 또 오만하게 웃었다.

"무릇 하룻밤 부부라도 백일의 애정을 쌓는다고 했습니다. 만약 안사람이 조금이라도 현숙해서 손씨 집안의 후손을 잘 보살필 줄 안다면, 우리 집안에서도 안사람의 밥그릇을 뺏지는 않을 겁니다! 장인어른, 장모님 찬찬히 헤아려주시지요."

손지고는 이렇게 말하고는 으스대며 자리에 앉았다. 성씨 집안사람들이 사위를 아까워할 거라고 확신하는 태도였다.

사위의 이런 모습을 보고, 이 씨의 마음속에 마지막까지 남아 있던 일말의 미련이 사라졌고, 오히려 사나운 살기가 들기 시작했다. 이 씨가 큰 소리로 말했다.

"더 생각할 필요 없네. 자네같이 대단한 재자才子[2]는 우리에겐 너무 과분하지. 하지만 휴처休妻를 할 수는 없고, 화이和離만 가능할 것이야. 혼수도 전부 회수해 가겠네!"

손씨 모자는 깜짝 놀랐다. 성씨 집안에서 이리도 강경하게 나올 줄 몰랐던 것이다. 모자는 서로 얼굴만 쳐다보았다. 자리에 있던 사람들도 모두 적잖이 놀랐다. 충격이 가시고 난 뒤, 여기저기서 "홧김에 일을 벌여서는 안 되네", "열 개의 다리는 무너뜨려도 한 개의 혼사는 그르치면 안 되는 법이야" 운운하는 소리가 터져 나왔다.

손지고는 가까스로 정신을 차리고 큰 목소리로 외쳤다.

"무슨 화이요? 이런 어질지도 않고 불효한 사람에게는 휴서도 아깝습니다!"

손지고의 모친도 서둘러 말을 보탰다.

---

2) 재능 있는 젊은 남자.

"우리 손씨 집안에 시집 왔으면 혼수품도 당연히 손씨 집안 것이지요. 무슨 근거로 회수하겠단 겁니까?!"

이 씨는 자신의 착실하고 온순한 딸에게 일말의 미련도 없어 보이는 두 모자의 행태를 보고 마침내 대대부인의 고심을 이해하게 되었다. 이 씨는 마음을 단단히 먹고 목소리를 높였다.

"뭐가 어질지 못하고 불효라는 것인가?! 그게 뱃속이 시키면 그쪽에서 할 소리인가? 후사를 많이 얻어 대를 잇고 효도를 하고 싶다는데, 우리 딸이 막은 적이 있는가? 우리가 비록 장사하는 집안이긴 하지만 뭐가 지어미의 도리이고 효도인지는 아네. 세간에서는 혼인하고 칠 년이 지나도 후사가 없으면 죄라고들 하지만, 우리 딸은 시집가서 반년도 안 되어 자넬 위해 소실을 들였네. 그런데도 자네가 그 아이더러 '투기'한다고 하는가?! 그 아이는 시집가서 삼 년 동안, 한 달에 이십여 일은 시어머니 방에서 자며 차 시중을 들고 음식을 나르고, 삼경三更³⁾에 잠들어 오경五更⁴⁾에 깼네. 때리고 욕해도 말대답 하나 없었는데, 이래도 현숙하지 않다는 건가?!"

이 씨는 딸이 아직 젊은 나이인데도 노파처럼 메마르고 야윈 모습이 떠올라, 속상한 마음을 억누르지 못하고 거의 오열하다시피 말했다. 좌중의 사람들도 이 씨의 말을 듣다가 탄식하며, 손씨 모자를 질책하는 눈초리로 쏘아보았다. 남몰래 이런 생각을 하는 사람도 있었다.

'아니, 부부가 같이 잠을 자지 못하게 하면서, 어떻게 아이를 낳으라는

---

3) 밤 11시~새벽 1시.
4) 새벽 3시~새벽 5시.

거지? 참으로 간교하고 냉혹한 시어머니일세.'

사람들의 눈초리가 곱지 않으니, 아무리 낯짝이 두껍다고 한들 손지고의 모친도 얼굴이 새빨개질 수밖에 없었다. 손지고는 아무 말도 못 하고 고개를 숙인 채 씩씩대고 있었다. 이 씨가 노기등등하게 큰 소리로 말했다.

"우리 아이를 이렇게 모질게 대하고는 어찌 감히 소박을 내리겠다 하고, 혼수를 차지하겠다고 말하는 건가! 꿈 깨시게!"

손지고가 냉소를 흘리며 말했다.

"사내가 소박을 내리는 건 당연한 권리이거늘 감히 막으시겠다는 겁니까?"

이에 이 씨도 냉소로 답했다. 소매에서 종이 한 장을 꺼내 들어 보이며 이렇게 말한 것이다.

"자네가 창기를 첩으로 삼겠다니 군자를 욕보이는 걸세. 이건 그 음탕한 여인이 천금각千金閣에 있었을 적의 호적이지. 원래 천한 신분이었더군. 내가 서신을 한 장 써서 이 호적과 같이 자네의 스승님과 금릉의 학정學政[5]대인께 보낼까 하는데, 어떤가? 자네와 날마다 시를 읊고 어울려 다니던 선비들에게도 자네의 추악한 낯짝을 보여줘야 하지 않겠는가? 그렇다고 자네의 출셋길을 막지는 못하겠지만, 학문하는 사람들 사이에서 자네 이름은……."

이번에는 손지고도 낯빛이 싹 바뀌었다. 간신히 진정한 그가 말했다.

"흥, 풍류를 즐기는 선비가 얼마나 많은지 아십니까. 천하에 이름난 여

---

5) 지방의 문화 교육 행정관.

항사자余杭四子 [6]도 모두 기녀 출신의 홍안지기紅顔知己 [7]가 있었습니다."

성운이 웃으며 말했다.

"하지만 집으로 끌어들이지는 않았지. 하물며 후사를 보겠다고 집에 들여앉히는 건 말해 뭣하겠나."

손지고는 화가 머리끝까지 치밀어 올랐으나 감히 성을 낼 수도 없었다. 통판대인이 바로 바깥에 있었기 때문이다. 손씨 가문의 수장은 이 씨의 이런 기세를 보고 나니, 그들이 미리 뭔가 준비해두었음을 알 수 있었다. 오늘 일은 아무래도 가볍게 끝나지 않을 것 같다는 생각에, 곧장 고개를 돌려 손지고를 채근했다.

"일이 이리된 이상, 그 여자가 아이를 낳고 나면 바로 내치거라. 그깟 기녀 하나 때문에 아내를 버릴 수는 없지 않겠느냐."

손지고는 이 말을 듣자마자 별안간 순애보의 주인공으로 변신하더니 눈물을 글썽였다.

"절대로 그럴 수는 없습니다! 그녀, 그녀는 기예를 팔았지 몸은 팔지 않았습니다. 청루靑樓 [8]의 기녀자奇女子 [9]란 말입니다!"

옆방에 있던 품란이 낮은 목소리로 욕을 했다.

"웃기는 소리!"

명란은 저도 모르게 한숨을 쉬며 말했다.

"그렇지, 원래 기녀자는 대부분이 기방 출신이니까. 보통 집안 출신은

---

6) 항주 지역의 이름난 네 문인.
7) 남자가 마음을 터놓을 수 있는 정신적 연인.
8) 기루妓樓의 통칭.
9) 개성, 미모, 재주를 갖춘 비범한 여인.

양갓집 여자라고 부르고."

이런 기녀자들은 대개 바람둥이 영웅 한두 명과 얽혀서 눈물겨운 러브 스토리를 연출하기 마련이다.

하지만 숙란은 명란처럼 대수롭지 않게 넘길 수가 없었다. 이 이야기를 듣고 난 뒤, 숙란의 퀭한 눈에서 결국 눈물이 흘러내렸다. 숙란은 입을 막고 소리 죽여 흐느끼기 시작했다.

이때, 밖에서 갑자기 관사 차림을 한 여자가 한 명 들어왔다. 그녀는 공손한 태도로 이 씨 근처로 오더니, 문서 한 뭉치와 열쇠 한 꾸러미를 내밀었다. 이 씨가 그것을 건네받으며 미소 띤 얼굴로 고개를 끄덕였다. 손씨 모자는 그 여자를 보자마자 놀란 목소리로 외쳤다.

"변씨 어멈, 여긴 어쩐 일인가?"

그 변씨 어멈이 미소 지으며 대답했다.

"저는 큰아가씨께서 시집가실 때 혼수로 따라간 사람 아닙니까? 원래부터 성씨 집안사람인데, 제가 어디 못 올 데 왔나요?"

그러고는 고개를 돌려 이 씨에게 보고했다.

"마님, 이것은 아가씨께서 혼수로 가지고 갔던 전답과 저택, 노비 문서입니다. 이건 그때 혼수품 목록이고요."

대대부인이 이토록 오랫동안 일을 꾸몄으니, 자연히 모든 게 치밀했다. 손씨 모자가 집을 나서자마자, 남아 있던 사람들이 재빨리 일을 진행한 것이다. 건장한 일꾼에게 문간을 지키게 하고, 살림을 관리하던 변씨 어멈이 신속하게 정리했다. 얼른 짐을 꾸리고 인마人馬를 점검하여 숙란이 시집오며 가져왔던 물건이며, 사람이며 일체를 전부 성씨 집안으로 가지고 돌아온 것이다.

손지고의 모친이 펄쩍 뛰더니 거의 돌진하듯이 달려왔다.

"성씨, 이씨 너희들, 배짱 한번 좋구나. 어디 감히 우리 손씨 집안 물건을 강탈해? 전부 우리 집 물건이다. 얼른 돌려주지 못할까! 나, 나와 한판 해보겠다는 것이냐!"

이렇게 외치며 이 씨의 얼굴을 잡으러 달려들자, 주위의 하녀들이 황급히 막았다. 자리에 있던 하녀들은 모두 이 씨의 심복이었고, 자기 집 큰아가씨가 모욕당하는 꼴을 보며 모두 마음속에 부아가 치밀어 오른 차였다. 갑자기 쿵 하는 소리가 났고, 어찌 된 영문인지는 모르겠으나 손지고의 모친이 어딘가에 발이 걸려 앞으로 꽈당 고꾸라졌다.

손지고가 황급히 달려가 모친을 부축했다. 손지고의 모친은 혀를 깨문 통에 웅얼거릴 뿐 말을 제대로 하지 못했다. 그 꼴을 보고 품란과 명란은 매우 통쾌한 기분이 들었다.

이 씨는 손에 쥐고 있던 문서를 치켜들며 냉랭하게 말했다.

"혼수 목록은 여기 있네! 손씨 집안 물건은 바늘 하나, 실오라기 하나 가져오지 않았어. 은자 몇천 냥과 패물들이 좀 비지만 더 따지진 않겠네. 우리 아이가 그 집에서 삼 년 간 살면서 쓴 값이라 치지! 흥, 불만이 있거든 어디 관아에 고해보시게. 나도 맞서줄 테니!"

손지고는 분을 참지 못하고 소리를 질렀다.

"시집온 이상 살아서는 우리 손씨 집안의 사람이고, 죽어서는 우리 손씨 집안의 귀신입니다! 그러니 그 사람 물건도 마땅히 우리 집안의 것이고요! 뭐가 네 것이고, 내 것입니까, 전부 손씨 집안의 것입니다!"

성운이 큰 소리로 웃더니 손가락질하며 말했다.

"나는 배운 사람은 아니네만, '화려한 난간을 보면 준마도 갖고 싶어진다'는 말은 들은 적 있지. 내 조카는 눈에 거슬린다면서, 어찌 그 아이의 물건은 남겨 두려는가? 정표를 보며 그 사람을 생각하겠단 소린가.

아, 설마……."

성운은 말꼬리를 길게 빼다가 문득 뭔가를 깨달았다는 듯한 표정을 지었다.

"설마 우리 유양에서 제일가는 재자가 재물을 아쉬워한다는 건가?! 쯧쯧, 속되기 짝이 없군."

말을 받아치려던 손지고는 저지당했다. 얼굴은 거의 일그러졌고, 꼿꼿이 치켜든 목은 빨갛게 달아올라 있었다. 사람들이 모두 손지고를 말리느라 정당 안이 잠시 소란스러워졌다. 이때 한참 침묵을 지키던 대대부인이 갑자기 입을 열었다.

"어르신들, 이 늙은이가 하는 말을 들어주십시오."

사람들이 잠잠해지자, 대대부인이 잠긴 목소리로 천천히 이야기하기 시작했다.

"우리 성씨 집안은 대대로 유양에서 살았습니다. 조부님 때부터 헤아려 봐도, 여러분들 집안과는 모두 몇 대에 걸쳐 왕래해왔지요. 우리 집안의 여식은 투기심에 첩을 안 들이는 것이 아니라 사실…… 그게 사실은……. 하……."

대대부인이 긴 한숨을 쉬며 슬픈 표정을 지었다.

이씨 집안의 한 어르신이 읍하며 말했다.

"대대부인, 혹시 무슨 말 못 할 사정이라도 있는 것입니까? 개의치 마시고 말씀해주시지요."

대대부인은 참담한 어조로 말을 이었다.

"수십 년 전에, 우리 성씨 집안에도 기녀 한 명이 들어왔었지요. 그 후의 일은 여러 사촌께서도 잘 아실 겁니다. 제 큰딸 홍이는 열 살까지도 못 살았지요! 아이 아버지는 그 여자 때문에 가산을 탕진했습니다. 그리고 이 종택마저······."

대대부인은 머리 위의 천장을 가리키며 말을 이었다.

"팔아버렸습니다!"

당시 노대인이 첩을 총애하고 처를 버린 일은 이 일대에서 유명했다. 어느 정도 나이가 지긋한 사람들은 모두 아는 일이었고, 이 자리에 모인 어르신들 모두가 목도한 일이기도 했다. 그렇게나 많던 가산이 야금야금 저당 잡히더니 깡그리 사라지는 것을 직접 본 것이다. 수많은 가장이 이 일을 전형적 사례로 들며 아들들에게 기방 출입을 삼가라고 훈계하기도 했었다.

대대부인이 갑자기 이 슬픈 과거사를 카드로 꺼내 들자, 손씨 모자는 어안이 벙벙해졌고, 그저 대대부인이 참담한 표정으로 계속 말하는 것을 들을 수밖에 없었다.

"다행히도 조상님들의 보살핌과 친척 어르신들이 도와주신 덕에 우리 모자가 힘든 시절을 벗어날 수 있었습니다. 그리고 겨우 이 종택을 되찾았으니, 제가 눈을 감고 나서 저승에 계신 조상님들을 뵐 면목이 생겼습니다. 이 늙은이, 이 자리를 빌려 여러분께 감사드립니다!"

이 말을 하며 대대부인이 자리에서 일어나 자리에 모인 어르신들에게 예를 올리려 하자, 사람들이 황망히 일어나 가당치 않다며 대대부인이 고개 숙이는 것을 막았다. 성유는 유양에서 평판이 아주 좋았는데, 이는 그가 의지할 곳 없는 노인들을 돕고 길과 다리를 놓은 것 때문만이 아니라, 그의 가업 부흥 스토리가 사람들에게 고무적인 역할을 했기 때문이었다.

대대부인은 몸을 꼿꼿이 세우고 단호히 일갈했다.

"이 종택을 되찾은 그 날, 이 늙은이는 하늘에 맹세했습니다. 이 집안의 다른 친척들을 단속하진 않겠으나, 제 직계 가족은 남녀를 불문하고 절대로 기방 여자와는 왕래하지 못하게 하겠다고 맹세했지요! 만약 이 맹세를 어긴다면, 이 늙은이는 곱게 죽지 못할 것이며, 죽고 나서는 십팔 층 지옥에 떨어져 우두 귀신과 마두 귀신에게 혀를 뽑히고 끓는 기름 솥에 빠지게 될 겁니다!"

사람들은 대대부인의 단호한 말에 깜짝 놀라긴 했으나 속으로는 이해할 만하다고 생각했다. 한때 일개 기녀 한 명 때문에 집도 가족도 다 잃을 뻔한 집안인데, 그 집 귀한 딸더러 기방 무희와 형님, 아우를 맺으라 하니 지나친 기만이 아닌가?

이 몇 마디 말에 정당의 분위기가 확 바뀌어버렸다. 모두가 성씨 집안의 편이 되었고, 손씨 일가를 두둔하는 사람은 아무도 없었다. 손씨 집안 사람들은 그저 말없이 조용히 앉아 있을 수밖에 없었고, 손씨 모자도 속으로 당황하기 시작했다. 머리에 쓰고 있던 감투가 떨어져나갔으니, 그들은 매우 소극적으로 되었다.

이때 대대부인이 갑자기 목소리를 누그러뜨리더니, 천천히 한숨을 내쉬며 말했다.

"손씨 집안의 난처함도 내 잘 압니다. 간신히 후사를 얻었는데, 어찌 내치기가 쉽겠습니까. 게다가 지고와 그 여자 사이에 정분도 있으니 말입니다. 하지만 우리 성씨 집안 여자가 절대로 그 여자와 같은 지붕을 이고 있을 수는 없는 노릇이니……."

모두 목을 길게 빼고, 고개를 들어 귀를 기울였다.

대대부인이 말했다.

"차라리 각자 한 발짝씩 양보하면 어떻겠습니까? 그 아이들이 화이하게 하고, 그동안의 인연을 생각해서 숙란이가 시집갈 때 가져갔던 혼수 절반은 손씨 집안에 남겨주는 거지요. 어떻습니까?"

이 한마디를 듣고, 모인 사람들 모두가 한숨을 돌렸다. 손씨 가문의 수장이 즉각 큰소리로 대답했다.

"역시 대대부인께서는 사리에 밝으십니다. 이보다 더 나은 방도는 없을 겁니다. 양쪽 집안 간에 의가 상할 일도 없을 터입니다! 지고 조카, 자네 생각은 어떤가?"

명란은 속으로 환호성을 질렀다. 대대부인은 평소에는 과묵하고 말수가 적은데, 한번 솜씨를 발휘하니 보통이 아니구나 싶었다. 사건 개요도 잘 정리하고, 배역 분배도 명확하고, 완급 조절도 딱 적당했다. 또 감정을 적절히 쥐락펴락하면서 사람들이 자기도 모르게 그물 속으로 한 발짝씩 들어오게 만들었다. 각본, 감독, 연기 세 가지를 동시에 해내는 참 인재였다.

손지고는 여전히 그다지 내키지 않았고, 억울한 마음도 들었다. 손지고의 모친도 기꺼이 포기할 마음은 들지 않았다. 숙란의 그 혼수품들은 애초부터 자기가 눈독 들이고 있었고, 같이 따라온 저 대단한 어멈들만 아니었다면 진즉에 꿀꺽했을 것이다. 그러니 어찌 마음이 편하겠는가!

이 씨가 이 두 모자를 힐끗 보더니 큰 소리로 말했다.

"만약 받아들이지 않겠다면, 우리 관아에서 보게나! 그 음탕한 여자를 저잣거리로 끌어내어 유양 사람들에게 우리 대단한 손 재자님의 덕행을 보게 해주겠네!"

체면이 가장 소중했던 손지고는 이 말을 듣자마자 차갑게 응수했다.

"화이하자면 하지요. 제가 아쉬워할 줄 아셨습니까?"

어쨌든 혼수 절반은 손에 넣었으니, 이것도 적은 양은 아닐 터였다.

성유는 굳은 표정으로 즉각 바깥에 있던 통판 나리를 들어오시라 청했고, 두 녹사도 들어오게 했다. 그다음 낮은 목소리로 상황을 설명하고, 즉석에서 문서를 작성케 했다. 곧이어 이 씨가 혼수 목록을 내밀었다. 손지고의 모친은 목록을 자세히 들여다보며 좋은 물건을 골라내고 싶었으나, 손지고는 통판 나리 앞에서 말이 일파만파 퍼질까 두려워 목록을 보는 둥 마는 둥 얼른 절반으로 찢고는 반쪽은 버려버렸다.

이 씨가 또 말했다.

"따라갔던 성씨 집안 하인들이 거기 가서 아이들을 낳았는데, 이제 우리가 두 집으로 갈라졌다고 그들더러 생이별하라 할 수는 없는 법이지. 이렇게 하세. 내가 은자로 메꾸고 남김없이 모두 데려가겠네."

이렇게 말하며 소매에서 은표 몇 장을 꺼내 넘겨주었다. 서 있던 몇몇 친지 어르신들이 곁눈질해 봤더니, 한 장 한 장 전부가 백 냥짜리 은표였다. 다해서 네댓 장은 되어 보였으니, 그것은 성씨 집안이 하인을 돌려받기 위해 노비 몇은 거뜬히 살 수 있는 은자를 낼 정도로 관대하다는 것을 암시하고 있었다.

문서가 완성되자, 통판 나리가 성유를 보며 말했다.

"여기 수결하시오."

손지고가 먼저 앞으로 나와 이름을 휘갈겨 썼다. 그다음 수인을 찍었다. 이 씨가 다급한 목소리로 말했다.

"딸아이 몸이 허약하니, 안주인인 제가 대신 하지요."

이때, 쾅 하고 큰 소리가 울렸다. 명란과 품란이 깜짝 놀라 소리 나는 쪽으로 고개를 돌렸다. 어느새 몸을 일으킨 숙란이 두 방 사이의 칸막이 문을 힘껏 밀어젖히고 성큼성큼 옆방으로 들어서고 있었다. 품란도 쫓아가고 싶었으나, 명란이 자신을 문짝 뒤로 잡아끄는 통에 문틈으로 엿볼 수밖에 없었다.

"숙란아, 어쩌려고 나왔느냐?"

이 씨가 목멘 소리로 말했다.

숙란은 아직 눈물자국도 채 마르지 않은 얼굴로 부모님을 향해 무릎을 꿇고 앉은 뒤, 흐느끼며 말했다.

"이게 다 소녀가 불효한 탓입니다. 저 때문에 할머님, 부모님께 심려를 끼쳤습니다!"

이 씨는 얼굴을 가리고 눈물을 흘렸고, 성유는 슬픈 마음이 들어 차마 숙란을 바라보지 못하고 고개를 돌렸다. 그러나 대대부인의 눈에는 일순 안도의 빛이 서렸다.

숙란은 옷매무시를 가다듬고 의연한 모습으로 정당에 모인 사람들에게 사뿐히 절을 올리고, 느릿느릿 탁자 앞으로 걸어가 붓을 들어 수결하고 수인을 찍었다.

손지고는 숙란의 누렇게 뜬 얼굴을 보고 그만 경멸의 말을 내뱉었다.

"당신은 재주도 없고 용모도 떨어지니, 원래부터 나와는 어울리는 배필이 아니었어. 애초에 우리 집안이 이 혼사를 맺은 게 실수였지. 지금이라도 이렇게 좋게 해결되었으니, 다음에는 돼지 잡는 백정이나 농사꾼 중에서 배필을 찾아보시게. 그래도 좀 더 현숙한 아내가 되어야 할 것이야."

사람을 괴롭히는 것도 정도가 있지! 이 씨와 성유는 대로했고, 그 자리에 모인 사람들도 너무 지나치다고 생각했다.

손지고는 여전히 웃고 있었다. 숙란이 휙 고개를 돌렸다. 숙란의 눈은 분노로 이글거렸다. 한때 목숨처럼 믿고 의지한 남편의 얼굴이 지금은 토하고 싶을 정도로 역겨워 보였다. 숙란은 손지고의 얼굴에 힘껏 침을 뱉었다. 그런 다음 허둥거리는 그 남자에게 조용히 말했다.

"퉤! 여색에 눈멀어 도리도 망각한 부덕한 소인배! 당신을 보기만 해도 구역질이 나요."

말을 마친 숙란은 어른들에게 인사를 올리고, 옷자락을 휘날리며 자리를 떠났다. 손지고는 허둥대며 소매로 얼굴을 닦았다. 귓가에 사람들의 비웃음 소리가 들렸다. 분해서 견딜 수가 없었다.

사람들은 손지고를 멸시하는 표정을 노골적으로 드러냈다. 다들 성유와는 작별인사를 나누었으나, 손씨 모자에게 말 거는 사람은 한 명도 없었다. 손씨 집안사람들만이 손지고에게 읍을 했다. 손지고는 오늘 통판대인에게 창피한 꼴을 보였다는 생각에, 황급히 앞으로 나가 통판대인에게 친한 척 말을 걸었다. 그러나 통판대인 역시 차갑게 자신을 한번 훑어볼 뿐 더 거들떠보지도 않고, 성유에게 다정한 인사 몇 마디를 건넨 뒤 자리를 떠나는 것이 아닌가.

대로한 손지고가 고개를 돌려 자기 모친에게 말했다.

"저 늙은 탐관오리의 위세가 참으로 대단하군요! 며칠 전만 해도 저와 시를 논하며 술을 마셨으면서, 그 통판 나리가 저를 본체만체할 줄 누가 알았겠습니까. 두고 보라지요, 제가 관직에 오르면 아주 호되게 문초할 겁니다."

성운이 가볍게 웃으며 말했다.

"아니, 과거시험을 몇 번이나 치르셨더라? 시험에 붙은 적도 없으면서 문초를 하시겠다? 주절장奏折長 [10]이 어떻게 생겼는지 아직 보지도 못했으면서……. 두꺼비가 분수도 모르고 하품을 한다더니, 허세 하나는 대

---

10) 상소문을 올리는 신하.

단하구나!"

화가 난 손지고가 바락바락 소리를 질렀지만, 말싸움으로 그가 어찌 성운의 적수가 되겠는가. 또 몇 마디 비아냥이나 당할 뿐이었다.

품란은 일찌감치 숙란을 위로하러 떠났고, 옆방에는 명란만 혼자 남아 있었다. 시중들던 계집종 둘이 서로 쳐다보았다. 명란이 꼼짝도 하지 않고 가만히 서서 생각에 잠긴 모습이 의아했다.

명란은 천천히 걸음을 떼며, 고개를 숙인 채 곰곰이 생각했다. 며칠간 있었던 이해하기 어려운 일들, 그리고 노대부인의 각별한 마음 씀씀이가 이제는 조금 이해되는 것 같았다.

제47화

상경

올 때는 배가 두 척이더니, 갈 때는 배가 여섯 척이 되었다. 만약 관원이 이랬다면, 어사가 곧바로 소매를 걷어붙이고 먹을 갈아 탄핵서를 쓸 일이었을 것이다. 다행히 명란과 노대부인은 그저 친척집에 다녀가는 길이다. 경성에서 서신이 왔는데, 성굉이 이번 고과에서도 우수하다는 평가를 받았으며 이미 공부낭중工部郎中[1]으로 임명되었다는 소식이었다. 품계에는 변함이 없지만, 어쨌든 경성에서 일하는 관원이 된 셈이다.

이왕 경성에 정착하기로 했으니, 아예 옛날 집의 물건들을 옮겨 실었고, 거기다 성유와 이우 당고모부님이 주신 먹을 것, 입을 것까지 더하고 보니 색색깔 비단이며 피륙만 수십 꿰였다. 그야말로 거대한 이삿짐이었다. 할머니와 손녀, 즉 노대부인과 명란은 친척들에게 손을 흔들고, 배에 올라 떠났다.

사실 명란은 좀 의아했다. 성굉은 연줄로 관직에 나간 데다 실적도 홀

---

1) 공부는 육부 중 하나로 건축과 공예를 관장하는 부서. 낭중은 승상, 상서 다음가는 고급관료.

룽했으니, 육부 중 으뜸인 이부에 진출할 수 있었을 테고, 적어도 호부, 형부 같은 인기 있는 부에 배속될 수 있었을 텐데 말이다. 황제께서 보위에 오르신 지 벌써 이십여 년은 지났으니, 궁궐과 종묘에 새로 지어야 할 것들은 다 지어진 지 오래였다. 지금 공부는 한가하기가 양로원과 마찬가지인데, 성굉이 어쩌다 거기에 가게 되었을까? 명란은 노대부인에게 물었고, 노대부인은 이렇게 대답했다.

"명란아, 네 생각은 어떠하냐?"

명란은 눈을 굴려 보았다. 노대부인은 대화형 교수법의 제창자였다. 왜 그런지 혹은 어떻게 해야 하는지를 곧바로 명란에게 일러주는 건 드물었고, 뭐든지 명란이 스스로 고민해 보게 하는 스타일이었다. 머리를 굴려보다가 명란이 대답했다.

"성상께서는 점점 나이가 들어가는데, 제위가 누구에게 갈지 아직 분명치 않아요. 지금 경성에서는 바람이 일고 구름이 몰려들고 있지요. 만약에 경쟁이 극심한 곳으로 가게 된다면, 아마 다툼에 휘말리게 될 거예요. 아버님이 똑똑한 판단을 하신 거군요."

노대부인은 미소를 지으며 손녀의 머리를 쓰다듬고, 가볍게 고개를 끄덕이며 칭찬했다. 잔잔한 강 물결에 뱃길도 평온하고, 배가 미미하게 흔들거리는 게 편안한 기분이 들게 했다. 유양에서 지내는 동안, 명란이 날마다 품란과 어울려 노느라 할머니와 손녀딸 간에 찬찬히 이야기를 나눌 기회가 별로 없었다. 배에 오르고 나서야 다시 이야기를 나누게 된 것이다.

"아둔한 아이로구나. 관청에 있는 자 중에 똑똑하지 않은 자가 있더냐? 경성은 더 그렇지. 진흙탕이란다. 어떤 사람들은 욕심을 품고, 자기가 똑똑한 줄 알고 기회를 노려 누가 황제가 될지 도박을 걸기도 하지.

궁궐에선 매사가 얼마나 기이하게 흘러가는지 모른단다. 네 아비가 우직한 게 차라리 다행스러운 일이지.”

노대부인은 융단을 깐 평상에 기대어 한가로이 명란과 이야기를 나누었다.

“아까 너와 품란이 작별인사를 나누면서 무슨 이야기를 한 게냐? 취미의 말이 네가 어젯밤 한숨도 못 잤다더구나.”

명란은 잠깐 고민하다가 솔직하게 털어놓았다.

“품란 언니에게 앞으로는 태생 오라버니에게 멋대로 소리 지르지 말라고 했어요. 좀 더 얌전하고 우아하게 행동해야 한다고 말했지요. 당고모님께서 좋아하시지 않을 거라고요.”

노대부인이 명란을 잠깐 바라보다 느긋하게 말했다.

“공연한 걱정을 하는구나. 운이는 시원시원하고 발랄한 여자아이를 좋아하는데, 어찌 마음에 들어하지 않겠느냐?”

명란이 한숨을 쉬며 말했다.

“조카딸이라면 당연히 좋아하겠지요. 하지만 만약 그게 며느리라면 그럴 보장이 없잖아요.”

이 세상의 어느 시어머니도 자기 아들이 며느리의 종이 되는 꼴을 반길 리가 없다.

노대부인이 꾸짖었다.

“무슨 며느리 소리를 하는 게냐? 어린 것이 허튼소리를 하면 아니 되느니라.”

명란이 기회를 놓칠세라 얼른 입을 열었다.

“저와 할머님 사이에 무슨 못할 말이 있겠어요. 제가 어디 밖에 나가 전할 리도 없는걸요. 품란과 태생 오라버니는 천생연분이죠. 눈이 달린 사람이면 바로 눈치챌 수 있겠던데요."

노대부인은 이 말을 듣더니 약간 흥미를 느낀 모양인지 천천히 자세를 바로 했다. 명란을 바라보며 미소 지으며 말했다.

"하긴, 따져 보면 태생은 좋은 아이지. 집에 재물과 가게도 있고, 게다가 형제도 없으니 다툴 일도 없지. 유양에서 그 아이에게 눈독 들인 집안이 적지 않아. 그간 네 당고모가 참으로 네가 마음에 들었던 모양이더구나. 궤에 꽉꽉 찬 보물 하며, 품란에게도 차마 아까워하며 주지 않던 것들이 네 주머니 안으로 다 들어간 것 같구나."

명란은 할머니의 눈을 바라보며 진지하게 한 글자 한 글자 또박또박 말했다.

"당고모님이 제게 잘 대해주신 건, 거의 할머님 덕분이지요. 할머님 손녀가 아무리 아둔해도 제가 잘나서 그렇다고 착각할 정도는 아니랍니다. 품란 언니와 태생 오라버니는 어렸을 때부터 함께 자란, 그…… 뭐였더라, 아, 청매죽마靑梅竹馬 [2]잖아요."

노대부인은 약간 의외라고 느끼며, 명란의 맑고 반짝이는 눈동자를 바라봤다. 아무 머뭇거림도 없는 눈동자였다.

노대부인이 웃으며 말했다.

"너도 눈치챘느냐? 그렇다면 아둔한 건 아니로구나."

명란은 부끄러운 마음이 들었다. 만약 그날 엿듣지 않았다면, 명란은 그저 매일같이 품란과 맛있는 것을 먹고 놀러 다니기나 했을 것인데 어떻게 그걸 알아챌 수 있었겠는가.

---

2) 소꿉친구.

노대부인이 반쯤 몸을 일으켜 앉았다. 명란은 바삐 대영침大迎枕[3]을 가져와 할머님의 등 뒤쪽에 괴어드렸다. 그런 다음 자신도 노대부인의 요 안으로 파고들었다.

노대부인이 손녀의 작은 어깨를 껴안으며 말했다.

"이 한 달간 네가 큰당숙 댁에서 보고 들은 게 적지 않구나. 다른 세상을 보고 온 소회가 어떻더냐?"

할머니의 부드러운 배를 베개 삼아 누워 기분이 편안해진 명란이 노곤하게 말했다.

"처음에는 잘 이해할 수 없었지만, 이제는 알 것 같아요. 집에 있을 때 사람들이 작은할아버님 댁이 너무 못됐다고 말하는 걸 들었어요. 큰당숙께 이것저것 돈을 요구하고, 사리 분별도 할 줄 모른다면서요. 나중에 제 눈으로 직접 보니 저도 작은할아버님 댁 사람들 하는 짓이 좀 가소롭더라고요. 그런데 이상하게도 큰당숙께선 다 양보하시며 그때그때 돈을 보태 주시고 명절마다 잊지 않고 술자리에 초대하시더라고요. 그때는 큰당숙께서 그들을 그리 좋아하지 않는 게 명백한데 어째서 거리를 두지 않는 걸까 궁금했지요."

노대부인이 명란의 작은 손을 두드리며 말했다.

"이제는 알겠느냐?"

"네."

명란은 조모의 배를 문지르며 기분 좋게 대답했다.

"자신에게는 엄격하게 대하고, 남에게는 관대하게 대하시는 거죠. 유

───────

3) 몸을 기댈 수 있는 길고 납작한 베개.

양 사람들 모두가 큰당숙이 얼마나 잘해주는지, 작은할아버님 댁이 얼마나 못되게 구는지 알고 있으니까 무슨 일이 있든 다들 그쪽이 잘못했다고 생각할 거예요."

노대부인이 흡족해하며 머리를 끄덕이더니 손녀의 작은 얼굴을 살짝 꼬집으며 말했다.

"너 어릴 적에 게으르고 사람들 간의 교제를 싫어해서, 나는 네가 너무 서먹한 성격이 될까 걱정이었단다. 지금 보니 네가 세상살이 이치를 깨우친 것 같아 기쁘구나. 명란아, 기억하거라. 작은댁이 아무리 나빠도 작은할아버님이 살아 계시고, 2대 이내의 친척이니라. 만약 정말로 아예 못 본 척하고 그저 자기 집 부귀영화만 생각하며 돌보지 않는다면, 가난을 혐오하고 부만 좇는다고 사람들 입방아에 오르지 않겠느냐. 장사꾼 집안은 나쁜 소리를 듣기 마련인데, 네 큰당숙은 현 전체에 칭송이 자자하지 않으냐. 은자를 좀 써서 작은댁에 진수성찬을 대접하는 게 헛된 건 아니지. 그래서 명예로운 이름을 떨칠 수 있다면, 후손들에게 어찌 좋은 일이 아니겠느냐?"

명란은 노대부인이 자신에게 가르침을 주려 하고 있다는 걸 알기에 진지하게 이야기를 듣고 있다가 잠시 끼어들었다.

"그날 숙란 언니가 화이할 때, 저와 품란 언니는 화가 나서 거의 죽을 뻔했어요. 손씨 모자가 이리도 악독한데, 어째서 그 사람들에게 혼수를 절반이나 줘야 하나고요. 나중에 생각해보니, 만약에 혼수를 전부 가져와 버렸다면 손씨 집안사람들이 차라리 너 죽고 나 죽자고 덤비면서 화이도 하려 들지 않았을 거예요. 그러다 휴서를 내리겠다고 들면 어떡해요? 이것도 재물을 버려 액땜한다는 이치군요."

노대부인은 가볍게 명란의 부드러운 귀밑머리를 쓰다듬으며 천천히 말을 이었다.

"그렇단다, 누가 그 집 사람들에게 화가 안 나겠느냐! 하지만 어쩔 수가 없잖니. 잃을 게 없는 자는 가진 자를 두려워하지 않는 법이니까. 화이가 말처럼 간단한 일은 아니니 명분이 있어야지. 남편은 덕이 없고, 시어머니는 행실이 나쁘긴 하지만 이런 건 대놓고 말할 수는 없는 법이야. 형님의 수완이 참 대단했지. 감정으로 호소하고, 이치로 설명하고, 재물로 유인하고, 이해관계로 채근했으니 말이다. 이런 일은 단칼에 처리해야 하는 법이야. 그런 다음 곧바로 숙란이를 다른 곳으로 보냈으니 쓸데없는 뒷공론이 잠잠해지고 나면 다 괜찮아질 거다."

명란은 연신 고개를 끄덕였다. 그러다 별안간 벌떡 일어나더니 입을 삐죽거리며 말했다.

"하지만 손씨 집안의 악독함에 치가 떨릴 지경인데, 이렇게 그냥 넘어가다니요?"

"어린애가 성질 한번 대단하구나!"

노대부인이 빙그레 웃으며 말했다.

"네 큰당숙모도 호락호락한 사람은 아니란다. 그렇다고 단시일에 어떻게 할 수 있는 일은 아니니, 대놓고 화를 내지 않을 뿐이지. 게다가 손씨 가문의 다른 사람들과 잘 지내야만 하니 후일을 기약한 게지. 하지만 두고 보려무나. 손씨 모자는 멍청하고 탐욕스러운 사람들이니, 누가 손쓸 필요도 없을 게야. 놔두면 알아서 망할 것이다."

명란이 신이 나서 말했다.

"품란 언니가 제게 약조했어요. 그 손 수재에게 무슨 일이 생기면 곧장 제게 서신을 보내겠다고 말이에요. 그때 되면 제가 할머님께 서신을 읽어드릴게요."

노대부인이 명란을 꾸짖었다.

"이런 장난꾸러기를 봤나. 싸움 구경을 이리 좋아하다니 큰일이구나! 이번에는 품란이와 실컷 놀게 내버려 두었다만, 집에 돌아가면 너를 단속할 것이야."

명란은 노대부인의 팔을 껴안으며 진지하게 약속했다.

"할머님, 걱정하지 마세요. 이번에 세상 돌아가는 걸 보고 세상 물정을 알았으니, 집에 돌아가면 말 잘 들을게요. 할머님께 심려를 끼치진 않을 거예요."

노대부인은 사랑스럽게 어린 손녀를 보듬으며 느긋하게 말했다.

"걱정시키는 사람이 있으면, 시간 보내기도 좋지."

목적지 선착장에 도착한 후 배에서 내려 마차로 갈아타 관도官道를 따라 경성으로 쭉 달렸다. 경성 입구에 도착하니 성씨 집안의 하인들이 대기하고 있었다. 일행은 성부盛府의 수레로 갈아타고 다시 앞으로 달렸다.

경성이라는 곳은 만조백관이 운집한 곳이라 도처에 권세 있는 사람들이 가득했다. 집값도 요의의 시대의 수도보다 싸지 않았다. 게다가 고대는 더 까다로웠으니, 돈뿐만이 아니라 신분도 필요했다. 특히 황성 근처의 황금 구역에 살려면, 직업이 고상하지 않고 내력이 분명하지 않은 자는 천금을 가져와도 감히 살 수 없었다.

예를 들어, 고리대금업자나 정육점 사장이면 설령 타이타닉호에 돈을 잔뜩 싣고 와도 안 되는 것이다. 성씨 집안은 원래 상인 출신이라 가망이 없었으나, 몇십 년 전에 노대인께서 아들이 과거에 급제하여 탐화랑이 된 경사를 계기로 그간 쌓아온 명망과 은표를 이용해 태안문泰安門 바깥의 네다섯 번째 집에 해당하는 이 저택을 산 것이다. 중간에서 조금 위쪽에 해당하는 구역으로, 오른쪽으로는 지식인들이 모여 사는 임청방臨淸

坊, 왼쪽으로 절반은 고관대작들의 저택을 접하고 있었다. 노대인은 또 아들이 후부 나리의 따님을 아내로 맞이하게 된 것을 계기로 저택 뒤편의 정원도 사들였고, 그 저택과 정원을 연결해 하나로 개조했다.

성굉의 동년배나 동료들 가운데는 평범한 집안 출신에 과거에 급제하여 관직에 오른 이들이 적지 않았다. 그들은 경성 외곽이나 경성 변두리의 좁은 골목에 집을 마련하는 게 고작이었기에, 성굉은 같은 등급의 관원 중에서는 정원이 딸린 저택에 사는 소수에 들었다. 명란은 다시 한번 어떻게 환생했는지의 중요성을 깨닫고 감탄했다.

"당시에 후부 나리께서 큰어르신이 이런 저택을 가지고 계신 걸 아시고, 그리 근본 없는 빈한한 집안은 아니겠구나 하시며 혼사를 허락하신 겁니다."

방씨 어멈이 명란에게 속삭였다.

명란이 하늘을 올려다보며 길게 한숨을 쉬었다. 남자는 결혼하려면, 역시 집이 있어야 하는구나.

제48화

한데 모이다

집을 떠난 지 거의 두 달 만이었다. 명란은 문득 눈시울이 뜨거워지는 느낌이 들었다. 어느샌가 자신이 이 집 사람들을 자신의 가족으로 여기기 시작했다는 것을 비로소 실감했기 때문이었다. 성굉은 턱 아래쪽에 짧게 세 가닥 수염을 기르고 있었다. 들리는 바로는, 양옆으로는 짧고 가운데는 길게 기른 이런 수염 모양이 지금 경성의 문관들 사이에서 가장 유행하는 수염 스타일이라고 한다. 왕 씨는 장백의 혼사를 준비하느라 과로한 탓에 입가에 물집이 생겼고, 연지와 분으로도 가리지 못할 지경이었다.

"어머님께서 안 돌아오셨더라면, 이 며느리가 그만 강에 뛰어들 뻔했습니다. 안팎으로 할 일이 산더미 같습니다!"

왕 씨가 노대부인의 팔을 붙잡으며 전에 없이 살갑게 굴었다.

이번에 해씨 집안의 바깥사돈이 외방外放 1)을 준비하고 있는데, 먼 지

---

1) 경관이 지방관으로 임명되는 것.

방에서는 딸을 시집보내기가 어려울까 염려되어 차라리 설날 전에 서둘러 혼사를 치르고자 한 것이다. 그 탓에 왕 씨는 이제 막 경성에 이사 온 일가족이 안착하도록 정리하는 한편, 혼사도 함께 준비해야 하니 현기증 날 정도로 바빴다.

제사帝師[2]로서 두 황제를 모셨던 해씨 집안 큰어르신이 지금은 비록 사직했으나, 선비들 사이에서는 그 명성과 위엄이 건재했기에, 이번에 해씨 집안에서 딸을 시집보내는 데 북방 사림의 유력인사들이 대거 참석했다. 이들 북방 사림 인사들의 가족이 모두 지체 높고 부유한 건 아니었으나, 저마다 몇 마디 우아한 문구쯤은 던질 수 있는 사람들이었다.

"집이 참으로 운치 있고 우아하군요……. 여기 걸려 있는 임안지林安之의 〈무금도撫琴圖〉를 보니, 정신세계를 화폭에 절묘하게 옮긴 것이 천상묘득遷想妙得의 경지에 이르러서 형태로써 오묘한 사상을 전하고 있네요. 이 그림이 전하는 지극한 풍류를 그저 넋을 잃고 바라보게 됩니다."

어떤 한림원 관리의 부인이 벽에 걸린 그림을 보며 품위 있는 말투로 평론했다.

"그림은 좋은 그림입니다. 다만 제목이 다소 엄숙한 감이 있어 이 그림의 유유자적한 분위기를 억누르는 것 같군요. 탐미探微[3] 선생의 화법을 썼더라면, '고육顧陸[4]'의 아름다움을 완성할 수 있었을 터인데요. 성 부인 생각은 어떠십니까?"

또 다른 한림원 학사의 부인이 말을 마쳤고, 이 두 부인이 일제히 왕

---

2) 황제의 스승.
3) 남송시대의 화가 육탐미.
4) 동진시대의 화가 고개지와 남송시대의 화가 육탐미를 함께 뜻함.

씨를 쳐다보았다.

왕 씨는…… 하하 하고 잠깐 웃다가 얼른 화제를 돌렸다.

이들이 방금 말한 게 무슨 뜻인지 누가 왕 씨에게 이해시켜줄 수 있으리오?

왕 씨를 이런 곤경에 처하게 한 원흉인 장백은 여전히 태평한 모습이었다. 명란을 자기 쪽으로 잡아끌어 키를 견주어 보고는 무표정한 얼굴로 말했다.

"두 치에서 6분이 모자라는구나."

포목점이라도 여셨어요?

장풍은 이번 추위秋闈에서 또 낙방했다. 그러나 경성에서 시문을 논하는 친구를 여럿 사귀었고, 최근에는 '가송공자嘉松公子'라는 멋진 별명도 얻게 되었다. 추운 날에도 부채를 흔들며 거들먹거리기를 멈추지 않았기 때문이다. 장동의 변화가 가장 컸다. 막 돋아난 새싹처럼, 순식간에 훌쩍 자란 것이다.

"명란 누나, 누나 물건은 내가 잘 지켰어. 상자 겉면에 쏠린 자국 하나 안 나게 했지."

장동이 바삐 입을 놀렸다.

"장동, 참 대단하구나. 이따가 누나 방에 가거든 뭘 좀 가져다줄게. 향이랑 드릴 걸 미리 챙겨놨거든."

명란이 장동에게 다가가 귓속말했다.

아홉 살짜리 장동의 작은 얼굴이 부끄럽다는 듯이 발그레해졌다.

"또 누나한테 폐를 끼치게 됐네. 어머님이 그럴 필요 없다고 하실 거야. 할머님께서 늘 하시던 대로 보내주실 텐데."

명란이 몸을 굽혀 속삭였다.

"당고모님께서 주신 좋은 옷감이야. 한창 클 때잖아. 향 이랑께 산뜻한 새 옷을 두어 벌 지어달라고 해. 나중에 학당에 갈 때 입으면 체면도 설 거야. 여긴 경성이니까."

장동은 내심 감격했고, 고개를 숙이며 조용히 감사 인사를 했다.

명란은 잘 알고 있었다. 만약 달마다 받는 돈에만 의지해 생활한다면, 묵란과 장풍이 어찌 그렇게 좋은 옷을 걸치고 있을 수 있겠는가? 모두가 이를 알고 있었으나, 가주 나리인 성굉만이 아무 관심도 갖지 않을 뿐이었다.

"명란, 드디어 왔구나. 좀 더 늦었더라면 네 궤들을 다 열어버렸을지도 몰라."

여란의 성격은 여전했다. 입만 열면 뾰족한 말로 묵란을 화나게 하곤 했다. 명란이 황급히 여란의 어깨를 두드리며 히죽거렸다.

"우리 여란 언니가 있으니, 무슨 물건을 잊어버려도 어디 있는지 다 알 수 있겠는걸! 이번에 여란 언니 주려고 계화유桂花油 몇 병을 챙겨놨어!"

여란의 눈이 반짝였다.

"창향 거야?"

"왜 아니겠어?"

눈썹을 둥글게 구부리며 웃음 짓는 명란의 모습이 몹시 귀여웠다.

"창향 계화는 비록 서운산西雲山에서 난 것만큼 좋지는 않지만, 궁궐 진상품이지. 매년 생산량도 한정되어 있는데, 당고모님께서 어렵사리 관청에서 구해주셨어. 내가 무리하게 졸랐거든. 한 병도 남김없이 전부 언니 줄게. 머리에 발라!"

여란도 몹시 기뻐서 명란의 허리를 껴안으며 웃었다.

"정말 좋은 물건이지, 나도 정말 요긴하게 쓰던 거야. 착한 동생, 나를 안 잊었구나."

여란은 어렸을 때부터 머리숱이 적고 푸석푸석했다. 몇 년 동안 머리를 관리해봤지만 머릿결이 조금 나아질 뿐이었다. 명란이 준 선물은 여란의 마음에 쏙 들었다.

묵란이 입을 삐죽거리며 냉랭히 말했다.

"동생이 고향집에 다녀오더니, 남들 기분 살피는 법을 잘 배우고 왔구나. 여란 동생 비위 맞출 줄도 알게 되고 말이야!"

명란은 화도 내지 않고, 실눈웃음을 지으며 몸을 돌렸다.

"그럼요, 묵란 언니 비위 맞출 것도 잊지 않았어요. 봐요, 이건 남쪽 지방에서 온 향기로운 먹이에요. 안에 상등급 향료를 섞어서 만든 거라 이걸로 글씨를 쓰면 향기가 배어 나온대요. 정말 고상하죠. 고작 몇 글자 아는 아둔한 제가 이런 좋은 물건을 낭비할 수는 없지요. 언니 줄게요."

묵란은 정교하게 만들어진 검은색 나전칠기 상자를 건네받았다. 상자를 열자마자 한 줄기 청아한 묵향이 피어올랐고, 안을 들여다보니 묵이 몇 덩어리 들어 있었다. 검푸른 빛이 은은히 감도는 먹의 표면은 반질거렸고, 흠집 하나 없는 것이 고급품처럼 보였다. 묵란은 내심 기뻤으나 담담한 얼굴을 하고 말했다.

"명란아, 고맙다. 이따가 저번에 해 부인을 뵈었을 때 얻은 남주南珠[5] 절반을 네게 나눠줄게."

명란도 사양하지 않고, 손뼉을 치고는 웃으며 말했다.

"그것참 잘됐네요. 어머, 여란 언니, 언니는요?"

---

5) 광서성 연해에서 채집한 상등품 진주.

이렇게 말하며 명란은 눈을 동그랗게 뜨고, 작은 손을 내밀어 마치 구걸하는 듯한 모양새를 취했다. 여란이 그녀를 힐끗 흘겨보더니 질책하듯 말했다.

"실없는 계집애, 하나도 손해 보려고는 하지 않는다니까. 너 주려고 상등품의 담청색 옥 팔찌 한 쌍을 준비해놨어."

명란이 두 언니를 잡아끌며 만족스러운 목소리로 감탄하며 말했다.

"역시 언니가 있으니 좋네요. 늦게 와도 좋은 물건을 얻을 수 있으니까. 나는 정말 복도 많아요!"

명란의 기쁜 마음이 둘에게도 영향을 끼친 듯했다. 여란과 묵란도 웃으며 고개를 흔들었고, 분위기가 제법 화기애애했다.

밤이 되어 성굉이 돌아오자, 부모자식 간에 또 한차례 즐거운 분위기가 연출되었다. 내친김에 왕 씨가 큰 탁자를 준비했고, 한 가족이 모두 둘러앉아 저녁을 먹었다. 명란이 성굉에게 술잔을 권하며 낭랑한 목소리로 말했다.

"아버님의 벼슬길이 순조로우니 축하드릴 일이에요. 아버님의 노고가 없었더라면, 저희 딸들이 이렇게 편히 복을 누리지 못했을 거예요. 아버님, 건강하시고, 다복하시고, 장수하시길 바랍니다!"

성굉은 명란의 진실된 어조와 당당한 모습을 보고 내심 감동했다. 한입에 술잔을 들이키고, 연거푸 명란을 칭찬했다.

"우리 명란이 철이 다 들었구나!"

자리에 모인 성굉의 자녀들이 이 모습을 보고 서로 술잔을 들어 성굉에게 축배를 올렸다. 대단히 흡족해진 성굉이 말했다.

"좋구나, 좋아. 너희들이 분발하는 모습을 보니, 이 아비가 승진한 것보다 더 기쁘구나!"

아들들은 모두 단번에 술잔을 비웠고, 노대부인은 작은 목소리로 손녀들에게 가볍게 입술만 적시라 했다.

오늘은 성씨 일가족 모두가 몹시 기분이 좋아서 식사 자리에서 절로 이야기꽃을 피웠다. 그저 듣기만 하던 명란도 이번 시골 여행에서 보고 들은 바를 흥겹게 풀어놓았다.

"도착했을 때가 마침 구월, 시월 한가을 때였어요. 와, 온 산에 핀 계화꽃이 마치 금을 흩뿌려놓은 것 같더라니까요. 산과 들에 향기가 가득했어요. 계수나무 숲을 한 바퀴 돌기만 해도 온몸에 향기가 밸 정도로요!"

"계화꽃을 딸 때, 사람을 불러와 나뭇가지에 밧줄을 묶게 했어요. 그러고 나서 밑에 있는 사람이 밧줄을 움켜쥐고 힘껏 당기면, 당길 때마다 꽃이 떨어져 내리는 게 온몸이 계화꽃투성이가 될 정도였지요. 품란 언니는 어찌나 솜씨가 없는지, 남들이 흔들면 꽃이 떨어져 내리는데, 언니가 흔들면 송충이들이 떨어지지 뭐예요! 그런 데다 나무 아래서 입을 크게 벌리고 보고 있으니, 우와 세상에나, 하마터면 언니 입속으로 송충이가 떨어질 뻔했다니까요!"

"논가의 물소가 어찌나 온순하던지 제가 고삐를 살살 당기니까 느릿느릿 잘 걸었어요. 품란 언니는 멍청하게도 너무 세게 당겼다가 그 소를 놀라게 했지요. 하마터면 놀라서 든 뒷발에 차일 뻔했다니까요. 깜짝 놀라서 죽는 줄 알았어요!"

명란의 목소리는 낭랑했고, 얼굴에는 생동감이 넘쳤다. 명란은 재미난 이야기를 골라 감칠맛 나게 전했다. 민망한 이야기를 할 때는 억양을 낮추었고, 풍경을 묘사할 때는 섬세하고 명쾌하게 설명하여 산속 정취며 전원 풍경이 마치 눈에 선연히 보이는 것 같았다. 명란의 이야기는 점점 사람들을 미소 짓게 했다. 성씨 집안의 자녀들은 모두 대저택에서 자라서, 어렸을 때부터 수놓인 비단에 겹겹이 감싸여 자랐다. 그러니 언제 이런 즐거움을 누릴 수 있었겠는가.

"우리 고향은 정말 좋은 곳이란다! 땅이 신령하니 배출되는 인재도 많고, 풍광은 온화하고 아름답지."

명란의 이야기에 고향이 그리워진 성굉도 이렇게 고향을 찬탄했다.

장풍이 참지 못하고 물었다.

"유양이 정말 그렇게 재미있다고? 나도 가봤는데?"

묵란은 오늘 명란이 나대는 것을 보고 속이 좀 쓰렸다.

"오라버니는 공부하는 사람이니, 어찌 저 조그만 여자애의 자유분방함에 비길 수 있겠어요?"

성굉이 미간을 찌푸리며 말했다.

"네 누이동생은 아직 어리니 노는 걸 좋아하는 것도 자연스러운 것이지. 하물며 하인들이 보고 있는데, 자유분방하게 행동한다 한들 얼마나 제멋대로 할 수 있겠느냐! 네 큰당숙과 큰당숙모께서 서신을 보내어 명란이가 성격도 좋고 의젓하다며 칭찬하셨다. 명란이 덕분에 품란이가 많이 얌전해졌다고 말이야."

묵란은 고개를 숙인 채 아무 말도 하지 않았으나 내심 불만스러웠다. 여란은 묵란이 꾸중 듣는 것을 보자, 자신이 칭찬받을 때보다 더 기분이 좋아서 싱글벙글거리며 닭다리를 하나 더 뜯었다.

명란은 부끄러워하며 작은 목소리로 말했다.

"할머님과 약조했어요. 품란 언니와 실컷 놀게 해주신다면, 경성에 돌아간 다음에는 얌전히 말 잘 듣겠다고요."

성굉이 웃으며 말했다.

"친척들과 잘 지내는 것도 올바른 도리이니라. 거드름 피우며 서먹하게 있어서 좋을 게 없지. 돌아온 뒤에 성정을 잘 단속하면 되느니라."

명란은 남몰래 속으로 되뇌었다. 친척은 당연히 좋은 것이다. 이번에 상경할 때, 성유는 쌀은 진주처럼 비싸고, 땔나무는 계수나무처럼 비싼 경성의 물가가 걱정된 데다, 성쾽이 일가족 정착도 시켜야 하고, 혼사도 치러야 하니 혹시 은전이 모자라지나 않을까 염려했다. 이에 얼마나 될지 모를 돈을 또 보내주었다.

하지만 관료와 상인이 서로 돕지 않은 적이 있었던가, 결국 서로 윈윈하자는 것일 뿐이다.

제49화
새로운 집과 새로운 사람

해양성 기후의 영향을 받지 않아 경성의 기후는 추운 편이었다. 방씨 어멈은 점심 식사를 마친 후 곧바로 지룡地龍 [1])에 불을 뗐다. 밤이 되면 명란과 노대부인은 난각暖閣 [2])에 틀어박혀 함께 잠을 잤다. 그 방은 따뜻하기는 했지만 너무 건조해서, 명란은 쉬이 익숙해지지 않았다. 밤새 몇 번인가 깨어나 차를 여러 잔 마셔도 여전히 입안이 말랐다. 이튿날 깨어나서는 흐리멍덩한 상태로 방씨 어멈의 잔소리를 들어야 했다.

경성은 과연 수도였다. 땅은 작고 황제는 가까이에 있는 데다가 어사와 언관이 눈과 귀를 밝히고 침을 흘리며 감시하는 시스템이 발달한 곳이라 성굉은 충분한 경각심을 가지고 행동했다. 성굉은 저택에서 가장 좋은 처소에 노대부인을 머물게 했고, 여전히 수안당이라고 불렀다. 그다음 자신과 왕 씨가 정당에 자리 잡았고, 임 이랑의 임서각은 예전과 같

---

1) 외부에서 불을 피워 바닥의 화도로 열기를 보내는 고대 난방 방식.
2) 난방이 되는 작은 방.

이 서쪽에 마련했다. 장풍의 처소가 그 옆에 접해 있었고, 장백은 따로 처소를 주어 신방으로 쓰도록 준비했다.

경성의 성부는 등주의 성부만큼 넓지 않아서 묵란, 여란, 명란은 전처럼 따로 살 수가 없었다. 이에 커다란 뜰 하나에 있는 세 개의 상방廂房 3) 을 울타리와 가림벽으로 대강 막은 뒤, 각각 앞뒤로 조방罩房 4)과 포하抱廈 5)를 지어 계집종과 어멈들이 지내도록 했다. 그러자 이 또한 나쁘지 않은 반독립적인 처소가 되었다. 원래 위유헌은 화란의 이름을 함축하고 있어서 묵란과 여란은 예전부터 이 이름이 마음에 들지 않았다. 그래서 이번 이사를 계기로 잽싸게 자신들의 처소에 따로 이름을 지었다. 묵란은 산월거山月居라고, 여란은 도연관陶然館이라고 이름을 지었다. 명란은 옛 이름을 그대로 쓰기로 했다.

명란은 이야기만 들어도 머릿속이 뒤죽박죽인데, 취미와 단귤은 전부 기억했다. 그것을 바탕으로 한 명은 짐을 꾸려 수안당에서 모창재로 옮겼고, 다른 한 명은 계집종들과 잡일하는 어멈들을 지휘하며 물건들을 나르고 씻고 닦게 했다. 오전 내내 일을 한 끝에 겨우 정리가 되었으나, 노대부인은 마음을 놓지 않고 명란을 데려와 한 바퀴 친히 둘러보게 했다. 곁에 있던 왕 씨도 내심 불안하여 안절부절못하다가 노대부인이 고개를 끄덕이는 것을 보고서야 비로소 한숨을 놓았다.

경성 버전의 모창재는 딱 세 칸짜리 처소였다. 가운데에 정방이 있고, 좌우 양옆으로 초간이 있었다. 명란은 비밀 공간을 좋아한다. 그래서 침

---

3) 곁채.
4) 곁방.
5) 기존 건물의 앞 혹은 뒤에 이어 붙여 지은 작은 방.

실을 가로막은 다음, 백보각百寶閣 [6])과 발을 칸막이로 삼아 우초간을 서재로 만들었다. 단귤과 소도가 일일이 궤를 열어 안에 있던 책과 장식품들을 하나하나 깨끗이 닦은 뒤 명란이 원하는 자리에 놓았다.

명란이 방 정리를 채 마치기도 전에 여란이 놀러 왔다. 처음 온 경성에서, 여란의 성격에 그렇게 빨리 친구를 사귀었을 리도 만무하고, 또 온종일 묵란과 눈을 부라리며 말싸움하기도 진작 질린 터라 여란은 할 이야기를 한가득 담은 채 명란을 찾아온 것이다. 단귤이 김이 무럭무럭 나는 모첨毛尖 [7])을 내오자 여란은 기다렸다는 듯 명란을 잡아끌며 방 안으로 들어갔다.

"명란아, 이번에 묵란 언니 심기가 참 불편해 보이지 않아?"

아직 인사말도 몇 마디 나누지 않았는데, 여란이 곧바로 본론으로 들어갔다.

명란이 정신을 가다듬고 곰곰이 생각해 보다 머뭇거리며 대답했다.

"글쎄, 뭔가 고민이 있는 것 같기는 했어. 점심나절에 내 방에 와서 잠깐 둘러보더니, 아무 말도 없이 그냥 가 버리더라고."

이상한 일이긴 했다. 묵란은 체면을 차리는 성격이라 뱃속에 무슨 생각을 품고 있든 간에 얼굴에는 늘 온화한 표정을 지었고, 별일 없더라도 인사치레는 하고 가는 사람이었다.

여란의 얼굴에 '역시 내 생각대로군' 하는 표정이 떠올랐다. 여란이 비밀스럽게 목소리를 낮추며 말했다.

---

6) 앞뒤로 뚫리고 여러 층 선반이 있는 장식장.
7) 안휘성 황산에서 나는 유명한 녹차.

"네가 없는 동안 묵란 언니가 평녕군주 댁에서 난처한 일을 당했어."

이론상으로는 황태자와 아직 너무 어린 황자를 제외한 나머지 왕야들은 모두 자기 영지로 가야 한다. 총애를 받는 이는 풍요로운 지방으로 가고, 냉대받는 이는 멀리 떨어진 벽지로 가기 마련이다. 그런데 지금은 상황이 이상했다. 황태자가 아직 정해지지 않았고, 삼왕야와 사왕야가 황제의 묵인 하에 모두 경성에 남아 있다. 그런 한편, 지위가 높지도 낮지도 않은 육왕야는 군왕郡王에 봉해졌고, 대량大梁 8)을 영지로 받은 상태였다.

작년 황제의 예순 번째 생신에 육왕야가 세 아들을 데려왔는데 아들이 없는 삼왕야가 부러운 마음에 눈독을 들였다. 특히 이제 막 너덧 살쯤 되어 토실토실 뽀얗게 살이 오른 천진난만한 모습을 한 아이가 보면 볼수록 마음에 들었다. 육왕야는 형제간 우애가 두터웠고, 육왕비는 사람의 마음을 잘 헤아릴 줄 알았기에 종종 막내아들을 데리고 삼왕야를 찾아갔다.

"아, 알겠다. 금릉에 있을 때, 삼왕야께서 조카 한 명을 양자로 들이고 싶어 하신다는 이야기를 들었어. 혹시 그게 육왕야의 그 막내아들이란 거야?!"

명란은 뭔가 깨달은 듯 말했다가 곧 어리둥절해하며 물었다.

"아니, 그런데 그게 묵란 언니하고 무슨 관계가 있다는 거야? 그건 황가 일이니까 우리가 끼어들 틈이 없잖아?"

여란이 득의양양하게 고개를 흔들었다.

---

8) 하남성 개봉의 서쪽 일대.

"육왕야 댁에는 한창나이인 현주縣主 마마[9]가 계셔. 최근에 황제 폐하 생신을 앞두고 육왕비께서 그 아드님과 따님을 한 분씩 데리고 경성에 오셨지."

명란은 머리를 굴리며 잠깐 생각하다 탐문하듯 물었다.

"혹시 그분들이 평녕군주와 교분이 깊다는 거야?"

여란이 명란의 어깨를 두드리며 웃었다.

"명란이는 역시 똑똑하다니까. ……그날 평녕군주께서 연회를 여셨는데, 어머니가 우리 둘을 데리고 가셨어. 묵란 언니가 평녕군주에게 참 정성을 들이더라. 비위를 맞추면서 환심 사려고 애쓰더라고. 알랑거리는 게 너무 노골적이었어. 그런데 군주께서 묵란 언니를 본체만체하면서 상대도 해주지 않을 줄 누가 알았겠어? 줄곧 육왕비 모녀하고만 이야기를 나누셨어. 집에 와서 어머니가 아버지께 고하셨고, 아버지는 언니를 한바탕 나무라시고 보름 동안 외출 금지 처분을 내리셨던 거지…….하하……."

"이런, 너무 창피했겠다."

명란은 그 모습을 상상할 수 있었고, 참 난처했겠다 싶었다. 어쩐지 이번에 돌아왔을 때, 성굉이 묵란에게 몹시 엄하게 대하더라니.

지금 황제는 갈수록 노쇠해지고 있고, 삼왕야는 아들만 하나 있으면 정당한 명분이 생긴다. 육왕야는 지금 권세가 드높아지고 있고, 그 열기에 편승하고자 하는 평녕군주는 자연히 육왕야의 여식인 가성현주를 며느리로 삼고 싶을 것이다. 가만 생각해보면, 묵란과 가성현주는 가세

---

9) 황족 여인에게 주는 봉호.

면에서 비교도 되지 않았다.

여란은 너무 즐거운 나머지, 누군가와 이 즐거움을 나누고 싶어서 명란을 찾은 것이다. 그런데 예상외로 명란이 맞장구를 쳐주지 않는 데다 얼굴에 근심하는 기색을 띠니, 그만 미간을 찌푸리며 물었다.

"왜 그래? 묵란 언니 대신 안타까워해 줄 필요는 없어!"

명란이 쓴웃음을 지으며 말했다.

"여란 언니, 내가 안타까워하는 건 우리들이야. 비록 이번에 체면을 깎인 건 묵란 언니지만, 우리 자매도 피해갈 수는 없다고. 남들은 성씨 집안 딸들이 교양이 없다고들 할걸."

여란은 머리를 한 대 맞은 느낌이 들었다. 속으로 몇 번 곱씹어 보니 명란의 말이 맞다는 생각이 들었다. 어쩐지 요 며칠간 열렸던 차 모임, 시 모임에서 고관댁 아가씨들이 상대도 잘 안 해주고, 말로 은근히 비꼬더라니. 여란은 묵란 한 사람만 가지고 얘기하는 줄 알았는데, 알고 보니 …… 자신도 거기에 포함되어 있었던 것이다! 여란은 순간적으로 욱하는 마음을 억누를 수가 없었다.

"이, 이 몹쓸……!"

욕을 하고 싶어도 할 수가 없어서, 여란의 얼굴은 분을 참느라 새빨개졌다. 명란이 황급히 여란을 진정시켰다.

"목소리 낮춰. 말조심해야 해. 지금은 다들 가까이 살고 있잖아. 들리지 않게 조심해!"

여란은 탁자를 힘껏 손바닥으로 치고 나서 한마디 내뱉었다.

"상관없어, 묵란 언니는 아까 임서각에 갔으니까. 흥! 묵란 언니가 그쪽이랑 왕래하다가 또 망신스러운 일을 벌일까 걱정이야!"

명란은 가슴이 아팠다. 여란이 탁자를 내리치는 통에 바닥에 떨어져

깨져 버린 찻잔은 세트였던 것이다.

• • •

임서각의 탁자 위에 놓인 순금 향로에 불이 지펴져 있었다. 임 이랑은 눈앞에 있는 시무룩한 표정의 딸을 보며 다람쥐 털가죽으로 만든 털토시를 어루만지다 미간을 찌푸리며 말했다.

"나리께 고작 훈계 한번 들은 것 가지고, 왜 그렇게 죽을상을 하고 있는 게냐?!"

묵란은 복록수福祿壽 [10] 무늬가 새겨진 비단 향낭을 만지작대다 임 이랑을 힐끗 바라보았다.

"이렇게 심하게 혼난 건 처음이라고요. 창피해 죽겠어요! 이번에 할머님께서 돌아오시지 않았다면, 지금도 밖에 나오지 못했을 거예요."

임 이랑이 탄식하며 말했다.

"이 칠칠치 못한 것아! 제 깜냥도 없으니 그저 죽을상이나 하고 있지, 방도를 찾아볼 생각도 없느냐. 됐다, 됐어. 다들 제 팔자가 있으니, 네게 그런 재간이 없는 걸 어쩌겠니. 나중에 네게 평범한 집안의 배필을 찾아주면 그만이지!"

분을 바른 묵란의 얼굴이 일순 붉어졌다. 묵란이 내키지 않아하는 기색으로 입을 열었다.

"그 현주 마마는 인품으로 보나 용모로 보나 중간 정도밖에 안 되잖아

---

10) 중국 민간신앙에서 행복, 길상, 장수를 상징하는 세 신선.

요. 원약 오라버니가 불쌍해요.”

임 이랑도 한참 울적해 하다 겨우 말을 이었다.

“그 사람들 타고난 팔자는 너보다 낫단다. 이게 그 어떤 것보다 중요
해! 제형 생각은 그만하거라. 내가 장풍이더러 여기저기 알아보라 할 테
니. 평녕군주도 속물이라 육왕야가 득세하는 걸 보더니 곧장 거기 붙지
않더냐! 됐다, 더 말할 것도 없다…… . 아, 명란이 그 계집애한테 가보라
고 했는데 갔다 왔느냐?”

묵란은 기운 없이 고개를 들었다.

“장식품들은 의외로 소박한데, 배치를 아주 세심하게 했더군요. 귀중
품은 몇 개밖에 없었어요. 안팎으로 이고 지고 들락날락하는 궤가 많긴
했지만, 뭐가 들었는지는 못 봤어요. 어머니, 할머님이 명란을 그렇게 아
끼시는데, 우리가 아무리 분발한들 무슨 소용이겠어요?”

임 이랑이 손바닥으로 탁자를 탁 치더니, 눈을 부릅뜨고 꾸중했다.

“아까 칠칠치 못한 것이라 했다만, 너는 참으로 쓸모없는 것이로구나!
추태를 보이면 안 되는 자리에는 기어이 가서 추태를 보이고 오더니, 가
서 분발해야 할 곳에는 제대로 관심도 보이지 않다니! 이번에 명란이가
유양에 갔을 때, 무슨 수를 써서 어떻게 비위를 맞췄는지 모르겠다만 네
큰 당숙 일가가 모두 그 애를 마음에 들어했다. 처음에 내가 너더러 품
란이를 잘 구슬러 보라 했거늘, 너는 그 애가 거칠고 저속하다며 오히려
싫은 티를 내지 않았더냐! 이 꼴을 보거라, 명란이가 이것저것 바리바리
싸들고 돌아온 걸 보고서도 너는 배알도 꼴리지 않느냐? 너와 그 애가
같은 서출이긴 하다만, 그 아이 어미는 시골 처녀였는데 네 어미인 나는
관원 집안 출신 아니냐. 게다가 너는 뒤에서 받쳐주는 오라버니도 있으
니, 당연히 그 아이보다 열 배는 더 나아야지! 그런데 지금은 그 아이보

다 못하지 않느냐!"

묵란은 고개를 휙 돌리더니 볼멘소리로 말했다.

"할머님은 고집이 센 분이시잖아요. 그분이 절 좋아하시지 않는데, 저한테 무슨 방도가 있어요?"

한바탕 성내고 난 뒤 평정을 찾은 임 이랑이 향로에서 피어오르는 연기를 바라보며 천천히 말했다.

"노마님의 동태를 보아 하니, 명란의 혼사도 정해진 게 아닌가 싶구나. 여란이는 마님이 이미 생각해 둔 데가 있는 모양이고. 왕씨 집안의 외숙이 외지 임기를 마치고 경성으로 돌아올 때쯤 이야기를 꺼내지 않을까 싶다. 우리 딸, 너만 어디 정해진 데도 없이 둥둥 떠 있구나."

임 이랑의 이야기를 듣던 묵란은 저도 모르게 걱정이 들었고, 불안한 눈초리로 모친을 바라보았다. 임 이랑이 묵란 쪽으로 고개를 돌려 미소를 지으며 말을 이었다.

"평범한 진사 준비생이나 벼슬아치 집안 자제를 찾자면 나리 말고도 네 오라버니 인맥이 적지 않으니 괜찮을 테지만 인품도, 재주도 있고, 부귀까지 갖춘 집안을 찾으려면 어려울 거야! ……노대부인이 명란이 혼처로 어떤 집안을 찾아두었을지 모르겠구나."

• • •

명란은 눈앞에서 통곡하고 있는 노부인을 보고 어리둥절해 있었다. 멍한 채로 방씨 어멈에게 갔더니, 하녀 차림새를 한 그 노부인이 있었다. 암홍색 능직 비단 겹저고리 위에 검은색 융으로 만든 비갑을 걸친 모습이었다. 노부인은 명란의 손을 잡아당기며 하염없이 훌쩍였다.

"······애기씨, 위 이랑은 일찍 가시고, 이 늙은 어멈은 아무 도움도 못 되어 드렸습니다. 그때 제가 갑자기 병이 나서, 애기씨를 돌봐 드리질 못했어요!"

명란은 도무지 이게 무슨 상황인지 이해가 되지 않아 그저 어안이 벙벙했다.

방씨 어멈이 헛기침을 하더니 말을 꺼냈다.

"최씨 어멈이 나이가 들어서, 최씨 어멈 아들과 며느리가 고향으로 데리고 가서 봉양하기로 했습니다. 아가씨 곁에 어멈이 없는 것도 좋지 않으니, 마님께서 우씨 어멈을 시골에서 불러오셨지요. 원래부터 아가씨의 유모였으니, 아가씨 시중도 잘 들지 않겠나 생각하셨지요."

명란은 고개를 끄덕였다. 사실 명란은 이 우씨 어멈에 대해서는 아무런 인상도 남아 있지 않았다. 그저 멍청한 척하고 있던 당시, 벽을 통해 엿들은 계집종들의 이야기만 기억하고 있을 뿐이었다. 어렴풋이 기억하고 있는 계집종들의 말에 따르면, 위 이랑은 나약하고 온순한 사람이었고, 주변에 접아라고 하는 계집종 한 명만 충성스럽다 할 만했고 나머지는 모두 욕심이 많고 주인을 기만하는 자들이었다. 그래서 사건이 벌어졌을 때, 다들 각자 살길을 찾아 자취를 감추었었다. 그럼, 이 우씨 어멈은······?

주변 사람들을 물리고 나서야 방씨 어멈이 솔직하게 털어놓았다.

"원래는 노마님께서 직접 믿을 만한 사람을 고르려고 하셨는데, 마님께서 벌써 우씨 어멈을 보내 버리신 겁니다. 마님의 체면을 떨어트릴 수도 없고 해서."

명란이 생각을 거듭하다 갑자기 물었다.

"시골에 있었다고 하던데, 무슨 연줄로 안채로 들어오게 된 거죠?"

아가씨의 유모는 좋은 직책이었다. 월급이 두둑한 건 말할 것도 없었고, 위로는 관사 어멈과 어깨를 나란히 할 수 있고, 아래로는 계집종들을 부릴 수 있었다. 당시 우씨 어멈은 위 이랑의 죽음에 휘말릴까 두려워, 얼른 발을 빼고 도망쳤었다. 그런데 지금은 다시 돌아온 것이다.

방씨 어멈은 명란이 이 질문을 꺼내는 것을 보고, 일단 반쯤 안도하며 조용한 목소리로 답했다.

"역시 애기씨는 생각이 깊으십니다. 우씨 어멈이 몇 년 전부터 돌아오고 싶어했지만, 그때는 아가씨 곁에 이미 최씨 어멈이 있어서 그러지 못했다고 합니다. 이번엔 마님 주변 사람에게 은자를 썼다고 하는군요."

명란이 다시 물었다.

"배후가 없다고요?"

방씨 어멈이 고개를 끄덕였다.

"만약 있었다면, 노마님께서 절대 허락하지 않으셨겠지요. 원래부터 우씨 어멈이 아가씨의 유모였으니, 지금 여기 오게 된 것도 자연스러운 이치입니다. 제가 소상히 알아보았는데, 추천해 준 어멈이 한몫 챙겼다더군요. 그저 염려스러운 건, 혹여 나중에 게으름 피우고 말썽을 일으켰을 때 아가씨가 자기를 키워줬던 어멈이라는 이유 때문에 제대로 엄히 다스리지 못하면 어쩌나 하는 겁니다."

명란이 살짝 입가를 삐죽거리더니, 웃으며 말했다.

"안심하세요. 벌써 이만큼 컸는데 언제까지고 할머님 보살핌만 받고 있을 수는 없잖아요."

이렇게 말하며 또 웃고는 어쩔 수 없다는 듯이 덧붙였다.

"만약 정말로 못 당하겠다 싶으면, 다시 지원병을 부를게요."

방씨 어멈이 돌아간 뒤, 명란은 홀로 정방의 상비죽 평상에 걸터앉아 고개를 숙인 채 잠시 생각에 잠겼다. 그러던 명란이 갑자기 입을 열었다.

"우씨 어멈을 들여보내."

소도가 대답한 뒤 바깥으로 나갔고, 우씨 어멈이 들어왔다. 우씨 어멈은 아까처럼 눈물 바람이 되더니, 당시에 왜 불가피하게 떠나야 했는지, 또 시골에서 얼마나 명란을 그리워했는지 등등 장황하게 하소연을 늘어놓았다. 명란은 미소를 지으며 듣다가 소도에게 걸상을 갖고 오라고 했다.

우씨 어멈은 나이가 많지 않았다. 중년 여인으로, 마름모꼴 얼굴에 입이 크고, 영리하고 시원시원한 인상이었다. 우씨 어멈이 떠났을 때 명란은 고작 다섯 살이었지만, 이제 곧 열세 살이 된다. 우씨 어멈은 명란이 어렸을 때 있었던 재미난 일들과 자신이 명란을 돌보면서 힘들었던 일들을 쉼 없이 이야기했고, 명란은 조용히 듣기만 했다. 한차례 이야기를 마치길 기다렸다가 명란이 드디어 천천히 입을 열었다.

"나는 거의 기억이 나지 않아요."

우씨 어멈은 깜짝 놀랐다. 추억이야말로 자기가 가진 유일한 카드였기 때문이다. 우씨 어멈은 서둘러 눈물을 닦고 황급히 말했다.

"아가씨가 그때 어리긴 했어도 참으로 총명하셔서 무엇이든 한 번 가르치면 바로 배우셨는데, 어쩌다 다 잊으셨습니까?"

명란은 단귤이 가져온 찻잔을 건네받고, 찻잔 뚜껑을 살짝 열면서 낮은 목소리로 말했다.

"어머니가 돌아가신 뒤에 큰 병을 앓았거든요. 며칠이나 정신이 혼미했고, 깨어난 뒤에는 많은 일들이 흐릿해졌지요. 그때 어멈이 없었던 게 안타까워요. 어멈이 있었더라면, 나도 더 빨리 나을 수 있었을 텐데."

우씨 어멈 얼굴에 다소 난처한 기색이 떠올랐다. 우씨 어멈이 억지웃음을 지으며 말했다.

"이게 다 이 늙은 어멈이 변변치 못한 탓입니다. 하필이면 그때 제가 병으로 쓰러진 탓입니다."

우씨 어멈은 위 이랑에 관한 이야기를 더 하고 싶었으나, 관사 어멈이 일찍이 경고한 바가 있어 감히 이야기를 꺼낼 수가 없었다.

명란이 가볍게 한숨을 쉬더니, 옅게 근심 어린 기색을 보였다.

"그땐 정말 힘들었어요. 날마다 약을 먹고, 병상에 누워 있어야 했으니까요. 게다가 정성껏 돌봐주는 사람도 없고, 이 아둔한 소도만 곁에 있었으니까요. 의원들도 몇 번이나 잘못될지도 모른다고 이야기했어요. 다행히 어머님께서 세심히 돌봐주시고, 할머님께서 가련히 여겨주신 덕분에 겨우 목숨을 건질 수 있었지만요."

우씨 어멈의 낯빛이 붉으락푸르락했다. 손에 든 손수건을 꽉 움켜쥔 채 겸연쩍어 하며 입에 발린 말 몇 마디를 했지만, 스스로도 자기 말이 궁색하다는 생각이 들었다.

명란이 찻잔 뚜껑을 닫더니 생긋 웃으며 말했다.

"하지만 지금은 참 다행이에요. 내 방의 이 계집종 몇은 모두 할머님과 어머님께서 일일이 직접 가르친 사람들이라 법도도 잘 알고 일도 참 잘하거든요. 게다가 지금은 어멈까지 왔으니, 이 작은 처소가 참 편안해질 것 같아요."

우씨 어멈은 놀란 마음에 자기도 모르게 고개를 들어 명란을 보았다. 길쭉하고 우아한 눈매, 부드러운 턱선이 여러 해 전에 요절한 위 이랑의 젊은 모습과 많이 닮았으나 표정만은 완전히 달랐다. 무슨 말을 하건, 무슨 이야기를 듣건 간에, 그 살짝 치켜 올라간 길쭉한 속눈썹이 미동도 하지 않는 모습은 마치 고요히 멈춰 있는 나비의 날개 같았고, 그 수려한 얼굴에 떠오른 미소는 고요한 물처럼 잔잔했다.

눈앞에 있는 이 조용하고 우아한 여자아이에게서 뭔가 차분함이 배어 나오고 있었다. 고귀한 지위에 있는 사람에게서 느껴지는 일종의 여유로움이었다. 우씨 어멈은 약간 얼빠진 기분이 들었다. 자기 뒤에 바짝 붙어 있던 겁 많고 나약했던 기억 속의 그 여자아이와 명란이 도저히 일치되지 않았다. 어쩐지 알 수 없는 경외감이 천천히 그녀의 등줄기를 타고 올라왔다.

명란은 우씨 어멈을 지그시 바라보며 생각했다.

'만약 우씨 어멈이 충분히 영리하다면, 말썽을 일으키진 않겠지. 삯을 받고, 해주는 대우를 잘 누리고, 욕심이나 망상은 내려두고, 그냥 자기 본분만 충실히 한다면, 분명히 웃는 낯으로 만나 웃는 낯으로 헤어질 수 있을 거야.'

제50화

화란의 방문

명란은 냉정한 시선으로 방관하고 있었다. 우씨 어멈이 얼마나 사리 분
별을 할 줄 아는지 지켜본 것이다. 며칠간 우씨 어멈은 명란의 식사와 잠
자리를 열심히 보살폈을 뿐만 아니라, 옷궤의 귀중품 등 금전에는 일절
손도 대지 않았다. 그러나 시골에서 오래 지낸 탓인지, 아니면 위 이랑이
제대로 단속하지 못했던 탓인지는 알 수 없으나, 우씨 어멈의 행동은 다
소 거칠었다. 하루가 멀다 하고 매질을 하며 쌍소리를 했고, 뭐라도 트집
거리만 있으면 곧장 욕지거리를 해댔다. 노대부인이 보낸 취미는 감히
건드리지 못했지만, 단귤 아래의 나머지 계집종들은 모두 우씨 어멈에
게 혼쭐이 났다. 약미와 녹지가 울컥해서 하마터면 싸움이 일어날 뻔한
적도 여러 번 있었다.

명란은 아무 말도 하지 않고, 그냥 속으로 기억해 두기만 했다. 하루는
계집종이 규칙대로 당직을 서지 않고 게으름을 피웠는데, 우씨 어멈이
그 계집종의 귀를 틀어쥐고 뜰 한가운데에서 한참 욕을 했다. 욕하고 때
리면서 계집종을 쫓아다니는 통에 처소가 마치 닭과 개가 날뛰는 것 같
은 난리 통이 되었다. 명란은 묵묵히 방 안에 앉아 책을 보고 있었다. 곁

에 있던 취미가 더 두고 볼 수 없다며 말리러 나가려고 하자, 명란이 가만히 있으라는 눈빛을 보냈다.

명란은 책을 몇 장 뒤적이다가 우씨 어멈이 통쾌하게 욕지거리를 한바탕 하고 나서야 소도에게 우씨 어멈을 불러오게 했다. 우씨 어멈이 발을 걷어 올리며 방에 들어섰다. 명란은 구들 위에 단정히 앉아 있었고, 취미는 구들 가장자리에서 수를 놓고 있었다. 단귤은 책상을 정리하고 있었다. 태연한 명란의 기색을 보자, 우씨 어멈은 조금 불안한 마음이 들었다. 요 며칠 명란의 시중을 들면서, 이 여섯째 애기씨가 자기주장도 있고 다루기도 쉽지 않다는 걸 깨달았기 때문이다. 우씨 어멈은 일단 웃음을 지어 보였다. 명란은 어멈이 말을 꺼내기도 전에 먼저 고개를 돌리더니 소도에게 분부했다.

"소도야, 어멈에게 따뜻한 차 한 잔 내줘. 어멈, 앉아요."

우씨 어멈이 결상을 가져다 구석에 앉았다. 그러고는 웃으며 물었다.

"애기씨, 무슨 일로 절 부르셨습니까?"

명란이 온화하게 웃으며 대답했다.

"어멈이 여기 오고 며칠이 지났네요. 일하는 거며 계집종들 단속하는 거며, 정성을 다하지 않는 게 없더군요. 하지만 한 가지 적절하지 않은 게 있더라고요. 어멈을 내 사람이라 생각해서 말하는 거니까 언짢아하지 않았으면 해요."

가슴이 덜컹 내려앉은 우씨 어멈은 입술을 삐죽이며 말했다.

"애기씨, 말씀하시지요."

명란이 책을 내려놓더니, 하얗고 여린 두 손을 깍지 끼며 말했다. 어조는 온화했고, 표정은 침착했다.

"어멈이 계집종들 말썽부리는 걸 보고, 지적하고 단속하는 건 좋아요.

하지만 그때마다 어멈이 성내면서 온 처소를 난리 통을 만들어서 사람들이 다 알게 하는 건 좋지 않아요."

우씨 어멈은 내심 욱하는 마음이 들어 몸을 일으켜 세우고 반박했다.

"애기씨는 나이도 어리고 마음도 여리시니, 걔네들이 얼마나 지독한지 모르실 겁니다. 그 계집애들이 간도 크게 하루 종일 게으름 피우고 요령을 부렸습니다. 말로 해도 들어먹질 않으니, 본때를 보여줘야지요!"

명란의 눈썹이 치켜 올라가는가 싶더니 눈이 반짝였다. 명란이 곧바로 반격했다.

"어멈, 그건 틀린 소리예요. 내가 비록 나이는 어리지만, '집안의 허물은 밖에 드러내서는 안 된다'는 말쯤은 알고 있어요. 다들 한식구이긴 하지만, 각자가 조그만 자기 처소를 관리하고 있어요. 어느 처소든 말썽부리는 계집종이 있겠죠. 그래도 다들 방 안으로 불러다 조곤조곤 단속하지, 어느 처소에서 어멈처럼 요란 떨며 세상 사람들 다 알게 하던가요? 사정을 아는 사람들이면 어멈이 일을 잘한다고 하겠지만, 모르는 사람들은 내 처소가 어지럽다고 말할 거예요!"

우씨 어멈은 내심 뜨끔했다. 명란의 말이 이치에 맞는 말임은 알고 있지만, 계집종 세 명 앞에서 명란에게 야단을 맞고 있자니 체면도 못 차리겠단 생각이 들었다. 이에 순순히 승복하지 않고 작게 투덜거렸다.

"남들은 어멈이 애기씨를 가르친다는데, 어디 거꾸로 애기씨가 늙은 어멈을 가르치는 데가 있답니까? 이 늙은 어멈이 온 지도 얼마 안 되어 애기씨의 미움을 샀군요."

명란의 귀에도 이 말이 들렸다. 명란이 가볍게 웃으며 말했다.

"어멈 말이 맞아요. 사실 내가 어멈한테 이러쿵저러쿵하면 안 되죠. 그럼 이렇게 해요. 내가 할머님과 방씨 어멈에게 가서 그분들더러 어멈한테 잘 얘기해달라 할게요."

이렇게 말하며 일어나려는 명란을 보고, 우씨 어멈이 얼른 찻잔을 내려놓고 황망히 명란을 붙들었다. 우씨 어멈이 만면에 억지웃음을 띠며 말했다.

"애기씨. 마음에 두지 마세요. 이 늙은 어멈이 아둔한 소리를 했습니다. 애기씨 하실 말씀이 있으시면 다 말씀해주세요. 괜히 노마님 쪽을 들쑤셔서 어지럽게 할 필요가 있겠습니까."

바깥의 시골 마을에 있을 때, 우씨 어멈은 이 여섯째 애기씨가 노대부인 품속에서 자랐다는 말을 들은 적이 있었다. 우씨 어멈은 자신이 왕 씨 연줄로 이 집에 들어온 것이지, 노대부인의 마음에 들어서 이 집에 들어온 게 아님을 잘 알고 있었다. 지금 이 집에 들어온 지 겨우 며칠인데 노대부인 쪽을 시끄럽게 했다간 역시 좋을 게 없다는 생각에 곧장 자세를 낮췄다.

명란은 우씨 어멈이 수그러드는 것을 보고 더는 호되게 따지고 들지 않고, 다시 구들의 요 안으로 파고들며 편하게 앉았다. 구리로 만든 법랑겹사琺瑯掐絲[1] 손화로를 두 손으로 받쳐 들고 손을 덥히며 부드러운 목소리로 말했다.

"어멈이 어린 것들을 단속하려는 마음은 좋아요. 하지만 좋은 의도로 했다가 일을 그르치는 경우도 있잖아요. 계집종들이 잘못을 범하거든, 어멈이 잘 기억해두었다가 나중에 천천히 가르치면 될 일이에요. 욕할

---

1) 표면에 구리로 윤곽선을 그리고 법랑을 채워 구운 것.

건 욕하고, 때려야 하겠거든 여기 계척戒尺 [2] 이 있으니 이걸 쓰세요. 샀을 깎아야겠거든 구아를 불러 유씨 어멈에게 알리라 하면 될 일이고요. 어멈은 나이도 많은데, 뭣 하러 어린 것들에게 얼굴 붉히고 고함을 쳐요? 그러다 자기 체면을 상하게 할 필요 없잖아요? 오늘 나도 어멈한테 이런 저런 소리를 했지만, 온 처소가 다 알게끔 소리 지르지는 않았잖아요."

실제로 대부분의 경우, 유모는 자신이 기르고 돌본 도련님과 아가씨들에게 충성하기 마련이었다. 유모는 모두 안주인이 고른 사람들이었고, 그 가족들의 장래도 모두 안주인의 손에 달려 있었다. 아들이면 장차 도련님의 머슴아이가 될 수 있었고, 딸이면 아가씨의 계집종이 될 수 있었다. 한 가족의 이익이 전부 하나로 엮여 있는 것이다. 이를테면, 묵란의 유모는 바로 임 이랑의 하녀였고, 여란의 유모는 바로 왕 씨가 시집오면서 데리고 온 몸종이었다. 오직 우씨 어멈 자신만이…… 중간에 들어온 사람이었다. 명란은 우씨 어멈의 가정 형편에 대해 대략적으로만 알고 있을 뿐이었다. 그러니 그 충성도도 크게 깎여 있었다. 아, 뭐 어떤가. 어린 장동의 유모는 임시직인걸. 젖을 떼자마자 그만둬야 했으니까. 자기 처지도 생각해보면 괜찮은 편이었다.

우씨 어멈의 안색이 붉으락푸르락해졌다. 마음속으로 이 여섯째 애기씨가 참 대단하다는 생각이 들었다. 잘못한 점을 콕 짚어서 조리 있고 분명하게 훈계를 하고, 그러면서도 부러 온화한 태도를 취하니, 단정하고 우아하여 말대꾸 하나 할 수가 없었다. 우씨 어멈은 억지웃음을 띠며 대답했다.

---

2) 선생이 학생을 벌할 때 쓰는 목판.

237

"애기씨 말씀이 옳습니다. 제가 반성하고 다 고치겠습니다."

우씨 어멈이 겸연쩍어 하며 분위기를 무마시킬 몇 마디를 더 보탰다. 명란은 생긋 웃으며 우씨 어멈의 말에 몇 마디 맞장구를 쳐 체면을 살려 주었고, 곤경에서 벗어나게 해주었다. 그러다 문득 생각났다는 듯 한마디를 더 보탰다.

"듣자 하니, 어제 어멈댁에 손자가 태어났다면서요. 정말 축하해요."

우씨 어멈이 잠깐 멈칫하다가 곧바로 웃으며 대답했다.

"기쁠 일이 뭐 있겠습니까, 밥 먹는 입이 하나 더 늘어난 것뿐입죠."

명란이 우씨 어멈을 바라보며 웃더니 고개를 돌려 분부했다.

"단귤, 은자 다섯 냥을 붉은 봉투에 담아서 우씨 어멈에게 줘. 축하하는 데 조금이라도 보태야지. 그러고 보니 어멈의 첫 손자네."

우씨 어멈이 붉은 봉투를 받아 들었다. 입으로는 거듭 감사 인사를 올렸으나, 속으로는 한참 가슴이 콩닥거렸다. 그녀가 돈에 흥미가 없어서가 아니라, 명란이 당시의 위 이랑과는 다름을 결국 깨닫게 되었기 때문이었다. 아무나 마음대로 주물러 댈 수 있는 물렁한 반죽이 결코 아님을 깨달은 것이다.

소도가 우씨 어멈을 배웅하러 방을 나간 뒤, 한창 바쁜 척하고 있던 단귤이 드디어 고개를 들고 웃으며 말했다.

"애기씨, 말씀 참 잘하셨어요. 우씨 어멈을 꼼짝 못 하도록 눌러버리셨군요."

명란이 단귤을 슬쩍 보더니, 뜨거운 차를 한 모금 마셨다.

"그래도 어멈은 어멈이야. 아는 것도 많고, 생각하는 것도 더 꼼꼼해. 그러니까 너희도 좀 더 우씨 어멈을 존중해줘. 우씨 어멈이 생트집만 잡는 것도 아니니까."

단귤은 명란의 의도를 이해했고, 고개를 숙인 채 무안해하며 침묵을 지켰다. 명란은 자기 처소의 일을 떠올리자니 머리가 지끈거렸다. 한숨을 쉬며 찻잔을 내려놓고, 단귤을 질책했다.

"그러고 보면 너도 잘못이 있어. 맨날 부드럽고 온순하게만 나오니까 그 애들이 머리 위로 기어오르는 거야. 네가 연초랑 몇몇 계집종들과 함께 자란 탓에, 심한 말 못 하는 건 내가 잘 알아. 예전에는 최씨 어멈이 있었으니 그나마 괜찮았지. 내가 잠시 외출하느라 자리라도 비우면 걔네들은 훨씬 더 게으름을 피우잖아. 저번에는 방 안에 화로 숯불과 촛불도 끄지 않고, 다들 어디론가 가버렸어. 이런 큰 잘못을 너는 웃으면서 넘겼지. 너 대신 취미가 나와서 호통을 쳤어. 천천히 생각해 봐, 취미가 여기서 얼마나 더 있겠어? 해가 바뀌면 시집가버릴 텐데."

구들 위에서 가만히 수를 놓고 있던 취미가 그만 불평을 터트렸다.

"애기씨, 그냥 하실 말씀만 하시지 왜 저를 끌어들이세요?"

명란이 고개를 돌려 진지하게 말했다.

"안심해. 혼수는 할머님께서 벌써 준비해두셨어. 요 몇 년간 나하고 있었으니까 나도 그냥 보내진 않을 거야. 내가 따로 줄 것을 마련해두었어. 하지만 내가 잘 까먹으니까 나중에 갈 때 되거든 미리 귀띔해줘. 잊어버리지 않게."

취미는 요 몇 년간 놀림 받는 데는 이골이 난 덕분에 제법 뻔뻔해졌다. 부끄러워하기도 귀찮아진 취미가 명란을 향해 코를 찡긋거렸다. 그러고 나서는 다시 고개를 숙이고 수틀 위의 옷감에 꽃을 수놓았다.

단귤은 명란의 말을 듣고 민망했던 터라 고개를 숙이고 난감해하며 우물거렸다.

"실은 그 애들에게 몇 마디 하긴 했었는데, 걔네들이 제가 높은 사람들한테 빌붙더니 자매 같은 자기들을 무시한다지 뭐예요.”

명란이 다시 하던 얘기로 돌아와 계속 가르쳤다.

“내 처소에서 소도를 제외하고 누가 가장 나와 오랫동안 같이 있었지? 취미가 두 사람 몫을 받는 건 제쳐 놓기로 하고, 나머지 계집종들이 받는 삯 하며 할머님의 신임하며, 누가 너를 이기겠어? 만약 그 애들이 어멈한테 혼쭐나는 걸 보고 싶지 않다면, 네가 그 애들을 단속해야 해. 아무 일도 없으니 그나마 다행이지, 만약 변고라도 생겨서 어머님과 할머님을 놀래켰다간 누가 무사할 수 있겠어? 우리 처소에는 우리 처소의 법도가 있으니, 이치에 맞게 하나씩 규율대로 처리하면 돼. 그럼 누가 딴소리를 할 수 있겠어?”

사실 명란의 사고는 대단히 단순했다. 업무는 직위 및 급여와 대칭을 이루어야만 한다. 큰 계집종은 높은 급여를 받고, 존중을 받는다. 아가씨를 보살피는 것 외에, 나머지 계집종들 관리도 해야 한다. 단귤은 전자는 참 잘 수행했지만, 후자는 확실히 불합격이었다.

단귤은 일순 창백해진 얼굴로 멍하니 서 있었다. 취미가 한숨을 쉬었다. 취미도 하인의 자식이니, 단귤의 형편을 잘 알고 있었다. 단귤의 아버지는 일찍 세상을 떠났고, 개가한 어머니는 또 많은 자식을 낳았다. 의붓아버지는 그녀를 귀여워하지 않았고, 어머니도 그녀를 돌보지 않았다. 대여섯 살이 되기 전의 철부지를 돌보는 이가 아무도 없었다. 차마 보다 못한 단귤의 고모가 연줄을 이용해 그녀를 시골에서 데려와 이 저택으로 보냈다. 그런 뒤에야 단귤은 겨우 평온한 나날을 보낼 수 있게 되었다.

취미가 수틀을 내려놓고 단귤을 구들 앞으로 잡아끌고는 부드러운 목소리로 타일렀다.

"단글아, 네가 성실한 사람인 건 잘 알아. 하지만 애기씨 입장에서 생각해 봐. 애기씨가 점점 어른이 되어가고 있는데, 바람에 흔들리는 풀잎처럼 사소한 일로 번번이 노마님께 도움을 청하는 건 좋지 않아. 매번 이러면 어찌 사람들이 우리 애기씨를 비웃지 않겠니. 지금 저 두 분이……."

취미가 손가락으로 산월거와 도연관 방향을 가리키며 조용히 말했다.

"가까이 살고 있으니, 다들 빤히 지켜보고 있어. 저번에 애기씨가 막 돌아왔을 때, 계집종들에게 줄 것들을 챙겨 왔었지. 하나씩 이름을 써서 미리 나눠 놨는데도, 그 애들이 법도도 없이 서로 뺏으려고 난리를 쳤잖아. 그건 그렇다 치고, 만약 나중에 뭐라도 없어지면 어떻게 할 거야? 애기씨더러 친히 관아에 고발하시라고 하겠어, 아님 관사 어멈을 불러다 그 애들을 벌하라고 하겠어? 그게 바로 화목을 훼손하는 일이야. 게다가 지금은 만만치 않은 어멈까지 왔으니 더 조심해야지. 네가 좀 더 위엄을 보여야 해. 안 그러면 노마님께서 곧장 너를 갈아치워 버리실 게야. 애기씨가 꼭 너 아니면 안 되는 것도 아니니까. 요 몇 년간 애기씨가 너를 마음에 들어 하지 않았다면, 노마님께서 진즉에 이름에 '취翠'자 들어가는 애들 중에 하나 골라서 애기씨에게 보내셨을 거야."

명란이 우러러보는 눈빛으로 취미를 바라보았다. 방씨 어멈이 참으로 인재를 잘 가르쳤구나 하는 생각이 들었다. 취미가 덧붙인 이 이야기는 앞뒤가 딱딱 들어맞았고, 전후 간의 무서운 상관관계를 지적했을 뿐만 아니라 그로써 초래될 부작용까지 분명하게 가리키고 있었다. 과연, 단글의 얼굴에 점점 분발하겠다는 다짐이 떠오르기 시작했다. 단글은 엄숙한 표정으로 연신 고개를 끄덕이며 취미의 지적을 듣고 있었다. 이상하리만치 엄숙하고 신중한 태도였다. 만약 뒤에 낫과 망치가 그려진 깃발[3]이 있었다면 곧장 입당 선서라도 할 기세였다.

명란은 비록 기업에서 일한 적은 없었지만, 기업 관리의 핵심 사상이 위계와 시스템 속에서 각자의 책임을 다하는 것임을 잘 알고 있었다. CEO 한 명에게 직원들의 지각과 조퇴를 일일이 체크하게 할 필요가 없는 것이다. 명란도 달려 나가 호통을 치고 싶었던 적이 여러 번 있었으나, 그때마다 꾹 참고 있었다. 소리 지르는 것은 그녀의 업무가 아니다. 오직 결단을 내리고 중재할 때만 그녀가 나서면 되는 것이다.

"애기씨, 애기씨."

소도가 깡총깡총 뛰어 들어와서는 명란 앞에 이르러 숨을 헐떡이며 말했다.

"큰아가씨, 아니, 큰아씨께서 오셨어요. 노마님께서 애기씨들을 다 들라 하셨습니다."

명란이 이제야 반응하며 기뻐했다.

"화란 언니가 왔구나. 정말 잘됐다. 할머님께서 언니를 얼마나 보고 싶어하셨는데."

단귤의 손발은 입보다 빨랐다. 즉각 안에서 눈 올 때 신는 금사가 들어간 연분홍색 양가죽 신발을 갖고 오더니, 꿇어앉아 명란의 발에 신겼다. 취미는 구들 침상에서 내려와 방 안의 나전칠기 장롱 안에서 분홍색 안감을 덧댄 회서灰鼠 가죽 학창의鶴氅依[4]를 꺼냈다. 소도는 손화로를 열고 숯불을 더 채워 넣어 불씨를 살렸다. 세 계집종이 머리끝에서 발끝까지

―――――
3) 공산당 깃발.
4) 두루마기.

명란을 치장하느라 분주했다. 마지막으로 취미가 설모雪帽[5]와 대금채大金釵[6]를 두고 망설이다가, 설모를 골라 명란의 머리에 씌웠다. 취미는 처소를 보겠다며 남았고, 명란은 소도와 단귤을 데리고 곧바로 수안당으로 향했다.

사실 화란은 노대부인이 성부로 돌아온 이튿날 바로 오려고 했었다. 그런데 공교롭게도 화란의 시어머니, 즉 충근백부 마님이 병으로 쓰러져서, 며느리로서 바로 친정으로 올 수는 없는 노릇이라 오늘까지 미룬 것이었다.

총총걸음으로 막 정당에 들어서는 찰나, 명란은 아름답게 꾸민 한 여인이 노대부인 무릎에 엎드려 흐느끼는 모습을 보았다. 노대부인도 애틋한 표정으로 그 여인의 등을 다독이고 있었다. 할머니와 손녀가 거의 6, 7년 동안 만나질 못했으니, 얼굴을 보자마자 곧바로 부둥켜안으며 통곡한 것이다. 왕 씨도 손수건을 움켜쥐고 눈가를 찍어 누르며 감정을 추스르고 있었으나, 마음속으로는 조금 씁쓸했다. 두 달 전에 모녀가 오랜만에 재회했을 때, 화란이 이렇게까지 구슬피 울진 않았기 때문이다.

묵란과 여란은 옆에 서서 서너 살쯤 된 여자아이를 어르고 있었다.

발을 걷어 올리며 계집종이 전하는 소리를 듣고, 방 안의 모든 이들이 고개를 들어 쳐다봤다. 아까 그 여인이 아직 눈물 자국이 채 마르지 않은 얼굴로 일어서서 웃으며 말했다.

"명란이 아니야? 어서, 어서 이리 와보렴."

---

5) 눈이 올 때 쓰는 모자.
6) 금으로 만든 두 다리 뒤꽂이.

단귤이 명란이 모자와 신을 벗는 것을 거들었다. 명란이 곧바로 앞으로 다가가 화란의 품에 안기며 낭랑한 목소리로 말했다.

"화란 언니."

찬찬히 명란을 살펴보는 화란의 눈빛에 은근히 놀라는 기색이 서렸다. 다시 명란의 자연스럽고 우아한 거동을 보고 나니 어렸을 적 명란의 영리한 모습이 떠올라, 화란은 기쁜 마음이 들었다. 화란이 고개를 돌리며 웃으며 말했다.

"과연 할머님께서 명란이를 잘 키우셨군요. 제가 시집갈 때만 해도 명란이가 뼈만 남은 병든 새끼 고양이 같았는데, 지금은 완전히 미인이 다 되었네요."

명란도 여러 해 동안 못 봤던 화란을 슬쩍 쳐다보았다. 화란이 걸치고 있는 금실로 모란무늬를 아로새긴 비단 대금배자對襟褙子와 연한 빛깔의 세로무늬가 들어간 장치마만 봐도 화려하고 고아한 생활을 짐작할 수 있었다. 화란의 용모는 여전히 아름다웠고, 성숙한 여인의 분위기가 풍겼다. 그러나 양미간에 근심이라도 있는 듯 주름이 새겨져 있었다.

화란이 곁에 있던 계집종의 손에서 수가 놓인 주머니를 넘겨받아 명란에게 건넸다. 또 손을 뻗어 자신의 머리에 꽂혀 있던 꽃장식이 달린 순금 보채寶釵7)를 뽑아 명란의 수수한 머리에 꽂아주며 웃었다.

"오랫동안 만나지 못했었구나. 언니가 소소한 마음을 표하는 것이니, 사양하지 말아."

명란의 눈빛이 환해졌다. 그 보채가 어떻게 생겼는지는 볼 수 없었으

---

7) 보석이 달린 두 다리 뒤꽂이.

나, 머리가 묵직한 걸 보니 필시 적지 않은 금이 들었을 것이다. 또 수중의 비단 주머니를 어림짐작해 보니, 옥패玉佩 같은 감촉이 느껴졌다. 명란은 허리를 굽혀 감사 인사를 하고 고개를 들고 웃으며 말했다.

"화란 언니, 고마워요. 어쩐지 묵란 언니와 여란 언니가 그렇게 화란 언니 오기를 학수고대하더라고요."

모두가 웃음을 터트렸다. 왕 씨가 명란을 잡아끌더니 그 여자아이를 가리키며 말했다.

"이 아이가 네 조카 장이란다."

명란이 가서 보니, 보기만 해도 뽀얗고 토실토실한 모습이 귀여웠다. 눈과 눈썹이 화란과 판박이였으나, 터벅터벅 걷는 자세와 거동이 화란과는 완전히 딴판이었다. 무섭고 부끄러운지 유모 뒤에 숨어 나오려 들지 않았다. 왕 씨의 분부를 듣고서야 머리만 반쯤 내밀더니, 작고 가녀린 목소리로 명란을 불렀다.

"이모."

작고 여린 목소리에 귀여운 모습이 마치 이제 막 젖을 뗀 새끼 동물 같았다. 명란은 사랑스러워서 무릎을 꿇고 장이와 눈을 맞췄다. 명란이 실눈을 뜨고 웃으며 말했다.

"우리 장이 착하네. 이모가 네게 선물을 준비했어."

이렇게 말하며 단귤에게서 건네받은 납작하고 네모난 상자를 장이의 손에 쥐여주었다. 장이는 멍하니 양손으로 상자를 끌어안았고, 호기심 가득한 두 눈을 반짝였다. 화란이 다가와 꿇어앉더니, 딸아이 대신 상자를 열어주었다.

딱 봐도 상자 안에는 물건이 가득했다. 광이 나는 황동 구련환九連環 [8], 산수유무늬 비단을 대어 만든 발랑고拔浪鼓 [9], 백옥을 깎아 만든 손바닥만 한 토끼, 가운데 구멍에 붉은 실을 꿰어 엮은 동그란 비취 평안구平安扣 [10] 한 쌍이 들어 있었다. 평안구는 맑고 투명한 옥을 쓴 걸 보아, 언뜻 보기에도 가격이 싸 보이지 않았다. 장이는 한 손으로 그 발랑고를 쥐고 통통거리며 흔들기 시작했고, 다른 한 손으로는 토끼를 집어 들었다. 하얗고 보드라운 작은 얼굴이 기쁨의 웃음으로 활짝 피었다. 명란을 바라보는 눈빛도 더 친근해졌다.

화란은 딸아이가 기뻐하는 모습을 보고 몹시 즐거워했고, 웃으며 명란에게 말을 건넸다.

"명란이가 신경을 많이 썼구나. 오래전부터 미리 준비해둔 거지? 네 조카는 복도 많구나. 명란이한테 폐를 끼쳤는걸."

명란이 손에 쥔 비단 주머니를 흔들고, 머리의 보채를 만지작거리더니 정색을 하고 말했다.

"괜찮아요, 괜찮아요. 원래는 밑지는 장사인 줄 알았는데, 이렇게 이윤이 남을 줄은 몰랐어요. 화란 언니, 집에 돌아가시거든 또 포동포동한 조카를 더 낳아서 또 이모가 되게 해주세요. 그래야 본전을 건지실 수 있을 거예요."

화란의 은행알 같은 두 눈이 미소로 가득 찼다. 명란의 귀를 꼬집으며 짐짓 혼내는 척 대답했다.

---

8) 고리를 여러 개 엮어 뺐다 끼웠다 하며 노는 장난감.
9) 양 옆에 구슬이 달린 줄을 매어 흔들며 노는 작은 북.
10) 어린이의 건강과 행복을 기원하며 선물하는 동전 모양 옥 단추.

"쪼끄만 것이 감히 언니를 놀리는구나. 어디 실컷 놀렸으면 내가 혼쭐을 내주겠어."

귀가 아파진 명란이 쪼르르 달려가 노대부인 뒤에 숨었다. 방 안의 모든 사람이 큰소리로 웃었다. 특히 왕 씨가 가장 큰 소리로 웃으며, 명란을 손가락으로 가리켰다.

"저 아이 입도 꼬집어야지!"

화란이 명란을 몇 번 더 꼬집다가 눈을 돌려보니 소도가 보였다. 소도를 보자마자 또 장난스럽게 말했다.

"너는 명란이 옆에 있던 그 아이구나? 네 아가씨가 지금도 제기차기를 하고 있느냐?"

소도가 신이 난 기색으로 화란을 향해 허리를 굽히고 인사했다. 당시 소도는 명을 받아 명란이 제기차기하는 것을 감독했고, 화란으로부터 적지 않은 상을 받았다. 내심 이 큰아가씨에게 호감이 있던 소도가 천진하게 웃으며 대답했다.

"큰아씨, 안녕하세요. ……큰아씨께서 시집가신 뒤부터 여섯째 아가씨가 순순히 제기차기를 하려 들지 않습니다. 건성으로 하루 하셨다가 이틀은 미루시는걸요."

모두들 명란의 습성을 알고 있으니, 하하 하는 웃음소리가 일었다. 엎친 데 덮친 격으로 여란이 이 상황을 보자마자 냉큼 큰소리로 일러바치는 것이었다.

"화란 언닌 몰라. 명란이는 매일 문안 인사드리는 거 빼면, 세 경우에 외출을 안 해. 비 오는 날, 눈 오는 날, 햇볕이 강한 날은 안 나간대!"

방 안이 온통 웃음소리로 가득 찼다. 모두가 명란을 놀려대기 시작했다. 명란은 얼굴을 붉히면서도 태평한 모습이었다. 사람들이 놀려대는 대로 가만있으면서, 속으로 혼잣말을 했다. 여기 온도계가 없는 게 아쉽네. 온도계가 있었다면 28도 이상, 15도 이하에도 안 나갔을 텐데!

모두의 얼굴에 웃음꽃이 피었다. 다들 노대부인 근처에 둘러앉아 하하 호호 하며 일상생활 이야기를 나누기 시작했다. 요 몇 년 동안 화란의 입담이 많이 늘었다. 경성에서 보고 들은 재미난 이야기를 시작하면 얼굴에 득의양양한 기색이 떠올랐고, 익살을 부려 사람들의 웃음이 멈추지 않게 했다. 묵란에게도 예의를 차리며 전처럼 냉대하지 않았다. 그러나 명란은 은근히 화란이 뭔가 과장하고 있다는 느낌이 들었다. 뭔가 숨기고 있다는 느낌이 들었지만, 일개 서녀 동생에 불과한 자신이 무슨 말을 할 수는 없다는 생각이 들었다. 그저 곁에서 장단을 맞추며 몇 마디 보탤 따름이었다.

화란은 이야기를 나누면서 은근히 세 여동생을 찬찬히 관찰했다. 묵란은 대나무처럼 밝고 청아하면서 우아하고 가녀린 데가 있었다. 조금은 제 잘난 맛에 만족하는 독선적인 분위기가 보였다. 명란은 미모가 뛰어나서 특히 수려해 보였다. 비록 나이는 어리지만, 부드럽고 온순하여 사랑스러운 데가 있었다. 본분을 지켜 말과 행동을 삼갔고, 자신을 좋아하고 따랐지만 여란을 거스른 적은 없었다. 사람들의 호감을 사는 아이였다. 화란이 슬쩍 고개를 끄덕였다.

마지막으로 같은 배에서 태어난 자신의 여동생을 바라보며 슬쩍 한숨을 쉬었다. 여란의 외모는 왕 씨와 많이 닮았다. 평범한 외모였으나, 다행히 살결이 희고 눈이 반짝거렸다. 부유하고 고귀한 기품에 느긋한 행동거지가 과연 적녀의 풍모를 띠고 있었다. 그러나…… 화란은 자신을 속일 수는 없었다. 여란은 다소 과시하는 기질이 있어, 단정하고 신중함이 부족했다.

한참 이야기를 나누고 난 뒤, 노대부인은 살며시 왕 씨에게 눈짓하고 화란을 몇 번 쳐다보았다. 왕 씨는 노대부인의 뜻을 알아차리고, 웃으며 여자아이들더러 장이를 데리고 뜰에 나가 놀라고 분부했다. 명란은 단박에 노대부인이 화란에게 긴히 할 말이 있는 것을 눈치채고, 몸을 일으켜 단귤과 소도에게 설모와 신발 채비를 하게 했다. 묵란과 여란도 마찬가지였다. 왕 씨가 단단히 옷과 신발을 챙겨 입은 장이를 데리고 먼저 밖으로 나갔다. 묵란, 여란, 명란도 따라나섰고, 계집종과 어멈들이 순서대로 썰물처럼 천천히 수안당을 빠져나갔다.

모두 물러간 것을 확인하고, 방씨 어멈과 취병이 문과 창을 잠그고 조심스럽게 입구에 섰다. 화란은 노대부인의 이런 모습을 보고 조금 불안한 마음이 들었으나, 태연히 웃는 얼굴로 물었다.

"할머님, 저와 하실 말씀이 있으셔도 그렇지 뭘 이렇게까지 하세요?"

노대부인은 대답이 없었다. 그저 화란을 끌어당겨 찬찬히 그녀의 표정을 살필 따름이었다. 화란이 불안해하는 기색을 보이자 그제야 천천히 입을 뗐다.

"화란아, 요 몇 년간 네가 보낸 서신에는 늘 매사가 순조롭다고만 적혀 있더구나. 할미가 오늘 네게 물을 테니, 숨길 생각 말아라. 도대체 너는 요즘 어찌 지내고 있는 것이냐?"

화란의 웃는 얼굴이 당혹스러운 표정으로 바뀌었다. 화란이 억지로 웃으며 대답했다.

"할머니, 무슨 말씀이세요? 당연히 잘 지내고 있지요."

노대부인이 눈을 감더니 긴 한숨을 쉬었다. 그러고는 화란을 가까이 당겨 껴안더니 탄식했다.

"너는 이 할미도 속이려 드는 게냐?"

화란이 마침내 두렵고 당혹스러운 마음을 견디지 못하고, 고개를 숙이며 떨리는 목소리로 대답했다.

"저도 요즘 제가 잘 지내는 건지 아닌지 잘 모르겠어요."

제51화

진주와 물고기 눈알

화란은 수안당을 나와 왕 씨의 거처로 향했다. 일찍이 뒷방을 따뜻하게 데운 왕 씨는 딸이 오자마자 계집종에게 차와 손난로를 내오라고 했다. 방에 왕 씨밖에 없는 것을 보고 화란이 물었다.

"장저는요?"

왕 씨는 딸을 구들 위에 앉히더니 웃으면서 말했다.

"네 동생들과 놀러 갔다. 방에 있는 탁자와 의자를 전부 옮겨 공간을 만들더니 눈 가리고 술래잡기 놀이를 하더구나. 어멈이 곁에 있으니 염려하지 말아라."

화란은 채환이 주는 손난로를 받고서는 왕 씨를 향해 웃었다.

"걱정할 리가요. 틀림없이 명란이 생각이겠죠. 지난번에 보니 여란이와 묵란이는 아이들과 노는 걸 귀찮아하더군요."

"명란이도 아직 어리잖니. 노는 걸 좋아할 때니, 장저랑 같이 놀면 딱이지."

왕 씨는 방문을 힐끗 보더니 손을 저어 방 안에 있는 계집종들을 모두 내보냈다. 마지막에 나간 채환이 발을 내리고 방문을 지켰다.

왕 씨는 화란 곁에 앉아 딸을 자세히 살폈다. 화장은 새로이 한 듯했고, 속눈썹은 살짝 젖어 있었다. 왕 씨가 나지막이 물었다.

"할머님께 전부 말씀드렸니?"

화란은 피곤한 듯 왕 씨에게 기대더니 눈을 반쯤 감은 채 말했다.

"할머니의 예리한 눈을 어떻게 피하겠어요? 전부 말씀드렸죠."

화란은 힘없는 기색이었지만 마음은 조금 편해진 듯 보였다. 필시 대화가 잘된 것이리라. 왕 씨가 물었다.

"할머님께서 뭐라고 하시더냐?"

화란이 눈을 뜨더니 미소 지으며 말했다.

"역시 할머님은 연륜이 있으세요. 시댁의 일을 들으시자마자 두 가지 조언을 하시더군요. 우선 집안 관리를 그만두라고 하셨어요."

순간 마음이 조급해진 왕 씨가 다급히 말했다.

"네 할머님이 노망이 드셨나 보다. 어떻게 손에 쥐었는데, 몇 년간 들인 정성이 있지, 어떻게 그리 쉬이 포기할 수 있어."

화란이 한숨을 내쉬며 말했다.

"저도 아쉽긴 하지만 할머님 말씀도 일리는 있어요. 어차피 충근백부는 서방님 것이 아니고, 관리를 잘해 봤자 고생은 고생대로 하고, 은자는 은자대로 쓰고, 결국 남 좋은 일만 시키는 거죠. 지금 제일 중요한 건 한시라도 빨리 아들을 낳는 거예요."

왕 씨가 코웃음을 쳤다.

"하나 마나 한 소리구나. 아들 낳는 게 중요하다는 건 나도 알겠다. 네 할머니가 안 하느니만 못한 말씀을 하셨어."

화란이 왕 씨를 흘겨보더니 발끈해서 말했다.

"안 하느니만 못한 말씀을 하시는 건 어머니세요. 할머님은 구체적인 방도까지 생각해주셨어요. 백석담의 하 노대부인 친정이 삼대째 어의를 배출한 장씨 가문이고, 노대부인도 어릴 적부터 친정에서 의술을 배웠는데 다른 건 몰라도 여인들의 질병만큼은 꿰뚫고 계신대요. 한데 어찌 됐든 규방 여인이라 사내들처럼 세상에 나가 의술을 펼치기도 힘들고, 떠벌리고 다니기도 뭐해서 시집간 후에는 그 사실을 아는 이가 적어진 거죠. 이번에 할머님께서 그분께 부탁해주신다고 하셨어요."

그 말을 들은 왕 씨의 얼굴이 환해졌다.

"정말이냐? 그건 나도 몰랐구나. 네 할머님이 자세한 사정을 아시니 다행이다. 지금 너한테 서출이 있긴 하지만 친자식만 하겠니? 이제까지 네 체면도 있으니 티 나게 의원을 부르기도 어려웠고, 또 죄다 사내들이라 자세히 보일 수도 없었잖느냐. 가여운 우리 딸."

화란의 눈에 희망이 떠올랐다.

"할머님께서 이 일은 조용히 진행하자고 하셨어요. 하 노대부인을 여기로 모시면 시댁에는 친정에 다녀오겠다고 말씀드리고 빠져나오는 거죠. 그래서 집안 관리 같은 고생스러운 일은 포기하라고 하시는 거예요. 그래야 빠져나오기도 쉽고 약해진 기력도 천천히 회복할 수 있을 테니까요."

왕 씨는 합장하고 연신 염불을 외었다.

"아미타불, 태상노군이시여. 이제 제 딸에게 희망이 생겼습니다. 네 할머니는 믿을 만한 말씀만 하신다. 네 할머니가 괜찮은 분이라고 하면 십중팔구 믿을 만한 분일 거야."

아들을 낳아야 한다는 임무 앞에서 집안 관리는 중요한 게 아니었다.

화란이 왕 씨의 어깨에 느긋하게 기대며 애교를 부렸다.

"어머니, 우리 가족이 경성에 오니까 정말 좋아요. 든든한 버팀목이 생겼잖아요."

왕 씨는 딸을 끌어안았다. 마음속으로는 애지중지하는 딸이건만, 입에서는 꾸짖는 말이 나왔다.

"네가 오기를 부리면서 서신에 사실대로 쓰지 않아서 그러잖니. 안사돈이 그리 편애가 심할 줄 누가 알았겠느냐? 네 형님이 아들 못 낳을 때는 몇 년간 온갖 좋은 것들을 바치면서 아들을 낳게 하더니. 네가 유산한 지 몇 년이나 됐다고 바로 다른 여자를 들여? 그래도 네가 머리가 돌아가니 망정이지. 한발 앞서 네 몸종을 들여보내고, 아들을 낳아 네 시어미 입을 막았으니 말이다."

화란은 기분이 상했는지 투덜거렸다.

"형님은 어머님의 조카니까 당연히 저보다 사이가 좋지요. 이젠 형님 친정에 벼슬아치도 없는데 아직도 거들먹거려요."

왕 씨가 딸의 등을 토닥이며 웃었다.

"알면 됐다. 네 남편은 유능하니 나중에 분가만 하면 잘살게 될 것이야. 그러니 그 사람들과 감정싸움은 하지 말고 아들 낳는 일이나 서두르거라."

화란도 기대에 가득 찬 얼굴로 말했다.

"정말 그럼 좋겠어요."

왕 씨는 딸을 한창 안고 있자니 생각이 멀리 나갔다.

"네 남동생 혼인도 정해졌으니, 이제 네 여동생에게 좋은 혼처만 찾아줄 수 있다면 이 어미는 더 바랄 게 없겠구나."

화란이 고개를 들고 조용히 코웃음을 치더니 목소리를 끌며 말했다.

"어머니, 여란인 그냥 사촌에게 시집보내세요. 외할머니께서 정정하실 때요. 그래야 외숙모도 이러쿵저러쿵 못 하시죠. 어머니가 마음을 바꾸시면 외숙모는 좋아서 배 아프도록 웃으실걸요."

화가 치밀어 오른 왕 씨는 화란을 때릴 듯한 자세를 취하며 꾸짖었다.

"양심도 없는 것. 너는 백부로 시집갔으면서 네 동생이 좋은 집안에 시집가는 꼴은 못 보겠다는 거냐? 네 외숙도 괜찮다만 지금 외가가 네 외조부가 계시던 시절만 하든? 게다가 그 무뚝뚝한 조카와 살면 네 동생 속이 터질 거다."

화란은 웃는 얼굴로 왕 씨의 손을 재빨리 피하더니 팔을 막아내면서 말했다.

"외숙부의 관직이 높진 않아도 외가의 가산은 그대로잖아요. 사촌도 잔꾀 부리지 않는 성실한 사람이고요."

화란은 문득 비애에 빠져 말했다.

"어머니, 제가 시댁에서 잘 지내던가요? 충근백부도 많이 쇠락했어요. 만약 작위를 가진 훌륭한 가문이라면 얼마나 더 위세를 떨지 모르죠. 그리고 어머니는 툭하면 제 성격이 나쁘다고 하지만 여란이는 저보다도 심한걸요. 게다가 평탄하게 살아온 애가 그런 집안에서 어떻게 버텨내겠어요."

왕 씨는 딸의 지친 얼굴을 바라봤다. 그 삶의 고단함을 알기에 탄식이 절로 나왔다. 잠깐의 정적 후, 화란이 활짝 웃으며 말을 이었다.

"그런데 명란이가 이렇게 자랄 줄은 몰랐어요. 행동거지며, 말이며 얼마나 사랑스러운지. 설이 지나면 명란이를 끌고 인사드리러 다녀야겠어요. 좋은 혼처를 찾을 수 있을지 모르잖아요. 할머님도 틀림없이 흡족해하실 거예요."

화란이 친동생은 나쁘게 말하고 명란은 치켜세우자 왕 씨가 눈을 부릅뜨며 말했다.

"괜한 일 벌이지 마라. 명란이 혼처는 네 할머님이 이미 염두에 두신데가 있다. 그 백석담 하씨 집안 손자지. 아, 네 당고모의 아들과 큰당숙모 친정의 남자애도 있구나. 이것 때문에 네 할머님께서 친히 고향까지가셔서 명란이를 내 이름 아래에 넣으셨단다."

화란은 왕 씨의 입에서 순식간에 세 명의 후보가 거론되자 잠시 얼떨떨했지만 이내 웃었다.

"할머님이 웬일이시죠? 예전엔 문인 집안만 좋아하셨는데 당고모도그렇고, 큰당숙모의 친정도 그렇고 다 상인 집안이잖아요! 그러고 보면하씨 집안은 괜찮군요. 관직자도 적고, 관직도 높지 않지만 큰 가문이잖아요. 그런데 그 사람들이 명란이를 마음에 들어할까요?"

왕 씨도 눈살을 펴며 웃었다.

"누가 아니라니? 왕년에 그 천한 것의 혼사를 얘기할 때는 별로 신경쓰지 않으시더니 명란이 혼사에는 열심이시더구나. 편애는 편애지. 명란이 계집애를 고생시키고 싶지 않다 이거 아니냐! 아 참, 그 하씨 집안손자는 장남 핏줄은 아니다."

화란은 눈썹을 치켜들더니 질책했다.

"어머니, 오랫동안 임 이랑과 싸우시더니 뭔가 착각하는 거 아니세요?임 이랑을 어찌 명란이와 비교하세요. 임 이랑은 할머님이 좋은 뜻에서거두신 거였어요. 돈도, 세력도, 친인척도 없는데, 명문가 자제를 고른다고 한들 그쪽 눈에 찰 리가 없죠. 하지만 명란이는 우리 집안 핏줄이고,할머님의 친손녀예요. 할머님과 아버지, 형제가 있고, 또 어머니와 자매들이 있는데, 저나 여란이에 비할 바는 못 되지만 떨어지지도 않지요."

왕 씨가 정색하며 말했다.

"그 계집애 편을 들어서 어쩌자는 거냐? 같은 어미한테서 난 동생도 아닌데 말이다!"

화란은 손을 내저으며 비꼬듯이 말했다.

"어쩌겠어요? 같은 어머니 밑에서 난 동생에게는 도무지 내세울 만한 게 없는걸요."

화란은 말을 마치자마자 장난스럽게 피했다. 의외로 왕 씨는 화내기 는커녕 한숨만 내쉬었다.

"에휴……. 어찌 부녀가 이리 똑같은지. 네 아버지도 그리 말씀하시더 구나. 더구나 며칠 후 양양후의 칠순 생일연에 묵란이와 명란이를 데려 가라고 신신당부를 하셨다."

화란은 살짝 놀랐지만 이해되는 바가 있었다.

"아버지 생각도 일리는 있어요. 좋은 혼처를 찾으면 가문에도 도움이 되겠지요……. 한데 묵란이가 잘되면 그 천한 여자의 콧대가 더 높아지 지 않겠어요?"

모녀의 시선이 마주쳤다. 필시 같은 것을 생각했으리라. 사실 왕 씨라 고 손쓰고 싶은 마음이 없겠는가. 하지만 여란이 출가 전이라 괜한 사달 이 날까봐, 성씨 집안 여식의 명성에 흠을 낼 수 없었을 뿐이다.

그날 밤, 원문소가 공무를 마치고 성부로 왔다. 그는 노대부인에게 문 안 인사를 드린 후 장인어른과 손위아래 처남들 셋과 담소를 나누었다. 원문소는 현명한 사람이었다. 작호를 계승할 무관으로서, 원래 문관들 과 관계 맺기 어려운 점이 있었지만 성굉의 여식과의 혼인이 문무 양쪽 을 잇는 징검다리가 되어 양쪽 모두와 순탄한 관계를 맺고 있었다.

집안이 화기애애해지자 왕 씨는 자신의 언니와 형부, 즉 강씨 부부를 불렀다. 장오 부부까지 합세하면서 성부에 성대한 연회가 열렸다.

바깥 연회석에서는 남자들이 술잔을 기울이며 관료 사회에 관한 얘기를 왁자지껄 나누었다. 벽을 사이에 두고 안에서는 여자들의 연회가 열렸다. 밖에서 들리는 얘기에 귀를 기울이던 명란은 무언가를 깨달았다. 고대는 역시 가문 중심 사회였다. 글공부한 선비라 해도 과거를 통해 관직에 나가면 사제 관계와 같은 해 급제한 사람과의 인간적 관계를 중시했다. 하지만…… 현대라고 뭐 다를까.

명란은 어떤 잡지에서 본 내용이 떠올랐다. 외국의 미래 정치 지도자들은 대부분 소수의 최고 대학에서 나오고, 그런 탓에 옥스퍼드나 케임브리지 대학의 동문회에 폭탄을 떨어뜨리면 영국의 주요 정치 인물들을 일망타진할 수 있다고 한다.

바깥 연회석에 있는 사람들의 관직은 높지 않았지만, 일단 뭉치면 결코 무시할 수 없는 세력이 될 것이다.

온 집안사람이 한자리에 모이자 신이 난 왕 씨는 평소보다 술을 더 많이 마셨다. 붉게 달아오른 얼굴이 사뭇 아름다웠다. 반면, 옆에 있던 강 부인은 약간 초췌한 것이 여동생보다 한참 안 좋아 보였다. 하지만 윤아를 보니 얼굴에 혈색이 돌고 윤기가 흐르는 것이 신혼 때보다 더 화사해진 느낌이었다. 이 혼례가 좋은 결정이었다고 생각하니 마음에 조금 위안이 되었다. 윤아가 연신 노대부인에게 술을 올렸다. 예상외로 노대부인이 흔쾌히 마시더니 얼마 지나지 않아 방씨 어멈을 불러 방으로 돌아갔다.

장저의 어린 얼굴은 연지를 바른 듯 새빨갰다. 장저와 명란은 오후 내내 서로 쫓아다니며 놀았다. 장저는 활기가 넘쳤고, 밥 먹을 때도 명란과 딱 달라붙어 있었다. 화란은 명랑하게 재잘거리는 딸의 모습을 보며 기분이 점점 더 좋아졌다.

반면, 명란은 지칠 대로 지쳐 있었다. 명란은 심오한 이치를 깨달았다.

아무리 수줍음 많은 아이라 해도 한번 들뜨면 엄청난 에너지를 발산한 다는 것을. 지금 명란은 이 작은 짐을 어떡해서든 치워버리고 싶었다.

저녁 연회가 파했다. 술을 마신 채 바람을 쐰 명란을 계집종들이 행여 제대로 보살피지 못할까 염려됐는지, 노대부인은 방씨 어멈을 시켜 명란을 수안당까지 데려와 술 깨는 차와 생강탕을 먹였다. 속이 많이 편해 진 명란은 흐리멍덩한 상태에서 세안을 받고 환복한 후 부를 대로 부른 배를 잡고 어지러움을 느끼며 드러누웠다. 할머니의 팔을 끌어안은 채 누워 있자니 어째서인지 잠이 오지 않았다. 오히려 정신이 조금 깨었달 까. 그렇게 할머니와 손녀의 대화가 시작되었다.

"이모부를 처음 뵈었을 때 어쩐지…… 그동안 들은 얘기랑 차이가 있 었어요. 아버지하고는 많이 다르던걸요."

명란은 강 씨가 이마를 땅에 조아리며 문안 인사를 올리던 모습을 떠 올렸다. 강 씨도 젊었을 때는 성굉처럼 용모가 준수하고 우수한 청년이 었다. 하지만 성굉은 여전히 풍채 좋은 중년인 반면, 강 씨는 술과 여색 에 빠져 있는 듯한 모습에 태도도 오만했다.

노대부인이 한숨을 내쉬며 말했다.

"네 아비는 어릴 적에 고생을 많이 해서 오늘 같은 날이 귀한 줄 알고, 신중하게 행동한단다. 하지만 네 이모부는 외동아들로 태어난 데다 강 노대부인이 너무 오냐오냐 키우는 바람에……."

노대부인은 더 이상 말하지 않았다.

명란이 속으로 한마디 보탰다. 자애로운 어머니는 자식을 망치는 법 이죠.

"이모는 참 고우세요. 어머니와 별로 안 닮으셨더라고요."

수척하지만 고운 중년 부인을 떠올리자 명란은 문득 궁금증이 일었다. 빵빵하게 부른 배를 깔고 팔을 짚고 일어나 노대부인을 보며 물었다.

"왜 애초에 이모 쪽으로 혼담을 넣지 않으셨어요?"

바닥에 놓인 약한 숯불을 쬐던 노대부인이 명란의 따뜻한 볼을 꼬집으며 나무랐다.

"이 어린 녀석이 밖에서는 얌전을 떨면서 내 앞에서는 못 하는 말이 없구나. 이게 네가 할 질문이더냐?"

명란은 애교를 부리며 할머니의 품으로 파고들어 머리를 비볐다. 노대부인은 간지러운 듯 웃기 시작했다.

"그때 그 댁에 혼담을 넣으러 갔지만 누구라고 콕 집어 말하지는 않았단다. 왕 노대인의 뜻이기도 했고, 네 이모가 발 뒤에서 본 후에 스스로 한 선택이기도 하지."

노대부인이 담담히 말했다.

"왕 노대인이나 강 노대인이나 선황의 중신들이었으니 서로 걸맞은 집안이었다. 그때 네 이모부도 막 진사로 급제하면서 패기만만할 때였지. 하지만 우리 집안은 네 할아버지가 일찍 돌아가시고 관리 사회에 이렇다 할 기반도 없었으니, 네 이모의 선택이 잘못된 것이라고 볼 수도 없단다."

명란은 고개를 끄덕이다가 뭔가 이상하다는 생각이 들었다. 불현듯 머릿속에 하나의 생각이 스쳤다. 명란은 노대부인에게 다가가 조심스럽게 물었다.

"할머니, 설마…… 애당초 이모는 염두에 두지 않으셨던 건가요?"

강씨 집안과 왕씨 집안은 서로 사이가 좋아 구두로 사돈을 맺기로 한 상태였다. 어느 여식과 맺어 줄지 얘기하지 않았지만, 왕씨 집안이 외숙부 집에서 자란 차녀가 아니라 장녀를 원했다는 건 다들 아는 사실이었다. 이변이 없는 이상, 왕씨 집안에서 장녀를 강씨 집안에 시집보내고, 차녀를 상대적으로 세력이 약한 성씨 집안에 보낼 거라고 당연히 생각했으리라.

방이 어두운 탓에 노대부인의 표정은 잘 보이지 않았지만 노대부인은 똑똑한 손녀가 기특한 듯 명란의 머리를 토닥였다.

"집안도 좋고, 나무랄 데 없이 완벽한 처자가 어찌 우리 차례까지 오겠느냐? 또 내가 알아보니, 네 어미가 어리석고 충동적이긴 해도 심지가 나쁘진 않았단다. 집안일도 잘 처리하고, 진짜 모질고 악독한 일은 못 할 인물이었지. 그것으로 충분했단다. 만약에 그 아이만 없었더라면……하아, 우리 집안도 화목했을 거다."

명란은 고개를 크게 끄덕였다. 왕 씨는 속도 좁고 계산적이고 너그럽지도 않지만, 나쁜 사람은 아니었다. 약을 써서 낙태를 시키거나 모함을 하거나 이간질하거나 하는 저급한 수를 쓸 사람이 아닌 것이다……. 그랬기에 임 이랑의 계략에 걸려든 것이겠지.

"네 이모는 자비로워 보일지 모르지만 수단을 가리지 않는 여인이다. 지난 세월 동안 네 이모부 댁에서 얼마나 많은 사람이 죽고, 얼마나 많은 첩실이 팔려 나갔는지 모른다."

노대부인이 말했다.

명란은 이번엔 바로 말을 받아치지 않고, 잠시 뜸을 들인 뒤에 천천히 말했다.

"그리 악독하게 굴지 않았다면 이모부 댁은 지금보다 더 못했을지도 몰라요. 이모는 사람들에게 못되게 굴었으니 '투기에 눈이 멀었다'라는 오명을 피할 수 없겠죠. 그 집에 있던 여인들도 이유 없이 봉변을 당한 셈이지만 여우 짓을 했으니 당해도 싸다고 손가락질 받을 테고요. 하지만 정말로 잘못을 저지른 이모부를 탓하는 사람은 별로 없겠죠."

남성 중심 사회였다. 누군들 진주가 되고 싶지 않겠는가. 누군들 물고기 눈알이 되고 싶겠는가. 하지만 삶의 압박 가운데서 찬란한 광택을 유지할 수 있는 운 좋은 진주가 몇이나 될까?

"하하, 이제 보니 우리 명란이가 다 컸구나."

노대부인은 웃는 듯했다.

"그걸 알다니 다행이다. 명란아, 아무리 훌륭한 여인도 무뢰한을 만나면 인생을 망친단다. 혼인은 여인의 두 번째 인생이니 말이야."

명란은 노대부인의 목덜미에 기댔다. 따뜻하고 부드러운 단목향이 코끝을 스쳤다. 형용할 수 없는 친근함을 느끼며 명란이 나지막하게 속삭였다.

"하지만 글자를 알아보는 건 쉬워도 사람을 알아보는 건 너무 어려워요. 무뢰한들은 모두 가면을 쓰고 있는 걸요."

그 말에 웃음이 터진 노대부인은 어린 손녀를 품에 안고는 한참을 웃었다.

"요것 보게. 어찌 말하는 본새가 정안황후와 이리 닮았는지. 그분도 후궁의 비빈들은 탓하지 않으시고 바로 선황을 원망하셨단다."

명란은 호기심이 일었다. 하지만 물으려고 입을 떼기도 전에 노대부인이 다시 입을 열었다. 그리고 이제껏 들어보지 못한 냉담하고 엄숙한 말투로 말했다.

"한데 말이다, 명란아. 명심해야 한다. 정말 그 지경까지 간다면 사생결단으로 싸워야 한다. 다른 사람을 가엾이 여기면 네가 죽게 돼! 정안황후께서도 소위 친하다는 자매에게 음해를 당해 일찍 승하하셨지!"

명란은 간담이 서늘해졌다.

명란은 사실 노대부인이 자신에게 하는 말이란 걸 알았다. 노대부인의 혈육도 가녀린 여인의 손에 죽어 결국 부부가 반목하게 되었으니까.

여인들의 전쟁이란, 원수를 외나무다리에서 만났을 때와 같다. 동정심을 제일 경계해야 한다.

명란은 속으로 슬프게 외쳤다.

'난 물고기 눈알은 되기 싫어!'

제52화
양양후부
당일치기 유람 上

노대부인이 성부로 돌아온 뒤, 성씨 집안과 해씨 집안의 육례六禮[1]가 시
작됐다. 해씨 집안이 동양東陽의 명문 가문인 만큼 성굉은 전통 예법을
철저히 따르기로 했다. 명란이 문안 인사를 하러 갔을 때였다. 왕 씨의
정방 탁자 위에 끈으로 꽉 묶은 토실토실한 기러기가 있었다. 명란은 호
기심에 손가락으로 쿡쿡 찔러 보았다. 불쌍한 기러기는 입이 묶여 있던
탓에 매서운 눈으로 명란을 쏘아보기만 했다.

"살아 있는 거야?"

명란이 여란에게 넌지시 물었다.

"요즘은 보통 칠기 공예품을 쓰지 않나?"

여란도 입을 삐죽이며 말했다.

"대대로 내려온 학자 가문이라 그런지 엄청나게 따지던걸. 며칠 전에

---

1) 전통적으로 내려오는 혼인의 여섯 가지 예법. 즉, 납채, 문명, 납길, 납폐, 청기, 친영.

잡아 온 건데, 조상님 모시듯이 받들고 있어."

성괭은 자신의 벗인 대리시 류 대인에게 해씨 가문에 가서 납채해 달라고 특별히 부탁했다. 해 대인이 얼마 후에 경성을 떠나는 터라 시간이 빠듯했던 탓에, 류 대인은 그날 바로 해씨 집안 아가씨의 사주단자를 가지고 돌아왔다. 성괭은 중매인을 찾아가 능청스럽게 진작 알고 있던 사주의 점괘를 물었다. 그런 다음 조상님의 위패 앞에 놓고 이틀간 공물을 올렸다. 점괘의 결과는 당연히 좋았다.

이런 과정을 거쳐 혼인을 정하고, 신부 측에 납폐를 할 수 있었다. 혼례 날은 다음 달인 음력 섣달 18일로 결정됐다. 길일이었다.

연말에는 경사가 많았다. 올해 평녕군주의 부친인 양양후가 칠순을 맞이해 잔치를 성대하게 열었다. 왕 씨의 친정도 제씨 집안과 먼 친척인데다가, 장백도 제형과 오래 동문수학한 사이라 칠순 연회에 초대를 받았다.

이른 아침, 취미에게 붙잡힌 명란은 곱게 단장했다. 상의로는 연분홍 바탕에 금실로 수를 놓은 비단 대금 장오를, 하의로는 계피나무색 꽃무늬 주름치마를 입었다. 탐스러운 머리카락은 완만한 조각달 모양으로 올린 후, 점취[2]하고 옥을 박아 넣은 적금 비녀로 고정했다. 귀밑머리 부분은 금속 선으로 만들어 진주를 박은 앙증맞은 금작 비녀로 다시 치장했다. 날개를 펼친 모양의 비녀가 미세하게 떨리자 아름다웠다.

전부 유양에 있을 때 새로 만든 것이었다. 왕 씨의 방에 가니 묵란과 여란도 새 옷을 입고 있었다. 묵란은 하늘색 바탕에 옥란화를 새긴 비단

---

2) 금속으로 장식 윤곽을 잡고 나머지를 비취색 깃털로 채우는 제작 기법.

장오와 어두운 은색 실로 자수를 놓은 달빛 치마를 입었다. 허리가 가늘어 보이면서 청초하고 우아했다. 반면에 여란은 나비와 꽃무늬가 새겨진 다홍색 대금 배자를 입어 화려한 느낌이 들었다.

왕 씨는 방에 앉아 세 딸에게 '법도를 지켜라, 말을 가급적 삼가라' 등등의 훈계를 했다. 전부 묵란에게 하는 말이었는데 명란이 묵란을 보니, 아니 웬걸, 묵란의 표정은 태연했다.

두꺼운 휘장을 친 마차를 타고 대략 한 시진을 가서야 양양후부에 도착했다. 후부의 대문은 활짝 열려 있었다. 대문 양쪽에는 금박을 입힌 붉은 대련對聯이 붙어 있었고, 높은 곳에는 붉은 폭죽이 빼곡히 걸려 있었다. 전부 여자 손님으로 이루어진 왕 씨 일행은 편문으로 들어간 다음, 타고 온 마차에서 내려 후부 가마로 갈아탔다. 또 한참을 지나 중문에 당도하고 나서야 가마에서 내렸다.

입구에는 손님을 맞이하는 계집종과 어멈이 일찍부터 나와 있었다. 그제야 왕 씨 등은 양양후부를 자세히 볼 기회가 생겼다. 시야가 확 트이면서 광활하고 평화로운 부의 모습이 눈에 들어왔다. 저 멀리 작은 다리와 시냇물, 언덕과 숲도 보였다. 중년 어멈이 왕 씨 일행을 안내했다. 만자문蠻子門을 지나 회랑을 천천히 걸었다. 왕 씨와 아이들은 주변 환경을 덤덤하게 둘러보았다. 곳곳에 보이는 장식들이 참으로 귀티가 났다. 창문, 마룻대와 들보 모두 금박을 입힌 그림으로 채워져 있었다.

왕 씨는 속으로 깜짝 놀랐다. 어쩐지 평녕군주의 콧대가 높더라니. 왕 씨가 눈을 돌려 세 아이를 봤다. 묵란은 부러워하는 듯했지만 비교적 침착했다. 미소가 다소 경직됐을 뿐이다. 반면에 여란은 솔직했다. 눈에 부러운 기색이 가득했다. 하지만 왕 씨는 명란을 보는 순간 흠칫 놀랐다.

명란은 태연했다. 표정도 평소와 다름없었고, 태도도 자연스러웠다.

거짓으로 꾸며낸 게 아니라 눈앞의 부귀영화 따위는 신경 쓰지 않는 것처럼 보였다. 왕 씨는 명란을 다시 봤다.

사실 명란의 안목은 높은 게 아니었다. 법원의 일은 매일같이 범죄나 가정의 윤리적 비극을 상대하는 것이었다. 직원들이 우울해하고 업무 스트레스가 심하니까 조직에서는 매년 여행을 보내 줬다. 물론 명란도 빠지지 않고 참가했다.

그녀는 자금성도 가 봤고, 왕부도 거닐어봤고, 심원도 돌아다녀봤고, 천단도 올라가봤다. 가볼 만한 곳은 다 가본 셈이다. 그녀는 3D 영화관에서 〈반지의 제왕1〉의 지하 궁전을 봤을 때만 '와'라며 감탄사를 연발했을 뿐이다. 어쩔 수 없다. 서양 문화가 대세이고, 자본주의가 전 세계를 휩쓸면서 현대인들은 서양의 건축물을 아름답게 여기게 됐으니까.

길을 안내하는 관사 어멈은 말주변이 좋았다. 길을 가면서 곳곳의 경치에 대해 짤막한 설명을 곁들였다. 왕 씨가 웃으며 말했다.

"천하에 부귀한 저택이 많다지만 이곳처럼 구조와 장식이 우아한 곳은 드물지. 풍수가 참 좋군."

여란이 명란의 귓가에 대고 속삭였다.

"명란, 여기가 큰형부 저택보다 훨씬 좋은 것 같아."

명란이 고개를 끄덕였다. 충근백부에 가 본 적이 없는 명란은 딱히 할 말이 없어서 그저 묵묵히 뒤를 따라갔다.

고대 상류층 사회에서 선비와 집권 세력은 통혼을 하긴 했지만 경계가 분명했다. 집권 세력의 자제들은 대부분 선대의 공로나 황제의 은총에 의지해 군이나 금군에서 일자리를 구했다. 그게 아니면 어떤 부처의 이름뿐인 직함을 얻었다. 하지만 선비들은 과거에 응시해 문관이 되는 길을 걸었다. 동생童生과 수재秀才, 진사進士를 거쳐 성적이 좋은 사람은 한림원에 들어갔고, 평범한 사람은 육부에서 경험을 쌓거나 지방관으로 보내졌다. 이들은 이런 식으로 차근히 품계를 올라가 고관이 되거나 고향으로 돌아가 향신鄕紳[3]이 되었다.

물론 관직에 안달복달하는 지방 유지의 자제들은 드물었다. 그들에게 관직이란 가문의 세금과 부역을 감면하거나, 보호막 하나를 추가하는 정도의 의미였다. 관건은 품계가 낮은 한림학사, 그중에서도 특히 서길사였다.

이전 왕조부터 조정에 관례가 생겼다. 진사가 아니면 한림원에 들어가지 못했고, 한림원 출신이 아니면 내각에 들어가지 못했다. 이러한 이유로 서길사는 '재상 후보'라고 불렸다. 다시 말해 장백은 장래에 관직이 수직 상승해 내각에 들어가 권력을 쥐게 될 가능성이 농후하다는 뜻이었다.

명란은 어젯밤에 잘 때 양양후 같은 권세가가 성씨 집안을 생신연에 초대한 것이 문득 이상하게 느껴졌다. 하지만 곰곰이 생각하고 나서 깨달았다. 이건 장백과 해씨 집안을 염두에 둔 초대였다. 나중에 장백이 정말로 출세를 한다면 관계를 미리 맺어두는 것이 좋을 테니까. 게다가 투자금도 얼마 안 들지 않은가?

이런 생각을 하고 있는데 정당에 다다랐다. 왕 씨 일행이 일찍 도착한 탓에 다른 손님들은 아직 보이지 않았다. 군주는 왕 씨에게 딸들과 함께 생신연 주인에게 인사를 드리라고 제안했다. 문 앞에 도착하자 안에서 간간이 대화 소리와 웃음소리가 들려왔다.

---

3) 퇴직 관리로서 그 지방에서 학문과 덕망이 높은 사람.

명란은 고개를 숙인 채 안으로 들어갔다. 발바닥에 푹신한 감촉이 느껴져서 내려다보니, 방에는 '길상복수吉祥福壽[4]' 문양을 새긴 두꺼운 선홍빛 낙타털 융단이 깔려 있었다. 실내는 방 여러 개를 튼 것처럼 넓었다. 방 안 곳곳에는 다층 진열장이 있었는데 칸마다 화려하고 정교한 자기와 골동품들이 아름답게 진열되어 있었다.

방 안은 떠들썩했다. 남녀 여러 명이 앉거나 선 채로 대화에 한창이었다. 하지만 무엇보다 평녕군주의 간드러진 웃음소리가 명란의 귀에 쏙 들어왔다.

"부인, 오셨군요."

평녕군주가 천천히 걸어오면서 왕 씨를 향해 웃었는데 태도가 무척 친절했다.

왕 씨는 좋게 말하면 실질적인 사람이었고, 나쁘게 말하면 안목이 좁은 사람이었다. 제형과의 혼사를 단념한 후 군주에게 잘 보일 일이 사라지자, 왕 씨가 군주를 대하는 태도가 한결 자연스러워졌다. 아첨하지 않으면서 군주와 오히려 친한 사이가 됐다.

왕 씨는 평녕군주와 인사를 나누고 나서 바로 상석에 앉은 후부 나리에게 예를 행했다. 그녀는 만면에 웃음을 지은 채 축하 인사를 했다.

"후부 나리, 동해처럼 다복하시고 남산처럼 장수하십시오!"

"알겠소. 일어나시게. 일어나."

핼쑥한 얼굴에 백발이 성성한 고 대인은 목숨 수壽자를 수놓은 홍갈색 비단 직철直綴을 두르고 있었다. 하지만 큰 체격과 왕성한 기운 덕에

---

4) 장수를 기원한다는 뜻.

예순 안팎으로 보였다.

고 대인이 왕 씨를 향해 웃으며 말했다.

"선제께서 살아 계실 적에 자네 부친과 섬감총독에서 함께 일한 적이 있네. 그때 자네 부친은 매일 장부를 들고 군량과 마초를 계산했고, 나는 부하를 데리고 매일같이 군량과 마초를 얻으러 가서 자네 부친과 말씨름을 하곤 했어. 며칠 전에 자네 집안의 장자를 보았네. 자네 부친을 쏙 빼닮았더군. 어허…… 세월이 참 빨라. 눈 깜빡할 사이에 이 늙은이만 남아버렸어."

돌아가신 부친 얘기에 왕 씨의 눈가가 촉촉해졌다. 평녕군주가 후부 나리를 흔들며 웃는 얼굴로 말했다.

"아버지, 생신을 축하하러 온 부인한테 왜 그런 얘기를 꺼내세요?"

딸을 애지중지하는 듯 후부 나리가 연이어 말했다.

"알았다. 이제 그만해야지. 얼른 자리를 안내하거라. 뒤에 있는 아이들이 자네 여식들이겠지?"

왕 씨가 서둘러 아이들에게 인사를 올리라고 했다. 아이들은 재빨리 무릎을 꿇고 공손하게 세 번 절했다. 예행 연습했던 대로 일제히 낭랑한 목소리로 말했다.

"후부 나리, 송백처럼 오래 만수무강하시고 다복하세요!"

후부 나리가 인사를 받자 평녕군주가 서둘러 계집종에게 쟁반에 있는 자수 주머니 세 개를 주라고 했다. 후부 나리의 선물인 셈이었다. 명란은 자수 주머니를 받고 눈을 살짝 들었다. 드디어 고개를 들고 볼 기회가 생긴 것이다. 후부 나리 뒤에는 일고여덟 살부터 스물 초반으로 보이는 남자아이들이 몇 명 서 있었다. 외모가 비슷한 것이 고씨 집안의 사람들로 보였다.

평녕군주가 그들을 가리키더니 웃으면서 말했다.

"이쪽은 우리 조카들이야. 손님들이 당도하기 전이라 먼저 아버지께 축하 인사를 드리러 왔단다. 가족이나 마찬가지니까 도덕군자처럼 내외할 필요 없어."

고대 대가족 사회에서 혼례를 올리지 않은 사람은 전부 미성년자로 취급했기 때문에 엄격하게 내외할 필요가 없었다.

후부 나리의 다른 쪽에는 며느리들과 손녀들이 있었다. 하나같이 진주와 비취로 한껏 치장하고 있었고, 다들 용모가 단정했다. 평녕군주가 또 소개했다.

"이쪽은 올케와 아가씨, 이쪽은 조카들이야. 다들 인사하렴."

여자들이 앞으로 나와 인사를 나누며 이야기꽃을 피웠다. 하지만 성씨 세 자매에게는 고된 시간이었다. 세 사람은 여러 부인에게 정신없이 예를 올리고 나서 아저씨와 오라버니, 동생들에게 또 불려갔다. 명란은 절을 너무 열심히 한 나머지 어지러웠다. 일어서자마자 하늘과 땅이 핑 돌았는데, 체격이 건장한 여란 마저 중심을 못 잡고 체중을 명란에게 실었다. 하마터면 벌러덩 넘어질 뻔한 상황이었다. 명란의 성격이 좋았기에 망정이지, 어쨌든 웃는 얼굴로 필사적으로 버텼다.

명란의 손에 또 비단 주머니가 많이 들어왔다. 그녀는 습관적으로 무게가 얼마인지 가늠한 후 자신의 언니 둘을 몰래 봤다. 여란은 아직 어지러움이 가시지 않은 게 분명했다. 묵란은 고개를 숙인 채 뭔가를 심각하게 중얼거리고 있었다. 몰래 옆으로 다가가 들어 본 후 명란의 입가가 살짝 올라갔다. 아아, 여기 있는 부인들의 이름과 정보를 외우고 있었구나. 하지만 가장 가여운 사람은 왕 씨였다. 오늘 금전적 손해가 막심했기 때문이다.

아무래도 남녀가 같이 있는 건 불편했는지, 평녕군주가 몇 마디를 하더니 여자들을 이끌고 다른 곳으로 갔다. 널찍한 방 안에는 비단 걸상과 높은 의자가 놓여 있었다. 여자들이 자리에 앉자 계집종들이 다과와 과일을 가져왔다. 이제야 다들 마음 편하게 대화를 시작했다. 여자들은 잡담을 하며 손님들을 기다렸다.

명란은 구석에 얌전히 앉았다. 찻잔을 들고 장식을 세세히 살펴보니 정말로 명품이라 저도 모르게 감탄했다. 옆에 있던 묵란은 고씨 집안의 여자아이와 마치 예전부터 알고 있던 사이처럼 수다를 떨었다.

"제국공부 사람들은 왜 아직 안 왔지? 어, 일찍 안 왔나?"

여란의 얼굴은 명란을 향하고 있었지만 눈은 고씨 집안 여자아이를 향했다.

명란은 여란이 누구를 말하는 건지 알 수 없었다. 고씨 집안 여자아이 또한 알아차리지 못한 듯했다. 명란이 한숨을 쉬며 아무 말이나 던졌다.

"우리랑 비슷한 거지, 뭐. 겨울엔 늦잠 자고 싶잖아?"

저편에서 고씨 가문 여자아이가 명란의 말을 듣고 푸흡 하고 웃었다. 예쁘고 사랑스럽게 생긴 그 여자아이는 천진하게 웃으면서 묵란에게 말했다.

"네 여동생 정말 재밌구나."

묵란이 억지웃음을 지으면서 입을 삐죽이더니 짐짓 지나가는 투로 물었다.

"어라? 연저야, 그러고 보니 후부 나리의 손자는 왜 안 보여?"

연저는 평녕군주의 조카였다. 하지만 이 방에 있는 고씨 집안 아가씨들은 전부 열 살 미만이라, 자신과 연배가 비슷한 아이들과 얘기를 하러 온 것이다.

"우리 육촌오라버니는 어젯밤에 왔단다. 아침 일찍 축하 인사를 하러 오더니, 이제 또 누구를 도와주러 갔나 모르겠구나."

연저가 일부러 노인처럼 말하자 성씨 자매는 모두 웃음을 터뜨렸다.

이 웃음을 계기로 네 사람은 함께 앉아 대화를 나누기 시작했다. 연저는 입담이 좋았다. 경성에서 요즘 인기 있는 극단과 요즘 유행하는 비녀의 모양, 경성 규수들의 시 모임까지 혼자 재잘재잘 떠들었다. 묵란만 연저와 주거니 받거니 하면서 사이가 좋아 보였다. 사실 여란과 묵란은 거의 동시에 연저를 알았지만 묵란이 확실히 사교성이 좋아 연저와 훨씬 잘 어울렸다. 명란도 별다른 말을 하지 않은 채 그저 옆에서 미소를 띠며 얘기를 들었다.

한참을 얘기하던 연저가 명란을 힐끗 쳐다봤다. 한 번 보고 또 보더니 뭔가를 물어보고 싶은데 용기를 선뜻 내지 못하는 것 같았다. 결국 도저히 못 참겠는지 입을 열었다.

"네 언니가 그러는데 등주에 있을 적에 여 각로의 큰손녀와 제일 친했다며?"

명란은 묵란을 힐끗 쳐다봤다. 묵란은 자신을 훑는 명란의 눈길에 불안한지 자세를 바꿔 앉았다. 명란은 고개를 돌려 신중히 대답했다.

"제일 친했다기보다 마음이 잘 맞아서 대화를 좀 나눴던 것뿐이에요."

연저는 솔직한 사람이었다. 그녀가 바로 물었다.

"걔는 어째서 우리 둘째 아저씨와 혼인을 마다한 거야?"

영문을 알지 못하는 명란이 되물었다.

"둘째 아저씨가 누군데요?"

어리둥절해 하는 명란을 보더니 초라해진 연저가 다급히 말했다.

"녕원후부의 둘째 공자 말이야! 아까 할아버지 옆에 있던 사람!"

273

명란은 순간 누구를 말하는지 깨달았다. 몽둥이로 뒤통수를 한 대 맞은 듯했다. 마음속으로 자신에게 바보라고 욕을 퍼부었다. 아무리 인사하느라 정신이 없었다고 해도 그렇지, 이런 일을 잊어버리다니.

초대 양양후와 녕원후는 원래 형제지간이었다. 그런데 2대 양양후에 이르러 슬하에 대를 이을 자식이 없었고, 어떻게 된 건지는 모르지만, 자신의 형제 집에서 조카를 데려오지 않고 고향의 고씨 집안에서 먼 친척 아이를 데려와 대를 이었다. 그때 이후로 양양후와 녕원후는 왕래가 끊겼고 자손의 항렬도 달라졌다.

그런데 지금 양양후 나리의 유일한 아들이 요절하면서 딸인 평녕군주밖에 남지 않았다. 쉰, 예순까지 노력했지만 결국 자신이 아들을 볼 수 없음을 깨달은 그는 양자를 들여야 하나 고민할 수밖에 없었다. 방금 후부 나리 곁에 있던 사람들은 전부 고씨 집안의 자제들이었다. 어쩌면 작위를 바라고 몰려온 건지도 모르겠다. 연저의 부친도 후부 나리의 조카였다.

아까 거기에 언연의 전 약혼자가 있었다고? 미쳤나봐, 제대로 보지도 않았는데!

명란은 아까의 기억을 힘겹게 떠올렸다. 아마…… 어쩌면…… 그 사람들일지도 모른다. 명란이 인사한 사람 중에서 노루 머리와 쥐 눈이 있었다. 그런데 노루 머리 쪽일까, 아니면 쥐 눈 쪽일까? 명란은 자기 머리를 쥐어뜯었지만 아무리 애써도 떠오르지 않았다.

"우리 두 가문은 원래 교류가 없었어. 이번에 큰할아버지가 특별히 부르신 거야. 녕원후 분들에게 양자 고르는 걸 도와달라고. 나도 이 집안사람들은 처음 봤어. 녕원후 큰아저씨께서는 몸이 편찮으셔서 못 오셨고, 둘째 아저씨와 셋째 아저씨께서 오셨지."

연저는 고개를 들고 입을 삐죽 내밀고 말했다. 그러더니 명란을 계속 추궁했다.

"말해봐. 왜 여씨 집안 아가씨가 혼인을 거절한 거야? 뭔가 얘기 들은 거 없어?"

언뜻 자기 가족을 걱정하는 말처럼 보였지만 연저의 흥분한 표정이 진실을 말해주고 있었다. 그냥 뒷얘기가 궁금했던 것이다.

명란은 여씨 집안에서 둘러댄 변명을 알고 있었고, 그걸 아무렇지 않다는 듯 담담하게 말했다.

"그런 게 아니에요. 옛날에 여 각로께서 대리 단씨 집안과 구두로 혼약을 맺었는데, 나중에 두 가문이 멀리 떨어져 살게 되면서 다들 잊어버리고 있었죠. 근데 갑자기 연초에 단씨 집안에서 서신이 와서 혼담을 꺼낸 거예요. 여 각로는 신의를 지키는 분이시라 두말없이 혼사를 받아들이셨죠."

연저는 실망한 기색을 감추지 못했다.

"그런 거야?"

"그럼요, 아니면 왜 그랬겠어요?"

명란은 최대한 진실한 어조로 말했다.

"사실 여 각로께선 녕원후 가문과의 혼사를 마음에 들어하셨어요. 그러니까 둘째 여식을 보내셨죠. 혼사는 결정됐죠? 언제예요?"

특종을 못 건진 연저는 실망한 듯 소매를 흔들더니 말했다.

"정해졌어. 정월 말이야."

연저는 화제를 돌리더니 묵란, 여란과 이야기를 시작했다. 명란은 그제야 한숨을 내쉬고 왕 씨가 하던 대로 소매 아래로 가만히 합장하고서 중얼거렸다.

"아미타불, 여씨 집안에서 소문이 돌지 않게 뒤처리를 잘했기에 망정이지, 아니었으면 저까지 큰일 날 뻔했습니다. 태상노군께서 증인이 되어주세요. 저, 다시는 충동적으로 굴지 않겠습니다."

제53화

양양후부
당일치기 유람 中

여자 손님들이 하나둘씩 도착했다. 화려하고 고급스러운 옷을 입은 부인들이 삼삼오오 모여 앉아 차를 마시며 담소를 나누었다. 묘령의 아가씨들도 많이 오면서, 서로 아는 사람들끼리 한곳에 모여 대화를 나눴다. 여인들은 권문세가 출신이거나 고위 관직 가문 출신이었으며, 못해도 관리 가문 출신이었다.

묵란이 아는 사람을 봤는지 웃으면서 일어났다. 묵란은 두세 명의 화려한 복장을 한 소녀들에게 다가가더니 그녀들에게 말을 걸었다. 명란 쪽으로 고개를 돌린 연저가 웃으면서 말했다.

"네 언니는 붙임성이 대단하구나."

여란은 사람들 가운데 웃고 있는 묵란을 보더니 입을 삐죽거리며 말했다.

"저렇게 들이대는 건 아무나 할 수 없지."

명란이 보니 묵란이 귀공녀들 사이에서 활짝 웃고 있었다. 틈만 보이면 맞장구를 치고 대화에 끼어들면서 비위를 맞추려는 모습을 보자 절로 혀가 내둘러졌다. 어차피 같은 무리도 아닌 사람에게 저렇게 아첨을 한다고 한들 진짜 우정이 생길까?

연저도 이 방에서는 손아랫사람에 속했다. 아는 세도가 사람도 별로 없고, 반응해주기도 귀찮았기 때문에 명란, 여란과 같이 있었다.

"오늘 날씨도 춥고, 땅에 살얼음까지 끼었더라. 그것만 아니면 놀러 나가는 건데. 돌아가신 큰할머니께서 강남 귀족 출신이라 여기 정원도 강남 원림이랑 비슷하거든. 봄에 꽃 필 때 오면 정말 예뻐."

연저는 밖으로 나가고 싶은지 안타까운 눈으로 창밖을 바라보았다.

명란은 새하얘진 바깥 풍경을 보자 추위라도 느낀 듯 발가락을 움츠렸다. 명란이 연저를 향해 웃으며 말했다.

"언니는 이 집안사람이니까 언제든지 올 수 있잖아요. 날이 따뜻해질 때까지 기다려요."

연저가 고개를 저으며 쓸쓸한 표정을 지었다.

"고모는 규율을 엄격히 따지는 분이라 우리 같은 방계 친척들은 양양 후부를 자유롭게 드나들지 못해. 게다가 최근에는 귀빈들을 자주 초대해서 그런지 정원에도 못 들어가게 하더라."

줄곧 울상을 짓고 있던 여란은 이 말을 듣고 그제야 정신이 돌아온 듯 물었다.

"설마 가성현주 얘기야? 사람들이 평녕군주께서 육왕비와 친하시다고 하던데."

연저가 일부러 모른다는 듯한 표정을 지었다.

"난 아무 말 안 했어……. 어머나, 호랑이도 제 말 하면 온다더니."

밖에서 어멈이 오더니 육왕비와 가성현주가 당도했다고 전했다.

평녕군주가 제일 먼저 맞으러 갔다. 자리에 앉아 있던 여자 손님들도 일제히 일어나 군주의 뒤를 쫓아 나가거나 원래 자리에 가만히 서 있었다. 구석에 앉아 있던 여란과 묵란, 연저를 주목하는 사람은 아무도 없었다. 세 여자아이는 한쪽 구석에서 상황을 여유롭게 지켜보았다.

얼마 지나지 않아 비단과 진주로 치장한 여인들이 몰려 들어왔다. 제일 앞에 있는 아름다운 중년 여인은 평녕군주와 친밀하게 대화를 나누었고, 그 뒤를 따르는 소녀는 수많은 이에게 둘러싸여 있었다. 바로 육왕비 모녀였다.

육왕비는 하얗고 복스럽게 생겼다. 꽃을 새긴 다홍색 배자를 입은 모습이 온화해 보였다. 육왕비 주변에서는 여자 손님들이 인사를 올리고 있었다. 명란은 가성현주를 보았다. 고운 자태와 화려한 분위기, 갸름하고 아름답게 치장한 얼굴을 보자 절로 웃음이 나왔다.

"현주 마마는 군주 마마와 좀 닮았는걸요."

연저가 명란의 어깨를 두드리며 말했다.

"너 말 한번 잘했다. 나도 그렇게 생각했는데 그동안 말을 못 했거든!"

가성현주의 나이는 대략 열다섯, 열여섯으로 이제 막 꽃망울이 피어날 때였다. 규수 일고여덟 명에게 둘러싸여 대화를 나누는 모습은 마치 별에 에워싸인 달 같았다. 때로는 간드러지게 웃고, 때로는 농을 던지며 사람을 쥐락펴락하는 모습이 평녕군주와 비슷했다.

평녕군주 쪽을 다시 보니 열정이란 열정은 모두 육왕비에게 쏟고 있었다. 육왕비를 친자매처럼 대하면서 다른 사람들은 알은척도 하지 않았다. 여란이 음침한 얼굴로 눈을 치켜뜨더니 조용히 말했다.

"아첨꾼!"

화들짝 놀란 명란이 얼른 주위를 살폈다. 워낙 시끌벅적한 탓에 다행히 들은 사람은 없었다. 명란은 재빨리 여란을 무리의 중심에서 떨어뜨려놓더니, 방구석에 가서 걸상을 찾아 여란을 앉혔다. 연저도 따라왔다.

명란이 화제를 돌려 여란을 붙잡고 천주泉州에서 본 남쪽의 풍경에 관해 얘기하기 시작했다. 경성 밖으로 한 번도 나간 적 없는 연저가 흥미로워했다. 명란도 그때 아파서 정신이 없던 터라 자세히는 몰랐다. 두 여자아이가 끈질기게 묻자 여란도 흥미가 생겼는지 우쭐대며 자세히 설명하기를 시작했다. 세 여자아이는 즐겁게 수다를 떨었다. 꽤 이야기가 잘 통했다.

천주의 유명한 먹거리인 무채 만두를 설명할 때였다. 여란의 맛깔 나는 설명에 연저의 입에는 군침이 돌았다. 그때 홀연히 평녕군주의 외침이 들렸다.

"희대戱臺 1)가 준비됐습니다. 다들 가시지요."

군주가 육왕비의 팔짱을 낀 채 앞장섰다. 그 뒤로 부인과 아가씨들이 웃으면서 줄줄이 따라 나갔다. 남아 있던 계집종들과 어멈들은 자리를 천천히 정돈했다.

연저가 폴짝 뛰더니 두 자매를 잡고 웃으며 말했다.

"가자. 극 보러. 고모가 요즘 가장 인기 있는 쌍희반雙喜班을 초청했거든. 쌍희반의 〈현녀의 생신 경하玄女拜壽〉와 〈술 취해 황족 때리기醉打金枝〉는 경성에서 인기 최고라고!"

그 말에 흥미가 생긴 명란이 걸상에서 일어나며 손에 쥔 찻잔을 내려놓았다. 그때 옆에서 정리하던 계집종이 손을 치면서 얼마 남지 않았던 꿀 대추 절임이 명란의 손등 위로 떨어졌다.

---

1) 가설 극 무대.

'아!'라는 명란의 작은 신음에 연저가 욕을 했다.

"이 멍청한 계집애 같으니라고! 똑바로 하지 못해?!"

계집종은 겨우 열한두 살 정도 돼 보였다. 자기가 사고를 친 걸 깨닫자마자 무릎을 꿇더니 연신 사과를 했다. 그러니 명란도 어쩔 수 없었다.

"괜찮아. 다행히 손등에만 묻었거든. 의복 위였다면 곤란했겠지만."

명란은 이런 식으로 말하며 손을 저었다. 그냥 손가락이 끈적끈적하고 살짝 뜨거운 느낌이 들 뿐이었다.

그 계집종은 영민한 아이였다. 그녀가 재빨리 말했다.

"아가씨, 뒤에 가서 손을 씻으세요. 씻으시면 괜찮으실 거예요."

여란이 인상을 찌푸리며 말했다.

"그럼 극은 어떡해? 늦게 가면 시작한 다음일 텐데."

극의 광팬인 연저 또한 마음이 조급해졌다. 쌍희반을 오래 기다려 온 것이다. 두 사람의 모습을 본 명란이 웃으면서 말했다.

"언니들 먼저 가요. 난 손 씻고 갈게요."

연저는 크게 기뻐하더니 계집종에게 몇 가지를 당부한 다음, 여란을 끌고 떠났다.

명란은 재수 옴 붙었다고 속으로 외치면서 계집종을 따라갔다. 방에 들어가 앉자 계집종이 따뜻한 물이 담긴 대야를 재빨리 내왔다. 명란을 도와 소매를 걷고 반지와 팔찌를 빼더니, 명란의 손을 세심하게 씻긴 다음 깨끗한 수건으로 닦고 장식을 다시 채워주었다. 이 모든 일이 순식간에 이루어졌다.

계집종의 민첩한 동작에 명란은 다소 놀랐다. 소매를 정돈하면서 계집종에게 물었다.

"네 손놀림을 보니 사람의 손을 많이 씻겨 본 것 같은데, 꿀 대추 절임을 자주 쏟고 다니니?"

영민한 계집종은 천진난만한 웃음을 지으며 말했다.

"아가씨도 참. 소인에게 그런 배짱이 어디 있겠어요?"

이 말을 하며 명란을 힐끗 보더니 칭찬을 덧붙였다.

"아가씨는 참 곱고 다정하시네요. 선녀 같아요."

명란은 속으로 감탄했다. 후부 계집종들은 손놀림과 말솜씨가 대단하구나!

계집종이 자진해 명란에게 길 안내를 했다.

"아가씨, 가세요. 제가 부축해드릴게요. 여기는 길이 미끄럽거든요. 하지만 이쪽으로 가면 희대에 더 빨리 갈 수 있어요."

명란은 길치라 군말 없이 따랐다. 수화문垂花門을 지나자 계집종과 어멈들밖에 보이지 않았다. 명란은 순간 두려운 마음이 들었다. 뭔가가 잘못된 느낌이었다. 오늘 시중을 들던 계집종과 어멈들은 전부 똑같은 푸른색 요대 비갑을 입었던데, 왜 이 아이만 안 입은 거지? 하지만 남의 집안 사정이라 묻기도 곤란했다.

계집종은 명란을 부축한 채 잰걸음으로 걸었다. 이쪽으로 꺾다 저쪽으로 돌아 점점 외진 곳으로 가고 있었다. 명란의 마음이 요동치기 시작했다. 계집종에게 연신 물었지만 그때마다 계집종은 한결같이 곧 도착한다고만 했다.

명란은 덜컥 겁이 났다. 시간이 지날수록 계집종이 인신매매범으로 보였지만 길을 모르니 참을 수밖에 없었다. 긴 회랑을 두 번 지난 후에도 계집종은 계속 앞으로 나아갔고, 마침내 외진 화원에 다다랐다. 그제야 명란은 계집종의 손을 뿌리치고는 노려보며 말했다.

"어디로 데려가려는 거야?"

계집종이 앞을 가리키며 말했다.

"아가씨, 보세요. 도착했어요."

약간 화난 명란이 성난 목소리로 말했다.

"도착하긴 무슨? 너희 부에선 아무도 없는 곳에 희대를 설치하니?"

느닷없이 낮은 웃음소리가 들려왔다.

"아무도 없다니, 난 사람도 아닌가?"

화들짝 놀란 명란이 황급히 고개를 들었다. 비단옷에 금관을 쓴 멋진 미소년이 화랑에 기대 웃고 있었다. 제형이 아니면 누구겠는가?

임무를 완수한 계집종은 제형에게 인사하더니 쏜살같이 종적을 감췄다. 계집종을 불러 세우지 못한 명란은 화가 났다. 저게 경공술이라도 연마했나!

제형은 입가에 미소를 띤 채 명란 곁에 오더니 능청스럽게 공수하며 말했다.

"명란 동생, 오랜만이야."

명란은 화가 나기도 하고, 행여나 다른 사람의 눈에 띌까, 제형을 무시한 채 몸을 돌려 도망가려고 했다. 마음이 다급해진 제형이 명란의 앞을 재빨리 가로막았다.

"여긴 구석진 곳이라 아무도 안 와. 게다가 춘아는 내 몸종이거든. 안심해도 돼."

제형의 말이 미심쩍게 느껴진 명란은 정색하며 말했다.

"제 공자님, 자중하세요."

제형은 기분이 좋은 듯 손을 뻗더니 명란의 머리를 토닥였다.

"또 내 앞에서 어려운 말 쓰는구나. 며칠 전에 너희 부에 갔을 때 다들 나왔던데 너만 없더구나. 왜 그랬어?"

명란은 급히 머리를 흔들어 손을 떨쳐내고는 최대한 엄숙한 목소리로 말했다.

"여행길이 고되어 피로감에 침상에서 휴식을 취했습니다."

제형이 정색하며 꾸짖었다.

"거짓말쟁이. 넌 어릴 적부터 자주 날 속였지. 장풍에게 물었더니 내가 당도하기 두 시진 전까지는 기력이 넘쳤다던데?"

제형이 이 말을 하며 명란의 귀를 잡아당기려고 했다.

하루 사이에 형제, 자매가 두 번이나 날 팔아먹다니. 명란도 화가 나서 제형의 팔을 있는 힘껏 밀쳐 냈다.

"공자님이 대단한 사람이라도 되나요? 공자님이 오셨을 때 온 집안사람이 맞아주었으면 됐지, 저 하나 빠졌다고 짜증내는 거예요?"

명란이 힘을 살짝 주자 얼굴이 발긋해졌다. 도자기처럼 새하얀 피부가 발그스레해지자, 순간 제형의 가슴이 두근거렸다. 제형은 명란의 팔을 붙잡더니 가까이 다가가 나지막이 말했다.

"널 보러 간 거야. 알잖아."

마음을 사로잡는 감미로운 말투였다.

명란은 각혈할 것 같았다. 어릴 적부터 제형에게 살갑게 대한 적도 없을뿐더러 좋은 말을 해준 적도 손에 꼽을 정도였다. 그런데도 제형은 자주 그녀를 찾아와 장난치곤 했다. 대체 언제 이런 생각까지 한 건지. 제형이 명란의 팔을 잡더니 숨결이 느껴질 정도로 가까이 다가왔다. 순간 마음이 조급해진 명란은 어쩔 수 없이 제형의 다리를 있는 힘껏 걷어 찼다.

제형은 극심한 통증에 뒤로 물러서더니 무릎을 꿇고 앉아 다리를 문질렀다. 명란은 그제야 숨을 돌리고는 정색하며 말했다.

"대화로 해요. 허튼수작 부리지 말고!"

제형의 눈에 어린아이처럼 발을 동동 구르는 명란이 들어왔다. 그녀가 뾰로통하게 내민 앙증맞은 붉은 입술에 순간 가슴이 두근거렸지만 당당히 말했다.

"명란 동생이 나와 대화를 피하지 않았다면 왜 이런 하책을 썼겠어."

명란이 냉소를 지었다.

"제 공자님, 많이 발전하셨네요. 그 힘을 공부에 쏟으면 장원급제도 문제없겠어요."

제형의 얼굴색이 변했다. 그가 서서히 일어나 명란을 향해 다가오더니 또 멈춰 서서 낮은 목소리로 말했다.

"날 자극할 필요 없어. 네가 화난 거 알아. 반년이나 못 만나서 네가 잘 사는지 보고 싶었을 뿐이야."

제형의 말에서 서운해하는 기색이 느껴지자 명란은 마음이 약해졌다. 감정적으로 굴 수는 없었다. 제형과 거리를 두더라도 상처를 주고 싶지 않았기에 목소리를 누그러뜨리며 말했다.

"지금 여기 있잖아요. 봐요."

제형이 위아래로 찬찬히 명란을 보았다. 몇 개월 못 봤을 뿐인데 명란은 눈에 띄게 변했다. 얼굴은 강물에 비친 봄빛 같았고, 눈빛은 교교한 달빛 같았다. 살짝 넋이 나간 제형이 웃으며 말했다.

"키도 크고…… 예뻐졌구나."

명란이 잠시 생각을 하더니 제형 앞에 가서 진지하게 물었다.

"원약 오라버니, 가성현주를 뵌 적 있나요?"

제형이 어리둥절해했다.

"본 적은 있는데. 왜?"

명란이 무거운 한숨을 내쉬었다. 솔직히 말하는 수밖에.

"오라버니는 총명한 사람이잖아요. 경성 모든 사람이 아는 걸 오라버니가 모른다고요? 아들 된 자라면 군주 마마의 마음을 아셔야죠."

제형이 입술을 달싹였다. 그의 낯빛이 몇 차례 바뀌었다. 처음에는 경황이 없어 하더니 결심이 섰는지 갑자기 고개를 들었다.

"난 싫다. 나, 난…… 현주를 좋아하지 않아."

명란이 어쩔 수 없이 부드러운 말투로 타일렀다.

"그건 차치하더라도 다시는 절 찾아오시면 안 돼요. 오라버니는 어릴 적부터 우리 집안 형제자매들과 사이가 좋았죠. 하지만 이제 다들 어른이 되어 가고 있으니 서로 조심해야죠. 말이라도 나면 우리 자매들은 전부 혼사가 막히거든요."

제형도 깨달은 바가 있는지 활짝 웃었다. 꽃같이 아름다운 웃음에는 천진난만함이 깃들어 있었다. 그가 다정하게 말했다.

"그 정도로 경솔하진 않아. 나도 옳고 그름은 아니까. 이제 네 큰오라버니가 한림원에 들어가면 앞으로는 너희 집에 못 갈 수도 있어서……."

그러고는 목소리를 낮춰 속삭이듯 말했다.

"그냥 널 보고 싶었어. 아주 많이."

법원에서 정신을 단련한 명란이지만, 누군가가 자신에게 애절하게 사랑을 속삭이자 얼굴이 새빨개졌다. 하지만 강철 같은 현실이 눈앞에 버티고 있었다. 명란은 마음을 단단히 먹었다.

"제 공자님, 선을 지켜주세요. 미천한 집안 출신인 저는 공자님의 호의를 감당할 수 없어요."

제형의 눈이 길을 잃었다.

"난 그저 네가 좋아서……."

명란은 마음이 쓸쓸했다. 하지만 최대한 그의 눈을 똑바로 바라보며 간곡히 말했다.

"제 부탁이라고 생각하시고, 사람들 앞에서나 뒤에서 제 얘기는 꺼내지 말아주세요. 잡담이라도요. 군주 마마도, 육왕야도 저희 가문은 감당할 수 없어요. 가성현주 마마가 아니라 한들 저 같은 서녀에게는 기회가 오지 않을 거예요. 제 공자님도 어릴 적부터 보고 들은 게 있으시잖아요. 설마 모르신다는 건가요?"

명란의 말이 사실이란 걸 알기에 제형의 표정이 어두워졌다.

명란은 모진 마음을 먹고 마무리를 지었다.

"앞으로 다시는 찾아오지 마세요. 우연히 마주치더라도 말은 걸지 마시고요. 꼭 해야 할 말이 있다면 예를 갖춰주세요. 여자에게 가혹한 세상이에요. 자칫 소문이라도 나면 전 살길이 없어요. 명심해주세요!"

명란이 정면으로 제형을 바라보며 간절한 눈빛으로 부탁하자 제형이 묵묵히 고개를 끄덕였다.

명란은 한숨을 내쉬고는 고개를 숙인 채 자리를 떠났다. 제형은 그런 명란의 뒷모습을 멍하니 바라보았다. 명란의 그림자는 기나긴 회랑 끝에서 사라졌다.

제54화

양양후부
당일치기 유람 下

구불구불한 회랑이 영원히 끝나지 않을 것처럼 이어져 있었다. 명란은 견딜 수 없이 답답하여 아예 회랑을 벗어나 눈이 흩날리는 돌길을 따라 성큼성큼 걸었다. 하지만 울적한 마음을 떨칠 수 없었다.

곧 정오라 해는 점점 높아졌고 맑은 날씨에 오는 눈이 딱 좋았다. 곳곳에 매화나무가 많았다. 매화에서 아스라하게 피어나는 은은한 향에 서린 냉기가 명란의 코에 스며들었다. 명란이 숨을 깊이 들이마시자 서늘하면서도 맑은 향이 가슴 가득 퍼졌다. 속이 조금 상쾌해지자 그제야 명란은 발걸음을 늦췄다.

명란이 고개를 숙이고 걷는데 갑자기 발걸음 소리가 들리더니 뒤에서 나지막한 남자 목소리가 들렸다.

"성부의…… 여섯째?"

명란은 깜짝 놀라 고개를 들었다. 아름드리 매화나무 뒤에서 한 사내가 나타났다. 그는 가장자리가 손가락 두 개 굵기의 암금색 우단으로 장식된, 구름과 박쥐무늬가 있는 암홍색 괘자에 갈색 단초피 장포를 껴입고 있었다. 그가 명란을 향해 몇 걸음 걸어왔다. 훤칠한 체구 뒤로 빛이 떨어졌고, 그의 커다란 그림자가 명란의 온몸을 덮었다.

명란은 옆으로 몇 걸음 비켜나서야 그의 얼굴을 제대로 볼 수 있었다. 그는 스물 남짓으로 보였다. 하얀 얼굴에는 곧게 솟은 콧날개로 인해 음영이 드리워져 있었다. 가늘게 뜬 눈은 매력적이었지만, 왠지 짜증과 음험한 기운이 묻어났다.

명란은 가까스로 누군지 생각해 내고 떠보듯 물었다.

"둘째…… 아저씨?"

아까 성씨 자매가 인사를 올릴 때 들었던 대로 평녕군주 쪽 관계에 맞춰 불러본 것이다.

사내는 고개를 끄덕이며 가라앉은 음성으로 말했다.

"여 각로 댁의 큰손녀와 친한 사이?"

언짢고 화가 난 표정에 송곳처럼 찌르는 듯한 눈빛이었다. 말끝을 올리긴 했지만 질문은 아니었다.

명란의 심장은 세차게 뛰었지만 불안한 마음을 가까스로 누르고 공손히 예를 올리며 대답했다.

"여 노대부인과 제 할머님께서 종종 함께 예불을 올리세요. 그래서 그 댁 아가씨도 저희 집에 자주 옵니다."

명란은 이렇게만 말했다.

사내는 곧바로 차갑게 웃었다.

"여 각로께서는 참 대단하시더군. 대리大理 [1]의 단씨 집안과 혼약이 먼

---

1) 현재의 운남성.

저 있었다면 일찍 서신으로 알릴 것이지, 직접 찾아가니 그제야 기억해 내시다니."

말투에는 불만과 분노가 짙게 깔려 있었다.

명란은 고개를 숙이고 머리를 빠르게 굴렸다. 명란은 언연과 혼담이 오간 사람이 녕원후의 둘째 공자 고정엽임을 알고 있었다. 그는 악명 높은 인물이었으나 언연과 혼담이 오갈 때는 아주 착실한 모습을 보이며 직접 찾아가 진지하게 청하기까지 했다. 그러나 한참 애를 써도 적장녀를 얻는 데 실패하고, 후처 소생인 차녀와 혼례를 올릴 예정이다.

고정엽은 원래 성격이 좋지 않은 데다 그 화를 지금까지 참아왔다. 한숨 돌렸다고 생각했을 때 갑자기 여 각로가 마음을 바꿔 언연을 번개처럼 운남으로 시집보낸 이유를 아무리 생각해도 모를 것이다.

"여 각로께서는 역시 신용을 중시하는 분이시더군! 한데 어째서 미리 설명하지 않으셨을까? 고씨 가문의 모 공자도 그 혼처를 고집할 이유가 없다는 걸 알았어야지!"

고정엽은 비꼬듯 말하며 매화나무를 주먹으로 내리쳤다. 굵직한 가지가 흔들리며 바닥 가득 꽃잎이 떨어졌다.

명란은 뒤로 몇 걸음 물러섰다. 그가 금방이라도 터질 듯한 노기를 가까스로 참고 있다는 걸 느낄 수 있었다. 명란은 핏줄이 불끈 올라온 그의 주먹을 조마조마하게 바라보다 뜬금없이 교과서에서 봤던 〈노제할이 진관서를 때려죽이다[2]〉 속의 장면이 떠올랐다. 명란은 두려워졌다. 이 고정엽이란 사내는 연저에게 써먹었던 말 정도로 넘어갈 수 없는 상대

---

2) 수호전의 노달이라는 의로운 인물이 불의한 마을 사람을 혼내준 이야기.

인 것이다.

명란은 잠자코 있다가 마침내 고개를 들고 간단히 말했다.

"지난 9월 초, 만랑이라는 여인이 어린 아들과 딸을 데리고 여부에 찾아왔어요. 여 각로는 피를 토하고 쓰러지셨고, 그 후에 대리의 단 씨와 혼약했다는 이야기가 퍼졌어요."

사실 일이 그렇게 심각하지는 않았다. 여 각로는 피를 토한 후 더욱 정정해졌다. 여씨 집안은 이 일이 새어나가지 못하게 엄히 단속했지만, 여 대인은 이 혼사를 계속 고집했다. 차녀를 보내기 전 여 각로가 서신을 보냈지만, 여 대인은 본체만체했고, 소동이 밖으로 새어나가 창피를 당하지는 않았다.

고정엽의 안색이 급변하고 목소리도 몇 단계 올라갔다.

"정말이냐?!"

명란이 고개를 끄덕이며 저도 모르게 다시 몇 걸음 뒤로 물러섰다. 사내의 기세가 꽤 무시무시했기 때문이다. 이 사내는 분명 돌아가서 이 일을 추궁할 것이다. 명란은 만랑의 말솜씨가 좋다면 상황을 빠져나갈 수 있을지도 모른다는 생각에 몇 마디 덧붙였다.

"그 대리의 단씨 가문 공자님은 다리가 성치 않다고 들었어요. 그게 아니었다면…… 여 각로께서도 그리하지는 않으셨겠죠."

아미타불, 태상노군이시여, 명란이 만랑 앞에서 기세등등하게 군 일을 아무도 모르게 해주소서.

고정엽이 어두운 낯빛으로 고개를 숙였다. 깊은 생각에 잠긴 듯했다. 명란은 고정엽의 모습을 보고 서둘러 예를 올린 후 공손히 말했다.

"둘째 아저씨, 그럼 저는 이만 가보겠습니다. 천천히…… 매화 구경하세요."

말을 마친 명란은 대답을 기다리지 않고 곧바로 자리에서 빠져 나왔다. 뛸 수 없어서 치맛자락을 살짝 올리고 짧은 다리를 최대한 빠르게 움직였다. 아까 연저가 희대戱臺를 저택 서쪽에 마련했다고 했다. 명란은 해를 쳐다봤다. 길치이긴 하지만 방향치는 아닌 명란은 서쪽으로 종종걸음 쳤다.

위기의 순간에 인간의 잠재력이 발현되는 법이다. 명란은 구불구불 복잡한 회랑에도 정신을 잃지 않고 서쪽으로 곧장 갔다. 사람들이 보이자 계집종을 붙잡고 길 안내를 시켜 안전하게 희대에 도착했다.

호금 소리와 여자 역을 맡은 배우의 구성진 노래가 들리는 걸 보니 극은 이미 시작한 상태였다. 명란은 곧장 희대를 설치한 천막 안으로 들어갔다.

그곳은 사실 창과 문을 활짝 연 본당 같았다. 안에는 사람들이 모여 갖가지 보석들로 휘황찬란하게 빛났다. 여인들은 진측에 자리를 잡고 앉아 있었다. 가운데는 당연히 평녕군주와 육왕비였고, 그 양쪽 옆은 비었으며 뒤로 줄줄이 긴 의자가 놓여 있었다. 해당화를 조각하여 칠을 입힌 사각 탁자 십여 개가 사이사이 놓여 있고, 금문錦文3)이 있는 청람색 배자를 걸친 몸종 일고여덟이 군데군데 서서 손님들에게 차를 따르거나 과일과 간식을 올렸다.

명란은 사람들을 훑어봤다. 왕 씨는 오른쪽 네 번째 탁자에 앉아서 화려한 수가 놓인, 소매 넓은 자색 배자를 입은 부인 곁에서 이야기를 나누고 있었다. 묵란은 여자아이들과 함께였다. 다시 돌아보니 연저와 여란

---

3) 기하학적인 특성이 조합되어 비단처럼 짜인 연속 문양.

은 좌측 첫 줄 구석에 앉아 있었다. 그곳은 희대에 가장 가까우면서 중앙 에서는 가장 먼 자리였다. 각자 찻잔을 들거나 간식을 쥔 채 흥미진진하 게 극을 보면서 이야기도 몇 마디 나누었다.

명란은 살금살금 그들 옆으로 가서 앉으며 아무 일 없었다는 듯 태연 하게 말했다.

"어휴, 역시 늦었네. 극 시작한 지 한참 됐겠다."

연저는 극에 정신이 팔려 고개도 돌리지 않고 대꾸했다.

"괜찮아. 방금 시작했어. 주연은 아직 나오지도 않았어."

여란이 얼굴을 찡그리며 고개를 돌렸다.

"손 씻는 게 왜 이리 오래 걸렸어? 어디까지 갔다 온 거야?"

명란이 억지웃음을 지으며 말했다.

"내가 알아서 씻는 거면 벌써 끝났지. 그런데 후부는 규율이 엄격해서 몸종들이 씻을 물과 비누, 마른 수건을 날라오느라 끝도 없이 왔다 갔다 하던걸. 그래서 늦었어."

여란이 콧방귀를 뀌며 목소리를 깔았다.

"너만 꼭 일이 많더라. 이제 시작했으니까 창피하게 함부로 돌아다니 지 말고 얌전히 있⋯⋯."

여란이 말을 마치기도 전에 갑자기 간드러진 웃음소리가 천막 안에 울려 퍼졌다. 극의 열렬한 팬인 연저는 방해를 받자 언짢아하며 고개를 돌렸다.

"누가 이렇게 크게 웃는 거야? 호씨 주인장의 마지막 대사를 제대로 못 들었잖아!"

모두 잇달아 고개를 돌렸다. 희대 정면에 앉은 평녕군주가 가성현주 에게 바싹 붙어서 친 모녀처럼 다정하게 이야기를 나누는 모습이 보였다. 가성현주는 턱을 바싹 치켜들고 오색 봉황처럼 거만한 표정으로 주위를 돌아보며 거침없이 웃고 떠들었다.

연저는 얼굴을 찡그렸다가 고개를 돌리고 다시 극을 관람했다. 여란은 입을 삐죽거리며 명란의 귓가에 대고 불평했다.

"저 현주 마마도 참 예의 없으시네. 공 상궁 마마님이 계셨다면 한소리 하셨을 텐데. 저런데도 황실의 일원이야? 흥, 육왕비께서 외척 가문 출신이라고 하던데 원래는 백정 집안이었대⋯⋯."

명란은 속으로 빙긋 웃었다. 조정에서는 외척의 자제가 실질적인 관직에 오를 수 없다고 못 박았다. 관직을 받아도 사품을 넘을 수 없었다. 게다가 부마는 작위와 허울뿐인 직함만 받기 때문에 공주는 보통 공신 가문이나 세습 무관에게 시집갔다. 이런 집안의 자제들은 굳이 과거에 매달릴 필요가 없었다. 그러나 고고한 문관 중신들은 이와 정반대였다. 이들은 공주를 피하고 멀리했는데, 공주를 부인으로 맞아들이면 정치 인생의 종말이나 마찬가지이기 때문이다.

노대부인은 이런 이야기를 한 적이 있었다. 50년 전에 두 공주가 있었는데, 하나는 방안榜眼 [4]에게 반했고, 다른 하나는 재상의 아들에게 마음을 주었다. 두 사내는 기품 있고 가문도 좋아서 태후까지도 마음에 들어 했다. 두 집안에서는 그 소식을 듣자마자 약속이라도 한 듯 신속히 움직였다. 한 집안에서는 태어날 때부터 혼담을 주고받은 사돈을 만들어 냈고, 다른 집안에서는 아들이 부인을 해치는 사주를 가졌다고 소문을 냈다. 결국 이 혼사는 성사되지 않았으나 눈치 있는 사람이라면 누구나 그

---

4) 진사에 2등으로 급제한 사람.

속사정을 알아차렸을 것이다.

이처럼 공주는 스와로브스키의 고급 크리스털 장식처럼 화려하지만 알맹이 없는 사치품이었다. 빛 좋은 개살구인 것이다. 황실은 혈육 간의 정이 깊지 않다. 자기 누이들을 챙기는 황제가 몇이나 될까? 동복누이가 아니라면 얼굴도 제대로 못 보고 시집갈 수도 있다. 공신 가문에서 공주를 들이는 것은 보기 좋은 꽃을 하나 들이는 것일 뿐이었다. 부마는 첩을 들일 수 없고, 통방과 잠자리를 가지려고 해도 전전긍긍해야 했다. 집안의 시부모와 올케, 시누이, 동서도 공주의 눈치를 보며 공손히 대접해야 하니 피곤하기 짝이 없는 노릇이다.

이 가성현주에게는 특별한 점이 있었다. 육왕야의 외동딸인 가성현주는 모든 일이 순조롭게 풀려 동생이 대종가로 입적되면, 공주의 여러 금기에서 벗어나는 동시에 공주의 특권을 전부 누릴 수 있게 된다. 그러면 남편이 벼슬길에 나가 재상이 되어 권력을 쥐어도 언관이나 어사가 예법을 들어 대놓고 공격할 방법이 없다.

그러니 평녕군주가 이렇게 친근하게 대하는 것이다.

"어랏!"

여란이 갑자기 작게 외치더니 명란을 붙잡고 군주가 있는 쪽을 가리켰다.

"원…… 제형 오라버니가 오셨어."

명란은 극에 푹 빠져 있는 연저를 힐끔 보고 여란에게 조용히 하라는 손짓을 한 후 고개를 돌렸다. 제형은 육왕비에게 인사를 올리고 있었다. 육왕비는 매우 다정하게 제형을 붙잡고 이리저리 살펴보더니 함박웃음을 지으며 평녕군주와 이야기를 나눴다.

명란은 무슨 이야기를 하는지 안 봐도 알 것 같았다. 필시 제형이 얼마나 준수하게 장성했는지 칭찬하고 있을 것이다.

평녕군주는 천성이 강했다. 버팀목이 될 만한 친형제가 없어서 사촌들 사이에서 항상 스스로 세력 싸움을 해야 했기에 어릴 적부터 제형을 몹시 엄하게 가르쳤다. 그와 비슷한 귀족 가문의 공자들이 일찌감치 유흥에 눈을 뜨는 것과 달리 제형은 착실하게 서재에서 지냈다. 경성에서도, 등주에서도, 계절이 바뀌어도 매일 책을 벗 삼았다.

제형은 어려서부터 준수하고 성실하며 효심이 깊어서 다른 가문과 왕래할 때 노리는 여인들이 많았다. 평녕군주는 아들이 한눈을 팔까봐 친척 집안의 여자아이들도 가깝게 지내지 못하게 했다. 특히 아들에게 살갑게 구는 아가씨들을 멀리하라고 간곡히 타일렀다. 처소의 몸종은 더욱 엄격히 관리했다. 조금이라도 주제넘게 굴면 매질을 했고, 심하면 내쫓거나 팔아 버렸다. 목숨을 잃은 자도 있었다. 등주에서 제형은 반농담조로 말했었다.

"명란이 나와 말을 제일 많이 해본 아가씨일 거야."

여란은 그쪽을 바라보며 이를 가볍게 물고 비꼬았다.

"봤어? 가성현주가 참 다정하게도 군다. 우리 집 누구하고 똑같아. 어? 그런데 제형 오라버니…… 몸이 좀 불편한 것 같은데?"

명란은 눈을 들어 보니 평녕군주가 뭐라고 했는지 가성현주가 수줍게 앉아 애교 섞인 웃음을 짓고 있었다. 하지만 큰 눈으로는 제형을 거침없이 쳐다보며 사모하는 기색을 비쳤다.

제형은 피곤한 모습으로 드문드문 대답했다. 얼굴은 창백하고 표정은 우울했다. 천막의 천장에 장식된 꽃송이가 햇빛을 받아 바닥에 그림자를 뿌렸다. 꽃이 드리운 옅은 음영이 옥처럼 고운 제형의 얼굴에 쏟아졌다. 그 모습은 마치 화전[5]처럼 섬세하고 아름다웠다.

명란은 살짝 넋을 잃었다.

어릴 때 제형은 그녀의 만두 머리 만지는 것을 가장 좋아했다. 조금 자라서는 그녀의 귀를 잡아당기는 것을 즐겼다. 명란이 수안당에 숨으면 조석으로 노대부인에게 문안을 드리러 와서 사람들이 부주의한 틈에 명란의 귀를 잡아당기곤 했다. 명란이 모창재로 옮기자 제형은 장백을 앞세워 갖은 핑계거리를 대며 명란을 찾아왔다. 명란이 귀찮은 일에 휘말리지 않고 평탄하게 살고 싶어서 제형을 화나게도 하고, 속이기도 하고, 비꼬기도 했다. 하지만 제형은 변함없이 찾아왔다.

명란이 무엇을 좋아하는지 장백 앞에서 이야기만 하면, 며칠이 채 지나지 않아 장백의 이름을 빌려 선물을 보냈다. 번번이 돌려보냈지만 제형은 계속 보냈다. 나중에는 장백이 도와주기를 거절할 정도였다⋯⋯.

명란이 무심코 쳐다보는데 저쪽에 있던 제형이 마침 살짝 눈을 들었다. 무엇을 보는지 알 수 없는 공허한 눈이 순간 떠들썩한 사람들 너머로 명란의 눈과 마주쳤다. 명란은 즉시 눈길을 거두고 아무 일 없었다는 듯 고개를 돌려 희대를 뚫어지게 쳐다봤다.

제형은 명란의 옆얼굴밖에 볼 수 없었다. 명란의 작은 턱은 부드럽고 수려했다. 제형은 명란을 오래 보지 못하고 곧장 고개를 돌렸으나 뜨거운 피가 머리로 솟구치는 것 같았다. 가성현주가 뭐라 말을 건네고 있었지만 한마디도 들리지 않았다. 창백한 얼굴이 갑자기 빨개졌다. 제형은

---

5) 고대 중국에서 이마에 꽃 모양의 장식을 붙이는 화장법.

몸을 일으켜 모친과 육왕비에게 인사를 드린 뒤 뒤돌아 떠났다.

가성현주는 살짝 무안해 했고 평녕군주도 좀 난감했지만 육왕비는 침착했다. 평녕군주는 육왕비와 이야기를 나누면서도 급히 사람을 시켜 제형을 따라가게 했다.

"요 며칠 생일 축하연으로 이 미련한 아들 녀석이 피곤했나 봅니다. 어서 따라가서 푹 쉬라고 전하거라!"

몰래 살피고 있던 여자 손님들에게 들으라는 듯이 목소리가 카랑카랑했다.

제형이 몇 걸음 채 옮기기도 전에 사람들이 우르르 그를 에워싸며 안부를 물었다. 육왕비는 일부러 의술에 정통한 자신의 상궁을 보내 그의 몸이 괜찮은지 살피게 했다.

고개를 숙인 채 앉아 있는 명란의 손이 얼음장처럼 차가웠다.

그는 별에 둘러싸인 달처럼 사람들 가운데에 둘러싸여 있었다. 그녀는 구석진 귀퉁이에서 홀로 향기를 뿜고 있었다.

하늘로 향한 큰길에서 각자의 길을 갈 뿐이었다.

제55화
며느리의 표본

"이렇게 좋은 날에 왜 그리 역정을 내시오. 제형이도 다 컸소. 걸핏하면 제형이 처소 아이들을 매질하니 그 아이 체면이 서지 않지요."

제 대인이 평상복으로 갈아입고 구들장에 비스듬히 앉아 부인에게 말했다.

평녕군주는 녹두색 꼬임이 있는 비단 배자를 걸친 채 예쁜 탕기를 들고 인삼탕을 마시다가 남편의 말에 안색이 어두워졌다.

"그 못난 놈은 외조부 생신에 일도 거들지 않았습니다. 이번 기회에 숙부와 어르신들을 알아둘 생각은 않고, 그런 못된 꾀나 썼지요. 흥, 그 아이가 본체만체하니까 온종일 혼이 나간 꼴이었어요. 방금 손님을 배웅할 때 안색이 어찌나 안 좋던지 빚 독촉이라도 받는 것 같았다고요."

제 대인도 한숨을 쉬었다.

"부인도 고정하시오. 이미 춘아를 멀리 보냈고, 아무도 이 일을 모르잖소. 휴…… 그래도 문인 집안이라 아가씨 분별은 있지 않소. 이 일은 이렇게 끝냅시다."

평녕군주가 물었다.

"그런데 왜 한숨을 쉬시나요?"

제 대인은 눈을 들어 대들보에 새겨진 꽃과 구름 문양을 보며 천천히 답했다.

"부인과 내게 저놈 하나뿐이오. 제형이는 어려서부터 진중하고 글공부도 열심이었소. 일곱인가 여덟 살 때 녕국공寧國公 가문의 공자와 귀뚜라미 싸움을 하고 오는 바람에 부인이 그 아이를 묶고 호되게 매질을 하셨소. 밤에 가봤는데 제형이는 몸을 꼿꼿이 세우고 선생이 내 준 숙제를 하고 있더이다."

평녕군주가 잠자코 있자 제 대인은 말을 이었다.

"제형이는 어려서부터 속을 썩이지 않았소. 뭘 달라고 해 본 적도 없고. 이번에 처음으로 부인 뜻을 거스른 것이오. 말이 나와서 말인데 몇 년 전 그 아이가 성 대인의 어린 딸에게 마음이 있다는 걸 알아차렸소. 그때는 모른 척했지. 여자를 접해 본 적이 없으니 어린 나이에 어리석은 마음을 가질 수도 있고, 몇 년 지나면 괜찮아질 거라 생각하면서 말이오. 휴, 그런데 이제 보니 진심으로 그 아가씨를 좋아하는 것 같소……."

안색이 여러 번 바뀐 평녕군주는 입꼬리를 올리고 웃었다.

"엄한 아버지와 자애로운 어머니라고들 하는데 우리 집은 반대군요. 난 독한 어미고 당신은 자상한 아버지네요. 그럼 아들이 오품 관리의 서녀를 부인으로 맞아들이길 바라십니까?"

제 대인이 아무 말도 하지 않자 평녕군주는 곁눈질로 남편의 안색을 살폈다. 그가 눈을 떨구고 있자 다시 천천히 말했다.

"당신 조카는 병약하지만 아직 멀쩡합니다. 내 아들이 작위를 물려받으려고 그 아이가 요절하길 바랄 수 없는 노릇이지요. 그러니 제형의 앞날을 생각해야 합니다. 제가 전에 입궁하여 알아보니 폐하께서는 여전히 삼왕야를 마음에 두고 계시더이다. 삼왕야께 자손이 없다는 것이 유일한 걱정거리지요. 육왕비의 움직임을 궁에서도 다 보고 있습니다. 폐하께서 아무 말씀도 없으신 건 묵인하신다는 뜻 아니겠습니까? 그 가성 현주는 외모도 성품도 다 훌륭하더군요. 그렇게 좋은 혼처를 어디 가서 찾는단 말입니까?"

제 대인은 다시 한숨을 쉬었다. 말재간으로 그는 군주의 적수가 못 되었다.

"제형이 마음을 돌리길 바랄 뿐이오."

평녕군주는 남편의 어진 얼굴을 보자 조금 전 아들이 자기 앞에 무릎을 꿇고 애원하던 모습이 떠올라 마음이 약해졌다. 부부는 서로 마주 보며 한참 동안 조용히 앉아 있었다. 평녕군주가 도자기 탕기에 숟가락을 넣고 저으면서 나는 땡그랑 소리만 울려 퍼졌다. 얼마 후 평녕군주가 얼굴을 펴고 부드럽게 말했다.

"저도 아들을 아낍니다. 그 아이가…… 진심으로 좋아한다면, 현주와 혼사를 치른 후에 소실로 맞아들이는 게 어떨까요? 서녀에 불과하니 그렇게 해도……."

말이 끝나지도 않았는데 제 대인은 사레라도 걸린 듯 기침을 하며 연거푸 손을 내저었다.

"아니 되오. 절대 그런 생각 마시오! ……성 대인이 말은 안 했지만, 그 집 큰아들은 앞길이 창창하오. 폐하 앞에서 겨우 두 번 진언했을 뿐인데 벌써 상을 받았소. 성 대인은 큰 뜻이 있는 사람이오. 아들과 딸을 위해 찾아 준 혼처만 봐도 딸을 첩으로 보낼 리 없는데 앞으로 조정에서 나를 보려 하겠소? 게다가 성 대인이 말하길 그 작은딸은 어려서부터 노대부인 곁에서 컸다고 했소. 그 댁 노대부인이 어떤 사람인지 부인이 나보다 더 잘 알지 않소?"

평녕군주는 받아들일 수 없다는 태도였다.

"그래봐야 서녀인데 뭐 그리 대단하다고요?"

제 대인이 부인을 노려봤다.

"다시 한번 말하리다. 요 며칠 사람들이 치켜세워준다고 너무 들뜨지 마시오. 성 대인이 정말 딸을 첩으로 보낼 생각이라면 굳이 제형이만 고집할 이유가 없소. 경성 안팎으로 황족과 귀족이 얼마나 많소? 정말 체면 불고하고 딸을 보낸다면 후궁 자리도 얻을 수 있을지 모르오!"

평녕군주는 오늘 명란을 보고 저도 모르게 계속 눈이 갔던 것이 떠올랐다. 그 정도 용모면 후궁 자리는 어렵지 않아 보였다. 평녕군주는 생각을 하다 갑자기 가볍게 웃었다. 제 대인이 물었다.

"왜 그러시오?"

평녕군주는 탕기를 살짝 내려놓으며 웃었다.

"부자 모습이 똑같아서 웃었습니다. 방금 제형이 제게 와서 듣기 좋은 말이며 맹세며 한바탕 늘어놓는 바람에 꼼짝도 못 했지요. 그때도 명란이를 첩으로 들이라고 했는데 제형이가 놀라서 손짓 발짓하며 거듭 불가하다고 하더군요. 명란이 외곬이라 안 된다며 파편이 가득한 바닥에 무릎을 꿇을 뻔했지요."

제 대인은 콧방귀를 끼며 말했다.

"당연한 일이오. 성씨 집안 노대부인이 그때 얼마나 단호하셨소."

군주도 한숨을 쉬었다.

"그 집 세 자매 중에 그 아이가 제일 눈에 띄지요. 착하고, 사리 분별할 줄 알고, 용모도 출중하고요. 노대부인과 왕씨 부인에게 깍듯이 효도하는 모습이 저도 마음에 듭니다. 하지만 아쉽게도 인연이 없네요."

또 한참 지나자 제 대인이 갑자기 뭔가를 떠올린 건지 고개를 돌려 물었다.

"그럼 부인의 마음은 육왕야 쪽으로 기운 듯한데, 그럼 영비는 어쩔 셈이시오? 영비의 오라비가 몇 번이나 와서 의중을 떠보지 않았소."

그 일을 꺼내자 평녕군주는 노기로 몸을 부들부들 떨었다. 팔에 찬 보석을 박은 봉황을 새긴 금팔찌 한 쌍이 서로 부딪쳐 달그락 소리를 냈다.

"흥! 조상 팔대로 기와나 쌓던 천한 것이 젊고 반반한 얼굴만 믿고 폐하의 환심을 사더니, 저속한 집안 주제에 감히 우리 집안을 넘보다니! 일장춘몽이지요! 폐하께서도 연로하셨고 후사도 낳지 못했으니 영비의 좋은 날은 얼마 못 갈 거예요!"

제 대인은 한참을 생각하다가 잘라 말했다.

"그리해도 좋소. 하지만 너무 단호하게 거절하진 마시오. 아예 이 일을 육왕비 쪽으로 미루고 난처한 척을 하여 두 집안에서 알아서 다투게 합시다. 그렇게 하면 원망도 안 사고 육왕비 쪽에서도 우리가 애달파하지 않는다는 것을 알겠지. 어쨌든 위신을 세워서 훗날 제형이가 현주 앞에서 기를 못 펴는 일은 없게 해야 하오. 그리고 제형이와 성씨 가문 여식의 일은 단단히 입막음해두시오."

평녕군주가 웃으며 말했다.

"나리 말씀대로 하지요."

• • •

양양후부에서 집으로 돌아온 그날 밤 명란은 수안당에 들어 제형의 일을 그대로 털어놓으며 자신의 속마음을 고백했다. 노대부인은 어린 손녀를 껴안고 아무 말 없이 그저 긴 한숨을 내쉴 뿐이었다. 할머니와 손녀는 뜬눈으로 누워 있었다. 밤이 깊어 고요한 가운데 명란은 반쯤 잠든 상태에서 노대부인이 읊조리는 말을 들었다.

"현명한 아이구나. 앞에 막다른 골목이 놓인 걸 알아채고 더 가지 않았으니."

순간 고단함과 피로가 한꺼번에 몰려왔다. 눈가가 촉촉해지는 걸 느낀 명란은 할머니 팔에 얼굴을 묻고 옷이 자신의 모든 연약함과 망설임을 빨아들이길 바랐다. 명란은 잠을 자고 일어나면 늘 그랬듯이 씩씩하고 즐겁게 살 것이라고 다짐했다.

음력 섣달 초이튿날 왕 씨는 천의각의 재단사를 불러 자녀들의 치수를 쟀다. 장백은 제대로 보지도 않고 시커먼 색 옷감을 골랐고, 장풍은 예전처럼 가장 비싸고 고급스러운 옷감을 골랐다. 장동은 눈에 띄지 않는 옷감밖에 고르지 못했다. 이어서 재단사는 세 자매가 있는 곳으로 갔다…….

"지금이 때가 어느 때야? 몸종들과 하인들도 다 새 겨울옷을 입었는데 우리는 이제야 짓네."

묵란이 옷감을 이것저것 구경하다가 누군가를 겨냥하듯 말을 꺼냈다.

경계심 강한 여란 곧바로 응수했다.

"일 년에 새 옷을 한 번만 지어 입는 것도 아니잖아. 사계절 내내 언제는 옷이 부족했나? 경성에 온 지 얼마 안 돼서 어머니가 바쁘다 보니 지체된 거지."

묵란은 입을 가리고 살짝 웃었다.

"에이, 별말도 안 했는데 왜 화를 내고 그러니……. 그나저나 어머님은 이렇게 힘드신데 왜 집안일을 다른 사람에게 맡기시지 않는 걸까? 부담도 줄고 지체될 일도 없으니 훨씬 좋잖아?"

왕 씨는 눈코 뜰 새 없이 바빴다. 손님 접대하랴, 여기저기 찾아뵈랴, 혼사 준비하랴, 집안일을 세심히 돌보기 어려웠다. 임 이랑은 이때를 틈타 성굉에게 일을 분담하겠다고 청했다. 성굉은 그리해도 괜찮겠다고 여겼지만 왕 씨는 기를 쓰고 반대했다.

여란은 묵란의 속셈을 알고 차갑게 웃었다.

"수작 좀 그만 부리고 얌전히 아가씨 노릇이나 해. 조용히만 지내면 어머니가 고마워할 거야."

묵란이 걱정스러운 척하며 말했다.

"그게 무슨 말이니? 난 어머님 건강을 염려한 것뿐이야. 딸로서 집안일을 걱정하는 게 왜 '수작'이니? 명란, 안 그래?"

총구가 한 바퀴 돌아 다시 명란에게 왔다. 여란도 눈을 부릅뜨고 명란을 쳐다봤다. 명란은 머리가 몹시 아팠다. 삼국지는 이 점이 안 좋다. 둘에게 무슨 일이 생기든 꼭 명란까지 걸고넘어졌다.

명란은 관자놀이를 누르며 미소 지었다.

"천의각은 물건도 좋고 바느질도 섬세해서 경성에서 제일로 꼽는 집이잖아요. 장사가 잘돼서 매년 연말에 입을 새 옷은 대부분 구월이나 시월에 미리 맞추죠. 우리는 경성에 늦게 왔으니 이제라도 옷을 지을 수 있는 게 다행스러운 일이에요. 몸종과 하인들의 새 옷은 바느질을 독촉하여 만든 것이지요. 어머님께서 큰오라버니가 곧 혼례를 올리니 우리가 새 올케한테 더 곱게 보이도록 마음 쓰시느라 그저 그런 점포에 맡기지 않으신 거잖아요."

묵란의 얼굴이 바로 굳어졌다.

"이번 일뿐만이 아니야. 모든 일을 이렇게 급하게 처리할 수는 없잖아? 앞으로의 일도 생각해야지."

명란이 미소 지었다.

"앞으로의 일이요? 이제 올케언니가 있잖아요."

묵란은 조용히 이를 악물었다. 집안에서는 전부 명란이가 온화하고 사람들에게 공연한 화를 내지 않는다고 칭찬했다. 그러나 명란이 작심하면 자신은 도저히 명란의 말에서 꼬투리를 잡을 수가 없었다.

여란은 활짝 웃으며 명란의 손을 잡았다.

"명란이 말이 맞아. 자, 자, 이쪽에 옷감이 많으니 이리 와서 골라!"

혼례일이 다가오자 해씨 집안에서 끊임없이 혼수가 들어왔다. 침상과 탁자, 의자, 병풍 등의 가구에서는 보기 좋게 광이 났다. 옷감은 족히 십여 상자나 되었고, 장식품과 장신구도 여러 종류였다. 그뿐만 아니라 전답 수백 묘와 여러 점포까지 혼수로 보내와 명란은 입이 떡 벌어졌다.

"……옛말에 혼수가 십 리 길을 이룬다고 했어요. 시집와서 평생 쓸 은전과 옷을 다 준비하는 거지요. 변기통에서 세숫대야, 수의까지 전부 가지고 옵니다. 노대부인께서도 이러셨지요."

방씨 어멈이 화색이 도는 얼굴로 자랑스럽게 말했다.

명란이 말을 더듬거렸다.

"이렇게 많이요? 그렇게까지 할 필요가 있어요?"

방씨 어멈은 힘주어 고개를 끄덕였다.

"며느리가 되면 몸을 낮춰야 하는데, 혼수를 충분히 챙겨 가면 허리를 펼 수 있지요. 먹고 쓰는 물품을 다 친정에서 가져왔으니 시댁에 의지해 사는 게 아니잖아요."

명란은 손가락으로 세어 보며 중얼거렸다.

"이 정도면 올케 하나가 아니라 큰오라버니와 첩 몇 명까지 먹여 살리겠어요. 해씨 가문이 청빈하다고 하던데 내가 아는 청빈과 다른 뜻인가 봐요."

방씨 어멈의 얼굴이 실룩거렸다.

혼례 같은 일에 미혼의 아가씨가 거들 일은 없었다. 신랑 대신 술을 마실 수도 없고 신방에 들어가 신혼부부를 놀릴 수도 없는 노릇이다. 둘째 날이 되어서야 묵란과 여란, 명란은 새 올케 해 씨의 얼굴을 제대로 보았다. 해 씨는 노대부인에게 절을 올린 후 정방으로 가서 시부모에게 인사를 올렸다.

해 씨는 테두리를 금사로 장식한 붉은 비단 배자에 구름과 박쥐를 수 놓은 치마를 걸쳤다. 머리에는 날개를 활짝 편 구슬 달린 봉황 금사 장신구를 달았다. 해 씨가 성굉과 왕 씨에게 사뿐히 절을 올릴 때 팔목에 둘둘 감긴 구절 금팔찌에서는 아무 소리도 나지 않았다.

명란은 속으로 감탄했다. 기술 좋은데!

해 씨가 살포시 고개를 들자 명란은 자세히 살펴봤다. 해 씨는 길고 네모난 얼굴에, 눈은 가늘고 길었다. 화란처럼 요염하지도 윤아처럼 어여쁘지도 않았지만 고귀한 기운을 풍겼다. 우아하게 표현하자면 '학식이 깊으면 용모가 절로 빛난다[1]'랄까. 명란은 신혼부부의 행동에서 장백이 신부를 무척 아끼고 있음을 느꼈다. 큰오라버니는 올케언니가 마음에 든 것이다.

하지만 저마다 보는 눈이 다른 법. 왕 씨는 다소 불만이었다. 자기 아들 같은 품성과 외모라면 월궁항아 정도는 못 되더라도 왕소군이나 서

---

1) 소동파의 〈화동전유별〉 중 '복유시서기자화腹有詩書氣自華'를 차용한 표현.

시쯤은 되어야 어울린다고 생각했기 때문이다. 며느리가 올린 차를 받고 왕 씨는 아주 고고한 얼굴을 하고 붉은 봉투를 건넸다. 성굉이 눈짓을 보내자 왕 씨는 부부끼리 원만하게 지내라는 의미로 다시 새하얀 백옥 팔찌를 빼서 해 씨에게 채워주었다.

성굉은 목을 가다듬고 아들과 며느리에게 '부부가 서로 존경하고, 자손을 번창시켜라' 등의 덕담을 몇 마디 던졌다. 명란은 큰당숙이 장오와 윤아에게 같은 말을 했을 때, 윤아가 고개를 들지 못할 정도로 부끄러워했던 것을 떠올렸다. 그런데 이 해 씨 올케는 고개를 똑바로 들고 얼굴을 살짝 붉힐 뿐이었다. 옆에서 시중을 드는 몸종과 어멈도 단정하고 점잖았다.

명란은 다소 안타까운 마음에 왕 씨를 흘긋 봤다. 갑자기 이 올케는 보통내기가 아닐 것이라는 예감이 들었다.

이제 세 여동생과 두 남동생이 오라버니와 형수에게 인사를 올릴 차례가 되었다. 해 씨는 일찌감치 섬세하게 수놓은 비단 두루주머니 다섯 개를 준비했다. 석청색과 검푸른 색 두 개는 조롱박 모양이고, 은홍색, 연꽃색, 보라색 세 개는 연꽃 모양이었다. 나이순대로 하면 명란은 끝에서 두 번째이니 고를 수가 없었다.

• • •

며칠 지나지 않아서 명란의 예감은 현실이 되었다.

해 씨는 가정교육을 잘 받아서 왕 씨를 아주 공손히 모셨다. 조석으로 문안드리는 것은 물론이고 아침에 눈을 떴을 때부터 저녁에 성굉과 장백이 돌아올 때까지 왕 씨 곁에서 시중을 들었다. 왕 씨가 식사할 때면

서서 반찬을 집어주고, 왕 씨가 차를 마실 때면 먼저 찻물의 온도를 점검하고, 왕 씨가 세수할 때면 대야를 들고 수건을 준비했다. 게다가 시종일관 미소를 머금고 조금도 피곤한 기색을 보이지 않았다. 불평하기는커녕 마치 왕 씨의 시중을 드는 일이 정말 유쾌한 일인 듯 항상 웃고 있었다.

묵란은 몇 마디 트집을 잡고 싶었으나 아무리 애를 써도 흠을 찾을 수 없었다. 여란은 시누이 노릇을 톡톡히 하고 싶었지만 매번 구슬리는 데 넘어갔다. 명란은 가슴이 철렁 내려앉았다.

"며느리가 되면 다 이렇게 해야 하는 거야? 큰언니도 시댁에서 이렇게 지내나?"

묵란과 여란조차도 남 일 같지 않아 저도 모르게 탄식했다.

처음부터 며느리에게 위세를 부리고 싶었던 왕 씨도 전혀 흠을 잡을 수 없었다. 때때로 공연히 트집을 잡아 몇 마디 하면 해 씨는 그마저도 성심을 다해 들으며 왕 씨의 가르침에 감사해했다. 표정은 진실하고 태도도 온순했다. 정말 내면에서 우러나오는 행동이거나 그게 아니면 여우주연상 감이었다.

"바보로구나. 고생 좋아하는 사람이 어디 있겠느냐? 하지만 그렇게까지 하는 걸 보니 괜찮구나."

노대부인이 구들장에서 손녀를 품에 안고 웃으며 말했다.

사실 왕 씨는 며느리의 무시무시함을 곧바로 알게 되었다. 며칠 제대로 대접받은 후, 성굉은 무의식중에 비꼬듯 몇 마디 던졌다. 직설적으로 이야기하지는 않았지만 내용인즉슨, 당신이 내 어머니께는 그렇게 행동해놓고 이제 시어미가 돼서 며느리에게 이렇게나 극진히 대접받으니 마음 편하냐는 것이다. 성굉뿐만 아니라 집안의 연배 있는 어멈들도 해

씨를 칭찬하며 은근히 왕 씨를 비난했다. 이러쿵저러쿵 말이 많은데 왕 씨가 어떻게 모르겠는가?

왕 씨도 내심 뜨끔했다. 왕 씨는 열 살 넘어서까지 숙부와 숙모 밑에서 지냈고, 친어머니 곁에서 몇 년 안 있다가 바로 시집갔다. 숙부와 숙모는 딸이 없어서 그녀를 금이야 옥이야 키웠고, 친어머니 역시 죄책감에 엄격하게 굴지 않았다. 성씨 집안으로 시집온 후 노대부인이 시어머니의 유세를 떨지 않았으니 왕 씨는 지금까지 거칠 것 없이 살았던 것이다.

그런데 이제 살아 있는 대조 표본이 곁에 있으니 매우 난처했다. 섣달 그믐날 밤, 성씨 집안사람들이 전부 모여 제야 음식을 먹었다. 이 자리에서 노대부인은 분주하게 움직이는 해 씨를 보고, 왕 씨에게 웃으며 천천히 한마디 했다.

"너는 나보다 며느리 복이 있구나."

엄청난 뜻이 담긴 말에 왕 씨는 곧바로 식은땀을 흘렸다.

해가 바뀌자마자 왕 씨는 해 씨에게 더 이상 곁에서 시중을 들 필요 없다고 넌지시 일렀다. 해 씨는 처음에 무슨 뜻인지 모르는 척했다. 왕 씨는 며칠 더 견디다 넌지시 했던 말을 아예 대놓고 했다. 해 씨는 법도에 맞지 않으며 불효를 할 수 없다고 한사코 따르지 않았다. 왕 씨는 피를 토할 뻔했다. 거기다 임 이랑까지 옆에서 부채질했다. 성굉은 최근 왕 씨 처소에 오면 거의 대부분 며느리와 비교하는 말로 서두를 열었고, 비교할수록 유쾌해했다.

결국 왕 씨는 작심하고 해 씨의 시중을 거절하고 수안당에 가서 효도하라고 떠밀었다. 해 씨가 절반의 힘을 노대부인에게 효도하느라 쏟자, 왕 씨는 그제야 숨을 돌렸다.

노대부인은 당연히 손자며느리에게 깐깐하게 굴지 않았다. 종종 해

씨에게 가서 쉬라고 하거나 명란과 바둑을 두고 책을 읽으라고 했다. 때로는 방씨 어멈 혹은 여란을 끼워 네 명을 만들어 마작을 했다. 해 씨에게 연거푸 돈을 딴 후 명란은 바로 올케가 상냥하고 시원시원한 사람임을 알아차렸다. 해 씨는 어려서부터 글공부를 많이 했지만 전혀 고리타분하지 않았다. 시동생과 시누이에게 따스하고 너그러우며 경우가 밝고 우애가 있었다.

장동은 해 씨가 집안일을 일부 맡은 후로 더 이상 매월 생활비가 밀리는 일이 없고 의복이나 간식도 고급으로 바뀌었다며, 향 이랑과 자신이 지내기 수월해졌다고 명란에게 귀띔했다.

"올케언니, 여기 막 왔을 때 어머님 시중 드느라 힘들지 않았어요? 아니면 며느리는 다 그래야 하나요?"

명란은 철모르는 어린아이처럼 굴며 해 씨를 떠보았다.

"아가씨 큰오라버니가 그리하라고 일러주었어요."

해 씨가 소리를 죽이고 말했다. 해 씨는 명란과 두 달 가까이 지내 보니 온순하고 귀여우며 괜히 트집을 잡는 사람이 아니라는 것을 알게 되었다. 게다가 명란은 왕 씨 소생이 아니다 보니 묵란이나 여란보다 명란을 편하게 대했다. 그래서 이 두 시누이와 올케는 매우 정답게 지냈다.

"서방님이 보름만 견디면 넘어갈 거라고 하셨지요."

해 씨가 장난스럽게 눈을 찡긋했다.

제56화

여자로 사는 건 힘들어

막 설을 쇠니 장원의 이야기가 수안당에 올라갔다. 취미의 아비가 오늘내일하여 속히 딸을 시집보내 액막이를 하고 싶어 노대부인의 은혜를 바란다는 말이었다. 취미는 집안의 늦둥이로, 형제자매는 모두 혼사를 치르고 홀로 남아 부모의 걱정거리였다. 노대부인은 흔쾌히 승낙하며 방씨 어멈에게 혼수비로 은자 삼십 냥을 주라고 분부했다.

명란은 소식을 듣고 바로 자신의 처소를 뒤져 은자 이십 냥을 주었지만 취미는 손을 저으며 마다했다.

"아가씨, 이러지 마세요. 전에 제게 금과 은으로 된 머리 장신구 두 개와 비단 다섯 필을 주셨잖아요. 그것도 정말 많은걸요. 마님 처소의 채잠이가 시집갈 때 마님께서 은자 이십 냥밖에 안 주셨잖아요. 저는 노마님 처소 사람이라 더 후하게 받은 거예요. 여기다 아가씨께서 더 얹어주시면 마님이 좋게 보지 않으실걸요. 그리고 나중에 다른 아이들이 시집갈 때 어쩌시려고 그러세요?"

명란은 자신을 걱정해주는 말에 무척 감동하며 다소 쑥스러워했다.

"호의는 알지만…… 나만 아니었어도 작년에 시집갈 수 있었잖아."

취미는 주변에 사람이 없는 걸 확인한 후 조용히 문과 창문을 닫고 초간의 문발을 내렸다.

"아가씨께 진작부터 드리고 싶은 말씀이 있었어요. 이번에 제가 나가면 아이 하나를 뽑아야 하잖아요. 아이들이 오래전부터 눈독을 들이고 있던데 어떻게 하실 생각이세요?"

명란은 진작 생각해 둔 바가 있었지만 일단 취미에게 물었다.

"네 생각은 어때?"

취미가 곧바로 대답했다.

"연륜으로 보면 당연히 연초인데, 능력으로 보면 구아지요. 만약……생김새와 성격을 따진다면 약미고요."

시집갈 때 데려가는 몸종은 대부분 주인 나리의 통방이 된다는 점을 감안하여 취미는 망설이다가 약미를 입에 올렸다.

명란은 잠시 머뭇거리다 낮은 목소리로 말했다.

"난 녹지를 뽑을까 해."

취미가 놀라서 물었다.

"녹지는 말을 너무 험하게 하는데……. 어째서 그 아이를 뽑고 싶으신 거예요?"

명란이 미소를 지으며 대답하지 않고, 오히려 되물었다.

"한 명을 뽑으면 그 밑에 또 다른 아이가 들어올 거야. 우씨 어멈이 요새 계속 자기 딸 이야기를 꺼내는데 어떻게 생각해?"

취미는 잠시 생각하더니 고개를 저었다.

"우씨 어멈은 걱정거리예요. 다행히 아가씨께서 누르고 계시지만 그 집 아이가 들어온다면 또 분란이 일어날지도 몰라요. 차라리 노마님이나 마님, 큰아씨께 청하세요. 손윗사람을 존경하는 것으로 비칠 테고, 또 그때 일도 있으니 이상한 아이를 보내시지는 않을 거예요."

명란이 고개를 끄덕이며 진지하게 말했다.

"훌륭해. 전부 이치에 맞는 말이야."

그러고는 탁자에 놓인 은자 이십 냥이 든 상자를 다시 밀며 낮은 소리로 말했다.

"요 몇 년 나를 위해 고생한 건 물론이고 사람들에게 밉보인 적도 많았잖아. 이 은자는 꼭 받아야 해. 사람들 눈이 두렵다면 말하지 말고 살짝 숨겨서 가져가."

취미는 목이 메 왔다. 상전이 아랫것들에게 상을 주는 까닭은 다 자신의 평판 때문이라 사방에 떠벌리고 싶어했다. 그런데 명란은 인심이 후하여 자신의 노고를 잊지 않고 어떻게든 챙겨주려 하지 않은가. 갑자기 방씨 어멈이 넌지시 일러준 말이 생각났다. 방씨 어멈은 명란 아가씨가 시집갈 때 자신을 데려갈 생각인 것 같다고 했다. 그 말에 취미는 크게 감동했었다.

취미는 방씨 어멈이 직접 가르친 아이라 금방 소식이 퍼졌다. 다음 날 노대부인은 명란을 불러 옅은 미소를 띠며 물었다.

"녹지를 뽑고 싶다고? 어째서 그런 생각을 하였느냐?"

명란은 솔직히 털어놨다.

"구아는 제 곁에 오래 있을 수 없어요. 유씨 어멈은 분명 딸 곁에 남고 싶어 할 테니 뽑아도 소용없지요. 연초와 단귤은 둘 다 기세가 모자라고요. 약미는 좀 도도하잖아요. 요새는 이 사람 저 사람 다 무시하더라고요. 큰 계집종으로 뽑는다면 말썽이 생길 수도 있고요. 그래서 전 녹지가 좋을 것 같아요. 말이 좀 험하긴 하지만 성격이 올곧아요. 잘 가르친다면 쓸 만할 거라고…… 처음에는 그리 생각했어요."

노대부인이 흥미로워하며 물었다.

"처음에는 그리 생각했다니 그럼 지금은?"

명란은 어른 같은 모습으로 고개를 저었다.

"나중에 생각해 보니 아이들 사이에 괜한 앙심이 생기면 안 되겠더라고요. 역시 연륜을 봐서 연초를 뽑아야겠어요. 연초는 세심하고 인정이 많으니 곁에 두면 안심이 돼요."

핵심은 능력이 아니다. 안정감이 무엇보다 중요했다.

노대부인은 그 소리에 고개를 살짝 끄덕였다.

"나도 적절치 않다고 생각했는데 네가 그렇게 생각한다니 됐다. 어떤 것들은 순리에 따라 처리하는 게 좋지……. 명란아, 네가 정말 크긴 컸구나."

다소 감격스러워하는 말투였다. 노대부인은 명란의 하얗고 고운 얼굴을 보며 예전의 여리고 오동통했던 모습을 떠올렸다. 이제 자기 주관을 가지고 세심하게 생각하여 일을 처리할 수 있게 되었으니 대견한 마음이 절로 생겨났다.

정월이 지나고, 해 씨의 부친인 해 대인이 경성을 떠날 때가 되었다. 떠나기 전에 해 부인은 일부러 성부를 찾아와 딸에게 여러 가지를 당부했고, 왕 씨와도 한참 동안 이야기를 나누었다. 해 부인의 말투는 매우 겸손하고 점잖았다. 명란과 아이들은 인사만 하고 처소로 돌아왔고, 묵란, 여란은 평소처럼 명란의 처소에 모여 차를 마셨다.

"올케언니의 어머니는 참 온화하고 말씀하시는 것도 품위 있더라."

묵란은 그 고고한 분위기를 몹시 부러워했다.

"해 대인께서 이번에 종삼품 포정사사布政使司 ¹⁾ 참정으로 부임하신다더라."

여란이 웃었다.

"우리 사돈댁이니 그 정도야 당연하지."

묵란은 여란을 한번 노려보다가 뜨거운 차를 후후 불며 말했다.

"꼭 그렇진 않지. 저번에 충근백부에 갔을 때 화란 언니의 시어머니는 이렇게 좋게 말씀하지 않았어. 다과도 한참 후에야 내왔고."

여란이 또 눈을 부릅뜨고 성질을 부렸다.

너희 하루라도 말싸움 안 하면 죽니! 명란은 한숨을 쉬고는 화제를 돌릴 겸 일부러 궁금한 척 물었다.

"그런데 올케언니 댁은 정말 첩을 들이지 못하나? 그럼 올케언니의 올케들은 마음이 참 편하겠어."

여란은 명란의 말에 넘어가 의기양양해하며 말했다.

"그 집안은 대대로 선비 가문이잖아. 집안에서 얼마나 많은 진사와 거인을 배출했는지 몰라. 규율이 엄격하단 말이야. 하지만 그렇기 때문에 해씨 집안과 사돈을 맺길 원하는 세도가가 많지. 그 집안에서는 황제께서 장원을 뽑으실 때보다 더 엄격하게 며느리를 고른다고. 인품, 재능, 용모, 집안까지 다 갖춰야 하고, 적출이 아니면 안 되지!"

여란은 묵란과 명란이 들으라고 일부러 마지막 말을 길게 뺐다. 명란은 아무렇지도 않았다. 자신이 반쪽짜리 가짜 적녀임을 알기에 그저 그렇구나 한마디 건넸을 뿐이었다. 그러나 묵란은 퍽 언짢아하며 차갑게

---

1) 지방 행정기관.

웃었다.

"뭐 대단한 법도라고? 첩을 들일 순 없지만 통방은 여럿이잖아. 밖에 저택을 마련해 첩을 들인 사람도 있고. 흥, 명예를 지키려고 겉으로는 고고한 척하며 뒤로 딴짓이나 하는 게지."

"정말이요?!"

이제야 알게 된 명란은 자신의 정보망이 너무 허술함을 통감했다.

여란이 강변했다.

"숲이 크면 오만 잡다한 새가 사는 법이잖아. 해씨 집안에서 수많은 방계 가족까지 어떻게 관리할 수 있겠어?"

명란은 묵란이 자기가 아끼는 찻잔을 탁자에 내리치는 것을 가슴 졸이며 보았다. 휴, 다행히 안 깨졌다.

묵란이 비웃으며 말했다.

"난 아무 말도 안 했어. 그저 명성이 좋다고 실제로도 그런 것은 아니란 생각을 했을 뿐이지. 제대로 지키지도 못하면서 그렇게 거드름을 피울 게 뭐 있어?"

여란은 화가 나서 뒷목을 잡을 정도였다. 명란은 아무렇지도 않았다. 고대 관료 집안에서 일부일처제란 에로 소설에서 순정남을 찾는 것만큼 어려운 일이었다. 고대의 여인이 되었으니 힘들지 않으려면 이 점을 받아들여야 했다.

또 며칠이 지났다. 취미는 노대부인과 명란에게 작별인사를 올린 후 데리러 온 가족들과 함께 집으로 떠났다. 취미의 뒤를 이을 자로 선발된 연초는 동료들의 축하를 받았고, 수안당에서 다시 취수라는 아이가 빈자리를 메우기 위해 왔다. 취수는 고작 열한두 살 정도였지만 총명하여 모창재의 계집종들과 금세 친해졌다. 명란은 모두가 즐거워하자 단꿀에게 은자 두 냥을 엮어 주방의 어멈들에게 주고 간단히 주안상을 차리라고 시켰다. 그런 다음 일찌감치 처소의 빗장을 걸고 아이들이 먹고 마시며 즐기도록 했다.

"아가씨는 마음씨가 너무 좋으세요. 항상 저 아이들을 놀게 해주시잖아요. 다들 취해서 인사불성이에요. 우씨 어멈이 없어서 다행이지 안 그랬으면 분명 한소리 들었을 거예요. 이제 다들 구들장에 누워서 마음이 놓이네요."

단귤은 한 잔만 마시고 나와서 처소를 지켰다.

"연초야 그렇다 쳐도 소도는 참 눈치가 없어요. 화롯불도 지키지 않다니. 그래도 약미가 눈치는 있어요. 몇 잔 안 마시고 지금은 등을 들고 처소를 돌아보고 있잖아요."

명란도 몇 잔 마셔서 머리가 어질어질했다. 명란은 바쁘게 자신의 침상에 이부자리를 펴 주는 단귤을 보며 느긋하게 말했다.

"이번에 설 쇠느라 바빠서 아이들도 제대로 놀지 못했잖아. 다 노는 거 좋아할 나이인데 참 안됐지. 시집가는 취미를 축하하는 자리라고 생각하자. 그런데 취미는 어떤지 모르겠네? 신랑이 잘해주나? 힘들게 하지는 않겠지?"

단귤이 고개를 돌리며 웃었다.

"그 혼사는 방씨 어멈이 챙겼으니 괜찮을 거예요."

단귤은 조금 쓸쓸해하며 말했다.

"몸종으로 취미 언니처럼 체면 차릴 수 있으면 운이 좋은 거죠. 아가씨처럼 좋은 상전을 만난 것만으로도 복이에요. 인정머리 없는 상전을 만났다면 생고생을 했을지도 몰라요."

"……가아는 어떻게 되었어?"

명란이 갑자기 물었다.

단귤은 이부자리를 편 후 담요를 화로 덮개에 올려 따끈하게 데우면서 조용히 한숨을 내쉬었다.

"임 이랑은 정말 독해요. 노마님께서 유양에 가시고 마님께서 경성으로 이사하는 일로 바쁘신 틈을 타 꽃 같은 아이를 성씨 아주머니의 그 추잡한 아들에게 시집보냈잖아요. 그놈은 폭음과 도박을 즐기고 여자를 밝히는 망나니예요. 가아는 손발이 묶이고 입이 막힌 채로 끌려갔어요. 그놈이 손찌검을 일삼는 바람에 가여운 가아는 몇 달 지나지도 않아 죽었죠."

"장풍 오라버니는 아무 말 없었어?"

단귤의 온화한 얼굴에 경멸의 빛이 감돌았다.

"장풍 도련님은 아주 구슬프게 한 번 우셨어요. 며칠 지나자 체념하고 이제 유아라는 아이를 가장 아끼세요."

명란은 마음이 조금 괴로워졌다.

"역시 할머님 말씀이 옳아. 여자는 욕심을 부리면 일이 생겨."

명란은 잠시 의기소침해 있다가 정신을 차리고 단호하게 말했다.

"내일부터 연초, 소도와 함께 모두의 언행을 단단히 살펴야 해. 아이들이 바깥 머슴들과 시시덕거리지 못하게 하고 출입을 엄중히 단속하도록 해."

단귤이 명란의 엄숙한 표정을 보며 진지하게 고개를 끄덕였다.

• • •

명란은 초간의 구들장에 엎드려 노대부인을 위해 큰 글씨로 경서를 베끼고 있는 중이었다. 노대부인은 바깥 정당의 나한상에 앉아 있었다. 아랫자리에는 왕 씨와 화란 모녀가 끊임없이 목을 빼고 밖을 쳐다보고 있었다. 대화는 하고 있었지만 두서없는 뚱딴지같은 말만 오갔다. 느긋하던 노대부인은 더 이상 봐줄 수 없어서 한소리 했다.

"좀 가만히 있거라. 하씨 댁은 회춘 골목에 있으니 날이 밝기 전에 출발했다 하여도 아직 도착하기 이르다. 이렇게 초조해하면서 전에는 어찌 감쪽같이 속였느냐?"

화란이 멋쩍게 웃었다.

"할머님, 전…… 할머님을 성가시게 하고 싶지 않아서 그랬지요."

노대부인이 눈을 흘기며 꾸짖었다.

"진즉에 대단한 걸 알았다면 이렇게 오래 끌지 않았겠지!"

세 사람의 말이 구체적이지는 않았지만 안에 있는 명란도 이들이 무슨 이야기를 하는 건지 짐작할 수 있었다.

이야기를 나누고 있는데 밖에서 계집종이 손님이 왔다고 아뢨다.

노대부인은 "어서 안에 있는 명란이를 불러오너라." 하고 급히 분부하며 손님을 서둘러 안으로 들였다.

한바탕 말소리가 오가고 나서 명란이 발을 걷고 나왔다. 오랫동안 보지 못했던 하 노대부인이 와 있었다. 그 옆에는 키가 훤칠한 젊은이가 서 있었다. 노대부인이 보기 드물게 다정한 어투로 말을 건넸다.

"드디어 왔구나. 어서 앉거라."

하 노대부인은 여전했다. 윤이 자르르 흐르는 동글한 얼굴에, 까만 머리는 가지런히 모아 올려 백옥 편방으로 쪽을 지었다. 두 노대부인은 한바탕 안부를 물은 후 손주들에게 인사를 올리라고 시켰다. 화란과 명란이 먼저 하 노대부인에게 절을 올렸다. 그 후 하홍문이 성 노대부인과 왕 씨에게 인사를 올렸다.

왕 씨는 하홍문을 잡고 여기저기 살펴보며 "역시 훌륭한 사내야. 이러니 어머님께서 경성에 돌아오시자마자 입이 마르도록 칭찬하셨구나." 하며 몇 살인지, 어떤 서책들을 읽었는지, 무엇을 좋아하는지 등등을 살갑게 물었다. 노대부인이 보다 못해 말을 자르며 웃었다.

"그만! 어서 자리에 앉게 하거라. 지금 이게 질문을 하는 것이냐? 빚 독촉을 하는 것이지!"

정방에 있던 사람들이 모두 웃었다. 화란은 앞으로 나와 왕 씨를 잡은 채 고개를 돌리며 웃었다.

"너무 나무라지 마세요. 저희 어머니가 좋아서 이러시는 거예요."

하 노대부인은 괜찮다며 고개를 젓고는 눈을 돌려 명란을 보며 웃었다.

"해가 지나니 명란이는 키가 컸구나."

노대부인이 웃으며 말했다.

"키만 컸지 철이 안 들어서 아직도 개구쟁이란다."

화란은 환한 얼굴로 말했다.

"할머님, 아무리 겸손하게 말씀하시려고 해도 그렇지 명란이를 억울하게 만드시면 안 되지요. 명란이가 얼마나 효성이 깊고 착한데요."

왕 씨도 맞장구를 쳤다.

"그건 사실이지요. 제 딸 중에 명란이가 가장 마음에 든답니다."

과한 칭찬에 어리둥절해진 명란은 뭔가 미심쩍다는 생각이 들었다. 맞은편에 얌전히 앉아 있는 하홍문의 얼굴이 발그레했다. 그는 이리저리 눈길을 돌리며 명란이 쳐다보면 어린 토끼처럼 시선을 피했다.

명란의 마음속에 경종이 울렸다. 명란은 둘러앉은 사람들을 보며 속으로 중얼거렸다.

'다들 아는데 나만 모르는 게 있나?'

모두 또 한참 이야기를 나누는데 노대부인이 문득 화란을 가리키며 웃었다.

"우리 큰손녀가 질 좋은 두꺼운 옷감을 몇 필 가져왔단다. 좋아 보이길래 네게도 보내줘야겠다 생각한 참이었어. 직접 방으로 가서 마음에 드는 거로 고르는 게 어떠냐?"

하 노대부인은 주름이 가득한 얼굴로 활짝 웃었다. 그러고는 장난기를 풍기며 능청스럽게 말했다.

"큰손녀 화란이가 가져온 것이라니 그럼 화란이도 데리고 갑시다."

"그래, 같이 가자꾸나."

노대부인은 함박웃음을 지었다. 화란은 얼굴을 다소 붉혔지만 냉큼 일어나서 두 노대부인을 모시고 방으로 들어갔다. 한쪽에 있던 하부賀府의 몸종도 커다란 상자 둘을 안고 따라 들어갔다.

방금 오간 몇 마디 말이 마치 암호처럼 느껴졌다. 명란은 속으로 생각했다.

'저럴 필요까지 있나? 기껏해야 불임 전문가한테 진찰받는 거잖아.'

당장 나가기가 곤란해진 왕 씨는 마음을 콩밭에 둔 채 건성으로 하홍문과 대화를 나눴다. 차 한 잔 마실 정도의 시간 동안 하홍문에게 '자당께서는 안녕하신가'를 세 번이나 물은 왕 씨는 더 이상 참지 못하고 어색하게 웃으며 말했다.

"나도 안으로 들어가봐야겠구나."

이제 명란과 하홍문만 남았다. 둘은 서로 마주 보고 앉았다. 하나는 찻잔에 새겨진 무늬를 뚫어지게 살폈고, 하나는 땅에 해당화라도 피어 있는 듯 바닥만 쳐다봤다. 둘은 아는 사이고 예전에 몇 번이나 스스럼없이 웃고 떠들었었다. 그러나 이상한 분위기를 감지한 명란은 먼저 입을 열지 않았다.

실내에는 적막이 흘렀다. 칠층 연화대 형태의 황동 화로 속 숯만 화르르 소리를 내고 있었다. 하홍문이 참지 못하고 가볍게 헛기침을 하며 말을 꺼냈다.

"옷감을 대체 언제까지 보시는 거야?"

명란이 능청스럽게 말을 받았다.

"옷감이 너무 많은가 봐요."

"아무리 많아도 지금쯤이면 다 봤을 텐데."

하홍문은 조금 불안해했다.

"옷감이 너무 좋아서 그러겠죠."

명란은 덤덤했다.

잠시 정적이 흐르다가 둘은 서로 마주 보고 푸웁 하고 웃음을 터트렸다. 하홍문의 두 눈동자는 봄날의 호수처럼 맑아서 보는 사람을 훈훈하게 했다. 그는 한숨을 깊이 내쉬었다.

"의원 노릇이 쉽지 않구나."

"저럴 필요가 있을까요? 대놓고 보면 안 돼요?"

명란도 한숨을 쉬었다.

하홍문이 입가에 웃음을 머금었다.

"자고로 병을 감추고 의원을 멀리했잖아. 게다가 여인들은 더욱 그렇지. '고칠 수 없는 병'이 있다는 건 가장 가슴 아픈 일이야. 화란 누님도 어쩔 수 없어서 저러는 거겠지."

명란이 하홍문을 빤히 쳐다봤다.

"오라버니도 여인은 힘들다고 생각하시나요?"

하홍문은 온천처럼 따스한 얼굴로 진지하게 대답했다.

"할머님께서 남자의 몸으로 태어나셨다면 의술로 천하에 이름을 떨치셨을 거야. 하지만 아쉽게도 규방에서 집안일만 돌보시고 나 같은 모자란 손자나 가르치시잖아."

명란이 웃었다.

"모자라다니 그게 무슨 말씀이에요. 이미 자리를 잡고 진맥을 보기 시작했다고 들었어요. 하지만 의원 약방이라니 장사가 잘되길 기원해 드리지는 못하겠네요."

하홍문은 조금 과하게 불그스름한 명란의 뺨을 보고 장난기가 동하여 엄숙한 표정으로 말했다.

"소인의 의술이 모자라지 않다고 칭찬하시니 한 말씀 드리리다."

"말씀하시지요."

명란은 개의치 않았다.

"차가운 술은 드시지 마시오. 특히 잠자기 전에는 말이오."

"윽!"

명란은 반사적으로 입을 막았다. 들켰다는 당혹감에 우물쭈물거리며 말했다.

"아니, 무슨……."

명란은 잡아떼려다가 하홍문이 웃음기 가득한 얼굴로 확신에 찬 표정을 짓는 걸 보고 체념하듯 투덜거렸다.

"그런 것도 보이세요?!"

하홍문은 과장된 한숨을 쉬었다.

"할 수 없지. 의술이 뛰어난 걸 어쩌겠어?"

명란은 소매를 움켜쥐고 웃음을 참았다. 웃겨서 허리를 못 펼 지경이었다.

명란은 창피하기도 하고 괜히 부아도 나서 입꼬리를 올리며 귀여운 하얀 이를 드러냈다. 명란의 아리땁고 투명하리만치 하얀 피부는 공작을 수놓은 병풍처럼 예뻤다.

그런 명란을 바라보던 하홍문은 순간 가슴이 뜨거워져 고개를 숙였고, 감히 다시 쳐다보지 못했다.

제57화

자매 사이에

2월 초가 되자 이른 봄추위가 시작되고 가지에 연한 푸른 잎이 나오기 시작했다. 명란은 기분이 좋아서 봄을 맞는 글귀를 쓰려고 겨우내 놀고 있던 책상을 폈다. 단귤에게 먹을 진하게 갈라고 시킨 후 붓을 들어 '대나무 옆에 복사꽃 가지 폈네'라고 쓰는데 묵란이 놀러 왔다.

명란은 급히 붓을 내려놓고 웃으며 문으로 갔다.

인사치레를 한 후 묵란은 눈을 들어 대리석을 올린 황단목 탁자 위를 봤다. 새하얀 화선지와 아직 마르지 않은 글씨가 보여 웃으며 말했다.

"공부하는 걸 방해했네."

명란이 웃었다.

"공부라니요. 재미 삼아 써본 것뿐이에요."

묵란은 탁자로 가서 종이를 들고 보면서 흠을 잡았다.

"이런 솜씨로 붓을 잡았단 말이야?! 힘이 하나도 없잖아. 필력이 이 모양이니 글씨도 한데 뭉치고!"

명란은 별안간 한소리를 듣고 겸연쩍어하며 말했다.

"제 해서체는 그래도 좀 볼만하다고요. 경서를 베끼면서 꽤나 연습했으니까요."

제발 비교하지 마……. 대학 입시 추가점을 받으려고 수업시간 외에 연습으로 조금씩 쌓은 재주가 날마다 밤낮으로 혹독한 연습을 한 사람과 같겠어?

한심하다는 듯 명란을 본 묵란은 곧장 붓을 들어 '봄 강물의 따스함은 오리가 먼저 아네'라는 구절을 써 내려갔다. 글씨는 힘차고 매끄러워 명란이 쓴 것보다 훨씬 나았다. 하지만…… 명란은 서예는 못 해도 묵란의 글씨가 노대부인보다 한참 떨어진다는 것은 알아볼 수 있었다.

물론 명란은 훌륭하다고 호들갑을 떨며 칭찬했다. 묵란도 자신의 글씨를 보며 꽤 흡족해하며 다시 글귀를 써 내려갔다. 마지막 글자의 끝점을 진하게 찍을 때 여란도 왔다. 여란은 묵란이 있는 것을 보고 얼굴을 찡그리며 말했다.

"왜 언니가 여기 있어?"

명란은 묵란의 마지막 필치를 칭찬할 틈도 없이 앞으로 가서 여란을 맞이했다. 문발을 걷어주던 연초는 이제 익숙해져서 분부가 내려지기도 전에 차를 끓이러 갔다. 묵란은 붓을 내려놓고 탁자 뒤에서 돌아 나와 웃으며 말했다.

"너는 와도 되고 나는 안 되니?"

명란은 황급히 상황을 수습하려고 자신을 웃음의 소재로 삼았다.

"여기가 너무 좋아서 그렇지요. 차도 좋고, 간식도 맛있고, 처소의 주인은 특히나 더 좋잖아요."

묵란과 여란이 함께 명란을 야유했다.

언제부터인지 세 자매는 종종 모창재에 모였다. 사실 여란의 도연관이 가장 쾌적하고 호화로웠다. 그러나 묵란은 매번 '품위가 없고 촌스럽다'라고 비웃었다. 청아하기로는 묵란의 산월거가 제일이었다. 하지만 여란은 사방에 지필묵이 깔려 있는 걸 보고 '학구적인 척'한다고 도발했다. 이러다보면 몇 마디 오가기도 전에 금방 전쟁이 벌어졌다. 명란만이 이런 상황을 넉살 좋게 어깨 한 번 으쓱하며 받아넘길 수 있었다.

여란이 탁자 뒤로 돌아 들어와 글자를 보았다. 여란은 글씨를 평가할 수는 없었지만 몇 마디 하려고 했다.

"어째서 연자전燕子箋[1]을 쓰지 않는 거야? 이번 설에 우리 외숙부께서 많이 보내주셨잖아?"

명란이 팔짱을 끼고 자그맣게 말했다.

"그건 너무 비싸잖아. 글씨 연습할 때는 잘 안 쓰지."

묵란이 콧방귀를 뀌었다.

"글자를 쓸 때는 필법을 봐야지. 왕희지의 『난정서蘭亭序』는 평범한 종이에 쓰여 있어도 후세까지 전해지잖아. 설마 종이 때문에 그렇겠어?"

명란이 급히 끼어들었다.

"두 언니 말이 다 맞아요. 제 필법에는 이런 평범한 화선지가 어울리잖아요. 다음번에 글씨 연습하러 제 처소에 오실 때에는 각자 좋은 종이를 가지고 오세요."

명란은 두 언니가 싸우는 건 두렵지 않았지만 전장이 모창재가 아니길 바랐다. 저번에 둘이 다투면서 묵란은 겹사법랑 향합을 집어 던졌다. 여란은 서시가 그려진 녹두색 분채잔을 세 개나 깨뜨렸다. 물어달라고 할 수도 없고 마음만 쓰라렸다.

---

1) 시를 쓰는 가느다란 종이.

연초가 다반을 들고 들어왔다. 뒤따라 단귤이 간식 바구니를 들고 들어왔다. 명란은 급히 두 언니를 잡아 탁자 옆에 앉힌 후 웃으며 말했다.

"이건 어제 방씨 어멈이 새로 만든 팥떡이에요. 할머님 처소에서 가져왔으니 먹어봐요."

늘 그랬듯이 묵란은 차를 평가하고 여란은 간식을 트집 잡았다. 그러면서 겨우 분위기가 풀렸다.

몇 마디가 오가고 난 후 여란은 어제의 방문객을 화제에 올렸다.

"어머니가 그러셨는데 하 노대부인께서는 의술에 정통하시대. 할머님과 몇 말씀 나누시지도 않고 바로 진맥을 보더니 몸을 좀 보자고 하셨나 봐. 그래서 우리를 부르지 않으신 거지."

묵란이 우아하게 찻잔 뚜껑을 돌리며 웃었다.

"함께 온 그 하 공자님도 의술을 익힌다면서. 휴…… 의술을 행하는 게 좋은 일이긴 하지만 태의원太醫院 2)에 들어가서 원사院使나 원판院判 3)에 힘겹게 오른다고 해도 겨우 오품, 육품이잖아."

여란이 콧방귀를 뀌었다.

"무슨 주제로 의원을 무시해!"

묵란은 여란에게 신경도 쓰지 않고 명란을 곁눈질로 보며 의미심장하게 웃었다.

"하지만…… 가풍이 깨끗하고 식구가 단출하잖아."

명란은 고개를 숙이고 차를 마시며 말을 받지 않았다. 내막을 모르는

---

2) 황실의 의료를 주관하는 부서.
3) 태의원 직책.

여란은 내키는 대로 화제를 바꿨다.

"내일모레 광제사에 가는데 명란이는 뭘 입고 갈 생각이니? 난 큰언니가 준 금줄에 진주를 박은 대봉잠을 할 거야. 위쪽에 새우 모양 장식이 흔들거리는 게 참 재밌어."

명란이 웃으며 말했다.

"난 비취를 박은 연화 무늬 은사 장신구를 차고 갈래."

여란은 코를 찡긋하더니 서슬 시퍼렇게 말했다.

"너무 초라하잖아. 우리 집안 체면을 생각해야지! 마땅한 게 없다면 내가 빌려줄게!"

명란은 개의치 않는다는 듯 찻잔을 내려놓고 진지한 얼굴을 했다.

"향을 피우고 기도를 드리러 가는 자리잖아. 그렇게 화려하게 차리고 가면 부처님께서 눈이 부셔서 언니 소원을 들어주지 않으실지도 몰라! 체면? 도둑이 눈독 들이기나 하겠지!"

여란이 눈을 부릅뜨며 말했다.

"황상 발밑에서 감히 누가 도둑질을 해? 요새 계속 집 안에 있느라 답답했는데 제대로 놀아야지. 아무래도 어머니의 보석 꽃이 달린 금비녀와 진주 장신구도 달아야겠어."

표정과 말에서 자랑하고 싶어 하는 기색이 넘쳐흘렀다.

"세상에, 언니 몸에 찬 것만으로도 장신구 점포를 열 수 있겠네. 제발 언니의 목을 가엾게 여겨줘!"

명란이 농담하자 여란은 손을 뻗어 꼬집으려고 했다. 명란은 서둘러 몸을 피했다.

묵란은 둘이 장난치는 모습을 보며 자신만 소외된 것 같다는 생각에 쌀쌀맞게 말했다.

"예전에는 항상 정월에 향을 올리러 갔잖아. 올해는 미루다가 인제야 가는데 무슨 재미가 있겠어? 그런데도 이렇게 즐거워하기는."

여란이 즉시 반박했다.

"할머님께서 말씀하셨잖아. 경성에는 온갖 사람들이 다 모여 있어서 정월에 맞춰 가면 제대로 향을 올리지도 못하고 사고가 날 수도 있어! 우리가 등주에 있는 줄 아나보네. 사원 안팎의 잡다한 사람들을 다 쫓아 낼 수 있겠어? 방탕한 호색한이 눈독 들이기라도 하면 어쩌려고 그래?"

묵란이 가볍게 웃었다.

"희곡을 너무 많이 봤구나. 걱정도 많아. 정월에는 명문 세도가에서 많이 가잖아. 우리가 다 살피지 못해도 그 가문들에서 잘 방비할 텐데 무슨 걱정이야? 할머님도 연세가 많으셔서 그런지 너무 조심스러워하셔."

명란은 듣고 있기가 불편해서 미간을 찌푸렸다.

"명문 세도가에는 방탕한 호색한이 없나요? 언니처럼 꽃같이 아리따운 사람은 누가 보든 눈독을 들일 거예요. 아버지나 오라버니들을 봐서 말썽이 없는 게 좋잖아요."

자신도 모르는 사이 말에 냉기가 서렸다.

묵란은 기가 막혀 하며 이를 악물었다.

"그게 무슨 뜻이니?!"

명란이 대꾸했다.

"무슨 뜻 같아요?"

묵란이 매섭게 눈을 흘겼고, 명란도 전혀 물러서지 않았다.

여란은 흥미진진하게 지켜봤다. 하지만 안타깝게도 얼마 되지 않아 명란이 먼저 눈을 피하고는 부드럽게 웃으며 말했다.

"제 말은 어른들께서는 우리보다 생각이 깊으시니 말씀을 잘 따르면 된다는 뜻이었어요."

묵란은 씩씩거리며 자리에 앉았다. 상황이 금방 끝나는 게 아쉬웠던 여란이 싸움의 불씨를 더 지펴 보려는데 예쁘고 똑똑하게 생긴 계집종 하나가 들어왔다. 여란의 몸종인 희작이었다. 희작은 세 자매에게 공손히 인사를 올린 후, 여란에게 웃으며 아뢰었다.

"여란 아가씨, 마님께서 찾으세요."

여란은 놀라서 자신의 얼굴을 찰싹 때리며 가볍게 외쳤다.

"아, 또 잊고 있었네! 어머니가 같이 장부를 봐달라고 하셨지."

여란은 일부러 묵란과 명란을 보며 의기양양하게 "묵란 언니, 명란아, 나 먼저 갈게."라고 하고는 급히 나갔다.

여란이 멀리 떠나자 묵란은 탁자를 세차게 내리치며 아니꼽다는 듯이 말했다.

"의기양양해하는 꼴 좀 봐! 어머니도 편애가 너무 심하시잖아!"

명란은 다시 찻잔을 들어 가볍게 불며 대꾸했다.

"임 이랑께서 언니에게 시문을 가르치시고, 어머니는 여란 언니에게 집안일과 장부 작성을 가르치시고, 전 방씨 어멈에게 바느질이나 자수를 배워요. 그럼 됐잖아요."

묵란은 명란을 한 대 내리치고 싶었지만 화를 삭이며 야릇한 목소리로 말했다.

"하 공자님의 조부께서 사직하셨다고 하더라. 그럼 집안에 관료라고는 남쪽에서 지부를 맡고 계신 백부 한 분뿐인데…… 조카를 돌봐줄지 모르겠네."

명란은 한마디도 않고 묵묵히 듣다가 찻잔을 내려놓았다. 그러고는 몸을 비스듬히 돌려 묵란을 똑바로 바라보며 정색하고 말했다.

"등주의 미운美韻 언니 일을 기억해요?"

묵란은 명란이 갑자기 미운을 거론하자 당황했다.

"기억하지, 그게 왜?"

명란이 느릿느릿 말했다.

"미운 언니는 유 지부 집안의 서녀잖아요. 유 부인은 온화하고 인자한 편이셨죠. ……미운 언니는 작년에 등주의 청빈한 과유科儒에게 시집을 갔답니다."

묵란은 명란의 뜻을 파악하지 못했다. 명란은 말을 이어갔다.

"미운 언니뿐만 아니라 우리가 등주에 오랫동안 있으면서 알고 지냈던 벗 중에 서녀는 어디로 시집갔나요?"

묵란은 차츰 명란의 뜻을 깨닫고 얼굴이 구겨졌다. 고운 얼굴이 날카로운 뿔처럼 삐쭉해졌다. 명란이 말을 이었다.

"서녀들 중에 운이 가장 좋았던 건 운주 언니지요. 하지만 언니도 아버지 동료의 적자에게 시집간 정도였어요. 그나마도 그 집 부인에게 딸이 없어서 운주 언니를 친딸처럼 키운 경우였지요. 금아 언니는 반백이 넘은 경력[4]의 후처로 들어갔어요. 전 부인에게 아들이 없던 게 다행이었지요. 서춘 언니는 마을 유지한테 시집갔고요. 가장 딱한 것은 순낭 자매인데, 지현 나리가 재물과 색을 탐하느라 서출들의 생사는 안중에도 없었잖아요. 그래서 그 집 마님이 마음대로 하나는 산동 안찰사의 첩으로 보내고, 하나는 시골의 늙은 유지에게 후처로 보냈죠. 그 대가로 많은 돈을 챙겼고요……."

---

4) 관직명.

묵란은 예전에 알고 지내던 벗들을 떠올렸다. 모두 아리땁고 고운 아이들이었는데 순식간에 쓰러져 버린 벗들 생각에 마음이 무거웠다. 명란이 낮게 한숨을 쉬었다.

"규방 밖으로 나와 교류를 할 수 있다는 건 그래도 어느 정도 지위가 있다는 뜻이죠. 안주인의 분부로 집안에만 갇혀 사는 서녀들은 어떤 처지겠어요? 화란 언니는 백부에 시집갔죠. 언니가 사귀던 경성의 규수들은 다 지위가 높잖아요. 하지만 우리가 그들과 비교나 되겠어요?"

적녀는 서녀보다 출신과 교양 면에서 월등했다. 게다가 잘하면 지체 높은 집안에 시집가 용도, 봉황도 될 수 있는 위치에 있었다. 그러나 서녀는 달랐다. 높은 곳은 꿈도 꾸지 못하고 낮은 곳은 성에 안 찼다. 적녀인 자매와 같은 공간에서 생활하고 같은 사람을 만나며 같은 삶을 누리지만 마지막 혼인은 천양지차였다. 이런 비교에서 오는 상대적인 박탈감은 몹시 두려운 것이었다.

묵란이 앙칼지게 말했다.

"우리는 달라. 아버지는 힘 있는 관료시고 오라버니들도 모두 전도유망하잖아."

그러고는 잠시 멈칫했다가 목소리를 낮춰 말을 이었다.

"적출이니, 서출이니 그게 뭐가 중요해. 학문이나 품성, 외모에서 내가 뒤지는 게 뭐 있어? 그저 본처의 소생이 아닐 뿐이잖아. 사람들은 지위에 따라 사람을 차별하여 대접하지. 조금만 방심하면 짓밟혀서 나락으로 떨어진다고. 내가 뭣 때문에 평생을 남 밑에서 짓밟혀야 해?"

갑자기 답답해진 명란은 일어나서 창문을 열고 조용히 말했다.

"언니 뜻대로 되길 바랄 뿐이에요."

진취적인 것과 주제넘은 것을 어떻게 구분할까? 높은 곳에 오를수록 무섭게 추락하는 법인데, 뜻대로 안 되면 어쩌나? 자매로서 할 수 있는 충고는 다 했다. 그래도 계속 깨닫지 못한다면 이제 모르는 일이다. 명란이 천주교도도 아니잖은가.

제58화

광제사
반나절 유람 上

이날은 성씨 집안에서 향을 올리고 예불을 드리는 날이었다. 아침부터 안채에서 준비가 시작되었다. 중문 입구에는 오동나무에 옻칠한, 지붕이 평평한 마차 세 대가 준비되어 있었다.

노대부인과 왕 씨, 해 씨가 한 차, 묵란과 여란, 명란이 한 차, 몸종과 어멈 몇이 한 차에 나눠 탔다. 왕 씨는 몸집이 우람한 어멈 여덟아홉과 호위하는 하인 열둘을 따로 정했다.

이른 아침부터 일어나느라 묵란과 여란은 피곤하여 입씨름을 벌일 기력도 없었다. 모두 명란처럼 허리 방석에 기댄 채 마차가 움직이는 대로 흔들리며 졸았다. 여란은 묵란이 싫어서 계속 명란 쪽으로 몸을 기댔다. 몸이 눌린 명란은 잠결에 힘들어서 몸을 뒤척였다. 한참 시달리다 못해 잠에서 깬 명란은 밖에서 희미하게 들려오는 불경과 종소리에 거의 다 왔다는 것을 깨달았다.

명란은 왕년에 오전 자습시간에 맞춰 룸메이트를 깨우던 실력을 발휘해 두 언니의 코를 능숙하게 비틀었다. 둘은 답답해하다가 곧 깨어나서 함께 명란을 노려봤다. 명란은 빙그레 웃으며 말했다.

"언니들, 광제사에 거의 도착했어요."

묵란은 급히 머리를 숙이고 자신의 차림을 가다듬었다. 한 박자 늦게 여란도 옆머리에 꽂은 연꽃 모양 장식이 달린 금채를 매만졌다. 묵란과 여란, 명란은 마차 안에서 사람들 소리가 점점 커지는 것을 느꼈다. 대부분은 여인네들의 목소리였고 사이에 아이들 목소리도 섞여 있었다. 향을 올리러 많은 사람이 온 모양인지 은은한 단향내가 마차 안에 퍼졌다.

바깥의 시끌벅적한 소리에 세 소녀는 몸이 근질거리면서도 멀뚱멀뚱 서로의 얼굴만 쳐다봤다. 모두 숨을 죽이고 눈을 크게 뜬 채 누구도 먼저 마차의 발을 걷고 밖을 보려고 하지 않았다.

명란은 고개를 숙이고 한숨을 쉬었다. 사람이 많을수록 서로 책임을 미룬다는 이론은 틀림없구나 싶었다.

마차 안의 분위기는 가라앉았다. 그런데 갑자기 마차가 심하게 흔들렸다. 셋은 똑바로 앉지 않아서 앞으로 쏠려 넘어졌다. 곧이어 마차 밖에서 고함치며 욕하는 소리가 들리자 명란은 흥분했다. 설마 고대 마차에도 추돌 사고가 있나?!

가장 민첩한 여란이 첫 번째로 머리를 쓰다듬으며 일어났다. 마차 안에 두꺼운 털방석을 깔아놓았지만 부딪힌 이마가 욱신거렸다. 여란은 곧장 소리를 질렀다.

"무슨 일이야?!"

물론 누구도 대답해주지 않았다.

묵란은 몸을 일으킨 후 재빨리 마차의 발을 걷고 내다보았다. 여란도 묵란을 비아냥거리기는커녕 그쪽으로 몸을 기울여 함께 내다봤다. 가장 마지막으로 일어난 명란 역시 대세에 따라 고개를 들이밀고 밖을 봤

다. 마부가 마차를 길가의 큰 나무 뒤에 대어 놓은 덕에 살그머니 발을
올리고 내다보는 셋의 모습은 아무에게도 들키지 않았다.

　바깥 상황은 놀라웠다. 노대부인이 탄 마차는 바로 앞에 멈춰 있었고,
바깥은 울먹이는 소리와 비명이 섞인 난장판이 벌어져 마차가 지나갈
수 없는 상황이었다. 멀지 않은 곳에 번지르르하게 차려입은 공자들이
큰 말을 탄 채 누군가를 조롱하며 욕하고 있었다. 명란은 얼핏 듣고 어찌
된 영문인지 대충 짐작했다. 방금 그 공자들이 말을 타고 질주하며 지나
가는 바람에 길가의 행상들이 펴놓은 판이 다 뒤집어진 것이었다. 상황
이 너무 급박해 행인들조차 여럿 넘어져서 부녀자들과 아이들이 울고
사람과 말들이 흥분해 길이 막혔다.

　묵란은 가볍게 욕했다.

　"안하무인 공자들이잖아!"

　여란은 낮게 외쳤다.

　"무뢰한!"

　명란은 생각했다.

　'잡상인을 쫓은 건가?!'

　그중에서 붉은 비단옷을 걸친 사내가 채찍을 들고 욕을 퍼부었다.

　"이런 천한 것, 눈을 어디에 뒀길래 감히 우리 길을 막아. 너 같은 놈은
버러지처럼 밟아 죽일 수도 있다!"

　그들에게 부딪쳐 피를 철철 흘리며 헐떡거리는 노모를 부축한 사내가
분노를 터뜨렸다.

　"공…… 공자님들은 국법도 없습니까? 이렇게 천인공노할 짓을 하며
사람 목숨을 하찮게 여기다니요!"

　붉은 옷을 입은 공자가 채찍을 휘두르자 사내의 얼굴에서 피가 흘렀

다. 사내는 고개를 숙이고 자신의 노모를 감쌌다. 붉은 옷의 공자가 흉악한 표정으로 얼굴을 실룩거리더니 침을 뱉었다.

"국법? 이 몸이 국법이다! 썩 안 비켜!"

그 사내는 굴복할 수 없다는 듯이 앞으로 나아가 붉은 옷을 입은 공자의 허벅지를 필사적으로 움켜쥐었다. 공자가 채찍을 계속 내리쳐도 사내는 손을 풀지 않았다.

옆에 말을 타고 있던 귀족 집안 청년들이 웃으며 말했다.

"영현! 자네의 채찍질이 약한가보군!"

"어젯밤 취선이 고것에게 힘을 너무 쓴 거 아닌가? 하하하……."

"채찍질을 좀 쉬엄쉬엄하게. 허리 삐끗해서 잘못되면 천선각 장사가 반으로 쪼그라들 것 아닌가!"

주변의 부유해 보이는 공자들이 연이어 웃음을 터트렸다.

그 영현이라는 공자는 더 성이 나서 사내의 살이 터지도록 힘을 주어 채찍을 휘둘렀다. 옆의 공자들이 낄낄거리며 웃고 있는데 갑자기 싸늘한 남자 목소리가 울렸다.

"나중에 아랫것을 시켜 분이 풀릴 때까지 채찍질하면 그자가 죽어도 자네는 무탈할 것인데 왜 여기서 소란을 피우나? 오늘 양 각로의 공자가 뒷산 매화나무 숲에서 시 모임을 할 것이네. 잠시 후면 다들 산으로 가야 하네!"

이미 고개를 거둬들였던 명란은 갑자기 들려온 목소리가 왠지 익숙하게 느껴져 다시 밖을 내다봤다. 무리 중에 둥근 옷깃의 감청색 직철을 입고 말에 탄 남자가 있었다. 그는 어깨가 넓고 등이 꼿꼿하며 몸집이 장대했다. 고정엽이 아니고 누구겠는가.

입구에 멈춰선 마차가 점점 많아졌다. 마차는 호화롭고 사람들은 건

장했다. 몇 곳에서는 앞에 무슨 일이 일어났는지 알아보려고 하인을 보냈다. 소동을 일으킨 공자들은 낌새가 좋지 않자 바닥에 은전을 뿌리고 말을 달려 자리를 빠져나갔다. 느닷없이 차이고 밟혀서 바닥에 쓰러져 울던 평민들은 부랴부랴 은전을 주웠다.

명란은 고개를 저으며 다시 마차 안으로 머리를 거뒀다. 소문은 정말 사실인 듯했다. 언연은 정말 위험할 뻔했다.

마차 안의 여인들은 모두 대갓집 권솔들이라 울음소리를 듣고는 바로 다친 이들에게 은전을 베풀었다. 모인 사람들이 점차 흩어지고 멈춰선 마차들도 다시 움직여 서둘러 산으로 올라갔다.

광제사는 경성 서쪽의 옥매산 정상 좌측에 위치한 경성의 삼대 사찰 중 하나였다. 현 왕조가 개국할 때 태조가 친필로 중생을 구제하라는 뜻의 '보도중생普渡衆生'이란 네 글자를 내리신 일로 유명해졌다. 사찰은 특별히 크고 화려하지 않았다. 앞뒤로 석가여래와 관음보살, 미륵 나한 등을 모신 대전 세 채와 양측에 각각 종루가 하나씩 있을 뿐이었다. 향을 올리는 것도 나머지 두 큰 사찰만큼 성대하지 않았다. 이런 까닭에 노대부인은 번잡함을 피하려고 이곳에서 향을 올리기로 한 것이다.

향을 태우고 예불을 올리는 일은 명란에게 익숙했다. 일행이 손님을 접대하는 지객승의 안내로 대전에 들어가자 주지인 묘선妙膳이 직접 나와 영접했다. 서로 안부를 묻고 난 후 노대부인은 향불을 올리는 비용을 두둑이 헌금했고, 왕 씨와 해 씨도 따라서 헌금했다. 일행은 왼쪽에서부터 차례로 불상이 있는 곳마다 향을 피우고 절을 올리며 소원을 빌고 종이를 태웠다.

예불을 드리는 사람이 대개 부녀자와 아이들이어서 사찰 안에는 이빨 빠진 늙은 승려나 막 유치가 빠진 어린 사미승뿐이었다. 젊고 건장한 승려가 하나도 없는 모습에 명란은 속으로 감탄했다.

'직업 정신 투철하네!'

세 번째 대전의 마지막 불상인 양지관음에 예불을 드릴 때 명란은 현대에 있는 가족을 떠올리며 성심으로 절을 올리고 그들이 평온무사하길 빌었다. 고개를 드니 왕 씨가 해 씨를 끌고 뒤쪽 한구석의 자식을 점지해주는 송자관음으로 가는 것이 보였다. 해 씨는 붉어진 얼굴로 부끄러워하며 절을 올렸다.

한쪽에 선 노대부인은 말없이 관음상을 보고 서 있었다. 명란이 고개를 돌려 보니 묵란이 향안에 놓인 첨통[1]을 한번 해 볼까 하는 눈으로 바라보고 있었다. 명란이 자신을 바라보자 묵란은 소매로 얼굴을 가리며 웃었다.

"해볼래?"

명란이 대답하기도 전에 여란이 통을 들더니 꿇어앉아 중얼거리며 흔들기 시작했다. 밖이라 성질을 부리기 어려웠던 묵란은 입술을 깨물며 여란을 지켜봤다. 여란은 통을 흔들어 패를 떨어뜨렸고, 패가 나오자마자 안 보이게 손에 움켜쥐더니 묵란과 명란을 보며 말했다.

"다들 할 거지? 다 같이 뽑고 나서 함께 풀이를 보자."

묵란은 여란에게 첫 순서를 빼앗기자 더는 망설이지 않았다. 통을 낚아챈 후 무릎을 꿇더니 연달아 절을 세 번 올리고 조심스럽게 통을 흔들었다. 패가 떨어지자 묵란도 누가 볼세라 서둘러 손을 움켜쥐더니 명란을 쳐다봤다.

---

1) 운세를 점치는 가는 패가 담긴 통.

명란은 고개를 저었다.

"전 됐으니까 언니들끼리 봐요."

여란은 됐다는 명란을 방석에 앉히며 말했다.

"안 돼. 우리도 했으니까 너도 빠지면 안 되지."

묵란도 나긋나긋 말했다.

"그래도 한번 해. 할머님께서 아시면 너만 빼났다고 혼내실라."

명란은 쓴웃음을 지으며 불상 앞에 무릎을 꿇었다. 통을 흔들며 문득 하홍문이 돌아간 후 노대부인이 한 말을 떠올리자 저도 모르게 얼굴이 붉어졌다. 사실 명란도 자신의 앞날을 생각해 보지 않은 것은 아니다. 그러나 이렇게 폐쇄적인 세계에서 자신이 얼마나 많은 사람을 만날 수 있을까 하는 의문이 들었고, 믿을 만한 사람을 믿는 게 더 좋지 않을까 생각하게 되었다.

노대부인은 반평생 고통을 겪은 후 명예나 재물이 모두 뜬구름이라는 것을 깨달았다. 무탈하게 지낼 수 있으면 되고, 사람이 따뜻한 성품을 지닌 게 중요하다고 생각했다. 그래서 처음에는 명란의 육촌오라버니인 태생을 생각했다. 호씨 집안은 장사를 하지만 호이우 부자는 성품이 몹시 후덕했다. 그리고 당고모인 성운은 노대부인에게 신세를 졌으니 명란이 시집간다면 평생 순탄하고 즐겁게 살 수 있을 것이다.

그런데 갑자기 두 가지 변수가 튀어나왔다. 먼저 하씨 집안의 손자를 만나게 되었다. 하 노대부인은 명란을 보고 무척 마음에 들어하며 사돈을 맺고 싶다는 뜻을 비쳤다. 큰당숙모 이 씨의 올케도 명란을 탐냈다. 또 하나, 유양에 있는 성유의 집에 머물 때 노대부인은 대대부인과 이 씨가 은근히 품란과 태생을 맺어주고 싶어하는 것을 알아차렸고, 친척을 곤란하게 하고 싶지 않아서 태생에 대한 마음을 접었다.

그렇게 명란의 신랑감 후보로 하홍문과 이욱이 남았다.

이씨 가문이 더 부유하긴 해도 장사하는 집안 출신에다 명문가 사이에 기반이 없었다. (명란 왈: 부유하고 기반도 있는 집에서 왜 서녀를 원하겠어?) 하홍문은 의젓하고 외모도 수려하여 노대부인은 그를 무척 좋아했다. 그러나 그가 어릴 때 부친을 잃어 의지할 곳이 없고, 홀어머니는 병상에 누워 있어 며느리가 고생할 게 빤하니 걱정이었다.

화란을 진맥하러 온 날, 하 노대부인은 성 노대부인에게 속마음을 비쳤다. 첫 번째는 하 노대부인 내외가 이 손자를 가장 아낀다는 이야기였다. 그래서 하홍문의 아버지가 죽자마자 손자의 장래를 염려하여 일찌감치 분가시켜 재산을 일부 떼어주었고, 이를 하 노대부인이 관리하고 있다고 했다. 자신들이 죽고 나면 아들들이 재산을 공평히 나눌 것이고 그 일부가 또다시 하홍문에게 돌아갈 것이다. 게다가 하홍문 본인도 의술이 있고, 관직에 있는 큰아버지와 다른 친지들에게 의지할 수도 있으니 생활은 걱정하지 않아도 된다는 내용이었다.

뒤에 몇 마디 더 하다가 솔직한 성격인 하 노대부인은 한 가지를 더 털어놓았다. 하홍문의 어미는 병세가 깊어 친정 어미가 돌보고 있고, 아들이 가정을 꾸리는 걸 보고 싶어 버티고는 있지만 사오 년 정도밖에 못 버티는 상황이라는 것이다.

여기까지 생각하자 명란은 그때 시어머니 수발 안 들어도 된다고 은근히 좋아했던 자신의 못된 마음을 깊이 반성했다.

묵란과 여란은 늘 명란의 포부가 작다고 놀렸다. 그러나 명란은 두 언니가 경성의 화려함을 알게 된 후 눈이 너무 높아졌다고 생각했다. 경성에는 전국구 급인 황족과 귀족, 고관대작이 많아 성굉은 경성에서 눈에 띄지도 않지만 유양에서는 알아주는 인물이었다.

더구나 하홍문이 경성에서 의술을 폭넓게 익히고 태의원 후광을 입어 산수 좋은 작은 현성에 의원을 열면 여유로운 생활을 할 수 있을 것이다. 그리고 보니 하씨 집안의 본가가 유양 근처의 한 현성에 있었다.

하 노대부인은 하홍문도 명란을 좋아한다고 했다. 몇 번 만났던 상황에 비춰보면 둘이 혼례를 치르고 나서 살가운 가정을 이룰 것이라고 확신했다. 명란이 가업을 잘 꾸려 그 지역 최고 갑부가 되어 자식을 낳고 함께 다니면 얼마나 좋겠냐고 부추겼다.

그러나 성 노대부인은 급할 것 없으니 더 지켜보자고, 더 잘 맞는 짝이 있을지 모른다고 했다. 어쨌든 하홍문을 더 지켜보고 이욱도 생각해 봐야 했다. 혹시 또 다른 변수가 생길지 어찌 알겠는가.

명란은 계속 통을 흔들며 바보 같이 웃고 있었다. 여란이 보다 못해 명란을 살짝 밀자 얼떨결에 패가 떨어졌다. 명란이 일어나자 세 자매는 자신의 패를 들어 올려 서로 비교했다. 나이순대로 상중, 중상, 하하였다.

묵란과 여란은 몹시 흡족해했다. 그러고는 짐짓 안됐다는 표정을 한 채 명란 손에 쥐다진 하하 패를 쳐다보며 위로했다.

"그냥 점괘일 뿐이잖아. 너무 마음 쓰지 마."

명란은 덤덤했다.

'내 처지를 여실히 보여주는 패구나.'

대전 입구가 바로 패를 풀어주는 곳으로 노승 몇몇이 앉아 있었다. 묵란과 여란, 명란은 노대부인과 왕 씨에게 고하고 몸종과 어멈들을 대동하여 풀이를 들으러 갔다. 풀이하는 곳에는 몸종들에게 둘러싸인, 화려한 비단옷을 입은 묘령의 소녀가 있었다. 등지고 앉아 있어서 소녀의 얼굴은 보이지 않았고 맞은편의 노승이 이야기하는 소리만 들렸다.

"……영웅이 곤경에 빠져 절망했을 때 희망이 보이리라. 혹여 지금 순

탄치 않아도 상황에 맞춰 움직이면 구름이 걷히고 밝은 달이 보일 것이
다……"

명란은 웃음을 터트렸다. 모든 운세 풀이 문구는 어디다 갖다 붙여도
통하는 만능 문구를 쓰는 법이다.

묵란과 여란은 신이 나서 각자 노승에게 풀이를 부탁했다. 명란이 뒤
에서 대략 듣자니 이랬다. 앞날은 밝다, 길은 험하나 노력만 하면 아무리
못나도 혼인, 일, 건강이 다 형통할 것이다.

명란은 튀지 않고 다른 사람과 비슷하게 행동해야 한다는 생각에 풀
이를 청할 사람을 찾았다. 가장자리에 기이하고 추하게 생긴 노승 하나
가 앉아 있었다. 바람에 말린 귤껍질보다 더 주름진 얼굴에 무섭게 일그
러진 표정으로 혼자 구석진 곳에 있어서 풀이를 청하는 자가 없었다. 줄
을 서기가 귀찮았던 명란은 바로 자리에 앉아 두 손으로 패를 건넸다. 노
승은 힐끔 보고 말을 하려다 명란의 얼굴을 보더니 돌연 미간을 찌푸렸
다. 상당히 놀란 모양새였다. 노승은 패를 버리더니 파리를 쫓아내는 것
처럼 명란을 향해 손을 내저었다.

"이 패는 네 것이 아니다. 앞으로 다시 점괘를 볼 필요도 없다. 아무리
빌어도 소용없어."

명란이 속으로 진정한 고수를 만났다고 놀라며 질문을 하려고 했다.
노승은 짜증이 가득한 얼굴로 꾸짖었다.

"가라니까. 입을 열면 천기가 누설되니 가서 다시는 오지 말거라!"

명란은 이해가 갈 듯 말 듯하여 뭔가를 더 묻고 싶었다. 저쪽의 여란과
묵란의 풀이가 끝나자 어멈이 돌아가야 한다며 셋을 불렀다. 명란이 우
씨 어멈에게 이끌려 몇 걸음 가다가 고개를 돌려 보니 그 노승은 호랑이
에게 쫓기듯 황급히 자리를 뜨고 있었다. 명란은 화가 났다. 제야의 고수

가 남을 잘 돕는다고 한 게 누구야?!

세 자매는 차를 마실 수 있게 이방으로 안내되었다. 그곳에서는 노대부인과 왕 씨, 해 씨는 물론 주지와 화려한 차림의 귀부인들이 앉아서 쉴 새 없이 대화를 나누고 있었다. 그러다 아가씨들이 있으면 하기 힘든 어른들의 주제가 나오자 왕 씨는 세 자매더러 상방에 가서 쉬라고 했다.

사미승이 조용하고 단아한 상방으로 세 자매를 안내했다. 그런데 여란이 방으로 들어섰을 때 원탁 옆에 앉아서 차를 마시고 있는 소녀가 보였다. 차림을 보니 조금 전 운세 풀이를 듣던 그 소녀였다. 대략 열여섯 쯤 되어 보였다. 가는 눈썹에 동그란 눈의 어여쁜 얼굴에는 교태가 흐르고 있었다.

제59화

광제사
반나절 유람 下

안에 있는 아리따운 소녀를 보고 세 자매는 자리에서 머뭇거렸다. 묵란이 여란을 쳐다보자 여란은 고개를 들고 방 안으로 들어갔다. 묵란과 명란이 따라 들어갔고, 세 자매는 창문 쪽의 장의자에 앉았다. 그 후 몸종과 어멈들이 우르르 들어와 마차에 싣고 온 다과와 주전부리를 하나씩 탁자 위에 올리고 밖에서 받아온 뜨거운 물로 차를 우려냈다.

그 소녀는 하인들의 시중드는 모습을 보며 찻잔 뚜껑을 만지작거리고 있었다. 명란이 자세히 보니 소녀는 도홍빛 항주 비단에 수를 놓은, 허리가 잘록한 편금 장오를 입고 있었다. 옷깃 둘레와 소매 둘레에는 다람쥐 털이 둘려 있고, 곳곳에 꽃무늬가 수놓여 있었다. 장오 아래로는 담청색 치마가 보였다. 가슴에는 여섯 가지 복을 기원하는 커다란 금쇄가 번쩍거렸고, 머리에는 보옥을 단 순금 옥잠 한 쌍이 꽂혀 있었다. 이 소녀 역시 고개를 숙인 상태에서 묵란과 여란, 명란을 살폈다. 저마다 차림이 화려하고, 금목걸이에 드리워진 세 옥쇄의 옥은 상등품이었다. 그리고 세 자매의 행동거지도 고상하고 점잖았다.

묵란이 차를 몇 모금 마신 후 가서 소녀와 대화를 나누기 시작했다. 몇 마디를 나누더니 소녀가 점잖게 자기 신분을 밝혔다.

"성은 영이고, 이름은 비연입니다. 부친은 부창백富昌伯이시고요."

묵란이 잠시 멈칫하다 웃었다.

"영비마마의 질녀셨군요."

그 말에 여란과 명란은 서로 다른 표정을 지었다. 소녀의 집안은 근사하게 들리지만 사실 안타까운 신세였다. 기와 만드는 집안에서 봉황이 나서 하루아침에 황제의 후궁이 되어 작위를 받은 집안이기 때문이다.

이런 이유로 작위를 받은 경우, 아들을 낳아 태자나 왕으로 봉해지지 않는 이상 대부분 영구히 세습되지 않는다. 운이 좋아야 몇 대 세습되고, 자칫하면 한 대로 끝나거나 서민으로 강등된다. 그래서 이런 집안에서는 혼인이나 인재 배출을 통해 어떻게든 가문의 부귀영화를 지속시키려고 한다.

영비는 총애를 받는 후궁이지만 늙은 황제가 기력이 없는지라 지금까지도 혹은 앞으로도 영원히 아들을 낳을 가능성이 없다. 때문에 이 집안이 좋은 곳과 혼인을 맺을 수 있을지는 미지수였다.

영비연은 웃으며 말했다.

"오라버니, 올케언니와 함께 왔어요. 저쪽 방에는 사람이 너무 많아 머리가 아파서 조용히 있으려고 이리 왔는데 폐를 끼쳤군요."

예의 바른 말투였지만 표정에는 거만함이 엿보였다. 누가 자신보다 잘난 꼴을 못 보는 여란은 가만히 차를 마시며 말을 섞지 않았다. 명란은 아침에 말을 타고 사람을 때리던 그 영현이 바로 영비의 오라버니라는 사실이 떠올라 혐오스러운 마음에 역시 말을 걸지 않았다. 오직 묵란만이 조심스럽게 비위를 맞추며 영비연을 기분 좋게 만들었다. 둘이 이야기를 하다 화제가 성씨 집안이 등주에 있었을 때까지 넘어갔다.

"제씨 집안과 친분이 있어요?"

영비연이 눈을 반짝이다가 자신이 좀 과하게 반응했다는 사실을 깨닫고 표정을 가다듬으며 조심스럽게 물었다.

"그 집안 둘째 공자님을 뵌 적 있나요?"

묵란이 웃으며 말했다.

"뵙기만 했겠어요? 등주에 있을 때 제형 공자님은 저희 큰오라버니와 함께 글공부를 하셨죠. 저흰 양양후 생신연에도 갔어요……. 거기에서 육왕비와 가성현주도 뵌걸요."

영비연이 흥 하고 콧방귀를 뀌며 언짢은 기색을 보였다.

"번왕 집안사람이 얌전히 영지나 지킬 일이지 어찌 이리 경성에 자주 온답니까? 하나둘 그렇게 행동하다 보면 선황께서 남기신 제도가 무너지지 않겠어요?"

묵란이 따뜻한 표정으로 짐짓 위로하듯 말했다.

"그런 말씀 마세요. 육왕야께서는 지금 위세가 대단합니다. 앞으로 더 큰 복을 누리실지도 모르는걸요!"

영비연은 어두운 얼굴로 탁자 위에 올린 손을 꽉 쥐었다. 금강석을 박은 순금 석류꽃 반지가 탁자와 부딪혀 귀에 거슬리는 소리가 났다. 그녀는 차갑게 웃었다.

"큰 복? 웃음거리나 안 되면 다행이지요!"

묵란은 무척 살갑게 웃었다. 오랫동안 함께 지낸 명란만이 묵란도 영비연을 싫어한다는 것을 간파할 수 있었다. 묵란은 경성 규수들 사이의 새로운 화제를 꺼내며 영비연과 이야기를 이어나갔다.

육왕야 집안과 영씨 집안은 동전의 양면 같았다. 한쪽은 지금 암울하지만 앞으로 빛을 볼 가능성이 있었고, 한쪽은 지금 잘나가지만 그 기세가 언제까지 갈지 알 수 없었다. 명란은 접시 위의 소나무 씨를 튀긴 간식을 만지작거리며 무심코 묵란을 봤다.

좁은 경성 바닥에서 점잖아 보이지만 사실 남 일에 관심 많은 대갓집 여인들이 모인 자리였다. 영씨 집안에서 제형을 탐내고 있음은 진즉에 다들 알고 있었다. 영씨 집안에서 사돈을 맺고 싶다는 뜻을 여러 번 비췄지만 제씨 가문에서는 완곡히 거절했다. 그런데 이제 가성현주가 끼어들어 같은 목표물을 두고 싸우는 형세가 되었으니 얼마나 흥미진진하겠는가. 둘이 몇 마디를 더 나누는데 영씨 집안의 몸종 하나가 들어와 돌아가야 한다고 고했다. 왕 씨 곁의 어멈도 식사해야 한다며 세 자매를 불렀다.

이날 아침부터 지금까지 버티느라 배고파진 지 오래였다. 우아한 식성을 지닌 묵란도 밥 한 공기를 다 먹었고, 명란도 혼자서 데친 동갓을 반 접시나 먹어 치웠다. 여란은 죽순 표고버섯 조림을 독차지했다. 식사 후 모두 광제사에서 직접 볶은 차를 천천히 마셨다. 명란은 배가 뜨뜻해지자 몹시 편안했다.

이 정도면 돌아가야 하는데 세심한 해 씨가 노대부인의 피곤한 표정을 읽고 조용히 말했다.

"식사를 막 마치고 흔들리는 마차를 타면 좋지 않으니 잠시 쉬었다 가는 게 좋겠어요. 할머님과 어머님 생각은 어떠세요?

왕 씨도 피곤하여 좋은 생각이라 여겼다. 노대부인도 고개를 끄덕였다. 명란은 어른들이 허락하자 곧장 우씨 어멈에게 잠시 쉬고 싶으니 요와 이불을 달라고 했다

그런데 묵란이 노대부인과 왕 씨 앞으로 와서 웃으며 말했다.

"할머님, 어머님, 올케언니, 광제사 후원의 적로정滴露亭이 전 왕조의 유적이라고 들었어요. 기둥에 그 시절 위대한 학사들의 시가 남아 있다고 해요. 게다가 그 구룡벽은 고아하기로 천하일품이라고 하더라고요. 오늘 기왕 왔으니 한번 보고 싶어요. 견문도 넓히고요."

몸이 근질거렸던 여란은 묵란의 말을 듣고 흥미를 느꼈다. 그래서 바로 왕 씨 곁으로 다가가 팔짱을 끼며 애교를 부렸다.

"어머니, 경성에서는 우릴 옥죄는 법도가 많잖아요. 오늘 이렇게 어렵사리 외출했는데 구경하게 허락해주세요."

왕 씨는 여란의 애교에 마음이 흔들려 노대부인을 바라봤다. 노대부인은 나한상에 기대어 눈을 반쯤 감고 말했다.

"어멈 몇과 같이 보내거라. 어멈들에게 단단히 살피라고 이르고."

왕 씨는 노대부인이 허락하자 고개를 돌려 여란을 보며 엄한 표정을 지었다.

"딱 한 시진만이다. 다 보면 곧장 돌아오너라!"

여란은 몹시 기뻐서 왕 씨와 노대부인에게 폴짝폴짝 뛰며 인사를 올리고 명란을 잡아끌었다. 명란은 지친 상태라 우씨 어멈 쪽으로 몸을 기댔다.

"난 안 갈래. 좀 누워 있을 테니 언니들만 다녀와."

여란은 눈을 부릅뜨고 "식사하고 가만히 있다가 마차 타면 또 토한다!"라고 말하고는 명란의 귓가로 목을 숙여 낮게 으르렁댔다.

"묵란 언니하고 가기 싫단 말이야. 가기 싫어도 가!"

그러더니 손가락에 힘을 주어 명란의 팔을 아프게 꼬집었다.

명란은 어쩔 수 없이 함께 나서야 했다.

광제사의 세 번째 대전 뒤쪽은 불사를 치르기 위한 널찍한 돌바닥 공

터였다. 중간에 맑은 연못이 있고 그 뒤로는 기나긴 벽이었다. 벽은 활
모양으로 한쪽은 적로정으로 이어지고 다른 한쪽은 뒷산의 매화 숲을
통했다. 고요한 후원에는 나이 어린 사미승들이 낙엽을 쓸고 있었다.

초봄이라 햇살이 뜨겁지 않고 따사로우면서 편안했다. 세 자매는 몸
종과 어멈 몇을 대동하고 천천히 걸었다. 조약돌 길을 따라 걸으니 구룡
벽 중앙이 나타났다. 사납고 웅장한 용이 꿈틀대며 벽에서 벗어나기라
도 할 듯 반쯤 튀어나와 있었다. 용의 몸에 바른 채색 유약은 비바람에
마모된 지금도 여전히 화려했다.

묵란은 갑자기 민간 부조 예술에 깊은 흥미라도 생긴 듯 천천히 보면
서 용의 비늘부터 떨어져 나간 유약까지 한바탕 감탄과 칭찬을 쏟아냈
다. 구속받기 싫어서 몸종과 어멈들을 후원에 남겨둔 여란은 이제 팔짝
팔짝 뛰며 마음껏 웃고 떠들고 있었다.

명란은 마지못해 언니들을 따라 걸으며 하품을 참느라 안간힘을 썼
다. 걷다보니 갑자기 코끝에 은은한 매화 향기가 느껴졌다. 고개를 들어
보니 매화나무가 점점 많이 보였다. 명란은 얼굴을 굳히고 즉시 발걸음
을 멈췄다.

"묵란 언니, 여기까지만 봐요. 반대편으로 가야 할 것 같아요. 적로정
을 아직 안 봤잖아요."

묵란은 한껏 흥에 취해 앞으로 가다가 명란의 말에 고개를 돌렸다.

"아직 이쪽을 다 못 봤잖아. 조금 더 앞으로 가보자."

묵란은 아무 꿍꿍이도 없다는 듯 미소 지었다. 이에 명란이 웃으며 답
했다.

"이 구룡벽은 양쪽이 대칭이에요. 저쪽을 보면 이쪽을 다 본 것과 마찬
가지니 시간도, 힘도 절약되잖아요."

명란이 뭐라고 해도 묵란은 듣지 않았다. 여란은 처음엔 이해를 못 했다. 그런데 묵란의 교태스러운 표정과 조금 전 나올 때 일부러 매무새를 정리한 모습을 떠올리다가 꿍꿍이를 알아채고 큰소리로 외쳤다.

"조금 더 가면 바로 매화나무 숲이야. 지금 거기에서 시 모임을 하고 있을 텐데 누가 우릴 보면 큰일이잖아."

묵란이 부드럽게 웃었다.

"우리가 벽을 보겠다는데 다른 사람이 무슨 상관이야? 누가 봐도 상관없어."

태도가 당당하기 그지없었다. 묵란은 말을 마치고 나서 사심 있어 이러는 게 아니라는 듯 고개를 높이 쳐들었다.

여란이 차갑게 비웃었다.

"언니가 늘 말은 잘했지. 마음속으로 무슨 생각하는지 내가 모를 줄 알아? 빨리 포기하는 게 좋을걸! 그렇게 요사스러운 모습으로 우리 집안 체면 떨어뜨리지 말고!"

묵란은 고운 얼굴을 붉히며 즉시 반박했다.

"무슨 말인지 못 알아듣겠어. 자매끼리 말을 왜 그렇게 험하게 하니? 그렇게 말하니까 뭐가 나올지 더 앞으로 가봐야겠어! 재주 있으면 사람 불러서 날 끌고 돌아가!"

묵란은 말을 마치자 몸을 돌려 곧장 앞으로 갔다.

여란은 분해서 쓰러질 지경이었지만 이미 매화나무 숲 근처라 큰소리를 낼 수 없어 발만 굴렀다.

명란이 가볍게 몇 걸음 가서 묵란의 길을 막고 심각한 표정을 지었다. 묵란이 화를 냈다.

"너도 나하고 맞서려는 거니?! 공연히 사람 의심하다니 억울해서라도 꼭 앞으로 가봐야겠어!"

명란이 팔을 들어 묵란을 저지하며 담담하게 말했다.

"정말 안 돌아갈 거예요?"

묵란이 사납게 외쳤다.

"안 돌아가!"

"좋아요!"

명란은 말을 하며 손에 든 뭔가를 묵란의 몸을 향해 던졌다. 비가 그친 하늘처럼 깨끗한 파란빛 비단 치마에 커다란 얼룩이 졌다. 묵란은 비명을 질렀다.

"이게 뭐야?"

묵란은 얼굴을 붉히며 날카롭게 말했다.

명란이 쥐고 있던 손수건을 천천히 펼쳤다. 안에서 진흙더미가 나타났다. 명란은 방금 여란이 밀하는 틈을 타 손수건에 진흙을 싸서 쥐고 있었던 것이다.

"너, 너……!"

묵란은 화로 온몸을 부들부들 떨며 명란에게 손가락질했다. 곁에 있던 여란도 놀라서 어리둥절했다.

명란이 냉담하게 말했다.

"재주 있으면 그 꼴로 황족과 공자들을 보러 가요. 정말 가려고 하면 이번엔 얼굴에 던질 거예요."

"네가 감히 나한테 이래?!"

묵란이 드디어 정신을 차리고 말했다.

명란이 차갑게 웃었다.

"원래는 정신 차리라고 뺨 한 대 때리려고 했어요! 하지만 그래도 언니라서 이 정도로 참았어요. 한마디만 할게요. 언니는 몰라도 우리는 체면을 지켜야겠어요! 아버지께서는 평생 진중하게 움직이셨고, 할머님과 어머님도 조심스럽게 집안을 꾸리셨지요. 그걸 언니가 망치게 둘 수는 없어요!"

사실 명란은 묵란을 흠씬 두들겨주고 싶었다.

묵란이 팔을 들어 명란을 때리려고 했으나 명란은 재빠르게 몸을 피했다. 그때 뒤에서 여란이 묵란을 붙잡았다. 묵란은 눈이 새빨개져서 울부짖었다.

"아버지께 말씀드릴 거야. 너희 둘이 협심해서 날 괴롭혔다고!"

여란이 즐거워하며 "말씀드려! 언니가 그런 자리에 가려고 한 걸 아버지께서 아시면 몇 대 맞는 거로는 안 끝날걸!"이라고 하더니 한마디 덧붙였다.

"명란이는 언제나 착하고 상냥한 아이니 아버지가 내 말은 안 믿어도 명란이 말은 믿으실 거야."

묵란이 굽히지 않고 입술을 깨물며 노기등등한 눈으로 명란과 여란을 노려봤다. 명란은 전혀 두려워하지 않고 고개를 돌려 여란에게 말했다.

"방금 구룡벽을 구경할 때 묵란 언니가 발을 헛디뎌 치마가 더러워졌잖아. 우리 둘이 부축해서 돌아가자. 할머님께서 돌아가실 때가 되었어."

여란이 손뼉을 치며 웃었다.

"묵란 언니, 이래도 안 가려고?"

묵란은 사납게 발을 구르더니 몸을 돌렸다. 여란이 바싹 따라붙으며 큰 소리로 말했다.

"묵란 언니, 내가 부축해줄게!"

여란은 엉망진창이 된 묵란의 모습을 많은 사람이 보지 못하는 것이

한스러웠다.

명란도 속으로 몹시 통쾌함을 느꼈다. 하루의 피로가 싹 달아난 듯했
다. 요 몇 년 묵란에게 화가 날 때마다 본래 성질대로 혼을 내고 싶었지
만 노대부인은 늘 명란을 말리며 타일렀다.

"여인네들은 제약이 많아. 상대의 약점을 잡아 일격에 쓰러뜨릴 수 있
는 게 아니라면 경솔히 일을 벌여선 안 된다. 다른 사람에게 모질고 독한
인상을 남기면 오히려 운신의 폭이 좁아질 수 있어."

묵란과 임 이랑은 성격이 똑같았다. 평소에 늘 분란거리를 만들면서
도 성굉 앞에서만은 온 집안사람들이 두 모녀를 괴롭히는 양 불쌍한 척
을 했다. 저번에 묵란이 평녕군주 앞에서 품위 없이 행동했을 때도 그랬
다. 성굉은 묵란에게 벌을 주었지만 곧바로 임 이랑의 눈물에 마음이 녹
아 왕 씨가 일부러 사람들 앞에서 묵란을 망신당하게 했다고 여겼다.

이런 편애는 왕 씨와 여란이 일찍부터 성굉에게 제멋대로 날뛴다는
나쁜 인상을 남겼기 때문이다. 사자처럼 흉포한 모녀 vs 양처럼 불쌍하
고 연약한 모녀, 이런 경우 남자들은 보통 단편적 사고와 남성 호르몬의
작용 하에 어리석은 판단을 한다.

그러므로 명란은 평소에 묵란과 다투지 않았다. 특히 성굉 앞에서는
우애 깊은 자매인 척했다.

명란은 손수건을 턴 후 말아서 소매에 넣었다. 그 자리를 떠나려는데
뒤에서 갑자기 웃음소리가 들렸다. 명란은 한껏 긴장하여 즉시 고개를
돌렸다. 고개를 숙이고 있었기에 먼저 까만 비단신과 귀퉁이를 어두운
은실로 수를 놓은 푸른 옷자락이 보였다. 고개를 들어 보니 커다란 그림

자가 명란의 머리 위에 드리워져 있었다.

명란은 즉시 뒤로 몇 걸음 물러서서 눈을 가늘게 뜨고 쳐다봤다. 막 해가 좋을 때라 사내가 걸친 감청색 직철 반쪽을 선명하게 비추었다. 나머지 반쪽은 구룡벽 그림자에 가려져 어두운 푸른색으로 보였다. 직철에 수놓인 무늬가 법랑을 새겨 넣은 것처럼 아름다웠다.

"둘째 아저씨."

명란이 공손하게 인사를 올렸다.

고정엽이 입가를 비틀며 빈정거리듯 말했다.

"언니를 그렇게 대하면 쓰나."

명란이 고개를 숙이고 여전히 공손하게 말을 받았다.

"집안일은 현명한 관리도 시비를 가리기 어렵다 하지 않습니까. 제게 잘못이 있으면 아버님께서 벌을 내리실 겁니다."

외부인이 쓸데없이 끼어들지 말라는 뜻이었다!

고정엽이 눈썹을 치켜세우며 굳은 표정을 지었다.

"나보고 둘째 아저씨라고 부르니 내가 좀 가르쳐주마."

명란은 고개를 들고 장난스럽게 웃으며 불쑥 말했다.

"아직 혼인 축하 인사도 안 드렸네요."

그러고는 오동통하고 하얀 손을 가볍게 모아 인사했다.

"아주머니와 금실 좋게 백년해로하세요!"

고정엽의 안색이 곧바로 어두워지며 눈빛은 험악해졌다. 명란은 조금 후회하며 무의식적으로 살짝 물러섰다.

지난달 말, 고정엽은 언연의 동생을 부인으로 맞이했다. 언연의 동생은 어려서부터 응석받이로 자라 성격이 거친 사람이었다. 그녀는 고정엽과 혼례를 마치자마자 경성에서 이름 높은 방탕아를 개조하려 부단히 애썼다.

시집간 지 닷새 되는 날에는 고정엽의 두 통방을 팔았다. 열흘째 되는
날에는 그에게 밖에 싸돌아다니지 말고 학문과 무예를 익히라고 압박
했다. 열다섯째 날에는 극을 보자고 찾아온 고정엽의 친구들을 쫓아냈
고, 이십 일째 되는 날에는 어디서 들었는지 어멈과 하인을 대동하고 고
정엽의 외첩 집을 찾아가 집 안을 박살냈다. 고정엽이 제때 당도했기에
망정이지, 아니었으면 만랑과 두 아이는 팔려 나갔을 것이다.

원래도 성격이 고약했던 고정엽은 즉시 처를 내쫓겠다고 했으나 녕원
후는 당연히 허락하지 않았다. 그 후 부자는 난장판이 되도록 싸웠고, 하
마터면 또 종인부까지 갈 뻔했다. 이들이 연이어 벌인 엄청난 판들은 무
미건조한 경성에 쏠쏠한 안줏거리를 제공해주었다.

고정엽의 표정이 험상궂게 변하자 명란은 즉시 위험을 느끼고 곧바로
미안한 표정을 지으며 고개를 숙였다.

"노여워하지 마세요. 제가 말실수를 했습니다."

고정엽은 노기를 살짝 가라앉히며 고개 숙인 명란을 보았다. 속으로
이런 어린애한테 무슨 화를 내냐 싶어 끙하며 말했다.

"만랑이 무슨 죄냐!"

명란은 곧장 "둘째 아저씨 말씀이 맞아요! 아주머니가…… 좀 성급하
셨어요." 하고 맞장구치며 주인 말을 듣는 강아지처럼 힘껏 고개를 끄덕
였다.

고정엽은 그 소리에 이유 없이 다시 노여워졌다. 그는 거만한 표정으
로 명란을 곁눈질하며 차갑게 웃었다.

"시치미 떼지 말거라. 너희들은 다 똑같이 사람을 우습게 보지! 만랑
의 고생을 누가 알겠느냐!"

명란은 그가 대충 넘길 수 없는 사람임을 깨닫고 한숨을 내쉬었다.

"둘째 아저씨, 다른 사람이 뭐라 생각하는지는 중요치 않아요. 그러니까 만랑……의 장점은 아저씨만 알면 됩니다! 여인의 몸으로 홀로 아이 둘을 데리고 경성에서 등주까지 무사히 왔고, 또 여부에 가서 소동까지 피웠지요. 여씨 집안에서는 자연히 만랑을 만만치 않은 여인이라 생각했을 거예요."

고정엽은 콧방귀를 뀌며 명란을 흘겨봤다.

"만랑은 어려서부터 힘겹게 살아서 지혜가 출중하다. 당연히 너희 같은 규수들처럼 연약하지 않아!"

됐거든! 제2의 성굉과 임 이랑이군! 임 이랑은 뭘 해도 옳지. 사람을 죽이거나 불을 질러도 다른 사람 잘못이잖아!

명란은 반감이 일어 고개를 들고 상대를 똑바로 쳐다봤다. 애써 마음의 화를 누르며 최대한 온화하게 말하려 애썼다.

"둘째 아저씨, 궁금한 게 있는데 여쭤봐도 될지요?"

고정엽이 어리둥절해하며 말했다.

"해보거라."

명란은 숨을 들이마시고는 낭랑한 목소리로 말했다.

"언연 언니는 각로 어르신을 따라 경성에서 열세 살까지 살았습니다. 규중에서도 현숙하고 지혜롭기로 유명하지요. 아저씨께서도 그걸 듣고 몇 번이고 찾아가 정중히 혼담을 청하신 거라 생각합니다. 만랑이 정말 첩으로 들어오고자 했다면 언연 언니가 시집오길 기다리면 되지요. 온화하고 상냥한 성품이라면 후부 나리 내외께서 반대하셔도 결국은 허락하셨을 겁니다. 그러면 만랑은 소원을 이루는 것 아니겠습니까. 그런데 왜 굳이 등주까지 와서 소동을 벌였을까요? 각로 어르신의 노여움을 산다면 일이 어그러질 텐데요?"

고정엽은 입술을 실룩거렸다. 조금 전에 만랑의 지혜가 출중하다고 했으니 '그런 상황은 짐작하지 못했을 것이다'라고 할 수도 없었다.

명란은 속으로 싸늘하게 웃었다. 이 일에 대해 진작부터 대비하고 있던 터다.

만랑이 등주에 가서 애걸한 것은 언연에게 첩으로 받아들여달라고 하기 위함이 아니었다. 만랑은 현숙하고 뛰어난 외모를 가진 언연이 고정엽의 환심을 가로챌까 두려웠던 것이다.

만랑은 고정엽이 사나운 악처를 맞아 부부가 반목하고 싸우는 것을 진정으로 바랐다. 그래야 외첩인 자신이 그 틈을 노려 마음껏 그에게 기댈 수 있기 때문이다!

명란은 고정엽의 얼굴빛이 흔들리자 급히 부드러운 목소리로 진지하게 말했다.

"아저씨는 마음 넓은 어른이시니 그냥 소인배의 말로 들어주세요. 제가 언연 언니와 어려서부터 사이가 좋아 두둔한 것뿐입니다. 어쩌면 만랑에게 말 못 할 사정이 있을 수도 있지요."

사실 명란이 이리 방자하게 굴 수 있는 것은 고정엽의 성격을 어느 정도 파악했기 때문이다. 그는 제멋대로 날뛰며 두려운 것 없이 오만방자했다. 현시대에 그런 성격이면 아방가르드한 청년이라고 할 수 있다. 그러나 예법이 중한 고대에 그는 그저 대갓집 망나니 공자밖에 될 수 없었다. 이런 사람은 정말 나쁘지만 위선자는 아니다. 옹졸하고 쩨쩨한 무뢰배는 더더욱 아니다. 몇 마디 아첨을 떠는 것이 현명한 방법이었다.

고정엽은 마음이 복잡한데 명란의 가식적인 말까지 들으니 더욱 화가 치밀어 험악하게 으르렁거렸다.

"썩 안 꺼져!"

명란은 짐승의 포효라도 들은 듯 치마를 들어 올리고 종종걸음으로 황급히 내뺐다.

제60화

나를 해하는 자,
나 역시 해하리라

돌아온 후, 명란은 노대부인에게 진흙 사건을 사실대로 고했다. 노대부인은 나한상羅漢床에 옆으로 누운 채 아무 말도 하지 않았다. 명란은 불안해하며 물었다.

"할머님, 혹시 제가 잘못한 건가요?"

노대부인은 고개를 젓고 명란의 부드러운 머리칼을 다정히 쓸어주며 천천히 입을 열었다.

"네가 잘못한 건 없다. 묵란도 사방에 띠벌리고 나니지는 않을 게야, 허나……."

명란은 숨을 고르며 노대부인의 다음 말을 기다렸다.

"눈앞에서 겨눈 창은 무섭지 않지만 숨어서 겨눈 화살은 방비하기 어려운 법이라서 말이다."

명란은 잠시 생각에 잠기더니, 이내 이해했다는 듯 고개를 들고 얘기했다.

"이틀 후 아버지가 쉬시는 날에 제가 새로 만든 굽 낮은 신을 가져다

드릴 생각이에요. 할머님은 이 일을 모르시는 거로 해주세요."

노대부인은 고개를 끄덕였다.

그 날, 성굉은 장풍과 장동에게 열심히 공부하라는 훈계를 끝내고, 평상복으로 갈아입은 후 안채의 서재에서 붓글씨를 쓰고 시 몇 수를 읊었다. 관직을 맡은 지 여러 해가 흘렀지만 아직도 문인의 근본을 잊지 않았다는 것을 보여주기 위함이었다.

그때, 명란이 만면에 사랑스러운 미소를 띠며 걸어왔다. 성굉은 다소 냉담한 표정으로 미간을 찌푸렸지만, 명란은 모르는 척 새로 만든 신을 아버지 앞에 내려놓았다. 그러고는 계집종을 불러 신을 신는 것을 돕게 하고는 헤헤 웃으며 칭찬을 기다렸다.

성굉은 두툼한 털신을 신었다. 발바닥에 닿는 감촉이 부드럽고 편했다. 움직임에도 불편함이 없었다. 자기도 모르게 마음이 따뜻해지며, 명란이 어릴 적부터 해마다 자신을 위해 신을 만들어 줬던 것을 떠올렸다. 깊은 효심을 느끼며 말했다.

"내 딸이 참 착하구나."

명란은 기뻐하며 총총 달려가 성굉의 소매를 잡고 얘기를 시작했다. 그렇지 않아도 입담이 좋은 명란이 조잘거리며 자신이 겪었던 재미있는 이야기를 풀어놓자, 성굉도 결국엔 웃음을 터트렸다.

명란은 우는 얼굴로 얘기했다.

"……자수바늘은 붓보다도 다루기 어려워요. 제가 손에 쥐고 아무리 애를 써도 말을 듣지 않더니, 단단한 골무를 끼고 꾹 누르니까 그제야 말을 듣지 뭐예요! 휴, 그제야 알았습니다. 바늘도 강자 앞에서는 약하고, 약자 앞에서는 강하다는 것을요!"

말을 마친 명란은 하얗고 토실토실한 손을 성굉에게 내밀었다. 손가락에는 바늘에 찔린 자국이 가득했다.

성굉은 화도 나고 우습기도 했지만 속으로는 꽤나 감동하였다. 그는 명란에게 농담을 건넸고, 명란은 사랑스럽게 애교를 부렸다. 성굉은 얌전하고 귀여운 딸을 지켜보며 입을 달싹이다 결국 말을 꺼냈다.

"며칠 전 광제사廣濟寺에 갔던 날, 어찌하여 묵란이에게 진흙을 던진 것이냐?"

명란은 아찔했다, 올 것이 왔구나!

명란은 순진한 두 눈으로 성굉을 바라보며 멍하게 물었다.

"혹시…… 묵란 언니가 말했어요?"

성굉은 순간 말을 삼켰다. 그날 밤, 임 이랑의 처소에서 휴식을 취하고 있을 때 묵란이 울며 그 사건을 고자질했고, 임 이랑도 마음이 아파 함께 우는 것을 보며 성굉은 무척이나 화가 났었다. 바로 명란을 꾸짖으러 가려 했지만, 되레 임 이랑이 그를 달랬다.

"……나리, 명란이는 노마님께서 애지중지하는 아이인데, 만약 금일 묵란의 일로 꾸짖으면 앞으로 묵란이는 노마님의 귀여움 받기가 더 어려워질 것입니다! 그리되면 저희 모녀는 어찌 살아간단 말입니까? 나리께서 저희의 억울함을 알아주시는 것만으로도 소첩은 만족합니다. 이 일은 그냥 꺼내지 말아주세요."

그렇게 말하며 연신 고개를 조아리던 임 이랑은 이 일을 언급하지 말아 달라면서 노대부인의 총애를 받은 명란이 얼마나 묵란을 무시하는지에 대해서 잔뜩 늘어놓았다. 그 당시 성굉은 화를 내면서도 그러마 약속했지만, 속으로는 명란에 대해 불만이 가득해 생각하면 할수록 화가 치밀었다. 그런데 오늘 천진하고 효심 깊은 명란의 모습을 보자 마음이 풀려 자신도 모르게 얘기를 꺼낸 것이다.

"누가 말했는지는 중요치 않다! 사실이 맞는지 아닌지만 똑똑히 얘기해보거라."

성굉은 조용히 명란을 타일렀다.

"자매 사이에 언쟁이 있을 수 있으니, 네가 잘못한 것이 있다면, 언니를 찾아가 사과하면 되는 것이다."

갑자기 명란이 아무 말 없이 눈물방울을 뚝뚝 흘리며 입술을 깨물었다. 그러다가 촉촉해진 눈을 동그랗게 뜨고 울먹거리며 말했다.

"아버지는 소녀가 그리 경우 없는 사람이라고 생각하십니까?"

성굉은 몇 년 동안 명란의 올바른 행실을 떠올리고는 의구심이 들어 물었다.

"혹여 다른 상황이 있었던 것이냐?"

명란은 혹시나 묵란이 쥐도 새도 모르게 자신에게 누명을 씌울까 염려했던 것인데, 오늘 이렇게 드러나니 오히려 마음이 놓였다.

명란은 고개를 들고 애처로운 눈빛으로 성굉을 바라보며 말했다.

"아버지, 묵란 언니를 불러주세요. 어찌 되었든 언니가 있어야 말할 수 있습니다."

성굉은 잠시 생각하더니, 계집종에게 묵란을 데려오게 시켰다. 잠시 후 묵란이 도착했다. 묵란은 산월거에서 붓글씨를 쓰고 있던 참에, 아버지가 부른다는 소리를 듣고는 아버지에게 보여 드릴 생각으로 만족스럽게 쓰인 글씨 몇 장을 들고 왔다. 그런데 서재에 들어서자 두 눈이 붉어진 명란과 명란을 달래고 있는 아버지가 보이는 것이 아닌가.

성굉은 불쌍히 우는 명란을 보고 화가 누그러진 지 오래였다. 그저 어린아이가 순간의 장난기로 철없이 행동했겠거니 생각하며 명란을 달래고 있었다.

"울기는 왜 우느냐. 고작 진흙 한 덩이 아니더냐. 잘못했다고 하면 언니도 용서할 것이다……."

그 얘기를 들은 묵란은 심장이 덜컥하고 내려앉았다.

성꿩이 아무리 달래도 명란은 아무 말 없이 작은 소리로 흐느껴 울 뿐이었다. 그러다 묵란이 온 것을 보자 자리에서 벌떡 일어나 눈물이 그렁그렁한 얼굴로 물었다.

"아버지께서 내가 언니에게 진흙을 던졌다고 하시는데, 언니가 그렇게 말했어?"

묵란은 고개를 들어 '어째서 아버지는 약조를 어기신 거죠?' 하는 눈빛으로 성꿩을 바라봤다. 성꿩은 난처한 기색이었지만, 곧 어른다운 말투로 얘기했다.

"이곳에 다 모였으니 할 말이 있으면 정확히 하도록 해라! 괜히 자매간에 의가 상하지 않게 말이야."

명란은 묵란에게 다가가 소매를 잡고 조심스레 흔들며 우는 목소리로 말했다.

"말해 봐. 혹시라도 화난 것이 있으면 차라리 언니로서 이 동생을 꾸짖으면 될 것을 아버지께 가서 고자질하다니. 그러면서 왜 지금은 아무 말이 없어!"

묵란은 성꿩의 눈빛을 받으며 이를 악물고 말했다.

"맞아, 네가 던졌잖아, 아니야?"

명란은 조용히 눈물을 훔치며 물었다.

"그래! 그럼 우리가 대체 무슨 말다툼을 했길래 내가 버릇없이 언니한테 진흙을 던졌지?"

묵란은 얼굴이 빨개지며 어물거렸다.

"그냥 사소한 말다툼이었어."

이유를 파고들자 묵란은 말할 수 없었다.

명란은 고개를 돌려 성굉을 보며 억울한 듯 말했다.

"전 지금까지 묵란 언니와 다툰 적이 없어요. 작은 말다툼이 있어도 다음 날이 되면 언제 그랬냐는 듯 지냈어요. 아버지, 생각해보세요. 대체 무슨 일이 있었기에 군이 제가 바깥에서 언니를 난처하게 만들겠어요?"

성굉은 묵란이 쭈뼛대는 것을 보자 의심이 일었다. 묵란과 여란이 하루가 멀다 하고 다투는 것을 떠올린 성굉은, 묵란을 향해 눈을 부릅뜨고 소리쳤다.

"네가 동생에게 누명을 씌운 것이냐!"

아버지의 고함에 묵란은 더욱 초조해졌고, 눈물을 흘려 시간을 벌 속셈으로 눈을 문질렀다. 하지만 명란이 선수를 쳤다.

"아니에요, 아버지. 제가 언니에게 진흙을 던진 것은 사실이에요. 하지만 저는 잘못이 없어요."

그 말을 들은 성굉은 어리둥절했다. 명란은 침착하고 담담한 말투로 그날의 상황을 간단히 설명했다. 정확한 문장과 또렷한 목소리로 이야기하자 묵란은 점점 얼굴이 붉게 달아올랐다. 성굉은 애기를 듣다 듣다 분노를 참지 못해 책상을 내리치며 소리를 질렀다.

"이 법도도 모르는 녀석 같으니라고! 그 매화나무 숲에…… 사내들이 얼마나 많은데 감히 들어갈 생각을 해! 어찌 그렇게 부끄러움도 모른단 말이냐?!"

묵란은 다리가 풀려 그 자리에서 무릎을 꿇고 흐느끼며 얘기했다.

"제가 감히 그럴 리가요? 다만 그곳 구룡벽九龍壁이 너무 아름다워 끝까지 구경하고 싶었던 차에 동생들이 이상한 말을 하고 말꼬리를 잡으면서 절 화나게 했어요. 그러다 홧김에 더 들어가려 한 것뿐이에요!"

어여쁜 자태로 눈물을 흘리는 묵란을 본 명란은 냉큼 옆에 무릎을 꿇고 앉아 묵란의 소매를 당기며 속상하고 억울한 표정을 지었다.

"언니, 왜 이리 바보 같아. 구룡벽이 제아무리 아름답다 한들 아버지 명성보다 중요해? 관직에 있는 아버지께서 매사에 얼마나 신중하신데, 딸이 된 도리로 아버지의 고민을 나누지는 못할지언정 체면에 먹칠을 하면 어떡해?! 그 매화나무 숲에 있던 대부분은 경성에서 이름 있는 공자님들이었어. 만약 그 사람들이 언니를 봤다면, 그랬다면……."

명란은 말을 잇지 못하고, 고개를 돌리고 얼굴을 가리며 더욱 목이 멘 소리로 울음을 터트렸다. 성굉은 화가 극에 달해 찻잔을 엎어버렸고, 찻잔이 깨지면서 파편이 사방으로 튀었다. 얼굴이 파랗게 질린 성굉은 손을 부들부들 떨면서 묵란을 향해 소리쳤다.

"울기는 뭘 잘했다고 우느냐? 동생보다도 어리석다니……. 나이를 허투루 먹었구나! 대체 어디서 배워먹은 못된 생각이냐, 다른 사람이 죄다 바보 천치로 보이더냐? 염치도 없는 녀석 같으니라고! 그러고선 고자질이나 하다니!"

성굉에서 이토록 호되게 꾸지람을 들은 것은 처음인지라 묵란은 더 서럽게 울기 시작했다.

명란도 가만히 있지 않았다. 무릎으로 성굉 앞까지 기어가 그의 옷자락을 잡고 눈물이 그렁그렁한 눈으로 애처롭게 말했다.

"전 그냥 언니가 순간적으로 어리석은 생각을 한 거라 여겼어요. 혹시라도 얘기가 퍼지면 할머님께서 언니를 꾸짖을까 걱정되어 마음속에 묻어 두고, 할머님께도 말씀드리지 않았어요. 우리는 혈육이니까 혹여

다툼이 있어도 이튿날이면 나아질 거라 생각했는데, 그런데…… 언니
가 뒤에서 고자질을 하다니!"

명란은 슬픔이 가득한 얼굴로 대성통곡을 했다. 그리고 묵란을 돌아
보며 애처롭게 물었다.

"묵란 언니, 묵란 언니, 나한테 왜 이러는 거야?!"

혈육에게 배반당해 고통스러워하는 모습이었다.

묵란은 어리둥절했다. 사실 우는 것과 가련한 척에 있어서, 그들 모녀
는 단 한 번도 진 적이 없었다. 성부에서 타의 추종을 불허하고 있는 시
점에, 단 한 번도 겪어 본 적 없는 수준의 도전장을 받은 것이다.

명란은 성굉 옆에서 슬프고 처량하게 울었다. 성굉은 마음이 아파 와
명란을 부축해 의자에 앉혔다. 그리고 묵란을 돌아보며 사나워진 안색
으로 호통을 쳤다.

"못난 것! 이 아비가 평소 너를 귀히 여겼거늘 그런 경박한 짓을 해! 네
동생이 집안 체면을 생각해 널 말린 것인데, 그 일을 마음속에 담아뒀다
가 보복을 하려 하다니. 어린 나이에 그리 독하게 동생을 대하는 너를 내
곁에 두어 무엇 하겠느냐! 게 있느냐, 마님을 모셔 오거라!"

왕 씨는 마침 여란에게 장부 보는 법을 가르치는 중이었다. 허나 인내
심이 부족한 여란은 두 번 틀리자 팽개쳐버렸고, 왕 씨는 초조하며 딸
을 야단치려던 찰나였다. 그때 생각지도 못한 희소식이 날아들었다. 왕
씨가 급히 서재로 들어서자, 남편이 시퍼렇게 질린 얼굴로 고함을 치며
묵란을 호되게 꾸짖고 있는 게 아니겠는가. 그 옆에는 쭈그리고 앉아 훌
쩍이고 있는 임 이랑이 보였다.

왕 씨는 몇 마디 말에 전후 사정을 파악하고는 기뻐서 어찌할 바를 몰
라 했다. 그러다 구석에서 울다 기진맥진해진 명란을 발견하고는, 바로

자애로운 적모의 모습으로 탈바꿈해 명란을 다독여주더니, 사람을 불러 명란을 부축하여 방으로 데려가게 했다.

명란은 그 후에 발생한 일은 직접 목격하지 못했다. 실로 '너무 상심했기' 때문이다.

할 수 없이 그날 밤 여란이 찾아올 때까지 기다렸다. 여란은 잔뜩 흥분한 채 모든 상황을 들려주었다. 계척으로 30대씩 맞은 묵란의 두 손바닥은 통통 부어올랐고, 반년의 금족령까지 받았다고 했다. 게다가, 다시는 시 따위는 읽을 수 없으며, 『여계女誡』와 『여칙女則』을 삼백 번씩 베껴 쓰는 벌까지 받았다는 것이다.

왕 씨는 두 모녀를 한데 엮어 버리려고 했으나, 묵란이 끝까지 임 이랑은 아무것도 몰랐다고 잡아떼는 바람에 임 이랑은 계척 50대와 3개월 금족령에 그쳤다.

• • •

"그 일을 알고 있었소?"

귀한 쉬는 날에 성굉은 화가 치밀어 올라 침상에 누운 채 끙끙거리고 있었다.

왕 씨는 능화경 [1] 앞에 앉아 조심스럽게 얼굴에 꿀을 바르며 조용히 대답했다.

"알았지요, 그날 여란에게 모두 들었습니다."

---

1) 뒤편에 능화 무늬가 새겨진 거울.

"대체 나에게는 왜 말하지 않은 것이오!"

성굉은 침상을 두드리며 분노했다.

왕 씨는 기분이 크게 좋아져 특별히 화려한 새 옷까지 꺼내 갈아입었다. 소주와 항주 지역의 수홍색 능단에 황록색 실로 연꽃잎이 굽이굽이 수놓아진 옷으로, 참으로 정교하고 아름다웠다. 왕 씨는 성굉을 돌아보며 웃음을 지었다.

"제가 어찌 감히 집안일을 말하겠습니까? 나리께서 저더러 속이 좁아 묵란이를 귀히 대하지 않는다 하셨잖습니까. 그 얘기를 듣고 제가 어찌 말하겠어요! 괜한 책망만 들을까 저뿐만 아니라 여란의 입단속도 단단히 시켰지요."

어투가 길게 늘어지는 것이 농기가 섞여 있었다.

성굉은 말문이 막혔다. 왕 씨는 느릿느릿 자리에서 일어나 침상 옆으로 가서 앉았다. 그리고 미소 지으며 말했다.

"이제 묵란이가 보통 녀석이 아닌 것을 아셨지요? 사실 총명함을 따지자면, 묵란이가 여란이의 열 배, 스무 배 이상입니다. 아쉬운 것은 그 총명함을 올바로 사용하지 못하는 것이지만요!"

너무 화가 난 성굉은 고의로 화두를 돌리며 물었다.

"어머님도 모르시는 것인가?"

왕 씨는 조소하며 대답했다.

"어머님은 만만한 분이 아니세요. 혹시라도 아셨다면, 묵란이를 불러다 혼쭐을 내셨지 지금까지 조용히 계셨겠습니까? ……쯧쯧, 심성 고운 명란이는 묵란이 체면을 생각해서 어머님에게조차 이 사실을 숨긴 겁니다. 하지만 아쉽게도 그 호의를 악의로 받는 바람에, 결국 호되게 당한 게지요!"

왕 씨는 비아냥거리며 말하자니 속이 시원했다.

성쾅 역시 한숨을 내쉬며 고개를 저었다.

"어머님이 잘 가르치신 덕에 그 아이가 효심이 깊고 사리에도 밝고 너그럽고 인정이 많지. 형제자매와 화목하게 지낼 줄도 알고."

말을 하던 성쾅이 갑자기 일어나 앉으며 소리쳤다.

"앞으로 묵란이가 제 어미를 만나지 못하게 해야겠네. 뒤에서 못난 꾀만 배우지 못하게 말이야."

성쾅이 임 이랑의 얄팍한 수를 몰랐던 것은 아니었다. 다만 애정에 이끌려 참을 수 있는 것은 참고 넘겼고, 도저히 넘길 수 없는 일들만 꾸짖으며 선을 넘지 못하게 지켜오고 있었던 것이다.

첩실 하나가 안채에서 시끄럽게 굴어도 품격에는 큰 지장이 없으리라 생각했으나, 자신의 딸까지 저 모양이 되자 불쾌해진 성쾅은 그 모녀를 갈라놓기로 했다.

• • •

"그만 울어! 네가 마음이 안 좋은 거 다 알아. 하지만 다 묵란 언니 잘못이야. 앞으로 상종하지 말자!"

여란은 힘 하나 들이지 않고 꿈에도 그리던 내용의 공짜 극을 구경한 셈이었다.

묵란이 손바닥을 맞고 서럽게 울고, 성쾅에게 역겹다는 말투로 호된 꾸지람까지 듣는 것을 본 여란은 기쁜 나머지 이번 일의 일등 공신인 명란을 열심히 달래주었다. 하지만 아무리 달래도 울음을 그치지 않자 결국 참지 못하고 투덜거렸다.

"왜 아직도 우는 거야!"

명란은 고개를 숙인 채 젖은 소매로 쉴 새 없이 눈을 훔쳤다.

'품란이가 보낸 계화유 대박인데? 역시 물건은 써봐야 안다니까.'

제61화

평화로운 시간

그 후 한동안 명란은 편안하게 지낼 수 있었다. 성굉은 자상했고, 왕 씨는 많은 관심을 주었고, 여란은 친절했다. 노대부인은 명란의 귀를 꼬집으며 웃었다.

"요 녀석, 농간을 부리다니!"

명란은 얼굴을 붉히며 손가락을 배배 꼬면서 멋쩍게 대답했다.

"제가 간계를 썼다고 나무라지 않으세요?"

노대부인은 창밖을 내다봤다. 눈길이 닿는 곳은 녹음이 푸르렀다. 노대부인은 조용히 얘기했다.

"우리 집안은 평온한 편이지. 아직 네가 진정한 '간계'를 본 적이 없어서 그러는구나. 차라리 진흙탕 속이 더 깨끗해 보일 정도지."

명란은 다소 가라앉은 어조로 물었다.

"한 번 고생하고 평생 편히 보낼 방법은 없을까요? 매번 이렇게 방비를 해야 한다니."

노대부인은 주름이 가득한 입가에 미소를 지었다.

"있다마다. 하지만 마음을 독히 먹어야 하느니라."

명란은 이해할 수 없다는 표정으로 고개를 들었고, 노대부인은 말을 이었다.

"네 아비가 까다롭지 않고, 모두 나이도 들었으니, 풍치를 알고 시문을 아는 여인을 사 온 후, 아이를 낳지 못하게 하면 될 것이다."

명란은 잠시 침묵을 한 후 조용히 입을 뗐다.

"어머님이 그렇게 하실 리 없어요. 칼로 자신의 심장을 도려내는 거나 다름없잖아요."

노대부인이 살짝 비꼬듯이 말했다.

"그렇다면 인내하는 수밖에. 순간을 인내하면 평생이 바뀌고, 평생을 인내하면, 일생이 평안 하느니라."

"혹여 인내하지 못한다면요?"

노대부인은 쓸쓸해 보이는 명란을 바라보며 덤덤히 얘기했다.

"나와 네 큰할머니는 모두 간계라는 게 없었다. 나는 콧대가 높아서 상대를 하찮게 여겼고, 네 큰할머니는 인자하고 마음이 약해서 차마 손을 쓰지 못했지. 후에 나는 끝내 인내하지 못했고…… 큰할머니는 끝까지 인내했단다."

명란은 침묵했다. 노대부인은 순간의 통쾌함을 얻었지만 그 대가로 반평생의 외로움과 고통을 얻었고, 성부에 그녀의 친 혈육은 존재하지 않는다. 그에 반해, 대대부인은 몇십 년간 피눈물을 흘리며 인내했고, 그 결과 지금은 자손을 번창시키고 평안한 노년을 보내고 있다.

명란은 작게 한숨을 내쉬었다. 내가 살려면 상대를 죽여야 하나 싶고, 남자는 자신에게 독해져야 하지만 여자는 남에게 독해져야 하는구나 싶었다.

• • •

춘삼월, 나뭇가지 위에서 까치가 울고, 봄기운이 완연한 날이었다. 근 며칠, 왕 씨는 의기양양해 있었다.

가장 처음으로 희소식을 전한 것은 화란이었다. 하 노대부인은 태맥이 안정적이고 힘이 있다며 남아가 확실하다고 단언했다. 왕 씨는 너무 기쁜 나머지 눈물을 흘리며 큰 선물을 준비했다. 그리고 노대부인에게 전하며 화란을 대신하여 하 노대부인에게 감사 인사를 전해 달라 청했다. 그런 다음 도교 사원에 꾸준히 은자를 바쳤다. 그러다 광제사의 주지 스님이 그 사실을 알고 상당한 불만을 표시했다. 사람이 신앙을 가지면 하나의 신앙에 집중하여야 하며, 불교와 도교를 동시에 믿는 것은 아녀자가 두 남편을 섬기는 것과 같아, 침저롱浸豬籠 [1]에 처해 마땅하다는 것이었다!

왕 씨는 크나큰 근심에 빠졌다. 어느 쪽 신력이 더 강한지 알 수 없는 판에 그중 하나를 선택했다가 다른 신이 노하면 어찌해야 한단 말인가?

왕 씨가 신앙의 문제로 고심하고 있을 때, 임 이랑의 운수는 악화 일로를 걸었다. 이번 금족령을 엄격히 시행했기에 바깥일에 문제가 생겨 경성의 장사를 제대로 할 수 없게 된 데다 든든한 뒷배가 사라져 체면 유지가 어려워진 임 이랑은 자신의 은자로 이자 놀음을 시작하였다. 그러다 빚 독촉으로 사람이 죽었고, 임 이랑의 악행이 만천하에 폭로된 것이다.

사실 고대에서 고리대금업은 정당한 일이었다. 하지만 관리의 명성을

---

1) 돼지 운반용 대나무 통에 가두고 강에 담가 익사시키는 형벌.

크게 해하는 일이었기에 성굉은 이 사실을 알자마자 대노했고, 과거에 임 이랑에게 주었던 전답과 장원을 모두 빼앗아 노대부인이 관리하도록 하였다.

성굉이 씩씩거리며 들어왔을 때, 왕 씨는 목탁을 두드리고 있었다 한다. 성굉이 탁상을 두드리며 임 이랑을 욕하고 나간 후, 왕 씨는 석가모니를 믿기로 결정했다. 그래도 불교가 수입품이 아니던가?

그런 상황에서도 명란은 성굉이 묵란과 장풍에게 살길을 남겨 준 거라 생각했다. 노대부인은 고귀한 성품으로 명성이 자자하니 그 재산을 탐내지 않을 것은 분명했다. 그냥 임 이랑의 기를 꺾기 위한 것이기에 임 이랑이 그동안 사적으로 축적한 은자는 빼앗지도 않았다.

그 일이 있고 난 뒤, 임 이랑은 가슴을 치고 발을 동동 구르며 반나절을 죽네 사네 난리를 피웠다. 허나 성굉은 전혀 신경 쓰지 않았고, 한동안은 그녀를 냉대하기로 마음을 굳혔다.

왕 씨는 하루가 멀다 하고 회임 중인 화란을 보러 충근백부에 갔다. 매번 그곳을 찾을 때마다 수레 가득 보양식을 바리바리 싸 들고 갔으며, 왕궁 귀족 자제들의 소문을 잔뜩 듣고 돌아왔다. 그럼으로써 막 경성에 온 성부 여자 권솔들의 정신적 생활을 풍부하게 만들었으니 밑진 건 아닌 셈이다.

시간 순서대로 살펴보면, 우선 고정엽은 가족들과 크게 틀어져서 부모도 안사람도 모두 팽개치고 혼자 집을 나갔다. 소문에 의하면, 외첩조차 두고 갔다고 한다. 녕원후 나리는 화를 이기지 못해 침상에 몸져누웠고, 녕원후부는 집안의 체면을 고려해 대외적으로는 '백성의 고통을 체험하러 갔다'고 발표했다.

명란은 괜스레 뒤가 켕겼다.

'나와는…… 무관하겠지?'

그 후에 깜짝 놀랄 만한 소문이 전해졌다. 부창후 영씨 집안의 아가씨가 외출했다가 강도를 만나 납치당하고, 계집종 하나만 도주했다. 다행히, 함께 사찰에 참배 가던 중급전대학사中級殿大學士 조 부인과 중서성 참정지사中書省參政知事 전 부인을 만났고, 바로 구조할 하인을 보내었고, 밤이 되어 결국 아가씨를 구해내긴 했으나…….

"부창후의 아가씨? 설마 비연 언니?"

명란은 뒤늦게 반응했다.

"당연하지!"

여란은 명란을 흘겨본 후, 망설이는 어조로 물었다.

"납치를 당했다면…… 설마…… 당한……?"

여란이 멈칫멈칫하는 타이밍이 가히 예술적이었다.

해 씨는 한숨을 내쉬었다.

"그렇지 않다 하더라도, 아가씨 집안의 명성은 해를 입었지요. 영씨 집안에 지금 이 여식 하나뿐인데. 부창후 나리는 화를 못 이겨 중풍으로 쓰러지셨고, 영비는 울다 지쳐 혼절했다고 해요."

명란은 마음이 괴로워져 조심스레 물었다.

"그 강도는 잡았나요?"

해 씨는 비밀스럽게 고개를 저었다.

"순천부윤2)이 밤낮으로 성을 샅샅이 뒤지고 있지만 아무런 종적을 찾지 못했대요."

---

2) 경성의 치안과 정무를 담당하는 순천부의 수장.

여란이 호기심 가득한 얼굴로 물었다.

"설마 그들이 하늘로 솟았겠어요, 땅으로 꺼졌겠어요? 관군은 정말 쓸 모없네요."

해 씨는 미묘한 웃음을 지었다.

"영비의 친정에서 일이 났으니, 관군은 자연히 쓸모 있을 거예요."

명란은 고개를 푹 숙인 채 아무 말도 하지 않았다.

경성의 엄격한 호적 관리 제도를 생각하면, 평범한 강도는 말할 것도 없고, 서문취설 3)이라 할지라도 순천부와 오성병마사 4)가 행적을 찾아냈을 것이다. 이리도 찾기 어렵다면 한 가지 가능성밖에 없다.

소위 강도라고 부르는 그들은 진짜 강도가 아닌 것이다!

며칠 후, 영비연은 결국 치욕을 견디지 못해 목을 매고 자결했다는 소문이 들렸다.

한 달 후, 제국공부와 육왕야가 사돈을 맺었다. 대장공주의 며느리가 신부 쪽 중매인이 되고, 량국공梁國公의 장남이 신랑의 중매인이 되어, 제형은 가성현주를 부인으로 맞이했다. 혼수 행렬이 십 리를 이뤘고, 경성은 경사로 시끄러웠다. 삼일 밤낮으로 연회를 열어 손님을 접대했고, 성 밖 몇 리까지 손님들로 북적거렸다.

그날, 금족령 상태인 묵란은 지친 모습으로 겨우 죽 두 그릇을 먹었다. 여란은 묵란과는 정반대로 폭식으로 화를 푸느라 연속으로 밥 세 그릇을 해치우더니 야식까지 먹었다. 명란은 모창재의 문을 닫고 사람들을

---

3) 무협 소설 『용소봉전기』에 나오는 무림고수.
4) 동, 서, 남, 북, 중앙의 다섯 개 성의 병마를 지휘하는 기관.

물리고는, 그동안 제형이 선물한 물건들을 꺼내 하나하나 깨끗이 닦은 후 다시 상자에 넣고 큰 자물쇠를 걸어 잠갔다.

선선한 날씨의 초여름, 하홍문 모친의 병세가 호전되어, 하 노대부인은 성씨 집안의 여인들을 초대하는 초대장을 보냈다. 해 씨는 회임하여 막 입덧이 심할 때였고, 여란은 풍한에 걸려 있었다. 왕 씨는 그들을 보살펴야 하기 때문에 자리를 뜰 수 없었고, 묵란은 아직 금족령이 끝나지 않아 노대부인은 명란만 데리고 길을 나섰다.

명란은 미래의 시어머니를 처음 보는 것이었기에 사실 조금 초조했다. 하 부인은 창백하고 병색이 완연한 모습이기는 했지만, 생각과는 다르게 성격이 온화하고, 특히 미소를 지을 때는 하홍문과 많이 닮아 보였다. 마치 따뜻한 온천수가 흐르는 느낌이었다.

하 부인은 명란이 서녀 출신이기 때문에 혹시나 옹졸한 성격으로 자기 아들을 불편하게 하지 않을까 걱정했다. 하지만 명란을 보니 성격은 온화하고 다정하며, 행동은 솔직하고 대범했다. 웃을 때는 입가에 작은 보조개를 피우며 장난스럽고 귀여운 표정이 나왔다. 하 부인은 명란이 노대부인의 곁에서 자란 만큼 인품은 믿을 만할 것이라는 생각에 금방 마음이 갔다. 그녀는 명란의 손을 잡고 웃으며 담소를 나누면서도 기침이 날 때마다 명란을 멀리했다. 혹시나 자신의 병세가 명란에게 조금이라도 옮을까 걱정이 됐기 때문이다. 그리고 성씨 집안에 임부가 있다는 사실을 알게 된 후에는, 집으로 돌아가 금은화와 쑥으로 만든 약초탕에 목욕을 하라고 명란에게 신신당부했다.

물론 그 약초들은 하홍문이 협찬했다.

"홍문 오라버니의 어머니는 정말 다정하세요. 사실 그 병이 전염되는 것도 아닌데, 어찌 그리 조심하시는지 모르겠어요."

명란은 돌아가는 길에 겨우 안도의 한숨을 내쉬었다.

노대부인은 자신의 손녀를 다정하게 끌어안고 웃으며 말했다.

"아직 안심하기는 이르단다. 설사 며느리의 보살핌을 원치 않는다 하더라도, 며느리가 편히 쉴 수는 없을 게야."

명란은 잠시 생각에 잠겼다. 그리고 붉어진 얼굴을 들고 작은 소리로 얘기했다.

"그분을 잘 모시고 싶어요. 혼자 외로우실 텐데…… 제가 말동무도 되어드리고요."

노대부인은 만면에 미소를 지으며 명란의 머리를 쓰다듬었다.

"역시 우리 명란이는 착한 아이로구나."

명란은 노대부인의 품에 얼굴을 묻었다.

"그분께 효도하여 저를 어여삐 여기시게 되면, 할머니를 꼭 모셔 갈게요……. 저희 집에 머무세요. 그때가 되면, 홍문 오라버니의 할머님과 어머님, 그리고 할머님과 저, 이렇게 넷이서 마작 같은 걸 하면서 시간을 보낼 수 있어요. 그러면 아무도 외롭지 않을 거예요."

노대부인은 바로 정색을 하며 꾸중했다.

"쓸데없는 소리! 출가한 여인이 자기 할머니까지 시댁에 데려가 사는 법이 어디 있더냐!"

"있어요, 있어요!"

명란은 다급히 고개를 들었다.

"제가 진작 알아봤는데 류 대인의 장모님은 그 댁에서 같이 산대요. 류 대인은 장모님을 친모처럼 모시고, 장모님과 모친이 정답게 잘 지내신대요!"

노대부인은 실소를 지었다.

"그것은 슬하에 자식이 없어 노년이 고독해서 딸의 집으로 간 것이란다. 허나 나는 자손이 많지 않으냐."

명란은 다시 고개를 숙이고 작게 말했다.

"그래서 '머무세요'라고 했잖아요. 자주 '머무세요'."

노대부인은 다소 놀라기는 했지만 마음이 따뜻해졌다. 눈시울이 젖어왔고, 더 이상 아무 말도 하지 않았다. 그저 명란을 안은 채 아무것도 모르는 갓난아이를 달래듯 가만히 좌우로 흔들었다.

화란의 배는 하루가 다르게 불러왔다. 명란은 태어날 아이에게 줄 배냇저고리와 배두렁이를 만드느라 바빴고, 여란은 왕 씨의 강요에 못 이겨 명란의 방에서 함께 가위질과 바느질을 했다. 그래야 선물을 할 때 자신의 이름을 끼워 넣을 수 있을 테니 말이다.

명란은 여유로운 한때를 보냈다. 밤에는 노대부인과 이야기를 나누며 마작 띠우[圍]를 했고, 낮에는 바느질하거나 경서를 필사하거나 여란과 정원에서 제기를 찼다. 명란은 여란에게 연습 상대 정도밖에 되지 않았기 때문에 여란은 백전백승했고, 자연히 늘 기분이 좋았다.

간혹 하홍문은 약초나 보양품을 선물한다는 핑계로 성부에 왔고, 기회를 틈타 몰래 명란을 보러 갔다. 운이 좋을 때면 대화도 몇 마디 나눌 수 있었다. 운이 따라 주지 못할 때면 문발 너머로 보는 게 고작이었으나 그럼에도 불구하고 하홍문의 말쑥하고 수려한 얼굴은 발그레해졌다. 그는 기뻐서 깡충깡충 뛰며 집으로 돌아가면서도, 한 발자국에 세 번씩 뒤를 돌아봤다.

묵란은 들을 복이 있는 사람이었다. 금족령이 풀린 이튿날, 왕 씨가 화란을 통해 새로운 소식을 가져왔던 것이다. 그것도 통쾌하고 상당히 자극적인 소식이었다. 가성현주가 교만하고 포악해 걸핏하면 하인(모두 여자였다)을 때릴 뿐 아니라, 제국공부 장남 일가의 기를 꺾어 고개도 들고 다니지 못하게 만들어 제형과 가성현주의 사이가 화목하지 못한다는 것이다. 또 하나의 소식은, 제형이 일부러 계집종 하나에게 잠자리 시중을 들게 했는데, 바로 다음 날 가성현주가 구실을 만들어 그 계집종을 때려죽였다는 것이었다.

제형은 대노하여 이부자리를 챙겨 서재에서 잠을 청했다. 가성현주가 아무리 울고불고 난리를 쳐도 제형은 그녀와 같은 방에 묵는 것을 거부했고, 이 대치 상황은 내리 두 달이 이어졌다. 결국 평녕군주가 몸져누워 병상에서 간절히 권하고서야 제형은 방으로 돌아갔다.

"흥, 평녕군주 님이 고르신 최고의 며느리가 이렇다 이거야!"

여란은 모든 말을 전한 후, 의기양양하게 자기 생각을 덧붙였다.

묵란은 시적인 느낌을 더해 미간을 찌푸리며 탄식했다.

"불쌍한 원약 오라버니! 제국공부도 쉽지 않겠어."

묵란은 명란에게 사과하며 다시 예전과 같은 친밀한 자매 사이로 돌아가자고 얘기했고, 명란은 물론 '진심으로' 동의했다.

명란은 덤덤히 말했다.

"나중에 다 본전을 찾을걸."

이 혼인은 정치적 투자이니 각자 필요한 것을 얻으면 그만일 뿐, 누가 가련하다고 말할 것도 없었다.

본전을 찾을 날은 금방 돌아왔다.

큰 병을 앓고 있는 노황제가 목숨이 위태로운 상태에서 종인부[5]에게

---

5) 명청 시기의 관아. 왕족을 감독하고, 보첩·봉작·상훌·소송 등을 담당함.

황족 족보를 새로 만들라는 명을 내리고, 삼왕야를 불러 육왕야의 아이를 적자로 들이게 하였다. 또한, 식량 창고를 개방하여 온 천하가 함께 축하하게 하였는데, 이러한 조치는 태자가 정해졌음을 공포하는 것이나 다름없었다.

"나무아미타불, 성상은 역시 현명하십니다!"

해 씨는 왕 씨와 함께 예불을 드리며 말했다.

"이 일이 드디어 마무리가 지어졌네요. 계속 미루기만 하니 내내 불안했는데."

명란은 동의하지 않았지만 말을 삼켰다.

'성상은 당연히 현명하지. 그렇지 않으면 성상이게?'

그날 밤, 왕 씨는 사람들을 불러모아 집에서 연회를 열었다. 성쾽은 기쁨을 감추지 못하고 술을 연속으로 몇 잔 마셨다. 그는 술에 취해 꼬인 혀로 위대한 황제를 내리 찬양했으며, 장백조차도 엄숙한 얼굴로 〈태조훈[6]〉 한 단락을 읊었다. 장풍은 즉석에서 시를 한 수 지었는데, 노황제의 영명한 결정과 그 심대한 영향을 높이 평가하는 내용이었다.

"이렇게 기뻐할 일인가?"

정치에 둔치인 여란은 이해가 가지 않았다.

"그럼, 그럼."

명란은 술에 취해 작은 얼굴이 붉게 달아오른 상태로 헤헤거리며 말했다.

"백성에게는 머리를 조아릴 주인이 생겼고, 관원들은 충성할 대상이

---

6) 태조의 유훈.

생겼고, 나라는 노력할 목표가 생겼으니까 다들 기뻐하는 거잖아!"

크나큰 희소식임은 분명했다. 제국공부 일가에서만 은자 만 냥어치 이상의 폭죽을 터트렸고, 경성 곳곳에는 초롱과 오색 끈이 달렸다. 온 거리에 기쁨이 넘쳐흘렀으나 사왕야 일가만은 그렇지 못했다. 그렇다 하더라도 어차피 다 한식구였기 때문에, 덕비와 숙비의 원만한 중재를 통해 두 형제는 노황제 앞에서 결국 울먹이며 화해했다.

사왕야 왕부의 우장사右長史 7)와 경학經學 스승만 가엾게 되었다. 그들은 삼왕야에게 지나치게 밉보인 탓에, 총알받이가 되어 파면을 당한 후 조사를 통해 처벌을 받게 됐는데, 묵은 빚을 갚은 셈이었다.

이는 황가의 규칙이었다. 어린 황자들이 학문에 정진하지 못하면 시독侍讀들이 매를 맞고, 조금 더 자라서 그들이 잘못을 저지르면 궁녀나 환관들이 대신 매를 맞는다. 성년이 된 황자들이 암투를 벌이며 권력 다툼을 할 때, 가장 먼저 피를 보는 것 역시 아래 수족들이었다.

명란은 언제나 위험이 도사리고 있는 황자들 사이를 누비며 무탈하게 살다간 타임슬립 선배들에게 깊이 탄복했다. 한 세대 한 세대 이어질수록 상황은 날로 악화되는구나. 명란이 사는 꼴을 보아라!

7) 막료.

제62화

신진의 난

시간이 한참 흐른 뒤, 명란은 그 며칠 동안의 일을 떠올렸지만, 여전히 흐릿하게 느껴졌다.

그 날은 삼왕야가 양아들을 들이고 닷새째가 되는 날이었다. 잎이 푸르고 싱싱한 새로운 운양문죽雲陽文竹[1]을 얻은 여란은 묵란과 명란에게 보여주기 위해 그녀들을 초대했다. 여란의 자랑을 듣고 싶지 않았던 묵란은 은근슬쩍 하씨 가문의 일을 꺼냈다.

"홍문 오라버니 할머님과 할머님께서 오랫동안 정을 쌓으셔서 어렵사리 초청장을 받았어. 그런데 어머님이랑 올케랑 언니들까지 다 못 가게 됐잖아. 그러니 할머님과 나뿐이었지."

명란은 완벽하게 그 일을 숨겼다.

여란은 입을 가리고 간사한 웃음을 짓고는 일부러 말끝을 길게 늘이며 말했다.

---

1) 화초.

"아아, 넷째 언니가 그때는 갈 방법이 없었겠구나."

묵란이 눈을 희번덕거리며 여란을 노려봤다.

노대부인의 뜻대로 두 집안은 서로의 자녀를 만났고, 상당히 만족했기에 이미 절반은 결정이 된 거나 다름없었다. 하지만 명란의 두 언니가 아직 혼삿말이 오가지 않았기에 명란이 먼저 혼처를 정하기도 뭣했다. 이런 경우 좋지 못한 말이 나올 수밖에 없고, 여자 쪽의 평판이 깎이게 될 테니 다른 사람들에게는 이 소식을 숨긴 것이다. 오직 성굉과 왕 씨만이 이 사실을 알고 있었다.

성굉은 늘 그랬듯 최선을 다해 하씨 집안의 속사정을 모두 살피고, 한참을 가늠하더니 고개를 끄덕이며 말했다.

"세가 좀 약하긴 해도 부유한 집안이야. 홍문도 사리 분별이 바르고 능력이 좋아. 어머니의 보살핌을 받아 우리 명란이가 복이 많은 게야."

왕 씨가 입술을 내밀며 말했다.

"홍문이 부친을 일찍 여의었고, 조부도 곧 사직하니 남은 거라고는 외지에서 동지同知를 지내고 있는 백부뿐이지만 명란이에게는 과분한 집안이죠."

사실 왕 씨는 샘이 났다. 하홍문은 평범해 보였지만, 모든 방면이 골고루 좋았다. 집안에 재물도 있고, 관에도 배경이 있었다. 시어머니를 모실 필요도 없으니 시집만 가면 바로 안주인이 되는 것이었다. 대단해 보이지는 않지만, 상당히 괜찮은 조건이었다.

왕 씨는 모르겠지만 명란이 살았던 세계에서 이런 남자들은 '가정적인 남자'라 불렸고, 아주 빨리 품절되었다.

성굉은 왕 씨와 대화를 마친 후 공부工部로 향했다. 장백은 한발 앞서 한림원翰林院으로 출발한 상태였다.

그날은 유독 날이 음침했다. 아침 일찍부터 안개가 짙어 앞이 잘 보이지 않았고, 정오가 되어도 여전히 어두웠다. 때는 이미 초겨울이었지만 늦더위가 기승을 부려 온몸에 땀을 줄줄 흐르고 숨이 턱턱 막혔다.

신시申時 2) 초각初刻 3)이 되자 성안에 저녁 북소리가 울려 퍼졌다. 둥둥 무겁게 울려 퍼지는 소리에 사람들의 기분도 덩달아 가라앉았다. 곧이어 성 전역에 계엄령이 내려지고, 사람들은 문을 걸어 잠그고 두문불출했다. 길에는 개미 새끼 한 마리 보이지 않았다. 사방에 병사들이 순찰을 하였고, 조금이라도 의심스러운 사람이 나타나면 단칼에 베어버렸다. 몇 시진 만에 꽤 많은 사람들이 무고하게 죽음을 맞았다.

대갓집은 모두 문을 굳게 걸어 잠갔다. 밤이 되도록 성굉과 장백이 집에 돌아오지 않아 왕 씨는 안절부절못했다. 해 씨는 그래도 침착한 편이었는데, 잔뜩 부른 배를 받치고 얼이 빠져 있었다. 온 집안이 불안에 떨었다. 사흘이 지났지만 두 부자는 집에 돌아오지 않았고, 생사조차 불분명했다. 집안의 여자들이 전부 수안당에 모였는데, 무슨 일이 벌어진 건지 아무도 알지 못했다. 노대부인은 새파랗게 질린 얼굴로 허둥대지 말라며 그녀들을 나무랐고, 가정家丁 4)에게 수소문을 해보라 명했다.

하지만 바깥 사정은 더욱 심각해지고 있었다. 평범하게 물건을 사러 나가거나 땔감을 주우러 나가는 것도 금지되었고, 항변하다 길거리에서 죽임을 당하기도 했다. 그 어떤 소식도 알 수가 없었다. 오직 금위군이 경성을 통제하고 있고, 그중 일부가 오성병마사五城兵馬司에서 왔다

---

2) 오후 3시~5시
3) 시진이 시작되고 첫 15분.
4) 남자 하인.

는 것만 알 수 있었다. 노대부인은 몰래 사람을 보내 강윤아에게 물었다. 그 결과, 장오 역시 며칠 동안 집에 오지 않았으며 윤아는 끝까지 친정으로 가지 않고 집을 지키며 울고 있다는 사실을 알 수 있었다.

여인들은 한데 모여 어찌할 바를 모른 채 우왕좌왕하고 있었다. 그 고요함 속에 오직 묵란의 작게 흐느끼는 소리만 들렸다. 여란은 왕 씨의 품에 안겨 있었고, 해 씨는 멍하니 어딘가를 응시하고 있었다. 장풍은 초조하게 문 앞을 서성거리고 있었고, 장동은 두려움이 가득한 두 눈을 동그랗게 뜨고 명란의 소매를 잡은 채 아무 말도 하지 못했다. 명란은 온몸에 한기를 느꼈다. 뼛속에서 배어 나온 한기였다. 그토록 더운 날씨에, 명란은 추워서 몸을 떨고 싶었다.

명란은 처음으로 가장이 집에서 얼마나 중요한지를 깨달았다. 만약 성굉이나 장백이 죽었다면? 상상조차 하고 싶지 않았다.

성굉이 좋은 아들, 좋은 남편은 아닐 수도 있지만, 아버지로서는 합격이었다. 그는 자녀들을 훈육한답시고 무작정 욕만 하는 사람이 아니었다. 여유가 있을 때마다 자녀들의 학업을 검사하고, 지도를 아끼지 않았으며, 예절도 가르쳤다. 자녀의 앞날을 위해 세심하게 가정을 살폈으며, 사방으로 좋은 스승을 수소문하고 다녔다. 장동 역시 성굉이 친분을 이용해 경성에서 좋은 학당을 다니고 있었다.

명란은 울음을 참기 힘들었다. 그런 아버지를 잃고 싶지 않았던 것이다.

나흘째 되던 날에도 사람들은 여전히 돌아오지 않았다. 다만 삼왕야가 반역을 꾀하다 실패해 사약을 받았다는 소식만 암암리에 전해졌다. 지금 사왕야가 명을 받아 함께 반역을 한 자들을 찾아내고 있는데 삼왕부의 경학 스승 몇 명과 첨사부詹事府 소첨사少詹事 이하 8인이 사형을 당

했으며 문화전 대학사大學士 심정 대인, 내각차보內閣次補 염 대인, 이부
상서吏部尚書에게는 반역 공모죄로 하얀 비단을 내려 자진케 했다는 것
이었다. 그 외에 많은 관원들이 연루돼 옥에 갇힌 후로 생사를 알 수 없
게 되었다고 했다.

이런 소식들이 눈덩이처럼 불어나 삽시간에 온 경성에 떠돌았다. 성
부의 여인들은 더욱 안절부절못했다.

"옥이 뭐 하는 곳이지?"

여란이 두려움에 떨며 말했다.

"아버지와 오라버니가 그곳에 있는 건가?"

묵란이 눈물을 뚝뚝 흘렸다.

"황제 폐하의 명으로 옥에 갇히면 죽이지는 않아도 온몸의 가죽을 벗
긴다던데! 설마…… 아버지와 오라버니도…….'"

명란이 딱딱한 표정을 지으며 큰 소리로 말했다.

"넷째 언니, 함부로 얘기하지 마. 아버지와 오라버니는 신중하셔서 작
당 같은 건 하지 않으셨어. 삼왕부와 왕래도 없었는데 어떻게 옥에 들어
갔단 말이야?!"

"그건 모르는 일이란다!"

줄곧 뒤에 서 있던 임 이랑이 참지 못하고 소리쳤다.

"마님과 평녕군주가 자주 왕래를 하는데 평녕군주가 육왕의 사돈이
지 않느냐. 육왕과 삼왕은 같은 편이고…….'"

"그 입 다물거라!"

임 이랑의 말이 끝나기도 전에 노대부인은 갑자기 분노하며 소리쳤
다. 그리고 펄펄 끓는 뜨거운 차가 담긴 찻잔을 바닥에 내던졌다. 사방에
뜨거운 물이 튀었고, 노대부인은 자리에서 일어나 사람들 앞에 섰다. 명

란이 한 번도 보지 못했던 위풍당당한 모습이었다.

"그 어떤 것도 확실하지 않은 상황에서 재수 없는 소리는 그만거거라! 누구라도 입을 함부로 놀리면 내 가만히 두지 않을 게야!"

노대부인은 살기등등하게 사람들을 내려다보았다. 왕 씨는 눈물을 흘리며 흐느꼈고, 임 이랑은 조용히 고개를 숙였다.

노대부인이 단호한 얼굴로 말을 이어갔다.

"무장武將들의 처들은 가장이 출정을 나가도 차분히 기다리는데! 못난 것들!"

여인들의 울음소리가 잦아들었다. 노대부인이 단호하게 말했다.

"사람의 생사는 하늘에 달린 법. 성가는 조상님이 보우하시고, 천지신명의 가호가 있으니 모두 무사히 돌아올 것이다!"

노대부인의 말 때문이었을까, 아니면 긴장감이 지나쳐서였을까. 사람들이 모두 안정을 되찾았다. 왕 씨는 눈물을 닦고 평소처럼 집안일을 시작했다. 두 눈을 부릅뜨고 초조해하는 하인들을 엄하게 다스리며 문을 살피게 했다.

그날 밤, 어딘지 모를 지방의 군대가 경성으로 들어와 성내의 수비군과 격렬한 시가전을 벌였다. 성부는 노른자위 땅에 있지 않았기에 다행이었다. 황궁 왕부 근처에서 교전 소리가 하늘을 뒤흔들었다. 불빛이 넘실대고, 길에는 핏물이 가득했다. 수많은 백성들이 무자비한 칼날에 쓰러졌다.

여인들은 집 안에 숨어 불안에 떨었다. 그렇게 전투가 몇 날 며칠 이어지고 여섯째 날 아침, 전투 소리가 갑자기 멈췄다. 하늘에서 내린 가는 비 덕분에 연일 후텁지근했던 날씨가 수그러들었다. 시원한 바람이 집 안으로 불어와 숨통을 틔워 주었다. 그리고 가는 비를 맞으며 성굉과 장백이 집으로 돌아왔다.

부자 둘은 행색이 엉망이었다. 수염이 덥수룩하고, 눈가가 퀭한 것이 구치소에서 골든 위크를 보낸 것 같았다. 뺨은 깊게 팼고, 입술은 파랗게 질려 있었으며, 일주일 내내 공포 영화라도 본 듯한 얼굴이었다.

왕 씨는 울고 웃으며 그들에게 달려갔다. 임 이랑도 달려가려 했으나 유곤댁이 교묘하게 그녀를 잡았다. 해 씨도 예절을 차리지 않고, 장백의 팔을 붙잡은 채 절대 놓지 않았다. 묵란, 여란, 명란 세 자매도 눈물범벅을 한 얼굴로 아버지의 소매를 붙잡은 채 기쁨을 감추지 못했다. 마구잡이로 질문을 던지는 바람에 아무도 제대로 답을 듣지 못했다. 그때 노대부인이 두 부자에게 깨끗이 씻고 오라고 말했다.

생사의 갈림길에서 마치 한 세기를 보낸 것 같았다. 깨끗이 씻고 돌아온 성굉은 노대부인의 무릎을 붙잡고 하염없이 눈물을 흘렸다. 장백은 눈물을 흘리는 어머니와 아내를 한참 동안 다독였다. 노대부인은 계집종과 어멈들을 물린 뒤 성굉 부자에게 자초지종을 물었다.

엿새 전, 노老황제는 평소대로 병을 핑계로 조정에 나오지 않았고, 각 부의 주재들이 내각에 상소문을 올렸다. 아무 문제도 없던 상황이 급변하더니 제일 먼저 금위군 지휘사 서신이 서화문西華門 밖에서 매복하고 있던 자에게 살해당하였다. 그러자 부지휘사 영현이 경성 근방의 군대를 지휘해 황성 계엄을 선포하고, 사왕야가 명을 받고 궁으로 들어가 황제를 호위했다.

성굉은 그 소식을 듣자마자 사왕야가 반란을 일으켰다는 것을 알았다.

오성병마사 부지휘관 오용은 두竇 지휘사를 연금하고, 병사들을 동원하여 내각 육부 도찰원 등 중요한 부部를 통제해 관원들을 모두 구금시켰다. 그리고 금위군들이 황궁과 삼왕야부를 겹겹이 에워쌌다. 사왕야는 조서를 날조해 삼왕야에게 독주를 내려 자진케 한 다음 무력으로 황제를 겁박해 자신을 황태자로 삼게 했다.

명란은 소름이 돋았다. 이건 또 다른 현무문의 변[5]이 아닌가!

그러나 사왕야는 이세민李世民[6]이 아니었다. 노황제 역시 이연李淵[7]이 아니었기에 자신을 위해 퇴로를 만들어 놓았다. 성굉 부자는 노황제가 일을 행하는 방식을 몰랐다. 다만, 며칠 후에 경성 근교에 주둔해 있던 삼대영三大營이 반격을 해 왔고, 오성병마사에 속해 있던 부지휘사 몇몇이 기회를 엿봐 도주한 후 두 지휘사를 구해 냈다. 그 후, 오용을 살해하고 다시 병력을 장악하였다. 그 후 안팎이 합세해 삼대영이 성으로 들어와 함께 황성을 반격했다.

그러자 모든 형세가 뒤바뀌었다. 양쪽이 격렬한 전투를 벌인 끝에 사왕야가 패해 포로가 되었다. 그 외의 반역 공모자들은 사형당하거나, 도망가거나, 포로가 되었다. 그렇게 이레 동안 지속됐던 '신진의 난申辰之亂'이 끝났다.

성굉은 감정에 북받쳐 말했다.

"상서 대인이 기민해 이상한 낌새를 느끼자마자 우리를 이끌고 공부의 암실로 들어갔습니다. 그 안에 식량과 물이 있어 며칠은 숨어 지낼 수 있었고, 아무런 상해도 입지 않았습니다. 그러나 다른 부의 동료 몇몇은 구금을 당할 때 굴복하지 않아 병사들에게 해를 당했고, 또 몇몇은 어젯밤 난리 속에서 상처를 입거나 죽었습니다."

---

5) 당나라 고조의 두 아들이 황권을 두고 다툰 일.
6) 당나라 고조 이연의 차남, 제2대 황제.
7) 당나라 고조, 제1대 황제.

줄곧 입을 다물고 있던 장백이 갑자기 입을 열었다.

"수보 대인은 도망갔고, 차보 대인은 살해당했습니다. 그 간신들이 당 대학사唐大學士를 위협해 조서를 날조하라 했지요. 대학사는 불복하며 그들을 난신적자라 꾸짖은 뒤 계단에 머리를 박아 자결했습니다. 그 피가 저희 몸에 튀었지요. 시강학사侍講學士 임 대인도 위협을 받았지만, 그분 역시 굴복하지 않고 미소를 띤 채 죽었습니다. 그다음엔 시독학사侍讀學士 공 대인이 반군들의 면상에 침을 뱉었고 죽음을 맞이했습니다."

말을 이어가던 장백의 눈시울이 붉어졌다. 해 씨는 옆에서 묵묵히 눈물을 훔쳤다. 장백이 말한 자들은 해 씨 조부의 제자로, 평소에 장백을 보살펴 주던 사람들이었다.

"……두 대인은 반일 후 살해당하셨는데, 이제 곧 칠품 편수編修인 제 차례가 아닌가 싶었습니다."

장백은 안색이 하얗게 질려 쓴웃음을 지었다.

"그때 저는 유서까지 써서 소매에 감춰두었습니다."

왕 씨는 눈앞에 아들이 살아 있음에도 여전히 파랗게 질린 얼굴로 장백의 소매를 잡고 꽉 부여잡고 있었다. 곁에 있던 장풍 역시 창백한 얼굴로 입술을 달싹였다. 자기였다면 어떻게 대처했을지를 생각하는 듯했다. 그러더니 다시 고개를 숙였다. 뒤에 앉아 있던 임 이랑의 눈빛이 번쩍였는데 달갑지 않은 듯했다.

안채에는 한동안 정적이 흘러 눈물 흘리는 소리를 들을 수 있었다. 성굉이 또다시 탄식했다.

"천자의 골육이 어쩌다 이렇게까지 되었는가!"

아무도 대답이 없었다. 한참 후, 장백이 마음을 가다듬으며 조용히 말했다.

"성상께서 하루빨리 태자를 세우시면 좋으련만."

모든 근원은 너무 오래 태자 자리를 비워 뒀기 때문이었다. 노황제가 오랫동안 망설인 탓에 두 왕의 대립 상태가 지속됐고, 각자 자신의 세력을 키워 갔다. 문관은 서로를 헐뜯었고, 무장은 파벌을 만들었다. 양쪽 세력이 마치 물과 불같아서 결국 모두 이러지도 저러지도 못하는 처지가 되었다. 쌍방이 첨예하게 대립하고 있던 시점에 삼왕야가 양자를 들이는 일을 노황제가 동의한 것이 도화선이 된 것이다.

그렇게 되자 사왕야는 포기하려 했으나 그의 측근들은 자신의 앞날을 위해 물러서지 않으려 했다.

"원 서방과 장오도 무사하니 천만다행이다. 조상님께서 도우셨어!"

노대부인이 긴 한숨을 내쉬었다.

원문소는 두노서의 직계였다. 함께 연금을 당했고, 함께 구출되었다. 그리고 같이 황성을 반격했으니 공과 실이 서로 상쇄가 가능할 것으로 보여 무사할 것이다. 장오가 몸담은 중위위中威衛는 일찍이 날조된 조서에 의해 경성 부근으로 파견된 상태였다. 그때 장오는 혼전에 말려들기 전이었고, 반격을 가하고 있을 때 크고 작은 공을 세웠기 때문에, 관직이 오를 것으로 예상됐다.

처참한 전투가 벌어졌고, 조정은 시시각각 급변했다. 사람들의 머리가 나뒹굴었고, 수많은 사람들이 집과 가족을 잃었다. 모두 두려움에 질렸고, 말하는 사람도 듣는 사람도 지쳐 있었다. 노대부인은 모두에게 돌아가 휴식을 취하라 했고, 사람들은 줄을 서서 돌아갔다. 가장 먼저 문을 나선 성굉은 서재로 들어가 상소문을 두 개 썼다. 장풍과 장동이 그 뒤를 이었고, 그다음엔 여자아이들이 나왔다.

마지막으로 장백이 나서려고 몸을 일으키다 잠시 머뭇거렸다. 그러다 갑자기 뒤를 돌아 노대부인과 옆에 있던 왕 씨에게 말했다.

"저…… 드릴 말씀이 남았습니다. ……육왕비와 가성현주께서 돌아가셨습니다."

여란, 묵란, 명란은 문을 나선 뒤였지만 고요하고 깊은 밤이었기에 그 말을 들을 수 있었다. 셋은 서로를 바라보다 발걸음을 멈추고 조심스럽게 문가로 다가가 귀를 기울였다.

방 안의 노대부인과 해 씨는 모두 화들짝 놀랄 수밖에 없었고, 왕 씨가 급히 물었다.

"어쩌다?"

장백이 힘겨운 듯 입을 뗐다.

"부창후가 사왕야와 결탁했고, 궁의 영비가 내통자가 되었습니다. 반란을 일으키기 전에 왕작王爵 집안의 여인들을 궁으로 불러 인질을 삼았는데, 반란이 일어나고 영현이 궁으로 들어와 사람들 앞에서 육왕비와 가성현주를 데리고 가버렸어요. 어제 두 지휘사가 들어왔을 때, 뒤늦게 궁 안에서 육왕비 모녀의 시신을 발견했는데……."

장백은 말을 이어가기 힘든 듯 멈췄다. 하지만 시신이 있던 곳에 병사들이 그리 많았던 것을 고려해 본다면, 비밀에 부치기도 힘들 것 같아 최대한 간결하게 말했다.

"능욕을 당하고 돌아가셨습니다."

공기의 흐름이 멈춘 듯했다. 여자아이들의 마음에 순간 한기가 돌았다. 여란과 묵란은 너무 놀라 얼굴이 하얗게 질렸고, 믿을 수 없다는 듯 입을 가렸다. 명란은 방 안의 광경을 보지는 않았지만 모두 경악하고 있을 거라는 걸 알 수 있었다.

잠시 후, 노대부인의 메마른 목소리가 들려왔다.

"설마…… 영榮가의 딸 때문에?"

"네. 영현이 여동생의 복수를 위한 것이라고 말했습니다."

장백은 작은 목소리로 말을 이어갔다.

"알고 보니 몇 달 전 영가 아가씨를 납치한 강도를 찾아냈는데 그게 바로 육왕비의 호위병과 가정이 분장한 것이었다고 합니다. 원래는 영가 아가씨의 명성에 해를 입혀 경성에서 자리를 잡지 못하게 하려던 것인데 일을 그르치는 바람에…… 젊디젊은 현주가 그리 독할 줄 몰랐고, 영가 아가씨도 그렇게 성격이 불같을 줄 몰랐던 거죠. 결국……."

장백은 말을 흐렸지만 듣는 사람들 모두 그 뜻을 이해할 수 있었다.

"그들은 어전에 고할 수도 있었다!"

왕 씨가 황급히 말했다.

"고한다 해도 무엇이 바뀌겠습니까?"

장백이 냉정하게 대답했다.

그랬다. 혹여 고한다 해도 노황제가 자신의 며느리이자 손녀인 가성 현주를 죽여 영비연의 목숨값을 갚을 리 없지 않은가?

영비는 자식이 없고, 노황제는 아직 살아 있으니 육왕가가 이토록 거만하게 군 것이다. 황제가 붕어하면 영가는 도마 위의 생선이 될 게 뻔했다. 그러느니 차라리 곤경에 처해 있는 사왕야를 붙잡아 일거양득을 노려보는 것이 나을지도 몰랐다. 그리고 영비연의 죽음이 복수의 불씨가 된 것이다.

방 안에 있던 사람들은 모두 침묵했다. 명란은 언니들의 손을 잡고 뒤를 돌아 자리를 떴다. 반쯤 걷던 중 묵란은 입을 가린 채 흐느끼기 시작했다. 함께 차를 마시고 이야기를 나눴던 사이였다. 몇 달 전까지만 해도 멀쩡히 살아 있던 두 젊은 목숨이 오늘날 이토록 처참하게 비명횡사한 것이다.

여란은 수건을 꽉 쥔 채 결국엔 흐느끼기 시작했다.

"이 일은 이제 끝이 난 거겠지?"

명란은 속으로 말했다. 아직 멀었을 거야. 아직 끝나지 않은 계산이 있고, 태자도 새로 세워야 하니까.

제63화
대란 후의 평화

4월, 이른 봄. 겨우내 쌓였던 눈은 모두 녹았고, 나뭇가지에는 꽃봉오리가 고개를 내밀었다. 바닥에 놓인 쌍수문雙壽紋이 도금된 은제 쌍이정로雙耳鼎爐 1)에서 가는 숯이 은근히 타들어 가면서 방 안을 따뜻하게 데우고 있었다. 침상 머리맡에 있는 작은 자단목 탁자에는 탕약 사발이 서너 개 놓여 있었다. 미인도가 그려진 석청색의 궁요宮窯 분채粉彩 도자기였다. 침상 옆에 있는 검은색 호피가 덮여 있는 태사의太師椅 2)에는 화려한 비단옷을 입은 중년 남자가 앉아 있었다. 그 남자의 표정은 온화하였고, 턱에는 짧은 수염이 나 있었다.

"……제형이 시험을 치러 들어간 지도 꼬박 하루가 지났는데, 잘하고 있는지 궁금하네요."

침상에서 여자 목소리가 들려왔다.

---

1) 손잡이가 두 개 달린 세 발 향로
2) 반원형 등받이와 팔걸이가 달린 커다란 팔걸이의자.

제 대인이 말했다.

"제형이 이번에 노력을 많이 하지 않았소. 몇 달 동안 밤낮으로 학문에 정진하였으니, 분명 공명은 떼놓은 당상일게요. 아들 걱정은 그만하고 몸조리에 신경 쓰시구려. 겨우내 탕약을 달고 살지 않았소. 당신이 아프니 설도 제대로 쇠지 못하였고."

평녕군주는 금실로 목란을 수놓은 비단 등받이에 기대 있었다. 누렇게 뜬 얼굴에 광대뼈가 불거져 나온 것이 무척 초췌했다. 왕년의 의기양양한 모습은 온데간데없이 사라지고 병색이 완연한 모습이었다.

"제형이 나를 원망하고 있어요."

"그런 말 마시오. 모자 사이에 원망은 무슨."

제 대인이 위로의 말을 건넸다.

"그해 난리통에 각 부에서 적지 않은 사람이 죽었소. 특히 한림원과 내각이 궁과 가까워 거의 절반이 비었으니 성상께서 금년 초에 은과恩科 3) 를 여신 것 아니오. 제형이 밤낮으로 학업에 정진하였으니 공명을 노리는 것도 당연한 이치지."

평녕군주가 유유히 한숨을 내쉬었다.

"저를 달래실 필요 없습니다. 제형이는 경성에서 둘째가라면 서러운 재능과 학문을 겸비한 인재라 어딜 가든 사람들이 추켜세웠습니다. 그런데 지금은 홀아비가 된 것도 모자라 가는 곳마다 사람들의 웃음거리가 되었습니다. 다 제 잘못이지요!"

제 대인은 아무 말 없이 속으로 생각했다. 사실 부인의 말이 틀린 것은

---

3) 나라에 경사가 있을 때 열리는 과거 시험.

아니었다. 그녀의 판단은 정확했지만, 그저 운이 심하게 안 따라주었을 뿐이었다.

평녕군주가 두 눈을 붉히며 울먹거렸다.

"영가 그 아이에게 큰일이 났을 때 뭔가 잘못되어 간다는 생각은 들었지만, 그때는…… 이미 돌이킬 수 없었습니다. 현주를 들이고 나서 저도 마음에 들지 않았어요. 오만무도하고, 사람 목숨을 하찮게 여겼지요. 복덩이도 아닌데 제형에게 가까이 지내라고 강요했어요! 그런데…… 현주가 그리도 비참하게 명을 달리할 줄이야!"

말을 하던 평녕군주가 흐느끼기 시작했다. 제 대인은 어쩔 도리 없이 아내의 손을 다독여줄 뿐이었다. 군주가 수건으로 얼굴을 훔친 후 작은 소리로 말했다.

"몇 달 동안 영현이 궁에 들어오던 날의 모습이 계속 꿈에 나타납니다. 병사들은 얼굴에 살기가 가득하고, 칼끝에는 피가 흐르고 있지요. 궁녀들이 울부짖으며 안으로 밀려드는데 육왕비와 현주가 제 앞에서 그들에게 끌려나가고……."

그녀가 두려움 가득한 눈빛으로 벌벌 떨며 말했다.

"이 좋은 혼사 뒤에 몇 사람의 목숨이 달려 있었다는 걸 이제야 알았습니다!"

그녀는 남편에게 기대며 눈물을 뚝뚝 흘렸다.

어려서 부부의 연을 맺은 제 대인과 군주는 평소에는 말다툼도 하긴 했지만, 부인이 이처럼 무기력한 모습을 보이자 제 대인은 마음이 약해져 좋은 말로 부인을 위로했다.

"육왕비 모녀가 그토록 경거망동한 것을 보면 육왕야가 번지藩地 4)에서 얼마나 악행을 저질렀는지 알 수 있지 않겠소. 성상께서 크게 노하시어 그의 군왕위郡王位를 빼앗아 한산종실閑散宗室 5)이 되었지. 삼왕비가 자손이 없는 상황이 아니었다면 그 자손도 작위를 박탈당했을 것이오. 영비와 숙비가 자진을 하고, 사왕야가 사형을 당한 후에 자식들은 전부 서인이 되었으니. 어휴…… 십 년의 투쟁이 하루아침에 끝났지. 이번 일에 연루된 왕작세족들이 얼마나 많소. 다행히 성상께서 영명하시어 장인어른과 우리 부府를 위로하고 도와주셨으니 망정이지. 우리…… 긍정적으로 생각합시다."

"그 일로 상심하지는 않았어요."

평녕군주가 조용히 눈물을 닦으며 고개를 저었다.

"전 궁에서 자라 그곳의 방식을 잘 알고 있습니다. 성상께서 우리를 여전히 후대하고 계시지만 하루하루 쇠약해지시고 있지 않습니까? 어찌 되었든 우리도 연관이 되어 있으니 윗사람이 바뀌면 아랫사람이 바뀌듯 앞으로는…… 지금과 같은 성총은 없겠지요."

그 얘기가 나오자 제 대인은 참지 못하고 탄식을 했다.

"사람의 계획은 하늘의 계획을 벗어날 수 없는 법이오! 결국 팔왕야가 자리에 오를 줄 누가 알았겠소!"

"참으로 정해진 것인가요?"

평녕군주가 의심스러운 목소리로 물었다. 이제 그녀는 그 무엇도 확

---

4) 왕후의 영지.
5) 작위를 얻지 못한 종친을 가리키는 말.

신할 수 없었다.

제 대인이 부인을 베개에 기대게 하며 쓴웃음을 지었다.

"성상께서 이미 이李 숙의淑儀를 황후로, 덕비를 황 귀비로 봉하셨
소. 덕비를 책봉한 것은 아들을 잃은 슬픔을 위로하기 위해서요. 반면 이
숙의는 완의국浣衣局[6] 출신으로 아들을 낳아 책봉되긴 했지만, 성상께
서 한 번도 총애하신 적이 없어 냉궁 옆에서 쓸쓸히 늙어가고 있었지. 그
러나 성상께서 이렇게 하신 걸 보면 눈이 달린 사람이라면 모두 알 수 있
을 것이오. 게다가 팔왕야를 이미 경성으로 불러들이셨잖소."

평녕군주는 한동안 아무 말 없이 있다가 긴 한숨을 내쉬었다.

"성상께서는 지금껏 그 모자를 중히 여기지 않으셨는데, 지금은⋯⋯.
아아, 어느 누가 하늘의 뜻을 꺾을 수 있겠습니까. 나라에는 나이가 지긋
한 군주가 필요한 법이고, 남은 황자들이 모두 어리니, 그밖에 없겠지요.
⋯⋯팔왕야의 번지는 촉蜀과 가까운 곳에 있는데 언제 경성에 도착할
수 있을지요?"

"촉은 길이 험난하니 한 달은 걸릴 듯하오."

제 대인은 이렇게 얘기하며 부인에게 다가가 다정한 목소리로 말을
이어갔다.

"그러니 부인, 몸조리에 신경 쓰시오. 제형이 이번에 급제를 하면 해야
할 일이 많지 않겠소."

평녕군주는 아들의 앞날을 생각하자 갑자기 힘이 솟았다. 베개에 기
댔던 몸을 일으킨 그녀는 눈을 반짝이면서 말했다.

---

6) 궁에서 빨래를 담당하던 곳.

"제형이 대체 누구를 닮아 그리도 고지식한 것인지 알 수가 없어요!"

"또 무엇이 마음에 안 든단 말이오?"

제 대인이 웃으며 물었다.

평녕군주가 백자천손百子千孫 석류 무늬가 조각된 단향목 침상을 바라보며 한숨을 쉬었다.

"작년에 성상께서 은과를 열겠다 하시기에 제형이가 성가의 큰아들인 장백과 사이가 좋으니 자주 장백을 찾아가 문장에 대해 이야기를 나누라 하였지요. 그런데 추운 날에도 한림원 밖에서 기다릴지언정 절대 성부에는 가지 않겠다고 하지 않습니까!"

"음? 무슨 연유로?"

제 대인이 이해할 수 없다는 듯 물었다.

평녕군주가 남편을 슬쩍 흘겼다.

"현주가 죽인 그 계집아이를 생각해보세요. 그 아이의 두 눈이 누구를 닮았습니까?"

제 대인이 골똘히 생각하더니 '아' 하고 소리를 내며 이마를 '탁' 쳤다.

"현주가 제형을 위해 들인 계집들은 하나같이 우둔하고 저속하다 하지 않았소. 제형이가 그 아첨꾼을 어찌 마음에 뒀나 했더니 설마 아직도 성형의 딸을 마음에 두고 있는 것이오?"

평녕군주는 부정하지 않고 고개를 끄덕이며 무력하게 답했다.

"명란이 그 아이가 사람들 앞에 잘 나서지 않기에 망정이지 혹시라도 현주가 봤다면 분명 의심을 샀을 거예요……. 왜 그러십니까? 무슨 생각을 하세요?"

그녀가 남편의 옷자락을 잡아당겼다.

제 대인은 고개를 숙인 채 바닥에 놓인 적동赤銅 화로를 바라보다 평녕군주가 옷자락을 흔들자 정신을 차리며 황급히 답했다.

"성형이 운이 좋다는 생각을 했소. 노卢 노상서는 귀가 먹어 어수룩해 하나를 물으면 셋을 모르는데 위급한 상황이 되자 영민하게 행동을 했지. 자신의 부하를 챙겨 무사히 재난을 피했을 뿐 아니라, 공부工部의 각종 비밀문서를 완벽하게 지켰소. 대란이 끝나고 성상께서 공부의 사람들을 '임위부난臨危不乱[7)]'이라 칭찬하셨다오. 노상서는 내각에 들어갔고, 성형 역시 정사품 좌첨도어사左僉都御史로 승급하였지."

평녕군주가 우울한 목소리로 말했다.

"그뿐이 아닙니다. 왕씨 부인은 요즘 희소식이 많아 그런지 기분이 상당히 좋습니다. 큰아들은 전적을 올렸고, 조카는 파총把摠[8)]으로 승급하였고, 사위는 부지휘사를 계속하고 있으니, 흠…… 저건 부인이 며칠 전 보내온 희단喜蛋[9)]입니다. 두 개지요. 지난달에는 큰딸이 사내아이를 낳았고, 이번 달에는 며느리가 또 사내아이를 낳았지 뭡니까!"

평녕군주는 질투를 숨기지 못하고 말했다.

자단목에 대리석을 박아 넣은 여의문如意紋 원탁에는 붉은색 희단이 놓여 있었다. 제 대인은 그것을 바라보다 느끼는 바가 있었는지 고개를 돌려 부인을 쳐다봤다.

"다음 달 하순이 녕원노후야의 일주기인데 부인도 갈 것이오?"

평녕군주가 희단을 보다 눈시울이 뜨거워져 말했다.

---

7) 위험에 직면해서도 침착하게 행동함.
8) 명청시대 육군 관직 중 하나.
9) 경사가 있을 때 선물로 돌리는 달걀.

"아니요. 오복五服 10) 밖의 친척이니 제물祭物만 보내면 되지요. 그러고 보니 정엽의 안사람이 간 지도 일 년이 지났네요."

그러면서 그녀는 깊은 한숨을 내쉬었다.

"그 숙부만 가엾지요. 평생을 조심해 왔는데 자손이 그 대란에 엮이게 생겼으니. 정욱은 몸도 좋지 않은데 이번 대란을 만났으니 온 집안이 두려움에 떨고 있지요. 누구라도 도움을 줬다가는 한데 엮어 지위와 재산을 모두 빼앗기겠지요."

얘기를 듣던 제 대인은 씁쓸한 마음으로 다시 한번 희단을 바라보다 갑자기 뭔가 떠올랐는지 입을 열었다.

"……제형이 아직 성형의 딸을 마음에 두고 있다 하면 부인이 가서 이야기를 해보시오. 혼사가 성사될 수도 있을 것 같은데, 어떻소?"

평녕군주가 콧방귀를 뀌며 답했다.

"이미 늦었습니다."

제 대인이 화들짝 놀랐다.

"이미 물어봤단 말이오?"

제가와 제형은 참 운이 없었다. 구혼까지 거절당했다면 정말이지 설상가상이었다.

"제가 그리 경거망동했겠습니까!"

평녕군주가 남편의 뜻을 알아차리고 바로 위로했다.

"왕씨 부인의 성격이 솔직하고 시원시원한 덕에 어렵지 않게 얘기를 들었습니다. 그 집안의 적출 딸은 친정 조카와 맺어줄 생각인가봐요. 하

---

10) 죽은 자와의 관계에 따라 상복의 종류와 입는 기간이 다섯 등급으로 나뉨.

지만 정해진 것은 아니니 두고 봐야겠지요. 명란이 그 아이는 노마님이 진즉에 손을 써두었더군요. 백석담 하씨 가문 방계의 아들이랍니다."

제 대인은 실망을 감추지 못했다. 아들의 실망하는 모습을 떠올리며 그가 머뭇거리며 말했다.

"그러면…… 한 명이 더 남아 있지 않소?"

"퉤."

평녕군주가 고상하게 침을 뱉더니 미간을 찌푸리며 남편을 바라봤다.

"제형이 아무리 힘들다 한들 그런 서녀를! 명란이 그 아이가 노마님 손에 컸고, 인품이나 용모가 최고가 아니었다면 제 눈에 차기나 했겠습니까? 아들에게 미안한 마음이 있으니 원하는 대로 해주자는 게지요."

제 대인이 한참을 침묵하다 입을 뗐다.

"앞으로 누군가 생긴다면 부인이 자세히 살펴보고, 제형이의 뜻도 반드시 물어보시오. 어쨌든 제형이의 마음에 들어야 할 것 아니오."

군주는 남편이 아들을 아끼는 마음을 느끼며 말했다.

"듣자 하니, 성가와 하가의 혼담이 확정된 것이 아니라고 하던데. 게다가 성가가 순풍에 돛을 단 듯 승승장구하니, 변수가 있을 수 있겠지요."

• • •

사실 순풍에 돛을 단 성가에도 나쁜 소식이 있었다.

"어머님, 다시 한번 생각해보십시오. 연세도 있으신데 먼 길을 다니기 힘드시지 않겠습니까."

성굉은 관복도 갈아입지 않고 퇴청하자마자 수안당으로 향했다. 아랫자리에는 왕 씨와 아이들이 앉아 있었다.

노대부인이 고집스럽게 고개를 저었다. 손에는 침향목 염주가 돌아가고 있었다.

"동서지간으로 지낸 지 수십 년이거늘. 건강이 좋지 않다는 말을 듣고 어찌 모른 척하겠느냐?"

성굉이 미간을 찌푸리며 옆에서 좌불안석인 태생을 바라봤다.

"큰어머님의 건강이 어떠하신 것이냐?"

몇 년 못 본 사이에 태생은 많이 자라 있었다. 땅딸막했던 남자아이가 소년의 모습이 되어 찾아온 것이다. 그는 죄송한 기색이 완연한 얼굴로 자리에서 일어나 성굉을 향해 허리를 숙여 절을 한 다음 낮은 목소리로 말했다.

"외당숙, 죄송합니다. 해가 바뀐 후부터 외할머님의 건강이 몹시 안 좋아지셨습니다. 의원들은 이번 달을 넘기기 힘드실 거라고 했습니다. 그 소식이 퍼지자 셋째 할아버님댁 식구들이 돌아가며 집에 찾아왔습니다. 할아버님께서 외할머님 댁에 재물을 남겨놓았을 테니 은전을 나눠야 한다고도 하고, 큰외숙을 대신하여 집안일을 관리하겠다고도 했습니다. 셋째 할아버님께서도 연세가 지긋하시니 툭하면 집 안에 머무시며 가시려 하지 않습니다. 다들 무슨 일이라도 날까 싶어 셋째 할아버님을 옮길 엄두도 못 내고 있습니다. 사실상 방도가 없는 것이지요."

성굉은 얘기를 듣고는 긴 한숨을 내쉬었다. 그리고 노대부인에게 얘기했다.

"만에 하나 어머님의 건강에 문제라도 생기면 이 아들이 어떻게 얼굴을 들고 다니겠습니까?"

옆에 앉아 있던 장오는 난처한 기색이 완연했다. 그는 바로 성굉의 앞에 무릎을 꿇고 애원했다.

"조카가 효를 다하지 못해 할머님께서 근심을 심어드렸습니다. 손자 된 도리로 할머님 옆을 지키지 못하면서 작은할머님께 또 이렇게 부탁을 드리고 있습니다. 이번에…… 이번에 태생이 작은할머님을 모셔 가면 그 후에는 저희 어머님께서 살뜰히 보살펴드릴 것입니다. 걱정하지 마십시오!"

왕 씨가 불만 가득한 얼굴로 말했다.

"말이야 쉽지."

성굉이 다시 입을 열려는데 노대부인이 염주를 내려놓으며 손을 흔들었다.

"그만. 나는 이미 뜻을 정했다. 내일 출발하겠다."

잠시 후 근심 가득한 얼굴로 상석에 앉아 있는 성굉을 보며 말을 이어갔다.

"너희들의 효심은 내 잘 알고 있다. 하지만 일에는 경중이 있는 법. 나는 아직 걸을 수 있으니 가 보는 것이 옳다. 아아…… 이번 경성 대란에서 우리 집안은 평안했을 뿐 아니라 너와 장백, 장오까지 발탁이 되지 않았느냐. 그건 우리 집안이 평소에 신중하기 행동한 덕도 있지만 천지신명의 가호가 있었고, 조상님께서 보우하셨기 때문이다. 그러니 내가 더 덕을 쌓고 좋은 일을 해야지. 게다가 집안일이 아니더냐."

성굉과 왕 씨는 서로를 바라보다 말을 않기로 했다. 또 얼마간의 대화가 이어지고, 장백은 장오와 태생을 배웅하러 나갔다. 명란은 일이 정해졌다고 생각했다. 그녀는 자리에서 일어나서 성굉을 보며 사뭇 결연하게 말했다.

"아버지, 걱정하지 마세요. 제가 있잖아요. 제가 할머님을 살뜰히 모실게요."

그때 노대부인이 고개를 저었다.

"아니다, 너는 여기 있거라."

명란은 화들짝 놀랐다. 최근 몇 년간 명란은 노대부인과 항상 함께했다. 노대부인과 떨어지고 싶지 않았지만, 명란이 입을 떼기도 전에 노대부인은 고개를 돌려 왕 씨를 보며 당부했다.

"명란이 점점 커가니 밖에 오래 머물거나 나도는 것은 좋지 않다. 내가 먼저 유양宥陽에 가 있을 테니 혹시라도 형님이…… 그때 와도 늦지 않을 게야."

왕 씨가 자리에서 일어나 노대부인의 당부에 공손히 응했다. 노대부인이 말을 이어 갔다.

"지금 장백의 처가 몸을 푸는 중이니 네가 집안에 신경을 많이 써야 할 것이다."

그러곤 얼굴을 찌푸리고 있는 명란에게 덧붙여 말했다.

"명란이는 내 곁을 떠난 적이 없으니 눈치가 없을 것이다. 명란이를 두고 떠날 것을 생각하니 마음이 놓이지 않는구나. 명란이 말썽을 부리지 못하게 네가 더욱 신경 쓰거라."

왕 씨가 노대부인의 뜻을 알아차리고 웃었다.

"어머님, 무슨 말씀을요. 명란이야 두 언니보다도 어른스럽지요."

노대부인이 고개를 끄덕였다.

"네가 신경을 많이 쓰도록 해라."

묵란은 그런 노대부인을 보고 질투가 나 애교를 부리며 웃었다.

"할머님께서는 명란이 걱정만 하십니까? 아무도 여란이와 저를 어여삐 여기지 않으니 가여운 생각이 드네요."

여란도 불쾌하기는 마찬가지였다. 하지만 묵란에게 이용당하고 싶지

410

않아 이렇게 말했다.

"명란이가 가장 어리니 할머님께서 걱정하시는 건 당연합니다. 하지만…… 할머님께서 명란이를 제일 예뻐하시는 건 맞지요."

여란이 입을 삐죽거렸다.

노대부인은 웃기만 할 뿐 아무 말도 하지 않았다. 그러자 성굉이 미간을 찌푸리며 호통을 쳤다.

"대체 어디서 배운 버르장머리란 말이냐? 내일 먼 길을 떠나시는 할머님의 건강은 염려하지 못할망정 모두 제 생각하기만 바쁘다니!"

여란과 묵란은 즉시 입을 다물었다.

밤이 되고 명란은 수안당에 남아 잔뜩 찌푸린 얼굴로 노대부인을 졸랐다. 같은 말을 계속 반복하는 방법은 평소에 상당히 효과적이었다. 그러나 이번에 노대부인은 마음을 굳힌 상태였다. 명란이 투덜거렸다.

"할머님, 저는 이제 마차를 타도 어지럽지 않아요. 배도 탈 수 있어요. 가는 내내 할머님 말동무도 해드릴 수 있단 말이에요. 큰당숙 댁이 어째서 바깥이에요? 다 가족이지……."

노대부인은 화가 나면서도 그런 명란이 재밌었다. 노대부인이 손바닥으로 손녀의 머리를 때리더니 굳은 표정으로 말했다.

"네 올케 하는 걸 보고 배우거라. 시어머니 밑에서 어떻게 말하고 행동하는지 말이야. 얼마나 참하고, 실수가 없어. 그런데 너는 어떠냐? 이렇게 내 곁만 붙어 있으면 나중에 출가해서 어찌하려고 그래?"

말을 하면 할수록 걱정이 됐다. 노대부인의 손에 들려 있던 찻잔에서 덜그럭거리는 소리가 났다.

명란이 입을 삐죽이며 시무룩하게 말했다.

"제가 시집갈 때 할머님도 같이 가면 되지요."

노대부인은 순간 입에 머금고 있던 차를 뿜을 뻔했다. 그녀는 찻잔을 내려놓고 명란의 볼을 꼬집으며 나무랐다.

"내 마음이 약한 탓이지. 어렸을 때 너를 아주 호되게 때렸어야 하는데 그냥 두었어!"

명란은 자신이 설득해도 소용이 없다고 느껴지자 재빨리 화제를 돌려 버렸다. 노대부인에게 항상 건강에 유의해야 하고, 밤에 물을 많이 마시면 자주 깨기 때문에 좋지 않으며, 아침 일찍 밖에 나가지 말고 해가 뜬 후에 산책을 해야 한다고 얘기했다. 명란은 잡다한 이야기를 잔뜩 늘어놓았다. 방씨 어멈과 취병은 방에 들어오며 그 얘기를 듣더니 웃음을 터트렸다.

"정말 세월 빠르네요. 어느새 아가씨가 이렇게 장성해 노마님의 건강을 염려하니 말입니다. 예전에는 노마님께서 항상 덤벙거리는 아가씨를 돌봐주셨는데."

노대부인은 명란의 잔소리에 귀에 딱지가 앉는 기분이었다. 명란의 잔소리를 피할 수 없자, 노대부인은 한숨을 내쉬었다.

"태생이 네게 품란의 서신을 전해주지 않았더냐? 너는 품란의 서신을 받을 적마다 기뻐 날뛰었지. 어서 가서 서신을 열어보지 그러느냐?"

명란은 손가락을 꼼지락거리며 장난을 치기 시작했다. 토실토실한 다람쥐처럼 노대부인의 몸에 기대어 그녀의 목에 머리를 비비적거렸다. 그러자 노대부인은 간지러워 웃기 시작했고, 둘은 몸을 비비며 장난을 치기 시작했다.

그 모습을 흥미진진하게 지켜보던 방씨 어멈과 취병은 차마 그 자리에서 웃지는 못하고 조용히 방을 나갔다. 한참이 지난 후 할머니와 손녀는 장난을 멈췄다.

노대부인은 머리가 산발이 되었지만, 꽤 기뻐 보였다. 그녀는 명란의 작은 손을 토닥이며 훈계했다.

"그만 소란 부리고, 내 말을 듣거라!"

그제야 명란은 조용히 자리를 고쳐 앉았다. 노대부인은 명란을 바라보며 당부의 말을 꺼냈다.

"어휴…… 내 평생 혈육을 남기지 못하고 갈 것이라 생각했는데 하늘이 장난꾸러기인 너를 내게 내리신 바람에 걱정만 늘었구나."

명란은 아무 말 없이 노대부인의 팔에 머리를 묻고 그녀를 끌어안았다. 노대부인은 마음이 따뜻해지는 것을 느꼈다. 그녀는 자상한 표정으로 손녀를 안고 조용히 얘기했다.

"나는 어릴 적부터 고집이 대단했다. 부모님의 총애를 받으며 말썽을 피웠지. 머리에서 피를 흘리면서도 후회를 모르고 컸단다. 지금 생각해보면 어린 시절에 좌절을 겪는 편이 더 나았을 거란 생각이 든다. 이 할미가 너를 얼마나 더 보호해줄 수 있겠느냐? 나중에 너도 시집을 가려면 네 어머니와 올케가 하는 걸 보고 배워야 한다. 언제까지 이 할미 품에서 곱게 클 수는 없어. 이번 기회에 두 사람을 잘 보고 배우거라. 알겠느냐?"

명란은 고개를 들었다. 눈시울이 살짝 젖어 있었다. 기다란 속눈썹에는 물방울이 맺혀 있었고, 백옥 같은 피부에도 물기가 있었다.

명란이 이런 가여운 모습을 보일 때면 가장 마음 아파하는 노대부인이 애석해하며 말했다.

"내가 곁에 없어도 두 사람은 전혀 문제가 없을 게다. 네 어머니는 다른 건 몰라도 장부 관리 하나는 으뜸이다. 네 올케는 또 누구 못지않게 총명하지. 잘 배워두어라. 아아…… 이제 몇 년 안 있으면 너도 계례를 치르겠구나."

명란이 울먹였다.

"할머니와 떨어지기 싫어요."

노대부인은 손녀를 다독이며 한숨을 내쉴 뿐이었다.

제64화

장유張維, 적서嫡庶, 공융孔融

태생이 노대부인을 모시고 길을 떠난 후에도 명란은 여전히 이별의 슬픔에 잠겨 있었다. 여란이 허겁지겁 모창재로 달려 들어오다 풀이 죽은 모습으로 침상에 누워 베개를 안고 있는 명란을 보았다. 여란은 다가가 명란의 얼굴을 건드렸다.

"어이, 정신 차려! 슬퍼 말아! 그래, 그래. 넌 효심 가득한 손녀야. 우리는 양심 없는 것들이고!"

명란은 여란과 입씨름할 힘도 없어서 죽어가는 목소리로 말했다.

"그럴 리가. 언니들은 마음속으로 염려하지만 나는 수양이 부족해서 얼굴에 다 드러나는 것뿐이야."

여란은 주먹으로 솜을 두드리더니, 별다른 할 말이 없었는지 화제를 돌렸다.

"음, 있잖아…… 품란이 또 서신을 보내왔다며. 빨리 얘기해봐. 그 손孫가는 요새 어찌 지내고 있대?"

명란은 지붕을 쳐다보며 눈을 흘겼다.

품란의 서신에는 두 가지 이야기가 적혀 있었다. 하나는 '양심 불량하고 부덕한 놈이 조강지처와 가정을 버린 기록'이었고, 또 하나는 '푸대접을 당한 고결한 성숙란의 기사회생 기록'이었다. 명란이 무의식중에 그 이야기를 꺼낸 이후 여란은 이 시리즈물의 애청자가 되었다.

그 당시 손지고는 휴서 한 장으로 혼수의 반을 챙긴 뒤 바로 '진흙 속에서도 물들지 않았던' 그 무희를 정방으로 들였다. 그리고 숙란은 계저의 시댁이 있는 시골로 보내졌다. 그곳은 물자가 풍족하고 민심이 후하며 사람들이 순박한 데다, 계저의 시아버지가 그 지역의 이장이어서 입방아에 오르내릴 일이 없었다.

숙란의 견제도, 숙란이 시집올 때 함께 왔던 관사의 감시도 없어지자 손지고는 매일매일을 주지육림 속에서 보냈다. 툭하면 술집에서 주연을 열고 고상한 척 문학을 즐기는 상공相公 1)들을 불러모아 시를 읊고 기생 놀음을 하며 쾌락에 빠져 지냈다. 그 사실을 알게 된 학정學政 대인은 크게 노하여 지방 수재 거인들과 과거 문장 토론회를 개최했을 때 사람들 앞에서 손지고를 '부도덕하고 타락한 문인'이라고 질책했다. 손지고는 큰 굴욕을 당하고 돌아갔는데 그 후로 더욱 오만무도하게 굴었다.

귀가 얇은 손모는 큰돈을 손에 쥔 채 어찌 사용해야 할지 몰라 망설이다가 투자를 배워보기로 했다. 연지 점포에도 투자하고, 쌀 도매상에도 투자하다 가끔 이자 놀음도 하면서 업계를 가리지 않았지만, 결과는 하나같이 손해를 봤다.

명란은 당숙인 성유가 암암리에 수를 쓴 것은 아닐까 심히 의심했다.

그렇게 청루에 있던 그녀가 아이를 낳은 후, 손씨 집안의 가세가 기울

---

1) 과거 시험에 합격한 수재에 대한 존칭.

기 시작했다. 하지만 손지고는 체면을 중시하는 사람이었기에 사치스러운 생활을 지속했다. 계속해서 종을 부리며 편안한 생활을 영유하기 위해 가산을 하나둘 내다 팔기 시작했다. 손모 역시 아들에게 씀씀이를 줄이라고 말한 적 있지만, 손지고는 입만 열었다 하면 본인이 과거에 합격만 하면 이러쿵저러쿵할 뿐이었다.

그러나 기생집의 그 여자는 더 기다리지 못했다. 하루는 손씨 모자가 잔치에 갔다 늦게 돌아왔다. 돌아온 후에는 해주탕解酒湯 2)을 마시고 깊이 잠에 빠졌다. 그리고 깨어났을 때, 집안의 모든 재물과 은전이 들어 있던 상자가 사라진 것을 발견했다. 그리고 그곳에는 청루의 그녀와 손모의 조카가 떠나면서 남겨놓은 '감동적인' 장편의 서신 한 통만 남아 있었다.

서신에는 둘이 예전부터 아는 사이였고, 그녀가 낳은 아들도 손모 조카의 아들이며 둘은 정을 나눈 지 오래된 사이라고 쓰여 있었다. 둘의 감정이 깊었으나, 하늘의 장난인지 함께할 수 없는 상태로 오랜 시간을 버텨왔는데, 도저히 자신들의 감정을 감출 수 없어 함께하기로 했다는 내용이었다. 그러니 '인자하고 관대한' 손모와 '고귀하고 위대한' 손지고가 그들의 애정을 이해해줬으면 한다고 덧붙였다. 아, 그들이 재물이 가져간 행위도 알아서 이해해달라고도 쓰여 있었다.

이 소문이 퍼지고 손씨 모자는 유양의 웃음거리로 전락했다. 영혼의 한 쌍이 황급하게 떠나는 바람에 다행히 집은 팔지 않았지만, 논밭과 다른 귀중품들은 모두 팔아버린 상태였다. 그 후 손지고의 생활은 점점 궁

---

2) 술 깨는 탕.

핍해졌다. 마을의 술집과 밥집은 더는 그에게 외상을 주지 않으려 했고, 책방과 지물포도 빚 독촉을 하기 시작했다. 손씨 모자는 밥상 위에 차려진 죽과 장아찌를 보다 숙란의 좋은 점을 떠올렸다. 그리고 물어물어 그녀를 찾아 창향蒼鄕으로 향했다. 처음에 손지고는 허세를 부리며 자신이 특별히 머리를 숙여 숙란을 되찾아 오겠다고 했다. 그러나 그들이 숙란을 찾았을 때, 그녀는 다른 사람에게 시집을 갔을 뿐만 아니라 배도 불러 있었다.

숙란의 시가는 이웃 마을의 대부호로 집도 있고 밭도 있었다. 그리고 새 남편은 온화하고 성실한 남자였다. 이번만큼은 성유와 이 씨가 그의 인품을 확실히 알아봤고, 확신이 생긴 후에 기쁜 마음으로 딸을 시집보냈던 것이다.

손씨 모자는 잔뜩 불러 있는 숙란의 배를 보자 어안이 벙벙해졌다. 손지고는 분을 이기지 못하고 듣기 거북한 말을 내뱉었지만, 숙란은 이제 예전의 아둔한 숙란이 아니었다. 그녀는 그들을 보며 냉소를 날리고 조소했다. 계저는 더 고약하게 손지고의 급소를 찌르며 이렇게 말했다.

"네가 애를 낳지 못했던 것 아니냐? 하루빨리 의원에 가봐라. 괜히 남의 집 딸만 억울하게 하지 말고."

손지고는 부끄럽고 분에 차 죽고 싶었다. 그때 용맹스럽고 우직한 시골 남자들이 다가왔다. 그들은 쓸데없는 말은 하지 않는 사람들이었다. 손지고에게 곤장을 친 후 바로 쫓아내버렸다.

최근의 소식에 따르면 숙란은 포동포동한 아들을 낳았고, 손지고는 전당포의 단골이 되었다고 한다.

여란은 책상에 해바라기씨 껍질을 잔뜩 까놓았다. 그녀는 이야기의 결말이 마음이 들지 않았다. 또한, 명란의 무미건조한 해설 방식에 큰 불만을 표시했다. 명란도 불쾌해하며, 노대부인이 남기고 간 장부를 들고 자세히 살펴보기 시작했다.

문제 1. 중등 밭 한 묘가 은자 5량이고, 논밭은 그 두 배다. 하지만 상등 논은 20량에 팔 수 있는데 만약 천 량의 은자가 있다면 어떻게 해야 할까?
답: 상황과 정책에 따른다.

문제 2. 시집올 때 데려온 몸종이 열 가구인데 주인이 삼대를 내려가면서 자식을 많이 낳았다. 그리고 주인을 믿고 거들먹거려 부리기가 쉽지 않다. 그런데 집안의 지출은 점점 커지고 있다. 어떻게 지출을 줄여야 할까?
답: 상책 - 산아 제한 정책, 올바른 교육. / 중책 - 내보낸다. / 하책 - 팔아버린다.

문제 3. 집에 사람이 너무 많고 사내종들은 생산에 종사하지 않아 매달 수지가 맞지 않는다. 어떻게 해야 할까?
답: 분가해 각자 생활한다.

문제 4. 시부모가 사리에 밝지 못하고, 첩실만 편애하면서 분가는 해주지 않고, 동서는 재물을 탐하고, 사촌은 여색을 좋아하며, 여러 사람에게 어마어마한 빚을 지고 있다. 남편은 첩만 아끼고 부인은 무시하며, 친정은 냉정하게도 일절 관여하지 않는다. 살아나갈 방도가 보이지 않는다면?

답: ······다시 태어난다.

장부에는 수입과 지출에 관한 문제뿐만 아니라, 복잡한 인간관계, 친척 관계에 관한 내용이 적혀 있었다. 그리고 이 모든 것을 섞어놓은 문제도 있었다. 온종일 장부를 들여다본 명란은 머리가 깨지는 것 같았다. 대가족은 역시 쉽지 않았다. 정실과 첩들은 다 자기들만의 계산법이 있었다. 어떤 문제는 이해 자체가 가지 않아서 그저 천천히 견디다 며느리에서 시어머니로 위치가 바뀌었을 때 다음 세대에게 바통을 넘겨주는 수밖에 없었다.

"아가씨."

단귤이 문발을 열고 들어오며 웃었다.

"마님 처소에서 사람이 왔는데 새로운 봄옷과 장신구가 도착했으니 와서 고르라고 하시네요."

명란이 평상에서 내려와 단귤에게 옷매무새와 머리 정리를 맡기며 물었다.

"요 며칠 처소는 평안하니?"

단귤은 잠깐 머뭇거리더니 조용한 목소리로 대답했다.

"노마님께서 계실 때만 못하지요. 몇몇 계집종들 사이에 불평이 나왔어요."

명란이 미소를 지으며 분부했다.

"일부러 꾸짖을 필요는 없고 잘 지켜보도록 해."

단귤은 이해할 수 없었다. 명란은 입꼬리를 올렸다.

"처소 사람들 모두 한배를 탔잖아. 두고보도록 하자."

예전에는 노대부인이 명란의 몸조리를 위해 최상급의 재료를 사용하여 세심하게 준비해주었다. 낮의 간식은 우유, 발효 유제품, 쌀가루를 이용한 찐 음식 등을 번갈아 준비했고, 밤참으로는 얼음 설탕을 넣은 제비집, 대추죽 등을 준비했다. 좋은 것이 있으면 무조건 명란에게 줬기 때문에, 얼굴에서 빛이 났고, 하얀 얼굴에 혈색이 돌았으며, 덩달아 명란의 몸종 역시 덕을 봤다. 하지만 지금은 다른 사람들의 방식을 따라야 했다.

단귤은 그녀의 뜻을 이해하고 숙연해졌다.

"아가씨께서 저들을 얼마나 후하게 대하셨는데요. 조금 모자람이 있다고 아가씨한테 원한을 품으면 죽어 마땅하죠! 아가씨, 제가 잘 지켜볼게요."

소도는 명란을 부축해 왕 씨 처소로 들어갔다. 왕 씨는 상비죽湘妃竹 평상에 앉아 유곤댁과 농을 주고받고 있었다. 중간에 탁자 두 개를 붙여 놓았는데, 그 위에는 고운 색 비단으로 만들어진 옷이 잘 정리되어 있었다. 비단에 곱게 놓여 있는 수가 눈이 부시게 아름다웠다. 탁자 옆에 서서 그 옷들을 눈대중으로 살펴보고 있던 묵란과 여란은 명란이 다가오자 그녀를 흘겨봤다.

왕 씨는 명란이 무엇을 하든 한 박자 느리다는 것을 알고 있었다. 안부 인사를 할 때 느린 것은 그렇다 쳐도, 매번 물건을 나눠줄 때조차 느려서 항상 남은 것을 갖게 됐다. 그렇다보니 다들 별말이 없었다. 왕 씨는 찻잔을 내려두고 탁자에 올려둔 목재 검은색 나전 상자를 쳐다본 후, 유곤댁에게 가져가라고 얘기하며 웃었다.

"취보재에서 새로 나온 것들이란다. 너희 큰언니가 해가 바뀌기 전에 주문해두었던 것인데 색이 곱다고 보내 왔구나. 너희끼리 보고 골라서 가져가렴."

유곤댁이 이미 함을 열어 탁자 위의 비단옷을 올려놨기에 함 속에는 반짝반짝 빛나는 진주와 비취가 들어 있었다. 명란이 안을 보니 머리 장신구도 세 개 있었다. 하나는 유리를 박아 넣은 원앙꽃술잠簪이었고, 또 하나는 편복문이 새겨진 남주南珠 전지顫枝 금보요金步搖였으며, 나머지 하나는 벌꿀색 수정水晶 발채髮釵였다. 확실히 모양도 새롭고 영롱하니 아름다웠다.

세 자매는 서로를 바라보다 여란이 입을 삐죽거리며 말했다.

"묵란 언니 먼저 골라. 아버지가 항상 장유유서를 강조하셨잖아."

묵란이 담담하게 웃으며 바로 물건을 집어 요리조리 살펴보다가, 결국에는 가장 빛나는 금보요를 골랐다.

여란은 살짝 웃은 후 명란을 보고 말했다.

"명란아, '공융양리孔融讓梨'에서 형이 아우에게 양보하니? 아니면 아우가 형에게 양보하니?"

명란은 답을 할 수도, 안 할 수도 없어 그저 쓴웃음만 지었다.

"묵란 언니, 동생 배 속에 먹물이 어느 정도인지 모르는 것 아니잖아? 나를 난처하게 만들지 말아줘."

여란은 명란을 슬쩍 흘긴 다음 묵란을 바라보며 말했다.

"아버지께서는 항상 묵란 언니가 우리 중에서 가장 학문에 뛰어난 사람이라고 하셨는데 언니 생각은 어때?"

묵란이 난감한지 얼굴을 붉히며 억지로 웃었다.

"네가 이것이 마음에 들면 바로 말하면 될 것이지, 굳이 옛날이야기까지 할 필요 없잖아? 우리 모두 자매인데…… 설마 언니가 동생 것을 빼앗겠니?"

여란은 태연자약하게 말했다.

"아무거나 가져도 괜찮아. 다만 언니에게 도리에 대해 얘기해준 것뿐이야."

"그러면 네가 먼저 고르렴!"

묵란은 손에 들고 있던 보요를 내려놓았다. 내리깐 눈빛에 분노가 가득했다.

여란이 경멸하듯 말했다.

"언니가 골랐는데 동생이 어떻게 빼앗을 수 있겠어. 그러다 아버지에게 크게 꾸중을 듣지."

명란은 도무지 양보하지 않으려는 여란을 보고 미간을 찌푸렸다. 그리고 고개를 들어 왕 씨를 바라봤다. 왕 씨는 유곤댁과 이야기를 나누느라 마치 아무것도 모르는 척 이쪽은 쳐다보지도 않았다. 명란은 상황이 파악되어 고개를 숙였다.

이번에 노황제가 연 은과에는 성굉 동료의 자제들이 꽤 많이 참가했다. 그러나 오직 장풍만이 거인도 되지 못하고 좋은 기회가 날아가는 것을 멍하니 지켜볼 뿐이었다. 최근 성굉이 바라본 장풍의 얼굴에는 생기가 전혀 없었다. 그제께 과거가 시작됐고, 도찰원 관료의 반 이상이 자신의 자제가 과거에 참여한 이야기를 하느라 바빴다. 그 얘기를 듣자 성굉은 씁쓸하기 짝이 없었다. 그는 찌푸린 표정으로 집에 돌아와 바로 장풍의 서재로 향했다. 아들에게 제대로 훈수를 놓아, 내년 가을의 추위秋闈나 내후년 춘위春闈에는 급제를 시키겠다는 마음이었다.

장풍의 서재 앞에 다가서자 생각지도 못한 남녀의 웃음소리가 들렸다. 성굉이 발로 문을 차고 들어서자 그 안에는 환하게 미소 짓는 아들이 운치가 넘쳐나고 호방한 자세로 옥으로 만든 붓을 들고 있었고, 그 옆에는 늘씬하고 아름다운 계집이 보였다. 그녀는 팔을 걷어 올리고 있었으며, 장풍은 눈처럼 새하얀 그녀의 팔 안쪽에 농염한 시구를 적고 있었다.

성굉의 눈이 날카로워졌다. 한눈에 '희고 맑은 살결에 짙은 향이 풍기며, 옷을 벗고 당신을 기다리네'와 같은 내용의 시가 보였다. 속에서 천불이 난 성굉은 바로 노발대발하며 두말하지 않고 장풍을 꽁꽁 묶어 가법家法[3]으로 벌을 내렸다. 성굉은 아들이 엉엉 울며 어머니, 아버지를 외칠 때까지 때렸고, 임 이랑이 뛰쳐나와 무릎을 꿇고 애원을 하기 시작했다.

성굉은 숨을 헐떡이며 온 식구들 앞에서 그들 두 모자를 '그 어미에 그 아들'이라며 욕을 했다.

임 이랑은 굴욕스러웠다. 그녀라고 왜 아들을 가르치고 싶지 않았겠는가? 하지만 임 이랑은 당당하지 못했고, 아들은 어머니의 말을 한 귀로 듣고 한 귀로 흘렸다. 또 지나치게 관여하면 모자 사이의 정에 금이 갈까 두려웠던 것이다. 그녀의 남은 인생이 아들에게 달려 있었기 때문이었다.

성굉은 일단 시작하자 끝을 보려는 생각으로, 장풍의 서재를 완전히 뒤엎었다. 그 결과, 수십 권의 춘화春畵와 염사집艶詞集[4]을 찾아냈다. 종이가 상당히 낡은 것을 보아하니 자주 '온고지신'을 한 듯했다.

성굉은 이성을 잃은 만큼 분노하여 직접 몽둥이를 들고 장풍을 때리기 시작했다. 그리고 그에게 외출 금지를 내린 후 외장방[5]에 들러 앞으로 장풍은 멋대로 은전을 받아갈 수 없으며, 5량 이상의 금액은 모두 보고해야 할 것을 명했다.

---

3) 가장이 집안사람을 벌줄 때 쓰는 몽둥이.
4) 남녀 간의 애정을 표현한 글을 모아 놓은 것.
5) 돈을 관리하는 곳.

임 이랑이 득세할 수 있었던 이유는 두 가지였다. 하나는 본인이 성굉의 애정을 받았기 때문이고, 또 하나는 성굉이 아들을 중시했기 때문이었다. 하지만 자신도 예전처럼 성굉의 애정을 받지 못하고, 아들까지 사고를 치자 하인들은 속이 빤히 보이게도 바로 왕 씨에게 돌아섰다.

"그러면 너는 어찌하고 싶으니?"

묵란이 냉소를 지으며 말했다. 예전에는 이런 조롱을 받아본 적이 없던 그녀였다.

"글쎄."

여란은 옆에 놓은 옷가지들을 들춰 보며 고의로 말했다.

"하지만 언니가 나 먼저 고르라고 하는 것은 아버지의 뜻을 어기는 것이니 나도 내 논리가 있어야 하지 않겠어? 한집안 언니 동생끼리 누군 귀하고 누군 덜 귀해?"

여란이 일부러 말꼬리를 길게 늘이며 묵란을 도발했다.

묵란은 입술을 깨물었다. 여란은 어떻게 해서든 자신에게서 '적서유별嫡庶有別' 네 글자를 들으려 하는 것이다. 임 이랑이 총애를 받던 시절, 그녀는 자주 '적서'를 가지고 글을 써 성굉에게 연민과 사랑을 받았던 것이다.

상황이 전과 다르다고는 하지만 도저히 체면을 구길 수 없었다. 묵란은 옆에서 고개를 숙인 채 서 있는 명란을 보자 마음이 바뀌어 웃었다.

"여란이가 한 말이 옳아. 공융양리에서는 형이 아우에게 양보를 했지. 그러니 명란이 먼저 고르면 되겠네."

명란은 묵란을 쳐다봤다. 조금씩 생겨나고 있던 연민이 사라지는 순간이었다. 명란은 묵란이 자신의 손을 잡으려고 다가오자 가볍게 몸을 돌려 묵란의 손을 피했다. 이미 생각해 둔 핑계를 얘기하려는 찰나 바깥에서 말소리가 들렸다.

"나리께서 돌아오셨습니다."

옆눈으로 상황을 바라보던 왕 씨는 멍해졌다. 옆에 놓인 물시계를 보자 그녀는 정신이 번쩍 들었다. 아직 퇴청할 시각이 되지 않았는데?

비교적 눈치가 빠른 유곤댁이 바로 왕 씨를 부축해 성굉을 맞이하러 갔다. 성굉이 관복 차림으로 들어오고 있었는데 안색이 평소와 다르고, 수염도 흐트러져 있었다. 그는 곧장 상석의 태사의에 앉았다. 왕 씨에게 차를 내오라 시킨 후, 웃으며 다가갔다.

"어떻게 이리 일찍 돌아오셨습니까?"

성굉이 조심스럽게 관모를 벗으며 답했다.

"오늘 은과가 끝나 좌두어사도 일찍이 돌아갔고, 나와 몇몇만 남아 있기에 일찍 돌아왔소."

관직에 있으면 남들과 비슷하게 행동하는 것이 좋다. 원칙이나 이해관계와 큰 상관이 없다면 대세에 따르는 것이 좋은 것이다.

세 자매는 정자세로 서서 성굉에게 예를 갖추어 인사했다.

성굉은 세 자매를 보며 고개를 끄덕이다, 옆에 놓은 탁자에 있는 옷가지와 비녀를 본 후 미간을 찌푸리며 물었다.

"이것들은 어제 화란이 보내온 것 아니오? 어째서 이제야 나누는 것이오?"

왕 씨는 표정이 굳어졌지만, 아무렇지 않은 척 대답했다.

"며칠 후에 충근백부에서 화란이 아들의 만월을 축하한다지 않습니까. 딸아이들이 너무 수수해도 좋지 않을 듯싶어 옷감을 더 준비하느라 오늘에서야 나누게 되었습니다."

성굉은 고개를 끄덕이다가 방금 안으로 들어올 때 묵란과 명란은 탁자와 떨어진 곳에, 여란은 홀로 탁자 옆에 서 있던 모습이 떠올랐다. 그는 탁자 위에 열린 채 놓여 있는 장신구 함을 다시 보고 왕 씨를 힐끔 쳐다봤다. 그리고 불쾌했는지 직설적으로 말했다.

"어째서 여란이 혼자 고르고 있소? 묵란이와 명란이도 나눠 가졌소?"

묵란은 조심스럽게 성굉에게 다가가 웃었다.

"저희가 여란이에게 먼저 고르라고 했어요."

성굉은 여란과 왕 씨의 성격을 알고 있었다. 둘 다 마음이 넓은 편이 아니었다. 성굉은 왕 씨가 서녀를 박대했을 거란 생각하며 바로 여란을 노려보았다. 그러자 여란의 얼굴이 하얗게 질렸다.

명란은 상황이 좋지 않자 바로 성굉의 소매를 잡아당기며 웃었다.

"아버지, 들어 보세요. 여란 언니가 장유유서이니 묵란 언니에게 먼저 고르라고 했어요. 그런데 묵란 언니가 '공융양리'를 이야기하며 저에게 양보했어요. 그런데 아무리 따져봐도 묵란 언니나 저한테는 첫 순서가 돌아오는데 여란 언니는 그렇지 않잖아요. 그건 언니에게 너무 불공평해요. 그래서 여란 언니에게 먼저 고르라고 했어요. 아버지, 이 방법이 어떤 것 같으세요?"

성굉은 애초부터 똑똑하고 사랑스러운 명란을 어여삐 여겼다. 게다가 지금 어린아이 같은 그 얘기를 듣자 웃으며 세 자매에게 이야기했다.

"그래, 너희 자매가 우애가 좋으니 이 아비 마음이 놓이는구나."

묵란은 이를 악물며 반박하지 못했다. 그저 억지로 웃을 뿐이었다. 여란은 안도의 한숨을 내쉬었고, 왕 씨는 재빨리 재치를 발휘했다.

"이따 내가 물건을 보낼 터이니 너희끼리 상의해서 고르거라. 아버지께서도 쉬셔야 한다."

세 자매는 공손히 인사하고 돌아갔다.

성곤은 세 딸이 나가는 것을 본 후 자리에서 일어나 왕 씨와 내실로 들어갔다. 그는 두 팔을 벌려 옷고름을 풀게 하며 말했다.

"전이는 어떻소? 며늘아기는 괜찮소?"

왕 씨가 포동포동한 손자를 생각하며 만면에 미소를 지었다.

"좋아요, 아주 좋지요! 아이가 아직 어려 바람을 쐴 수 없는 게 아쉬울 따름입니다. 아니면 데려오라고 해서 나리께 보여드릴 텐데. 아휴, 그 작은 녀석이 팔다리 힘이 어찌나 좋던지요!"

성곤 역시 웃으며 답했다.

"그 아이의 얼굴을 보니 복이 아주 많겠어! 힘이 좋으면 좋지. 암, 그렇고말고!"

모두들 첫째 아들과 첫째 손자는 노인들의 목숨과도 같다고 했다. 손자의 포동포동한 팔다리를 보고 심장이 녹는 기분이 든 성곤은 왕 씨에게 손자를 잘 보살피라고 연신 당부했었다.

"전이뿐만 아니라 화란이 아들 실이도 어찌나 고운지 몰라요. 지난번에 찾아갔을 때 보니 웃을 줄도 알더라고요. 웃는 모습을 보니 화란의 어릴 때와 어찌나 똑같던지!"

왕 씨는 잔뜩 신이 나서 말을 이어갔다.

"이제 화란이도 어깨를 펴고 지낼 수 있겠어요. 더 이상 시어머니의 눈치를 보지 않아도 되고요!"

성곤은 자신의 장녀를 매우 귀히 여겼다. 집안에 많은 자식들이 있었지만, 그가 직접 안아 재우고 먹여 키운 아이는 화란 하나뿐이었다. 관직에 있는 사람으로서 남을 이렇다 저렇다 말하면 안 됐지만, 성곤은 참지 못하며 입을 열었다.

"사돈은 사람이 참 좋은데, 사돈댁은…… 그래도 많이 좋아졌지."

왕 씨가 냉소를 지었다.

"흥, 제가 직접 찾아가서 말하지 않았으면 만월주도 달랑 상 두 개만 차리고 끝냈을 겁니다. 다 자기들 자손인데 누구는 상을 오십 개나 차려서 잔치를 열어주고, 누구는 이렇게 푸대접하다니. 사람들이 편애가 심하다고 욕할 것이 두렵지도 않나봐요! 사위는 덮어놓고 효심만 깊고, 화란이만 불쌍하게 혼수를 해 가느라 고생했지요. 이제 나리와 장백이가 승진을 했으니 화란이가 한숨 돌렸습니다. 흥, 그 집안이 한참 냉대를 당할 때 화란이가 시집을 간 것만으로도 조상 덕을 본 줄 모르고."

성굉이 한참을 침묵하다 말했다.

"그날 내가 사돈에게 살짝 운을 뗐으니 사돈댁을 단속할 것이오."

얘기를 나누던 성굉은 갑자기 떠오르는 것이 있었다.

"그…… 묵란이의 혼사는 어찌 되어가는 중이오?"

관복을 정리하던 왕 씨가 미간을 찌푸리고 말했다.

"제가 물색해보지 않은 게 아니라, 나리께서 다 마음에 안 든다고 하셨지 않습니까. 백이와 같은 한림원의 편수는 가난해서 싫다 하시고, 다른 사람을 통해 알아보면 믿음이 가지 않는다며 또 싫다 하시고. 대갓집을 찾으면 또 거긴 서출들뿐이고. 솔직히 말씀드리면 좋은 사람이 없는 것은 아니지요. 하지만 우리가 좋은 사윗감을 찾듯이 그들도 좋은 며느리를 찾지 않겠습니까. 그리고 묵란이 서출이잖아요? 어떻게 단번에 좋은 사위를 찾겠습니까?"

성굉은 마음이 불편했다. 사실 그는 그 정도면 괜찮다고 생각했었다. 그러나 임 이랑이 울며불며 난리를 치는 바람에 그도 어찌할 수가 없었다. 하지만 현실 앞에 임 이랑도 굴복할 수밖에 없었다. 그제야 하홍문 정도의 조건이면 나쁘지 않다는 것을 알게 된 것이다.

"몇 개월 안 있으면 묵란이도 계례를 올려야 하는데 이렇게 고르고 고르니 저도 이제 관여하지 않겠습니다. 하지만 묵란이는 미룬다 쳐도 여란과 명란이까지 미룰 수는 없지 않습니까. 그때 가서 동생이 언니를 기다려주지 않았다고 하시면 안 됩니다."

왕 씨가 성굉에게 미리 다짐을 받아두었다.

성굉은 머리가 아파 눈썹을 찌푸렸다.

"어머님께서 지난번 유양에 가셨을 때 형수님의 친정 조카를 눈여겨보셨다 하오. 이름이 이유라던데 학문에 정진하고 있고, 가산도 풍족하고 괜찮으니 내년에 과거에 급제할 수 있을지 두고봅시다."

성굉은 노대부인의 안목을 신뢰하고 있었다. 당시 노대부인은 이 이야기를 꺼내면서 웃는 듯 마는 듯한 표정으로 이유가 어린 시절의 성굉과 여러 가지로 비슷했다고 말했었다. 그렇게 생각하자 성굉은 기분이 좋아졌다. 자신과 비슷하다면, 외모와 재능을 겸비한 우수한 청년임이 분명했다!

좋군, 좋아. 이대로만 간다면, 묵란도 복이 있는 게지.

제65화

만월주, 작위가 있는 집안,
뜻밖의 재난

과거라는 정식 루트로 관료가 된 집안에서 태어난 명란은 작위爵位야말로 철밥통이라고 생각했다. 권력다툼과 같은 고차원적 범죄에만 가담하지 않는다면 죽을 때까지 조상의 비호를 받으며 편안히 살 수 있기 때문이었다. 명란은 몹시 부러워하며 장백과 이 문제에 대해 토론을 한 적이 있는데, 그 결과 장백의 멸시와 눈 흘김을 받아야 했다.

태조가 개국을 하고 유능한 신하와 용기 있는 장군, 책사들에게 논공행상을 했다. 그 결과 이성왕異姓王 [1] 다섯, 국공國公 열아홉, 후작侯爵 마흔둘, 백작伯爵 백열다섯, 그리고 셀 수 없이 많은 세습 장군을 책봉했다. 허나 태조는 의심이 많은 사람으로, 한 세대가 지나기도 전에 이성왕 셋과 국공, 후작, 백작 절반의 작위를 박탈하고 죄를 물어 죽였다. 그 후 태

---

1) 황족과 성씨가 다른 왕.

종이 즉위하니 그가 곧 선황제였다. 그는 북쪽으로는 달단韃靼[2], 남쪽으로는 황량한 지역을 공격해 동서남북 사방으로 영해와 영토 확장을 위해 힘쓰면서 또 계속해서 작위를 부여했다. 하지만 '류流'와 '세世'의 구분을 두어 모든 작위를 세습 가능하게 하진 않았다.[3]

태종 황제가 사방의 국토 경계를 평정한 후 처음으로 책봉했던 모신謀臣[4] 장張 각로가 먼저 나서서 '최상의 부귀로 최고의 공적을 보답해야 한다'라며 간언하고 무장의 우두머리로 정국대장군靖國大將軍을 맡고 있던 영국공이 앞장서서 동의하자 태종 황제는 아예 군사 귀족들 대부분의 조정권을 빼앗았다. 그때부터 국가 대사를 논할 수 있는 권력이 문관들에게 기울었다.

하지만 부귀는 얼마 되지 않고, 자손은 끝이 없기에 작위를 가진 집안이 삼대, 사대로 내려가면 사람이 너무 많아져 관리가 힘들었다. 이때가 되면 어느 집안이 군이나 궁에서 세력이 있는지, 어느 집안이 인재가 많은지를 봐야 했다. 만약 집안의 가세가 기울거나, 효를 다하지 않거나, 차림새가 예법에 어긋나거나, 백성의 재물을 수탈하거나 한다면 그 하나하나가 어사언관御史言官의 탄핵 대상이 되었고, 그 후에는 황제의 마음에 달려 있었다.

태조는 자식이 아주 많았다. 선황제가 즉위할 때 여양왕이 귀척貴戚[5]과 귀족 자제들을 모아 '구왕섭정九王攝政'을 주장하자 태종은 무력을 사

2) 현재의 타타르
3) 류流는 세습이 되지 않는 작위, 세世는 세습이 되는 작위를 이름.
4) 나라의 큰일을 더불어 논하는 중요한 신하.
5) 황제의 인척.

용해 친히 기병 삼천을 이끌고 야밤에 서산西山 군영을 습격해 단숨에 여양왕 사령부를 쳐부쉈다. 그 후 진상을 추궁하여 연루된 자들 중 십여 명의 왕작王爵을 박탈했다. 그중에는 언저리에서 총알받이를 하던 충근백부도 있었다.

선황제의 재위 시간은 그리 길지 않았다. 정안황후가 훙서하고 오래지 않아 뒤따라갔기 때문이었다. 지금의 황제는 인자했기에 제위에 오르고 몇 년이 지나 죄가 무겁지 않은 집안의 작위를 회복시켜주었다. 하지만 그 집안들은 원기가 이미 크게 상한 후였다. 큰일을 겪고 심하게 위축이 되어 있었기 때문에 감히 날뛰려 하지 않았다.

명란은 처음 충근백부를 방문했을 때 '아' 하고 작게 탄식을 했다. 네다섯 개의 문이 있는 큰 집에는 좌우에 두 개의 작은 정원이 딸려 있는데 성부보다 약간 크긴 했지만, 위치가 성부보다 못했다. 나중에 장백에게 들은 바로는 원래의 충근백부는 몰수당하여 다른 공훈귀척에게 하사되었고, 지금의 저택은 노황제가 후에 하사한 것이라 했다.

오늘 충근백부는 둘째 손자의 만월주 잔치를 위해 육육대길六六大吉[6]이라는 뜻으로 안팎으로 서른여섯 개의 상을 차렸다. 성부는 외가였기에 당연히 상객上客이었다. 명란 등은 마차에서 내려 가마를 타고 이문二門을 넘은 뒤 걷기 시작했다. 부귀와 길함을 상징하는 조벽照壁[7]을 돌아서 들어가자 영빈당이 나왔다. 정면에서 연분홍색 장화배자[8]를 입은

---

6) 순조롭다는 뜻의 '류流'와 숫자 '육六'의 발음이 같은 것을 이용해 아이의 인생이 평탄하기를 기원함.
7) 밖에서 대문 안쪽이 들여다보이지 않도록 앞마당에 세운 벽.
8) 남경 운금 중 하나로, 화려한 꽃무늬를 넣어 짠 비단으로 만든 배자.

여자아이가 웃으며 다가왔다.

"드디어 왔구나. 내가 아침부터 얼마나 기다렸는데 이제 오는 거야!"

묵란이 앞으로 나아가 웃으며 말했다.

"언니가 우리를 기다리는 줄 알고 날아왔는걸요!"

여란은 웃는 듯 마는 듯했다.

"문영 언니가 주인이니 당연히 손님을 기다려야죠. 손님이 주인을 기다릴 수는 없잖아요?"

원문영의 달걀형 얼굴은 하얗고 윤기가 흘렀다. 온화하고 도량이 넓은 문영은 여란에게 별다른 말을 하지 않고 뒤에 있는 명란을 바라보며 웃었다.

"명란이는 보기 힘든 귀한 손님이잖아. 우리가 경성으로 오고 너희 언니들은 자주 왔는데 너는 겨우 두 번밖에 안 왔잖니!"

명란은 어지러워 관자놀이를 만지며 솔직히 인정했다.

"문영 언니, 제가 게을러서 그래요. 제가 오지는 않았지만, 사계절 내내 두루주머니랑 선추扇墜 9)를 여란 언니 편에 보냈잖아요."

명란이 옅은 미소를 지었다. 원문영은 그 웃음을 보자 넋을 잃었다.

겨우 몇 달 못 봤을 뿐인데 명란의 하얀 피부는 수분을 촉촉하게 머금고 있었고, 양 볼은 어여쁜 빛을 띠고 있었다. 연분홍빛 입술은 마치 하늘하늘한 흰 종이 위에 연꽃즙으로 찍은 듯해 보는 이의 마음을 흔들어 놓았는데 단정하기가 마치 도화桃花 같았다. 검고 풍성한 머리카락은 초승달 모양으로 쪽을 틀어 벽옥으로 만든 꽃이 장식된 긴 비녀 하나로 고

---

9) 부채 손잡이에 다는 장신구.

정을 했다. 귀밑머리에는 금실에 진주를 꿰어 만든 수정화水晶花를 꽂았다. 현란한 비단옷을 입은 사람들이 방 안 가득 있었지만 명란만 보일 정도로 자태가 뛰어났다.

"……못 본 지 얼마 안 되었는데 갈수록 아름다워지는구나."

원문영은 진심으로 얘기했다.

"앞으로 자주 들르도록 해."

낯빛이 어두워지던 묵란은 바로 원래의 모습을 회복하며 말했다.

"명란이가 얼마나 게으른데요. 할머님을 따라 불경 읊는 것만 좋아하는걸요. 설득할 생각도 말아요."

원문영이 옅은 미소를 지으며 명란을 바라봤다.

"둘째 올케한테 들으니 어릴 때 건강이 좋지 못했다고……. 이제는 괜찮아졌을 테니 됐어. 우리 고기라도 잡으러 가자."

명란은 원문영이 이토록 친절하게 나오자 더 이상 서먹하게 굴 수 없어 손을 잡으며 얘기했다.

"문영 언니, 기억해주시다니 감사해요. 네, 몸은 이미 회복했어요. 다만…… 어제 잠을 푹 자지 못했어요."

명란이 멋쩍어하며 혀를 내밀었다.

원문영이 '풉' 하고 웃었다.

"하긴. 내가 오늘 지나치게 일찍 불렀지. 조금 전에도 하품하더구나!"

여란은 한참을 냉대당하자 참지 못하고 말했다.

"대체 언제 들어가죠?!"

여란의 성격을 잘 아는 원문영은 눈썹을 추켜세우더니 세 자매를 데리고 안채로 들어갔다. 그곳에는 이미 웃음소리가 가득했다.

이날 화란의 얼굴에는 기쁨이 넘실댔다. 나비와 꽃이 수놓인 붉은색 배자를 입고, 머리에는 오봉조양찬주금봉五鳳朝陽攢珠金鳳[10]을 하고 있었다. 곁에는 풍만한 어멈이 붉은 포대기를 안고 있었는데, 세 자매가 다가가 살펴보니 하얗고 포동포동한 갓난아기가 있었다. 아이는 두 눈을 감고 잠이 들어 있었는데, 꽃잎 같은 연분홍빛 작은 입술에서 우유 거품을 토해내고 있는 모습이 상당히 귀여웠다.

귀부인들이 저마다 축하의 말을 전했다. 보석 반지를 낀 손들이 아이의 얼굴을 쓰다듬자 실이가 울기 시작했고, 화란은 유모를 불러 안고 나가게 했다.

왕 씨는 유독 기뻐 보였다. 다홍빛 얼굴을 한 그녀는 상석에 앉아 여란이 다가오는 것을 보자 손을 흔들었다. 왕 씨는 딸과 함께 귀부인들 사이에 앉아 이야기를 나누었다. 곁에 있는 충근백 원 부인의 안색은 떨떠름했다. 둘째 며느리의 진정이 날이 갈수록 잘되는 것을 보고 있자니 심기가 불편해진 것이다. 지난 일 년 동안 화란도 요령을 배웠는지 병을 핑계로 약한 척을 하며 집안일을 미루었다. 그 덕에 골치가 아파졌는데, 그녀와 첫째 며느리가 비밀리에 모아둔 돈을 어찌 가계에 보태고 싶겠는가.

게다가 최근 들어 아들 원문소까지 전과 달리 말을 듣지 않았다.

"아버지와 저의 녹봉도 모두 어머니께 드리고 있고, 집안의 논밭과 점포 모두 어머니 수중에 있지 않습니까. 예전에 화란이 집안일을 처리하면서 생활비를 쓰려고 하면 어머니께서 이 핑계 저 핑계를 대며 내어주시지 않았잖아요. 그러니 어떻게 집안을 돌보겠습니까?!"

원문소는 무인武人으로 효성이 지극했고 좀처럼 화를 내지 않는 성격

---

10) 다섯 마리의 봉황 장식과 진주 장식이 달린 머리 장신구.

이었다. 하지만 원 부인의 편애가 도를 지나치자 결국엔 이러한 말들을 쏟아내버렸다.

"만약 화란의 혼수에 대해서 말씀하고 싶으시거나, 가계가 어려워 사람들에게 무시당하는 것 때문에 처가가 마음에 들지 않으신다면 저도 존중해드리겠습니다! 이런저런 핑계를 대실 것 없습니다. 괜히 몸만 상하고 감정만 상하지 않습니까!"

충근백은 이 사실을 알게 되자 자신의 아내를 불러 크게 꾸짖었다.

"대갓집에서 비밀을 감출 수 있으리라 생각했소? 부인의 행동이 아무 흔적이 없을 것이라 여겼겠지만, 이미 밖에서는 웃음거리가 되었소! 가계가 어려운 것이 아니고 큰 지출이 있는 것도 아닌데, 며늘아기의 혼수에 대해 이러쿵저러쿵하다니! 내 체면은 생각도 하지 않은 거요? 문소의 처가 시집오기 전에도 큰며늘아기는 하루에 다섯 끼니를 먹었는데, 지금은 팔자가 더 좋아져 걸핏하면 누워서 흥얼거리는 것 아니오? 그 아이가 관리를 못 한다면, 부인이 해야 하지 않겠소! 만약 문소의 처에게 관리를 시키려 한다면, 논밭과 점포를 다 내놓으시오!"

원 부인은 화가 치밀어 올랐지만 별다른 수가 없었다. 그러다 화란이 아이를 가지자 그녀는 아들의 방으로 잇따라 사람들을 들였는데, 하나같이 아리따운 여인들이었다. 그럼에도 화란은 그저 인내하며, 어멈을 시켜 무자탕無子湯[11]을 먹일 뿐이었다. 아들이 태어날 때까지 간신히 참았으나 원 부인은 눈길도 주지 않았고, 계속하여 원문소의 침실에 첩을 들였다.

---

11) 피임약.

화란은 울며불며 시아버지 앞에서 이야기했다.

"첩이 많은 것은 다반사라고 하지만, 어머님께서도 공평하셔야 합니다. 형님댁에는 한 사람도 들이지 않으면서, 저희에게만 일고여덟을 들이시지 않으셨습니까. 나리의 시중을 들게 하기 위함이라고 하시는데 그건 며느리가 현모양처가 아니라서 남편의 시중을 제대로 들지 못했다는 뜻 아닙니까?! 좀 잠잠해진 듯했으나, 또다시 첩실을 들이시려 하니……. 만약 시부모님께서 이 며느리가 마음에 드시지 않는 것이라면 저는 돌아가겠습니다!"

원문소는 하얗고 포동포동한 아들을 얻어 한참 기뻐하고 있던 찰나였기에 역시 화를 내며 이야기했다.

"형은 처와 첩이 하나씩뿐인데, 저에게만 이렇게 첩실이 많으니. 어머님 뜻인 것을 아는 자도 있겠지만, 모르는 자들은 제가 호색하고 부덕하다고 하지 않겠습니까!"

충근부 노대인은 화들짝 놀랐다. 대란이 막 끝나서 자신의 자제에게 좋은 자리를 찾아주려고 생각하고 있는데 어찌 성가와 원한을 맺을 수 있단 말인가. 그는 황급히 아들 내외를 위로하고 자신의 부인을 꾸짖으며 다시는 작은아들의 집안일에 관여하지 말라고 으름장을 놓았다.

그러니 이날 원 부인이 어찌 기뻐할 수 있겠는가. 전부 가식일 뿐이었다. 왕 씨 역시 신경을 쓰지 않고 기쁜 마음으로 차를 마시고 담소를 나눴다. 그 자리에 있던 사람들은 지금 충근백부에서 둘째 공자인 문소만 변변하다는 것을 알고 있었다. 게다가 화란이 아들까지 낳았으니 자연히 친분을 쌓으려고 했다.

원 부인은 점점 화가 치밀어 올랐다. 그래서 고개를 폭 숙인 채 옆에 앉은 머리에 쌍희문雙喜紋이 새겨진 은보요를 한 중년 부인과만 이야기했다. 그녀들의 옆에는 은실로 전지문纏枝紋 12)을 수놓은 살구색 편금 장오를 입은 소녀가 서 있었는데, 생김새가 귀엽고 우아하며 수려했다. 묵란은 작은 소리로 원문영에게 그 소녀에 대해 물었다. 마침 문영은 명란과 산천어의 열두 가지 조리법에 관해 이야기 중이었다. 명란은 이미 그중 여덟 가지 방법으로 조리해본 후였기에, 둘은 침을 튀길 정도로 열중해 있던 상태였다. 묵란이 질문하자 문영은 고개를 들고 웃으며 말했다.

"큰올케 친정 사람이야. 우리 이모와 사촌동생 장章 씨야."

문영이 이렇게 말하며 입을 삐죽거리더니 다시 명란과의 대화에 집중했다.

묵란은 산천어에 관심이 없었기에 조금 더 듣다가 결국 참지 못하고 말했다.

"아가씨들이 입만 열었다 하면 먹는 얘기라니. 한 쌍의 먹보가 따로 없네요!"

문영이 돌아보며 웃었다.

"넌 지난번에 날 붙잡고 온종일 연지와 향료 이야기만 했잖아."

"그게 어때서요?"

묵란은 미간을 찌푸렸다.

명란이 고개를 크게 저었다.

"아니지, 아니지. 모든 것은 내면에서 시작되는 것이야. 핏기 도는 흰 피부는 약보다는 음식으로 만드는 것이고. 좋은 음식을 먹으면 좋은 연지를 바른 것보다 더 자연스럽고 아름다운 피부 빛을 갖게 돼."

---

12) 덩굴 문양.

묵란은 마음이 동하여 명란의 희고 매끄러운 피부를 보며 물었다.

"참말로?"

말이 끝나기가 무섭게 방 안으로 화려한 옷을 입은 중년 귀부인 두 명이 들어왔다. 원 부인은 미소 띤 얼굴로 그들을 상석에 앉혔고, 친절하게도 직접 차를 건넸다. 문영은 재빨리 묵란에게 만면에 미소를 머금고 있는 복스러운 인상의 사람이 수산백 황 부인으로 충근백 노대인의 큰누님이라고 귀띔해줬다. 조금 쌀쌀맞은 표정에 고결한 옷차림을 하고 옆에 서 있는 사람은 바로 영창후 량 부인이었는데 좀처럼 말수가 없어 원 부인 혼자서 떠들고 있었다.

"저분은 언니 고모님이잖아요? 고모님이 시어머님이 되시다니, 문영 언니는 정말 복도 많지요."

묵란은 문영을 놀리면서 부럽다는 듯이 바라봤다.

문영은 얼굴을 붉히며 아무 답도 하지 않았다. 그때 명란이 도움을 주려고 화제를 돌렸다.

"량 노대부인도 언니와 친척인가요?"

오늘 만월주 자리는 형식적인 것이기 때문에 가까운 집안 몇몇을 초대했을 뿐이다. 명란이 아무리 보고 들은 것이 없다 한들, 영창후부가 충근백부나 수산백부와 비교할 정도로 높은 관직에 있지는 않지만, 식구가 많고 여러 집안과 혼인을 맺었기에 그 영향력이 크다는 것쯤은 알고 있었다.

문영이 안도의 숨을 내쉬며 대답했다.

"고모님네 셋째 언니가 영창후부로 시집을 갔어."

저쪽에서는 원 부인이 웃으며 장수매를 두 부인에게 소개하는 중이었다.

"이 아이는 제 외조카 수매입니다."

장수매는 얌전히 옷섶을 여미며 어여삐 웃었다. 원 부인은 옆에 앉아 수매를 칭찬하기 시작했다. 인품, 외모, 출신 그리고 학식까지 칭찬을 아끼지 않는 모습에 원문영은 결국 미간을 찌푸렸다.

명란은 그 모습을 보고 작게 웃으며 물었다.

"혹시 언니 고모님 댁에 다른 아들도 있나요?"

원문영은 자신의 모친의 부적합한 거동에 부끄러움을 느끼며 들고 있던 손수건을 꼭 쥐었다.

"내 고모님이 아니라 영창후 부인에게 아들이 하나 있는데, 지금은 둘째 오라버니가 데리고 있어. 곧 오성병마사 부지휘사로 발령을 받을 것 같아."

묵란은 그 얘기를 듣고 관심을 보이며 물었다.

"그 공자는…… 어떤 사람인가요?"

문영은 자신이 들은 소식을 되새기며 말했다.

"량함이라고 하는데 열일고여덟 살 정도 됐어. 량후부 나리와 량 부인의 늦둥이 아들이지."

문영은 장씨 모녀를 흘기더니 고개를 숙인 채 분통을 터뜨렸다.

"어머니가 사람을 수도 없이 찾아봐줬는데 이모는 좋은 집안의 훌륭한 자제가 아니면 안 된다고 하잖아! 근데 량 부인이 자기 막내아들이 장난기가 심하니 앞으로 며느리를 들일 때는 집안보다 인품을 중요할 거라고 말한 거야. 이모가 그 말을 듣고 하루가 멀다 하고 어머니를 꼬드겨 영창후 부인의 비위를 맞추고 있어. 고모님 체면까지 깎으면서 말이야. 휴, 내가 못된 마음을 먹은 것이 아니야. 이모부께서 돌아가셨으니 사촌 언니가 좋은 사람을 찾으려고 하는 건 너무 당연해. 하지만 자기 무게를 봐야지! 물이라도 떠놓고 자기가 어울리는지 안 어울리는지 봐야 하지 않겠어!"

문영의 그 말에 명란은 자신도 모르게 묵란을 바라봤다. 묵란의 얼굴이 벌겋게 달아오르고 있었다. 명란은 억지로 웃으며 말했다.

"어머, 문영 언니는 아직 시집도 안 갔는데 벌써 시어머니 걱정을 하는 건가요?"

이때의 수산백 부인은 확실히 안타까웠다. 그녀는 자신의 올케가 세 번째로 장수매의 온순함과 우아함을 칭찬하는 것을 보고 있었다. 그 말 속에는 시집을 보내려는 의도가 다분히 숨겨져 있었다. 약간 좌불안석이 된 수산백 부인은 영창후 부인의 안색이 점점 차가워지는 것을 보고 기분이 나빠져 말을 끊었다.

"우리 큰조카며느리는 어디 있나?"

원 부인은 멈칫하더니 얕게 탄식하며 말했다.

"몸이 좋지 않아서 쉬고 있지요."

그리고 화란을 곁눈질로 흘기더니 무덤덤하게 한마디를 덧붙였다.

"아무래도 제가 고생할 팔자인가봐요. 아무도 나를 도와 집안 관리를 해주지 않으니."

화란은 표정이 딱딱하게 굳었다. 수산백 부인이 바로 말을 받았다.

"그저께 내가 호胡 태의에게 큰조카며느리의 진맥을 청하면서 물으니 별문제가 없다고 하던데 마음의 문제는 아니겠지? 자네도 덮어놓고 큰애만 챙기지 말게. 큰애가 눈썹만 꿈틀하면 큰 병이라도 걸렸나 해서 의원을 부르니 원. 작은애도 아껴줘. 작년에 작은애가 임신을 해서 칠팔 개월이 됐을 때도 예법을 지키라고 하지 않았나. 그게 어디 시어머니의 바른 모습이라 할 수 있겠는가?! 작은애 안색 창백한 것 좀 보게. 어찌나 허약해 보이는지!"

왕 씨와 화란은 내심 감동했고, 원 부인은 난처한 기색이 역력했다. 수산백 부인은 워낙 남에게 훈계하길 좋아하는 사람이었고, 원 부인에게는 윗사람이기에 반박할 수도 없어 가만히 듣고만 있었다.

사실 그때 그녀는 화란을 겨우 반 시진 동안 밖에 세워뒀을 뿐이었다. 남편은 그 사실을 알고 달려와 그녀를 크게 꾸짖었고, 그녀는 펑펑 눈물을 쏟았다. 그날 밤 화란의 태기에 문제가 생기는 바람에 침상에서도 내려오지 못하는 상황이 되자 아들까지 대성통곡을 하였다. 그 일이 바깥으로 퍼지고, 왕래하던 주변 친척들까지도 그녀가 지나치게 편애를 하며 자신의 외조카만 보살필 뿐 다른 집 귀한 딸은 본 척도 하지 않는다는 소문이 파다하게 퍼졌다.

원 부인이 입꼬리를 올리며 웃었다.

"작은 아이가 큰아이보다 일을 잘하니 그저 조금 더 고생해달라고 한 것뿐인데……."

말이 끝나기가 무섭게 수산백 부인이 말을 끊었다.

"백 년 후가 되면, 집안의 작위는 큰아들 내외에게 돌아갈 터인데 그때가 되면 둘째 아이가 아무리 능력이 좋아도 안채 일을 전부 맡을 수 없지 않은가? 만약 큰며느리의 능력이 그토록 부족하다면 괜찮은 첩실을 물색해주도록 하겠네. 그러면 향후 조력자가 되어주지 않겠나. 모든 백부의 집안일을 작은며느리에게 맡길 수는 없지 않나?"

그 말을 들은 원 부인과 장 부인의 얼굴은 사색이 되었다. 왕 씨는 마음속의 주름이 모두 펴지는 기분이었고, 화란은 자신의 올라간 입꼬리를 감추느라 필사적으로 고개를 숙였다. 수산백 부인이 말은 세게 했지만 결국에는 자신의 친정을 걱정하는 것이었다. 주변에는 다 가깝게 지내는 집안 내 부녀자들이라 이 집안의 일을 속속들이 알고 있었기에 다들 놀라지도 않았다.

수산백 부인은 집안의 장녀로, 어릴 적부터 침착하고 능력이 좋아 부모의 총애를 받았다. 남동생인 충근백 역시 자신의 누나를 신뢰하였으며, 시가에서도 사랑을 받는 사람이었다. 그녀는 자기 아들에게 더욱 좋은 짝을 찾아주고 싶었지만, 남동생의 체면을 고려하여 문영의 혼사를 허했다. 원 부인은 항상 수산백 부인을 낮게 봤었는데 하필이면 그녀가 화란과 마음이 맞은 것이다.

수산백 부인은 자신이 지나치게 행동하지 않아야 함을 잘 알고 있었지만, 올케가 또다시 영창후 부인을 귀찮게 할까 걱정되기도 했다. 그녀는 왕 씨를 흘끗 본 후 웃으며 말했다.

"사돈께 우스운 꼴을 보였네요."

왕 씨가 황급하게 고개를 저었다. 이런 우스운 꼴이라면 밤을 지새우면서라도 볼 수 있었다. 왕 씨가 유쾌한 얼굴로 수산백 부인에게 말했다.

"다 친정을 생각해서 하신 말씀이겠지요. 한식구끼리 무슨 말인들 못하겠습니까."

수산백 부인이 웃으며 옆에 있는 여란을 가리키며 말했다.

"따님이 갈수록 어여쁘게 자라네요. 음? 한 명이 더 있던가요?"

묵란은 한참을 흘끗거리며 살펴보다 그 말을 듣자마자 웃음을 띠고 다가왔다. 그리고 겸손하게 예를 갖춰 인사를 건넸다. 수산백 부인은 묵란을 가리키며 영창후 부인에게 말했다.

"이 아이는 시문도 훌륭하고, 참하지요."

영창후 부인은 고개를 끄덕였다.

"아주 고운 아이군요. 성가 부인께서 복이 많으시네요."

하지만 이렇게 말할 뿐 별다른 말은 하지 않았다.

묵란은 바로 웃으며 대답했다.

"과찬이십니다."

하고 싶은 말은 많았지만, 냉담한 영창후 부인을 보자 어찌 말을 이어가야 할지 막막해졌다.

그때 화란은 눈을 반짝이며 입을 가리고 웃었다.

"고모님, 오늘 제 막내 여동생도 왔답니다."

수산백 부인이 조심스럽게 입을 열었다.

"누군지 데려오렴."

화란은 황급히 뒤에 서 있던 문영과 명란을 데려왔다. 문영은 진작 본 적이 있었으나, 명란은 아니었다. 수산백 부인과 영창후 부인은 멍하니 명란을 쳐다보았다. 잠시 후, 수산백 부인이 명란의 손을 잡더니 화란을 향해 웃으며 이야기했다.

"내게 그렇게 입이 마르도록 칭찬한 이유가 다 있었구나. 참으로 고운 아이야."

그러면서 질책하는 말투로 얘기했다.

"너희 할머님께서도 참. 이렇게 고운 아이를 누가 빼앗아 가기라도 할까봐 이토록 감춰두신 것이냐."

그러고는 명란을 자신의 옆에 앉히고 태어난 날과 시를 물었다. 또 평소에는 무엇을 하며 시간을 보내는지, 좋아하는 음식은 무엇인지, 어떤 옷을 좋아하는지 물었다. 명란은 고개를 숙인 채 모든 질문에 답하였고, 참한 모습을 보여주기 위해 쓸데없는 말은 한마디도 하지 않았다.

수산백 부인은 대범하고 활달한 명란이 마음에 들었다. 몇 마디 대화를 나누었을 뿐인데 명란의 지혜로움을 느꼈고, 자신과 성격이 잘 맞는 것 같아 상당히 기뻐했다. 옆에 있던 장수매와 묵란에게는 관심도 두지 않았다.

장수매의 눈에 눈물이 맺혔다. 그녀는 뒷걸음질 치며 안색이 좋지 않은 원 부인의 뒤로 숨었다.

묵란 역시 기분이 좋지 못하였다. 그때 갑자기 어머니인 임 이랑이 처음 위 이랑을 만났을 때의 상황을 이야기해 준 것이 떠올랐다. 상당히 소박한 옷차림이었음에도 그 절색을 감출 수 없었고, 비록 나약하고 우둔했지만 절세의 미모로 성굉의 마음을 훔쳐 갔다고 했다. 묵란은 마음속으로 그녀들이 안목이 형편없어 겉모습만 볼 뿐 속내를 알 수 없음을 욕할 뿐이었다. 이렇게 훌륭한 자신의 능력과 수양을 알아보지 못하다니!

수산백 부인이 명란을 붙잡고 한참을 칭찬하더니 사돈댁을 슬쩍 돌아보며 말했다.

"말씀을 좀 해보세요. 어찌 꿀 먹은 벙어리가 되셨습니까?"

차가운 표정으로 있던 영창후 부인이 그제야 살짝 미소를 지으며 느릿느릿 답했다.

"이렇게 수려한 딸이 있다면 저라도 숨겨놓았겠네요."

왕 씨가 웃으며 답했다.

"이 아이는 어려서부터 어머님 손에 자랐답니다. 어머님께서 이 아이를 어찌나 귀여워하시는지 한시도 떨어지려 하지 않으셔서 집 밖으로 나온 적이 별로 없지요. 그러니 예의가 부족한 부분이 있더라도 두 분께서 너그러이 봐주세요."

영창후 부인이 옅은 미소를 지으며 말했다.

"그 댁 노마님께서는 참으로 엄격하시지요. 그런 분께서 키우셨다면 어디 하나 부족한 것이 있겠습니까."

왕 씨는 옆에 고개를 푹 숙인 채 서 있는 묵란을 슬쩍 살펴보며 더욱 겸손한 어조로 말했다. 거기다 화란까지 거들자 분위기는 더욱 화기애 애해졌다. 하지만 명란은 머리가 하얘졌다. 등 뒤에서 자신을 뚫어져라 노려보고 있는 눈빛이 느껴졌기 때문이었다. 정말이지 뜻밖의 재난이 었다. 명란은 부인들이 이야기하는 틈을 타 장저에게 선물을 주겠다는 핑계를 대며 화란에게 자신을 데려다줄 몸종을 불러달라고 부탁했다.

문영 역시 명란을 도와주었고, 그제야 명란은 그곳에서 벗어날 수 있 었다.

작은 반월문을 지나 장저가 있는 방에 도착하자 작은 여자아이가 붉 은색 천 위에 금색 석류꽃이 수놓아져 있는 단오를 입고, 유쾌하지 않은 표정으로 가만히 앉아 있는 것이 보였다. 아이의 옆에는 석청색 비갑에 암홍색 중오를 입은 어멈이 아이를 달래주고 있었다. 장저는 쓸쓸해 보 이는 표정으로 있다가 명란이 오는 것을 보자 그제야 미소를 지으며 '명 란 이모'라고 불렀다. 명란은 계집종의 손에서 작은 보따리를 건네받아 자신이 직접 천으로 만든 인형을 장저에게 주었다.

빵빵한 천 인형은 각종 색실로 눈코입이 수놓여 있었고, 비단으로 만 든 옷을 입고 있었다. 눈썹이 휘어져 있는 모습이 상당히 귀여웠다. 장저 는 사과처럼 동그란 자신의 얼굴을 인형에게 비비며 인형을 꼭 끌어안 았다. 그러고는 환하게 웃으며 침상에서 일어나 작고 귀여운 두 발을 팔 짝거리며 명란의 손을 끌어 밖으로 나가려고 했다. 그 모습에 옆에 있던 어멈이 황급히 달려와 장저에게 구름 문양이 들어간 붉은색 바람막이 를 덮어주었다.

명란은 장저의 마음을 이해할 수 있었다. 외동딸이었다가 갑자기 남 동생이 생겼으니 우울할 만도 했다. 명란은 장저가 하자는 대로 작고 귀여운 손을 잡고 함께 웃으며 걸어 나갔다.

"명란 이모, 어머니는 나를 싫어하는 걸까요?"

장저가 고개를 폭 숙였다.

"동생이 태어나고 어머니가 전과 같지 않으세요."

명란은 이해한다는 듯 장저의 머리를 쓰다듬으며 달랬다.

"그럴 리가. 동생이 태어난 지 얼마 안 돼서 다들 신기해서 그러지. 너도 새로운 인형이 생기면 좋지? 조금만 지나면 괜찮아질 거야. 우리 장저가 얼마나 예쁘고 똑똑한데. 눈에 넣어도 안 아플 너를 어떻게 예뻐하지 않겠어!"

어린아이는 달래기 쉬운 상대였다. 장저는 바로 기분이 좋아졌는지 명란의 손을 잡고 신이 나 정원을 거닐었다. 장저는 어린아이답게 조잘거리며 얘기를 하다가, 명란의 안색이 좋지 못한 것을 보고는 물었다.

"명란 이모, 어찌하여 표정이 좋지 않아요?"

"이모가 지금 생각을 하고 있거든."

"어떤 생각을요?"

명란은 잠시 멈칫하더니 고개를 숙이고 물었다.

"장저야, 이모가 뭐 하나 물어볼게. 장저는 매일 새 옷을 입고, 재미있는 놀이를 하고, 맛있는 음식을 먹지만 어머니 아버지가 보살펴줘야 할 동생들이 많은 것이 좋으니? 아니면 맛있는 것도, 새 옷도, 재미있는 것도 없지만 어머니 아버지가 장저만 귀여워해주는 게 좋으니?"

장저가 하얗고 귀여운 얼굴에 인상을 쓰면서 한참을 고심했다. 그러더니 괴로워하며 입을 열었다.

"좋은 것들도 있고, 어머니 아버지가 나만 귀여워해줄 수는 없나요?"

명란이 실소하며 진지한 표정으로 말했다.

"누구나 그렇게 생각하지만 그건 될 수 없어. 하나만 골라야 해."

장저가 한참을 고뇌하더니 망설이며 입을 열었다.

"아무래도 아버지 어머니가 나만 귀여워해주시는 것이 좋아요."

명란이 웃으며 고개를 끄덕이더니 긴 한숨을 내쉬었다.

"이모도 그렇게 생각해."

다시 몇 걸음을 더 걷다 장저가 갑자기 자리에서 멈춰 고개를 들고는 두 눈을 반짝이며 진지하게 물었다.

"명란 이모, 만약 좋은 물건도 없는데 동생이 많아지면 어찌하죠?"

휘청거리다 하마터면 넘어질 뻔한 명란은 간신히 중심을 잡고 일어서며 입을 열었다.

"설마 그렇게까지 운이 나쁘려고……."

명란은 잔잔한 샘물처럼 부드러운 하홍문을 떠올리다 속으로 고개를 저었다. 세상에 완벽하게 믿을 만한 건 없었다. 다만 리스크의 높고 낮음만 존재할 뿐이었다. 히키코모리가 바람피울 확률이 CEO보다 조금 낮은 것처럼.

이모와 조카는 한참 동안 장난을 치며 놀았다. 명란이 고개를 들었을 때 해가 이미 중천에 떠 있었다. 편화청에서 잔치가 열릴 거라던 문영의 말이 떠올랐다. 아마 지금쯤이면 잔치가 시작됐을 것이다. 계속 숨어 있는 것도 옳지 않다고 생각한 명란은 계집종을 불러 장저를 데리고 돌아가게 한 후, 여유롭게 발걸음을 뗐다.

명란이 충근백부에 온 건 두 번째였다. 백부가 크지 않은 데다 문영이 이곳저곳을 구경시켜 주었기 때문에 길이 익숙했다. 정원 한쪽에 꽃봉오리가 맺힌 해당화 나무를 따라 천천히 걸었기에 길을 잃을 염려도 없었다. 꽃을 감상하며 유유히 걷고 있던 그때, 앞쪽의 초록빛이 아름다운 해당화 나무 밑에 키가 크고 늘씬한 남자가 서 있는 것이 눈에 들어왔다.
언젠가 본 적이 있는 듯한 기분이 들었다.

그 남자가 발걸음 소리를 들었는지 고개를 돌렸다. 그의 얼굴을 정확
히 본 명란은 심장이 덜컹 내려앉았다.

〈3권에 계속〉

쉬녀명란전 ❷

초판 1쇄 인쇄 2020년 1월 20일 초판 1쇄 발행 2020년 1월 30일

지은이 관심즉란关心则乱
옮긴이 (주)호연
펴낸이 연준혁

웹소설본부 본부장 이진영
책임편집 최은정 윤가람
디자인 김태수

펴낸곳 (주)위즈덤하우스미디어그룹 출판등록 2000년 5월 23일 제13-1071호
주소 경기도 고양시 일산동구 정발산로 43-20 센트럴프라자 6층
전화 031-936-4000 팩스 031-903-3893
홈페이지 www.wisdomhouse.co.kr

값 14,000원
ISBN 979-11-90427-86-9 04820
　　　979-11-90427-73-9 04820(세트)